AF200759

1

Simone Decker

Medius

Zum Vergessen gezwungen

Roman

© 2020

Herstellung und Verlag: BoD – Books on Demand, Norderstedt
ISBN: 978-3-7519-0334-9

„O nein! Nicht schon wieder ich! Kann das denn dieses Mal nicht jemand anderes übernehmen? Ich hatte gestern bereits einen kleinen Jungen und das liegt mir immer noch schwer im Magen!"

„Xea, ich weiß, dass es nicht gerade schön ist, vor allem, wenn es um Kinder geht. Aber momentan werden alle Schwestern in den OP`s benötigt. Weißt doch, dass wir vorher drei Notfälle rein bekommen haben. Vielleicht tröstet es dich ja ein wenig, dass es dieses Mal eine erwachsene Frau ist", versuchte die Oberschwester sie zu besänftigen, während sie in ihren weißen Schwesternkittel griff und ihr tröstend eines ihrer Sahnebonbons hinhielt.

Auch wenn ihre Vorgesetzte nicht einmal im Entferntesten mit der bösen Hexe aus *Hänsel und Gretel* gleich zu setzen war, konnte sie nichts dagegen tun, dass ihr ausgerechnet dieser Vergleich in den Sinn kam. Es war, als wolle sie Oberschwester Hilda mit so Simplen wie einem Stück süßem Bonbon in das gefährliche Hexenhäuschen, in ihrem Falle die Station der Superior, locken.

Leider hatte sie da auf die Falsche gesetzt, denn da hätte die Oberschwester schon schwerere Geschütze auftragen müssen, wie zum Beispiel einen Märchenprinzen oder eine Wunderlampe. Ein Knüppel aus dem Sack wäre aber auch nicht schlecht gewesen.

Xea nahm das Bonbon zwar dankend an, weil sie Schwester Hilda, die immer so gütig und freundlich zu ihr war, nicht vor den Kopf stoßen wollte, doch sie würde es einem der armen Kinder geben, die schwer krank oder mit einem gebrochenen Arm auf Station lagen und es mehr gebrauchen konnten als sie selbst.

„Na toll! Als ob eine erwachsene Frau die Sache erleichtern würde!", brummte Xea leise vor sich hin, während sie sich schweren Herzens auf den Weg in die Superiorstation machte. Sie wollte zwar nicht undankbar oder gar überheblich wirken, schließlich wollte sie nach ihrem Praktikumsjahr hier am St. Mary`s Hospital eine Lehre zur Krankenschwester anfangen, konnte aber trotzdem einen Seufzer der Missbilligung nicht unterdrücken. Und dann auch noch in die Station der Reichen und Mächtigen, wo man ihr jedes Mal wieder nur durch bloße Blicke zu verstehen gab, dass sie nicht hierhergehörte. Als ob sie das nicht auch so gewusst hätte! Als ob das nicht jeder Medius wissen würde! Dafür sorgte schließlich der Wechsel, der jedes Jahr am Neujahrstag stattfand.

Beim Gedanken an ihren bevorstehenden letzten Wechsel wurde Xea von gemischten Gefühlen überrumpelt. Einerseits freute sie sich wahnsinnig darauf, nicht mehr jedes Jahr an eine neue, völlig fremde Familie weitergereicht zu werden. Andererseits aber hatte sie auch Angst davor, sich ein eigenständiges Leben aufzubauen und sich für einen Beruf fürs Leben entscheiden zu müssen. Aber am meisten Angst hatte sie davor, sich einen Ehemann zu suchen, denn, würde es ihr nicht bis zu ihrem zwanzigsten Lebensjahr gelingen, sich zu verlieben, würde man ihr einfach einen Ehemann zuteilen. Ob sie nun wollte oder nicht!

Wie würde es sein, sich an einen Menschen ein Leben lang zu binden? Was, wenn sie sich nicht verstanden? Auch, wenn sich Xea kaum mehr an ihre Kindheit erinnern konnte, weil sie wie jedes Kind der Mediusschicht im Alter von neun Jahren an ihre erste neue Familie weitergereicht wurde, wusste sie eines noch mit Sicherheit. Dass sich ihre Eltern geliebt hatten. Genauso wie sie Xea geliebt hatten. Sie hätten es ihr nicht einmal jeden Tag aufs Neue sagen müssen, denn allein die Art, wie ihr ihre Mutter vor dem Zubettgehen noch eine Geschichte erzählt und ihr dabei zärtlich übers Haar gestrichen oder wie sie ihr Vater im Garten immer

8

durch die Luft gewirbelt hatte, waren Beweis genug für ihre bedingungslose Liebe.

Immer noch schlecht gelaunt, schob Xea ihren Schwesternausweis durch den Scannerschlitz und sogleich öffnete sich mit einem leisen Summen die große Stahltür vor ihr, die in ein Nebengebäude Einlass gewährte.

Doch es war nicht nur ein Nebengebäude. Es war das Krankenhausabteil der Superior. Im Gegensatz zum Abteil der Medius, also der einfachen, mittellosen Leute, waren hier überwiegend drei Dinge vorhanden. Viel Licht, frische, klimatisierte Luft und ultrahochmoderne Elektrogeräte und Monitore. Natürlich war hier auch sonst alles viel, viel schöner und komfortabler eingerichtet. Darunter etliche teure Gemälde, die leicht mit jeder Kunstausstellung konkurrieren konnten. Und bei der Fülle der Pflanzen, die ebenfalls eine Bereicherung für die Patienten darstellte, wäre jedem Gärtner das Herz aufgegangen. Es gab kaum einen Gang oder Raum, wo nicht ein bequemes Sofa oder ein verlockend weicher Sessel stand. Anders als bei den Medi, wo man sich schon über einen freien hölzernen Stuhl freuen konnte. Trotzdem hätte sich nie einer darüber beschwert, denn die Medi wussten, wo ihr Platz war, genauso wie sie wussten, dass sie die kostenlose Behandlung im Krankenhaus einzig und allein dem System zu verdanken hatten.

Sie waren zufrieden mit dem, was sie hatten. So zumindest hatte es für Xea den Anschein. Jeder ging in seine ihm zugeteilte Arbeit oder widmete sich der Kindererziehung. Für Essen, Unterhaltung und Kleidung wurde vom System gesorgt, so dass jeder alles hatte, was man zum Leben brauchte. Zwar in einem sehr geringen und bescheidenen Maß, aber dennoch alles. Bis auf eine Familie natürlich.

Obwohl sich Xea bisher zwar noch keine ernsthaften Gedanken über eine eigene Familie gemacht hatte, wusste sie doch, dass sie die Tatsache, ihre eigenen Kinder mit neun Jahren verlieren zu müssen, nicht einfach so hinnehmen könnte. Nein, sie hätte es auch so gemacht wie ihre Eltern. An die Konsequenzen wollte sie aber jetzt lieber nicht denken. Jetzt hatte sie etwas ganz anderes zu bewältigen.

Mit schlurfenden Schritten ging sie den hell erleuchteten, langen Gang entlang. Hier im Krankenhaus würden die Lichter nie ausgehen. Sie würden nie zu flackern anfangen, weil ihnen der Strom ausging. Es würde hier nie kalt sein und es würde auch nie die Gefahr bestehen, dass die Geräte den Ärzten ihren Dienst verweigerten, denn das Krankenhaus war eines unter wenigen Einrichtungen, das über unendlich viel Strom verfügte.

Bei Zimmer 53 angekommen, wollte Xea schon die Türklinke drücken und es schnell hinter sich bringen, als sie durch das kleine Sichtfenster in der Tür einen jungen Mann über das Bett der toten Frau gebeugt sah. Auch mit zugekehrtem Rücken konnte Xea erkennen, dass er den Tod der Frau zutiefst betrauerte, indem er still vor sich hin weinte. Seine gebückte Haltung und das ständige Händereiben übers Gesicht verrieten seine Verzweiflung. Xea ging einen Schritt zurück und entschloss sich, noch schnell einen Kaffee zu trinken, damit sich der Mann von seiner Frau anständig verabschieden konnte. Die Totenwaschung lief ihr schließlich nicht davon und seit dem Frühstück waren schon viele Stunden vergangen, in denen sie weder was gegessen noch getrunken hatte.

So ging sie also in den Aufenthaltsraum und schenkte sich aus einer silbernen Kanne eine Tasse voll dampfenden Kaffee ein. Nach einem angespannten Rundumblick und der erleichternden Erkenntnis, dass sie allein war, schnappte sie sich auch gleich noch einen Cupcake, der dick mit karamellbrauner Schokolade und weißen Streuseln überzogen war. Es war zwar nicht direkt verboten, aber dennoch nicht gerne gesehen, wenn sich das Personal am

Essen der Sups bediente. Dennoch konnte Xea nicht widerstehen, denn im Aufenthaltsraum der Medi gab es nur dünnen Kaffee und der Kuchen, der in den Bäckereien nicht verkauft werden konnte, war altbacken, meist trocken und ungenießbar. Xea schloss genüsslich die Augen, als ihr der schwarze Kaffee stark und heiß die Kehle hinunter rann und ihre müden Glieder wieder zum Leben erweckte.

Erst, als sie alles bis auf den letzten Tropfen leer getrunken und auch die letzten Krümel des saftig weichen Cupcakes mit ihren Fingern vom Teller geschleckt hatte, ging sie wieder zurück. Nach einem kurzen Blick durch das Sichtfenster, das nun bis auf die Tote im Bett niemanden mehr zeigte, betrat sie das Krankenzimmer und blieb sofort ruckartig stehen, als sie sah, dass der junge Mann immer noch da war. Nur, dass er jetzt mit seinem Maßanzug völlig entspannt auf der Couch in der Ecke saß und die Arme lässig auf der Rückenlehne abgelegt hatte, während eine etwas ältere Frau, ebenfalls in einem maßgeschneiderten, dunkelblauen Kostüm ständig vor ihm auf und ab lief und ihre High Heels dabei einen seltsam dumpfen Klang hinterließen. So, als wollte sie ihrem Umfeld damit unmissverständlich klar machen, wer hier das Sagen hatte.

Xea kam sich fast schon schäbig vor in ihrem nicht mehr ganz so strahlend weißen Krankenschwesterkittel und ihren abgewetzten Arbeitsschuhen. Sie wusste nicht recht, was sie tun sollte. Doch, da sie jetzt auch nicht einfach wieder verschwinden konnte, ging sie mit klopfendem Herzen zum Badschrank, holte einen Eimer, den sie mit warmem Wasser und Seife füllte und ein paar weiche Tücher heraus. Wenn es den Herrschaften nicht gepasst hätte, dann würden sie es ihr schon sagen. Schließlich hatte sie nicht den ganzen Tag Zeit, um zu warten, bis sie endlich ihrer Arbeit ungestört nachgehen konnte.

Wie sich herausstellte, hatte sie sich unnötig Sorgen gemacht, denn die beiden redeten, oder besser, diskutierten in lautem Tonfall, einfach weiter, so als wäre sie gar nicht anwesend, was ihr nur recht war.

Leise ging sie zum Bett und schob erst einmal die vielen Monitore etwas zur Seite, damit sie uneingeschränkt arbeiten konnte. Die vielen Bildschirme waren allesamt ausgeschaltet und verdeutlichten noch mehr die Leere und Endgültigkeit, die der Tod mit sich brachte. Gerade mal vor ein paar Stunden piepsten die Geräte noch eifrig im Rhythmus des Herzschlags dahin und dann stand auf einmal alles ganz still. Ein letzter Atemzug, ein letztes Klopfen des Herzens und dann Stille. Und entgegen dieser Stille stand das letzte Aufbäumen der Ärzte, die in voller Verzweiflung alles Menschenmögliche versuchten, um dem Patienten wieder Leben einzuhauchen.

Xea hatte dieses Szenario schon einmal miterleben dürfen, oder besser gesagt, müssen. Zwar war es damals schon ein alter Mann, der während einer Operation an Herzversagen verstarb, aber trotzdem so schockierend, dass sie die Bilder bestimmt bis an ihr Lebensende nicht aus dem Kopf bekommen würde.

Groteskerweise war diese Erinnerung aber nicht nur mit Trauer verbunden, sondern ebenso mit Bewunderung. Bewunderung für die Ärzte, die in vielen Fällen über Leben und Tod entscheiden konnten. Ihr Wissen und ihre Fertigkeiten konnten Leben retten. Natürlich auch mit Hilfe der Technik, die nur bestimmten Berufen zugänglich war.

Doch davon konnte Xea nur träumen, denn es stand ausschließlich den Superior zu, an einer Universität zu studieren und sich mehr als nur Allgemeinwissen anzueignen, um solch höherwertige Berufe auszuüben.

Xea Eltern hatten ihr einmal erzählt, dass es früher einmal gang und gäbe war, dass jeder Mensch auf der Welt, egal welcher Hautfarbe oder welcher Herkunft studieren konnte, was heutzutage undenkbar gewesen wäre. Doch dann kam es vor vierzig Jahren im Jahre 2035 zu einem globalen Aufstand der Weltbevölkerung gegen die Politik. Die Menschen konnten einfach nicht mehr zusehen, wie eine Klimakatastrophe nach der anderen und eine Seuche nach der anderen ihre Welt zerstörten und die Leute in den Führungspositionen nichts dagegen unternahmen, so dass die brutalen Morde zwischen den Mächtigen und der restlichen Bevölkerung in China anfingen und dann wie bei einem Dominospiel um die ganze Welt gingen. Doch letztendlich war es die Bevölkerung, die den Kürzeren zog und auf brutalste Weise vom eigenen Militär größtenteils ausgelöscht wurde. In Asien, wo damals mehr als 60 Prozent der ganzen Weltbevölkerung lebte, wurden sogar nukleare Waffen eingesetzt, um die rebellierende Bevölkerung zu stoppen. Wogegen dabei alle Asiaten zu Tode kamen, flohen die Reichen und Mächtigen kurz bevor die Atombomben alles Leben auslöschten. Jetzt gab es kein Asien mehr, zumindest keine Menschen mehr, die dort wohnten. So hatte es man ihnen jedenfalls in der Schule eingebläut.

Um eine weitere Massenvernichtung zu verhindern, lenkten dann die Politiker schließlich doch noch ein und versprachen ein neues Konzept für den Erhalt des Planeten zu erstellen, was sie dann auch in der Realität umsetzten. Und zwar radikal. Alle Fahrzeuge und Elektrogeräte, egal welcher Art, wurden bis auf wenige Ausnahmen verboten. Im Krankenhaus zum Beispiel oder an den Universitäten gab es nach wie vor Computer und unendlich viel Strom, der fast ausschließlich aus erneuerbaren Energien gewonnen wurde. Die Haushalte der Medi dagegen verfügten nur über ein gewisses Pensum an Strom. War dieser Tagesbedarf verbraucht, musste man auf Kerzen und Holzöfen zurückgreifen. Es gab weder Telefon, Fernsehgeräte oder sonstige Annehmlichkeiten, die den Bürgern in der früheren Welt zum Verhängnis wurden.

Abgesehen von ein paar Autos, die sich nur die Sups leisten konnten, fuhren auf den Straßen wieder Fahrräder und Pferdekutschen. Und da man auf Grund des ständigen Wechsels eh nur kurzweilige Freunde und Bekannte in der gleichen Umgebung hatte, vereinbarte man einfach Treffen, um sich zu sehen. Oder man schrieb sich Briefe. Xea kannte es nicht anders und war zufrieden damit. Wobei sie schon gerne gewusst hätte, wie man so einen Computer benutzte. Und nicht nur das. Sie verspürte immer öfters den Drang, sich noch mehr Wissen anzueignen. Sie wollte mehr als nur Krankenschwester sein. Viel mehr. Doch sie würde sich mit dem, was sie in den drei Schuljahren gelernt hatte, zufriedengeben müssen.

Also schob sie ihre Gedanken beiseite und begann die kalte, bleiche Haut der Frau zu säubern. Auch noch im Tod sah sie wunderschön aus. Ihre Haut war makellos und ihr seidig blondes Haar breitete sich um ihr Engelsgesicht wie ein Schleier.

Die Ähnlichkeit mit ihrer Mutter war nicht zu übersehen. Nur, dass das Gesicht der Tochter selbst im Tod noch Frieden ausstrahlte, das der Mutter hingegen Kummer und Zorn.

Obwohl Xea versuchte, sich ganz und gar auf ihre Arbeit zu konzentrieren, kam sie nicht umhin, den beiden Angehörigen zu zuhören und ihnen sogar ab und an einen verstohlenen Blick zu zuwerfen. Und das, was sie sah und vor allem hörte, verwirrte und ärgerte sie gleicherweise so sehr, dass sie sich zusammenreißen musste, um nicht etwas Unüberlegtes zu sagen. Sie konnte sich einfach nicht erklären, wie sich der zuvor noch so betrübte und verletzlich wirkende, junge Mann innerhalb so kurzer Zeit zu so einem gefühlskalten Ekelpaket hatte verwandeln können.

„Mutter, jetzt beruhig dich doch wieder! Talina hat es ja nicht anders gewollt. Hätte sie sich nicht mit diesem widerwärtigen Medius eingelassen, dann würde sie noch leben. Sie ist selbst schuld!"

Er war also gar nicht ihr Ehemann, sondern ihr Bruder! Wie konnte er dann so unbeteiligt, ja fast schon gelangweilt dasitzen und seine Fingernägel begutachten, während seine Schwester ihren letzten schweren Weg ging? Und, als wäre das nicht schon genug, zeigte er keinerlei Trauer, sondern überhäufte sie stattdessen noch mit Vorwürfen. Was war nur passiert, dass er hier den großen gefühlskalten Macker spielte, wo er doch noch kurz zuvor gequält und verheult an ihrem Bett saß? War es seine Mutter, vor der er keine Schwäche zeigen wollte? Oder wollte er seine Verzweiflung einfach nur überspielen und sich selbst etwas vormachen? Xea wusste es nicht. Sie wusste lediglich, dass sie ihn nicht ausstehen konnte. Genauso wie seine Mutter, wie sie gleich darauf feststellen musste.

„Ich weiß. Aber sie ist immer noch meine Tochter und es tut einfach so weh! Wie konnte sie mir diese Schande nur antun! Ich hoffe, das Baby ist ebenfalls bei der Geburt gestorben!" Xea wurde ganz übel. Wie konnte man nur jemandem den Tod wünschen? Und das auch noch einem unschuldigen Baby?

Xea schielte kurz in ihre Richtung, um zu sehen, ob ihre Augen dasselbe sagten, wie ihre Worte. Und was sie sah, war erschreckend ernüchternd. Ihre Augen zeigten nicht die geringste Spur von Trauer. Wut jedoch spiegelte sie in ihrer ganzen Bandbreite wider. Nahezu alles an ihr wirkte verhärmt und wutverzerrt. Ihre Gesichtszüge, die steife Haltung und die schrille Stimme.

„Soviel ich weiß, ist es wohlauf und bereits an eine Mediusfamilie weitergereicht worden." Der Bruder fuhr sich mit der Hand immer wieder seelenruhig durch sein halblanges, dunkelblondes Haar, als wäre sein einziges Problem eine nicht ganz perfekt sitzende Frisur.

„Ich wünsche diesem Balg ein schreckliches Leben. Es soll dafür sein ganzes Leben lang büßen, dass es meine Tochter auf dem Gewissen hat!"

Xea zuckte bei diesen grausamen Worten so zusammen, dass ihr glatt der Lappen aus der Hand fiel. Während sie sich mit hochrotem Kopf zu Boden neigte und ihn wieder aufhob, sah sie aus den Augenwinkeln, wie sie von den beiden mit angewiderten Gesichtern gemustert wurde.

Xea hatte noch nie zuvor einen so starken Drang verspürt, jemanden einen Eimer Wasser überzukippen. Und jetzt, da auch noch der Eimer in greifbarer Nähe war, litt sie fast schon Schmerzen, während sie krampfhaft versuchte, ihre Beherrschung im Zaum zu halten.

Auch wenn sich die Schwester mit einem Medius eingelassen hatte, was für einen Superior völlige Enterbung und Entlassung aus dem Adelsstand bedeutete, war sie immer noch ihr eigen Fleisch und Blut! Wie konnte man nur so oberflächlich sein? Waren der Stand und die Ehre so viel mehr wert als das eigene Kind? Oder das Enkelkind? Wahrscheinlich war es gut so, dass das unschuldige Baby gleich an eine andere Familie weitergereicht worden war, denn bei seinen leiblichen Großeltern wäre es niemals glücklich geworden.

„Kommt Vater auch, um sie noch ein letztes Mal zu sehen?", fragte nun der Bruder, der nicht recht viel älter als sie selbst sein konnte.

„Nein!" Bei der Erwähnung des Vaters, verhärteten sich die Gesichtszüge der Mutter noch mehr, soweit das überhaupt ging und ihre Lippen waren so fest aufeinandergepresst, dass sie nur noch aus zwei schmalen Strichen bestanden. „Du weißt doch, wie er über die ganze Sache denkt. Talina ist bereits in dem Moment für ihn gestorben, als sie von diesem Medius schwanger geworden ist. Er hat noch keine einzige Träne um sie verloren."

„Tja, und wir täten auch gut daran, es ihm gleich zu tun. Es ist einfach inakzeptabel, sich mit einem minderwertigen Stand einzulassen. Komm Mutter, lass uns gehen und dieses leidige Thema ein für alle Mal hinter uns lassen!"

Dieses leidige Thema? Xea wäre diesem arroganten Arsch am liebsten an die Gurgel gegangen. Krampfhaft krallte sie sich mit dem nassen Lappen in der Hand am Bettrahmen fest, um ihm nicht doch noch den Kopf gehörig zu waschen, denn verdient hätte er es allemal.

2

Auf dem Weg nach Hause, ging ihr das Mutter-Sohn-Gespräch einfach nicht mehr aus dem Kopf. War es wirklich so schlimm, wenn sich die verschiedenen Gesellschaftsschichten verbanden? Wenn es ein Inferior gewesen wäre, hätte sie es ja vielleicht ansatzweise verstanden. Schließlich waren das die Unfruchtbaren, Gebärverweigerer oder schlimmstenfalls die Kriminellen. Aber ein Medius war ein durchaus normaler, ehrenwerter Bürger, der seiner Arbeit pflichtbewusst nachging und sich nichts zu Schulden kommen ließ. Ja, sie hatten keinen Besitz und auch kaum Geld, aber das konnte doch nicht alles sein, was zählte! Aber was wusste sie schon von der Welt!

Das Einzige, was sie von ihren Eltern wusste war, dass früher, vor dem Wechselsystem, zwar nicht alles besser, aber jeder Mensch frei in seinen Entscheidungen war. Man konnte werden, was man wollte. Damals waren die meisten Bürger wohlhabend und konnten sich kaufen was und wie viel sie wollten. Sie konnten reisen, wohin sie wollten. Das alles musste wunderbar gewesen sein.

Obwohl nie anders kennengelernt, vermisste sie doch dieses Stück Freiheit, das ihr ihre Eltern mit diesen Geschichten in den Kopf gesetzt hatten. Natürlich war nicht alles gut. Die Umweltverschmutzung, die vielen Seuchen und der daraus resultierende radikale Umbruch waren etwas, auf das die Menschheit wahrlich nicht stolz sein konnte.

Warum war sie manchmal nur so unzufrieden, wo doch alle mit dem neuen System zufrieden zu sein schienen. Warum nicht auch sie?

Gedankenverloren ging Xea durch die Straßen London`s und betrachtete die schönen Altbauten, die dem Bürgerkrieg und seinen Bomben nicht zum Opfer gefallen waren. Dabei kam sie an etlichen Litfaßsäulen vorbei, die die Tanzveranstaltungen für das kommende Wochenende mit riesigen Plakaten anpriesen.

Es herrschte reger Verkehr auf der Straße. Zahlreiche Fahrräder und Kutschen mit prächtigen Rössern klapperten die asphaltierten Straßen entlang. Autos oder anderweitige motorisierte Fahrzeuge waren so gut wie nie zu sehen, denn selbst die Sups reisten meist in einer Kutsche. Zumindest bei kurzen Strecken. Es war selbst für sie kostspielig, ein Auto zu unterhalten, geschweige denn, für den Treibstoff aufzukommen.

Die Londoner waren wie üblich gut gelaunt und unterhielten sich auf offener Straße oder im Park über den neuesten Klatsch und Tratsch, während sowohl ihre Kinder als auch ihre Wechselkinder ungestüm umher tobten und dabei eine heimelige, fast schon familiäre Atmosphäre schufen. Wenn es nicht so absurd gewesen wäre, hätte es Xea sogar geglaubt.

Als sie an der städtischen Bibliothek, dem ehemaligen Victoria und Albert Museum vorbeikam, hätte sie sich am liebsten darin verschanzt, um noch ein paar ruhige Augenblicke für sich zu haben. Doch der Ärger danach wäre nicht auszudenken gewesen. Xea vermisste die Freizeit, die ihr in ihren früheren Pflegefamilien regelmäßig nach der Arbeit gewährt worden war. Ihre früheren Familien hatten ihr sogar den Bibliotheksausweis, der nicht gerade billig war, bezahlt.

Sven und Fiona hingegen hätten ihr diese Freude nie und nimmer vergönnt. Wenn es nach ihnen ginge, sollte sie jeden Tag nach der Arbeit noch bis spät abends im Gasthaus schuften. Also war ihr nichts anderes übriggeblieben, als einen Teil ihres hart ersparten Geldes für einen Büchereiausweis zu opfern. In Xea`s Augen wäre es ein Frevel gewesen, jetzt, da sie in London, der Hauptstadt von England, ihr letztes Jahr verbringen sollte, nicht an dem reichen Schatz an Büchern, Kunst und Vergangenem teilhaben zu dürfen. Es war ja schon ein Erlebnis für sich, den viktorianischen Stil des Gebäudes, mitsamt dem märchenhaften Innenhof, bewundern zu dürfen.

„Hi Xea!", wurde sie plötzlich von der Seite her freundschaftlich angerempelt.

„Boah Serona! Hast du mich erschreckt! Mach das ja nicht noch einmal!"

„Hä? Ich bin heran getrampelt wie ein Elefant! Das hätte sogar ein Tauber gehört. An was oder besser gesagt, wen denkst du denn gerade?", grinste sie ihre Freundin verschwörerisch an, wobei ihre vielen Sommersprossen lustig auf und ab hüpften und mit ihrem roten Haar um die Wette funkelten. Entgegen der Meinung vieler Leute, fand Xea Serona wunderschön. Das Zusammenspiel ihrer strahlend grünen Augen mit dem roten Haar und der porzellanweißen Haut war in Xea`s Augen einfach nur perfekt. Außerdem wirkte sie nicht mehr so mädchenhaft wie sie selbst, sondern schon ziemlich erwachsen und fraulich, was sie sicherlich ihrer kurvigen Figur und den langen, dicken Locken zu verdanken hatte.

„An niemanden!", empörte sich Xea etwas zu schnell und zu offensichtlich.

„Aha. Und ich hab heute eine Kuh beim Schlitten fahren gesehen! Ach komm schon Xea! Jetzt spuck`s schon aus!"

„Ach…, ich dachte nur an die tote Superior, die ich heute waschen musste. Besser gesagt an deren Mutter und Bruder."

„Wieso? War der so heiß, dass er dir immer noch im Kopf herum spukt?"

„Heiß? Eher eiskalt!"

„Oje! Haben sie dich etwa schlecht behandelt?"

„Nein. Aber ihre Blicke haben mir klar und deutlich gezeigt, was sie von mir halten."

„Dass diese Sups aber auch immer ihre Privilegien so heraushängen lassen müssen! Die meinen alle, sie sind was besseres, nur weil sie bei der Geburt zufällig aus dem richtigen Loch geflutscht sind!"

„Hm…, wobei der Bruder schon echt ein Sahnestückchen gewesen wäre…"

„Hah! Hab ich`s doch gewusst! Deshalb bist du so in Gedanken. Er hat dir gefallen." Und dann sang sie noch ein paar Mal hintereinander *Xea ist verliebt, Xea ist verliebt*, bis sie Xea mit genervten Augenrollen in die Seite stieß, so dass sich Serona prustend die Seite hielt und damit aufhören musste. Manchmal hatte Xea das Gefühl, alles in Serona`s Leben drehte sich nur noch um Jungs. Jungs und Kleider.

„Serona, du bist furchtbar! Nie und nimmer würde ich mich in einen Superior verlieben! Du weißt doch, dass das nicht erlaubt ist. Und außerdem…"

„Ja? Außerdem was?", fragte Serona nach, als Xea nicht gleich weitersprach.

„Außerdem hat sich seine Schönheit ausschließlich auf sein Äußeres beschränkt. Charakterlich war er…, ach was sag ich, er hatte gar keinen Charakter!"

„Ist ja auch egal. Viel wichtiger ist die Frage, ob du schon einen potentiellen Ehemann ins Auge gefasst hast. Du weißt ja, dass uns nicht mehr viel Zeit bleibt!"

Und da war sie wieder, die Frage aller Fragen! Xea hatte das Gefühl, als würde sich im Moment die ganze Welt nur noch um diese einzige Frage drehen. Früher hatte man sich bei ihr nach ihrem Tag erkundigt, was sie gerade las, mit welchen Freunden sie sich traf oder was sie in ihrem Praktikum alles lernte. Doch jetzt gab es nur noch diese eine Frage in ihrem Leben. Und es machte sie fuchsteufelswild, dass sie darauf immer nur die eine Antwort parat hatte.

„Ach, erinnere mich jetzt bloß nicht daran! Mir wird schon ganz schlecht, wenn ich nur daran denke! Aber zu deiner Frage, nein ich hab noch keinen in der engeren Auswahl. Wie soll das auch gehen, wenn man ständig den Wohnort wechseln muss? Das ist echt zum Kotzen!"

„Hm, eigentlich find ich das gar nicht so schlimm! Das gehört nun mal zu unserem Leben. Manchmal find ich das sogar ganz aufregend. Man lernt viele Leute kennen, sieht viele neue Orte und man kann in viele Berufe hinein schnuppern, bevor man sich endgültig für einen Beruf entscheidet."

„Das meinst du doch jetzt nicht wirklich ernst, oder?", sah Xea ihre Freundin ungläubig an, wobei sie ihre Augenbrauen so verengte, dass nur noch eine tiefe Furche dazwischenstand.

„Warum denn nicht?"

„Was ist mit deiner Familie, die dich geboren und die ersten neun Jahre großgezogen hat? Vermisst du sie denn nicht?"

„Hm…, eigentlich nicht. Ich war ja das vierte Kind und da haben meine Eltern nicht mehr viel Aufhebens um mich gemacht. Sie waren eher, hm…, wie soll ich das erklären…, irgendwie neutral zu mir. Sie wussten ja, dass sie mich irgendwann hergeben mussten und haben somit gar keine so enge Beziehung aufkommen lassen. Und die Familien, an die ich dann jährlich weitergereicht wurde, waren auch allesamt okay."

„Tja, dann hattest du echt Glück! Meine Familien waren zwar auch allesamt einigermaßen in Ordnung, bis auf dieses Jahr natürlich. Aber meine echte Familie kann und will ich einfach nicht vergessen. Ich weiß zwar auch nicht mehr so viel von früher, aber eins weiß ich mit Sicherheit. Sie haben mich geliebt. Genauso, wie ich sie geliebt hab und immer noch liebe. Ich glaube ihr Herz ist gebrochen, als ich ihnen weggenommen wurde. Nachts träum ich oft von diesem furchtbaren Moment, als ich von den Soldaten weggezerrt wurde und meine Eltern geschrien haben, als würde man ihnen ihr Herz herausreißen."

„Wow, das hört sich ja echt dramatisch an!"

„Ja, das war es auch. Du hättest den Schmerz in ihren Augen sehen sollen. Den hättest auch du nie vergessen!"

„Vielleicht… Und deine Geschwister? Vermisst du sie auch?"

„Ich habe keine Geschwister."

„Was?", hielt Serona plötzlich inne und hielt Xea völlig ungläubig am Arm fest. „Du…, du hast keine Geschwister? A…, aber das heißt ja…"

„Ja genau. Das heißt, dass meine Eltern gleich nach meiner Wegnahme ebenfalls abtransportiert wurden."

„Dann lag es also nicht daran, dass sie keine Kinder mehr bekommen konnten, sondern daran, dass sie sich verweigert haben, weitere zu zeugen?" Xea konnte an Serona`s Gesichtsausdruck ablesen, dass sie es nicht verstehen konnte. Es sogar verurteilte. Auch wenn sie es nicht zugeben wollte, ärgerte es sie, dass Serona so über ihre Eltern dachte, wo sie sie doch gar nicht kannte. Sie selbst konnte sie nämlich gut verstehen. Sehr gut sogar. Ihre Eltern haben sie so sehr geliebt, dass sie es nach Xea`s Geburt nicht übers Herz gebracht hätten, noch weiteren Kindern das Leben zu schenken, nur um sie dann nach neun Jahren wieder zu verlieren. Denn mit dem Verlust der Eltern ging auch Hand in Hand der Verlust der Kindheit einher, indem sie jedes Jahr am Neujahrstag von Soldaten abgeholt und an eine neue Familie aus einer ganz anderen Gegend weitergereicht wurden. Sie mussten also bis zu ihrer endgültigen Berufswahl neun Familien durchlaufen, wobei sie mit jedem Wechsel auch das Praktikum wechseln mussten. Es gab nur neun Sparten von Arbeit, die den Medius zustand. Darunter die Ordner, wie Büroangestellte oder Polizisten, die Farmer für Gemüse und Obst, die Viehzüchter, den Tourismus, darunter auch die Gasthäuser, die Handwerker, Dienstleister, Weber, Ernährer, worunter die Bäcker und Metzger fielen und zu guter Letzt die Pfleger, wie Krankenschwestern, Hebammen oder Altenpfleger. Am meisten hatte Xea das Praktikumsjahr als Dienstleisterin gehasst. Dabei hatte sie noch Glück gehabt und musste nicht einmal in den Haushalt irgendeiner Adelsfamilie, sondern nur in einem Friseurgeschäft arbeiten. Doch es war ihr ein Graus, tagein, tagaus den Adligen ihre Haare zu waschen und ihnen dabei zuzuhören, wie sie sich über die dummen, nichtsnutzigen Medius unterhielten und dabei auch noch zu lächeln, als hätte sie die Beleidigungen nicht gehört.

Am liebsten war ihr der Beruf der Krankenschwester, den sie jetzt in ihrem letzten Jahr kennenlernen durfte. Sie liebte es, sich um bedürftige Menschen zu kümmern. Vor allem, wenn es sich um Medius handelte. Sie waren so froh um jede kleinste Hilfe und liebevolle Geste. Ihr herzerwärmendes Lächeln und der Dank, der ihnen aus den Augen sprach, waren für Xea Belohnung genug. Deshalb hatte sich Xea auch vor kurzem im Berufsregister mit dem Berufswunsch Krankenschwester eingetragen.

Sie war so unsagbar froh, dass dieses Jahr, in dem sie bei einer Gastwirtsfamilie leben musste, in einem halben Jahr vorbei war. Dann war sie volljährig, frei und konnte hoffentlich eine Lehre zur Krankenschwester machen. Keiner konnte ihr mehr vorschreiben, wann sie zu Hause sein musste oder was sie tun und lassen sollte. Wobei das nicht ganz so stimmte, denn sie hatte danach nur zwei Jahre Zeit, um sich einen Ehemann zu suchen. Würde sie in dieser Zeit keinen finden, würde ihr vom System einer zugeteilt werden. Und dann hätte sie immer genau fünf Jahre Zeit, um Kinder zu bekommen. Und das Ganze, bis sie fünfundvierzig war. Danach durften sie noch zehn Jahre lang ihrem Beruf nachgehen, ohne Kinder in die Welt setzen zu müssen. Erst nach diesen zehn Jahren wurden sie zu Rentnern und durften ihr endgültiges Zuhause beziehen, in dem sie bis an ihr Lebensende bleiben durften, denn auch als Ehepaar musste man alle drei Jahre den Wohnort und die Arbeitsstelle wechseln.

Dadurch sollte ein weiterer Aufstand der Mittelschicht verhindert werden, da durch den ständigen Wechsel nicht so leicht Verbindungen oder Gruppierungen zustande kommen konnten. Alles in allem war das System in Xea`s Augen wirklich bestens ausgeklügelt. Es wusste genau, wie es die Bevölkerung zufrieden stellte und somit auch die Kriminalitätsrate fast gegen Null fuhr.

Doch Xea reichte das nicht. Sie wollte mehr. Und vor allem wollte sie Kinder, die sie von Geburt an bis zum Gründen einer eigenen Familie und noch weit darüber hinaus begleiten durfte. War das selbstsüchtig von ihr? Schließlich wurde ihnen immer wieder gepredigt, dass es für die Kinder das Beste sei, wenn sie in ihrer Jugend so viele Erfahrungen in anderen Familien sammeln konnten, wie nur möglich. Und nur, wenn sich die Kinder vollständig von ihren Familien abnabeln würden, könnten sie vollkommene Selbstständigkeit erreichen. Doch warum durften dann die Superior ihr ganzes Leben lang bei ihren Eltern leben? Warum wurde den Medius verschwiegen, wo ihre Eltern und Geschwister lebten? Und warum konnte man nicht selbst entscheiden, wann und wie viele Kinder man wollte? So viele Fragen, die Xea plagten. Doch am meisten plagte sie die Frage nach dem Verbleib ihrer Eltern.

Als Inferior waren sie auf gleicher Stufe, wie die Strafgefangenen und mussten niedere, schwere Arbeiten verrichten. Xea betete jeden Tag zu Gott, dass es ihren Eltern gut ging. Dass ihnen das Schicksal erspart bliebe, in den Mienen oder auf den

Trümmerfeldern zu schuften. Und, dass sie sie eines Tages wiederfinden würde. Natürlich wusste sie, dass dieser Wunsch so gut wie unmöglich war, denn die Daten über die Aufenthaltsorte der Medius wurden niemals herausgegeben. Es hieß sogar, dass die Daten nach jedem Wechsel vernichtet wurden. Aber dennoch war dieser kleine Funken Hoffnung wie eine tropfende Wasserquelle mitten in der Wüste. Nicht durststillend, aber trotzdem eine Möglichkeit nicht vollkommen zu vertrocknen.

„Komm, lass uns heute Abend etwas unternehmen! Es ist Wochenende!", holte sie Serona aus ihren Grübeleien.

„Würde ich ja echt gerne, aber Fiona hat mir heute Morgen auf ihre ach so reizende Art offenbart, dass ich heute Abend beim Bedienen in der Gaststube aushelfen muss, weil wieder irgendjemand krank geworden ist."

„Das bedeutet dann wohl, dass du gar keine Chance hast, dich da irgendwie rauszureden, was?" Serona`s bemitleidenswerter Blick und die einseitig hochgezogene Lippe hätten eigentlich gar keiner Antwort mehr bedurft.

„Jep, genau das bedeutet es. Du kennst sie ja. Ich könnte mit Windpocken im Bett dahinvegetieren und sie würde mich, so gut es ginge, überschminken und aus dem Bett jagen, nur damit ihre Gaststätte reibungslos weiterlaufen würde!" Da Serona Xea`s niedergeschlagener Blick nicht entgangen war, wollte sie gar nicht mehr länger darauf rumreiten, denn sie wussten beide, dass es zwecklos war.

„Tut mir echt leid für dich. Ich weiß, wie sehr du das Bedienen hasst! Dann unternehmen wir aber morgen was zusammen, wenn du wegdarfst! Schließlich müssen wir auf Bräutigamschau gehen! Versprochen?", verabschiedete sich Serona noch mit einem Küsschen auf Xea`s Backe.

„Ja, bis morgen vielleicht", meinte Xea nicht ganz so motiviert wie ihre Freundin. Sie konnte sich schönere Aktivitäten vorstellen, als auf diese blöden Tanzveranstaltungen zu gehen, die nur dazu da waren, um sich potenzielle Partner zu suchen. Sie kam sich dort immer vor, wie auf einer Fleischbeschau. Und wenn wirklich mal einer dabei war, der ihr vom Aussehen her gut gefiel, dann war er schon wieder unten durch, kaum hatte er den Mund geöffnet und irgendwelchen Stuss von sich gegeben. Gab es denn keine Männer mehr, die gut aussahen und dabei auch noch Grips hatten? Aber wer weiß, vielleicht traf sie ihren Auserwählten ja doch noch schneller, als ihr lieb war.

Zuhause angekommen, wobei Xea es nicht wirklich als ihr Zuhause bezeichnen konnte, eilte sie die schwere Eichenholztreppe so leise wie nur möglich in ihr kleines Zimmer hinauf, um noch ein paar Augenblicke allein zu sein, ehe sie Fiona in die Finger bekam. Bei all den Familien, in denen sie bisher war, war diese die Schlimmste. Dabei war es nicht einmal die Hektik und die viele Arbeit, die so ein Gasthaus mit sich brachte, sondern vielmehr die Herzlosigkeit, die ihr hier entgegengebracht wurde. Und das, obwohl sich Xea fast jeden Tag nach Feierabend noch stundenlang in der Küche oder beim Reinigen der Zimmer abrackerte. Zum Dank bekam sie von ihren Pflegeeltern nur missbilligende Blicke.

Trotz allem konnte sie die beiden aber auch irgendwie verstehen. Sie hatten einfach die Nase voll von den vielen Wechselkindern, die sie jedes Jahr aufnehmen mussten. Außerdem war dieses Jahr das Letzte, in dem sie die Gastwirtschaft bewirtschaften durften. Da beide schon Mitte fünfzig waren, würden sie im neuen Jahr zu Rentnern werden und ein eigenes Haus zugeteilt bekommen, in dem sie bis an ihr Lebensende bleiben durften. Oder besser gesagt, mussten. Es war somit nicht verwunderlich, dass ihre Pflegeeltern immer so schlecht gelaunt waren. Sie hatten jetzt drei Jahre lang nichts anderes getan, als für dieses Gasthaus zu schuften und das Beste daraus zu machen und dann wird ihnen von einem auf den anderen Tag alles genommen. Einfach so. Zwar wusste jeder Medius, dass alles, was man besaß, den Superior gehörte und es ihnen irgendwann Mal genommen und an eine jüngere Familie weitergereicht wurde. Aber dennoch war es nicht so einfach, wenn es dann so weit war. Überhaupt war es nie einfach, wenn man innerhalb eines einzigen Tages von einem Leben in ein völlig anderes geworfen wurde. Weder für die Erwachsenen noch für die Wechselkinder.

Völlig erschöpft von ihrem Arbeitstag im Krankenhaus, legte sich Xea mitsamt den Klamotten aufs Bett, um sich noch einen kurzen Augenblick lang auszuruhen.

3

Sie musste eingeschlafen sein, als plötzlich die Tür ruckartig aufgerissen wurde und ihr Fiona wütend eine schneeweiße Schürze ins Gesicht warf.

„Was machst du denn da? Schläfst du etwa? Ich fasse es nicht! Wir schuften uns unten zu Tode und Madame gönnt sich hier ihren Schönheitsschlaf", wurde Xea von ihrer Pflegemutter wüst beschimpft. Da sie noch ein wenig schlaftrunken war, brauchte sie eine Sekunde, bis sie überhaupt registrierte, dass sie aus Versehen eingeschlafen war. Als ob das ein Verbrechen wäre, funkelte sie Fiona mit hochrotem Kopf und tiefer Furche zwischen ihren wuchtigen Augenbrauen an. Einzig und allein wegen der Tatsache, dass sie wegen ihrer nicht gerade schlanken Erscheinung und der vielen Treppen, schnaubte wie ein Walross, ließ Xea die Schimpftirade geduldig über sich ergehen.

„Entschuldige, ich wollte wirklich nicht schlafen. Nur kurz ausruhen."

„Ausruhen kannst du dich, wenn du tot bist! Aber nicht, solange du unter meinem Dach schläfst und mein Essen isst, verstanden!"

Xea brannte es auf der Zunge, ihr zu sagen, dass es nicht wirklich ihr Dach war, unter dem sie schlief, konnte sich aber im letzten Moment doch noch besinnen und setzte einen reumütigen Blick auf. Den beherrschte sie nämlich im Schlaf, denn Xea hatte schon früh gelernt, dass sie damit am besten davonkam. Wiedersprüche und freche Antworten hatten ihr in der Vergangenheit nur Ärger eingebracht.

„Ja, ich hab`s verstanden. Es tut mir wirklich leid und es kommt auch bestimmt nicht mehr vor. Ich geh noch schnell in die Dusche und komm dann sofort runter."

„Duschen will das edle Madamchen also auch noch? Aber natürlich! Warte kurz, dann schick ich dir noch den Zimmerservice hoch, der dir dann auch gleich noch beim Ankleiden hilft!", wedelte Fiona theatralisch mit ihren dicken Fingern in der Luft herum, als müsste sie ein ganzes Orchester dirigieren.

„I…, ich dachte n…nur, dass…"

„Ach, denken kannst du auch noch? Ja wenn das so ist, dann kannst du dir sicher denken, dass ich dir Beine mache, wenn du nicht sofort runterkommst!" Mit hartem Blick und zu Fäusten geballten Händen, die sie wütend in die Seiten stemmte, funkelte sie Fiona an. Es wäre zwecklos gewesen, noch ein weiteres Wort an ihre Pflegemutter zu verschwenden, so dass sich Xea nach der Schürze bückte, sie sich rasch umband und ihrem Strafprediger nach unten folgte.

Als sie an der Küche vorbeikam, stieg ihr der verlockende Duft nach Braten entgegen. Xea versuchte verbissen, das starke Hungergefühl so gut es ging zu verdrängen. Sie würde ja doch erst am Ende ihrer Schicht etwas davon abbekommen. Sie konnte schon froh sein, wenn sie bei dem Trubel, der bereits vorherrschte, zwischendurch mal etwas zu trinken bekam.

Bisher hatte sie nur ein paar Mal als Bedienung einspringen müssen, was ihr ganz recht war, denn sie hasste es, ständig begafft und begrapscht zu werden, als gäbe es die Bedienung zur Bestellung gratis mit drauf. Und leider kam das ziemlich oft vor, je später die Stunde und je betrunkener die Männer. Da war es ihr schon lieber, in der Küche Geschirr zu spülen oder auf den Zimmern die Betten zu beziehen. Es war sogar manchmal ganz amüsant, zu sehen, was die Leute so alles in den Besucherritzen vergaßen. Das Lustigste, was ihr bisher in die Hände gefallen war, war ein Toupet. Wie konnte man nur seine Haare vergessen?

Leider gab es aber auch hier, wie auch sonst überall, noch die andere Seite der Medaille. Nicht selten passierte es ihr, dass sie benutzte Kondome oder Schlüpfer zwischen den Bettritzen herausfischte. Von den fast ausschließlich aus der Oberschicht stammenden Übernachtungsgästen, stieg bestimmt nur die Hälfte davon wirklich auf Grund einer Durchreise hier ab. Der Rest war hier, um sich anderweitig zu vergnügen. Männer sowie auch Frauen stillten hier heimlich ihre sexuellen Bedürfnisse, während sie ihre Ehepartner daheim in dem Glauben beließen, geschäftlich unterwegs zu sein. Manchmal hatte Xea das Gefühl, in einem Freudenhaus zu wohnen, denn nicht einmal die dicken Wände konnten das Geschehen dahinter verbergen.

Jedenfalls schien heute nicht gerade ihr Glückstag zu sein, denn zu allem Übel musste Xea auch noch in der Superiorgaststube aushelfen. Wie schon im Krankenhaus, gab es auch in den Gasthäusern, Hotels und anderweitigen Freizeiteinrichtungen getrennte Bereiche. Und das alles nur, um sicherzugehen, dass sich die Medi und die Sups nicht vermischten, was ja anscheinend nicht immer so einwandfrei zu funktionieren schien.

Xea ließ es sich nicht nehmen, nur für einen kurzen Moment noch schnell auf die Personaltoilette zu eilen, um sich den Schlaf aus den Augen zu waschen und ihre Haare zu richten. Zum Glück stand im Badschrank ein Make-up, mit dem sie die dunklen Schatten unter den Augen wenigstens etwas weg kaschieren konnte.

Neben ihrem Praktikum im Krankenhaus, zollte die viele Arbeit in der Gastwirtschaft ihren Tribut. Nicht nur, dass sie magerer geworden war, wo sie ohnehin schon immer sehr dünn war. Nein, auch der Glanz in ihren strahlend blauen Augen und die rosigen Wangen, die ihren dunklen Teint stets noch strahlender erscheinen ließen, gingen von Tag zu Tag immer mehr verloren. Sogar ihr langes, rabenschwarzes Haar wollte nicht mehr so glänzen, wie früher.

Xea hatte das Gefühl, mit jedem Tag mehr zu verblassen. Wäre nicht die Arbeit im Krankenhaus und die Aussicht auf ihre Volljährigkeit und dem damit einhergehendem Ende des Wechsels gewesen, wäre sie wahrscheinlich schon lange verwelkt, wie eine Topfblume, der keinerlei Fürsorge angedeiht wurde.

Ein letztes Mal strich sie sich über den adrett zurückgekämmten Pferdeschwanz, der besonders ihre wunderschön geschwungenen Augenbrauen und die ausgeprägten Wangenknochen betonte. Dann atmete sie einmal tief ein und aus, bevor sie sich Stift und Zettel holte, sich ein aufgesetztes Lächeln ins Gesicht zwang und sich in die Höhle der Löwen begab.

Die Sups speisten in einem separaten Anbau mit überdachter Terrasse, von wo aus der Ausblick auf einen kleinen Park einfach nur atemberaubend war. Ebenso atemberaubend wie auch der ganze Saal, glänzte dessen Inneneinrichtung aus edelstem Walnussholz, in verschiedenen Farbnuancen von braun bis schwarz. Seine belebte Maserung mit dem zarten, zungenförmigen Muster und der ausgeprägten Struktur hauchte den Möbelstücken eine gewisse Art Leben ein. Dazu im Kontrast der glänzend weiße Marmorboden, das porzellanweiß strahlende Tafelgeschirr und die filigran gearbeiteten Gläser und das Gesamtbild war perfekt.

Das Gasthaus war im Großen und Ganzen im Stile eines deutschen Wirtshauses aufgebaut. Deshalb auch die deutsche Karte mit Spezialitäten wie Schweinebraten mit Sauerkraut oder Schnitzel mit Pommes. Natürlich gab es auch typisch englische Speisen, die aber kaum bestellt wurden. Es hat sich im Laufe der Jahre herumgesprochen, dass man hier gut essen konnte und die Engländer gewannen der deutschen Essgewohnheit immer mehr ab.

Der Saal der Medi hingegen war um etliches kleiner, zwar auch in viel Holz gehalten, doch natürlich nichts im Vergleich zum Saal der Sups. Die Möbel waren aus billigem Holz geschreinert und der Boden aus stellenweisen schon brüchigen oder abgewetzten Fliesen.

Trotzdem fühlte sich Xea in der Gaststube der Medius viel wohler. Und das lag fast ausschließlich an den Gästen. Die gekünstelte Wichtigtuerei und die Angespanntheit, die im Saal der Sups vorherrschte, fühlten sich in Xea`s Augen so erdrückend an, dass ihr hier sogar das Atmen schwerfiel. „Na endlich! Zeit wird`s, dass uns hier mal jemand bedient! So einen langsamen Service hab ich ja lange nicht erlebt!", motzte sie gleich der erste Gast an, an dessen Tisch sie heran trat. Es war ein glatzköpfiger, feister Mann mit seiner Familie, die aus ebenso korpulenter Frau und zwei kleinen pausbäckigen Zwillingsmädchen bestand. Obwohl die Kinder noch sehr klein, vielleicht fünf oder sechs Jahre alt waren, konnte man ihnen jetzt schon mit ziemlicher Sicherheit prophezeien, dass auch sie in die Fußstapfen ihrer Eltern treten und zur Fettleibigkeit tendieren würden. Ihre kurzen Arme und Beine waren enorm gut gepolstert und nicht einmal das zartrosa Kleidchen konnte den leichten Bauchansatz kaschieren.

Es war die reinste Genugtuung für Xea, zu sehen, dass auch die edel geschneiderten Klamotten aus feinsten Stoffen nicht verhindern konnten, dass sie dick und träge darin wirkten. Der überhebliche Blick der Frau, der immer wieder neidisch über Xea`s schlanken Körper wanderte, erleichterten ihr ungemein, die Beleidigungen mit Fassung zu tragen.

„Es tut mir wirklich leid, dass sie so lange warten mussten, aber wir haben heute einen Engpass, weil jemand kurzfristig ausgefallen ist", versuchte sie sich mit einem entschuldigenden Lächeln zu rechtfertigen.

„Das ist mir sowas von scheißegal, was ihr habt oder was ihr nicht habt! Das ist euer Problem und nicht meins! Ich will jetzt einfach nur etwas essen. Und das zackig. Hast du mich verstanden?"

Xea hätte ihm am liebsten ins Gesicht gespuckt, dass er ein viel größeres Problem haben würde, wenn er nicht mit seiner Völlerei aufhören würde, doch sie war nicht dumm und wusste, dass sie die Konsequenzen dafür hätte tragen müssen. Fiona hätte sie umgebracht! Also quälte sie sich ein extra strahlendes Lächeln ins Gesicht und schluckte ihre unsagbar große Wut, die wie ein riesiger Kloß in ihrem Hals steckte, hinunter.

„Natürlich, ich werde mich beeilen. Was darf ich ihnen denn bringen?" In Gedanken fügte sie noch *du riesengroßes Arschloch* hinzu. Und wenn Xea schon jetzt gedacht hatte, vor Wut zu platzen, dann hatte sie sich gehörig getäuscht, denn sie musste noch geschlagene fünf Minuten ausharren, bis auch seine beiden Fratzen wussten, was sie essen wollten. Es gelang ihr nur noch schwer, eine gewisse Freundlichkeit an den Tag zu legen. Verbissen notierte sie sich die ganzen Extrawünsche, wobei notieren nicht ganz stimmte. Ihr Bleistift war nämlich zu allem Überfluss auch noch stumpfer als ein frisch abgesägter Baumstumpf es je sein könnte. Nicht zum ersten Mal wünschte sie sich einen Füller herbei, den die Ärzte immer benutzten, wenn sie Daten von Patienten in ihre Akten schrieben. Einer der nie stumpf war oder bei dem einem die Finger schmerzten, wenn man so fest aufdrücken musste. Zumindest bekam sie das Schnitzel mit Pommes gerade noch so aufs Blatt gekritzelt, doch den Rest musste sie sich leider merken, was sich nach einem anstrengenden Arbeitstag im Krankenhaus und mit einem knurrenden Magen als reinste Sisyphusarbeit herausstellte. Während sie im Geiste immer wieder die einzelnen Gerichte wie bei einer hängen gebliebenen Schallplatte herunter leierte, ging sie

zur Theke, wo sie sich alles fein säuberlich mit einem frisch ge-
spitzten Stift auf ein Blatt notierte und in die Küche weiter gab.

Der Rest des Abends verlief auch nicht gerade besser, so dass sie
erst, als der Letzte bezahlt und sie die Tische abgeräumt und abge-
wischt hatte, ihre Anspannung herunterfahren und sich selbst etwas zu essen holen konnte.

„Hier Mädchen, ich hab dir eine extra Portion auf deinen Teller
geladen. Ich weiß doch, dass du Braten mit Knödel liebst. Und das
hast du dir heute mehr als verdient, würde ich sagen. Lass es dir
schmecken!", lächelte sie Finolo, der Koch an. Es war nicht zu übersehen, dass er sie mochte. Vielleicht lag es daran, dass sie seiner
kleinen Tochter, die er als Erste hatte gehen lassen müssen, sehr
ähnlich schaute. Das zumindest hatte er ihr kürzlich mal erzählt.

Mit einem freundschaftlichen Kuss auf seine Wange, bedankte
sich Xea und ging hinüber zur Gaststube der Medi. Es wunderte
sie nicht, dass noch vereinzelt Gäste hier waren und sich die Zeit
mit einem Kartenspiel oder dem ein oder anderen Bierchen vertrie-
ben. Mit einem erleichterten Seufzer setzte sie sich in die hinterste
Ecke, um ungestört und in aller Ruhe ihr Abendessen zu genießen.

Leider war ihr nicht einmal das vergönnt, denn ihr wäre beinahe
der Bissen im Halse stecken geblieben, als sie in der Ecke gegenüber ausgerechnet den jungen Mann aus dem Krankenhaus wie-
dererkannte. War er es wirklich? Was hatte er hier bei den Medi zu
suchen?

Noch nie zuvor hatte Xea einen Superior hier gesehen. Hatte er
sich etwa im Raum geirrt? Möglich wäre es, denn so betrunken,
wie er da vor seinem Bier saß und ins Leere starrte, konnte es schon
sein, dass er nicht mehr so ganz realisierte, wo genau er sich befand. Vielleicht war er aber auch nur hier, um die Medius zu verhöhnen. Schließlich gab er ihnen die Schuld an dem Tod seiner

Schwester. Wer weiß, vielleicht wollte er genau nach diesem Schuldigen suchen?

Neugierig winkte sie Klera, die heute Abend hier bediente, zu sich.

„Was ist los, Xea?"

„Klera kennst du den jungen Mann da drüben?"

„Hm…, nein. Den hab ich noch nie gesehen. Aber ist ein echtes Sahnestück, oder? Ich hab versucht, anfangs, als er noch nicht so voll war, mit ihm zu flirten. Aber bin wohl nicht sein Typ", zuckte sie resigniert mit den Schultern.

„Ich würde eher sagen, du bist nicht seine Klasse."

„Paah! Du willst doch wohl nicht behaupten, dass ich nicht gut genug für ihn bin?" Mit aufgeblähter Brust und in die Hüften gestemmten Fäusten stand Klera, die man mit ihren kurzen blonden Haaren und ihren weichen Gesichtszügen durchaus als hübsch bezeichnen konnte, da und sah sie anklagend an.

„Aber nein! So hab ich das doch gar nicht gemeint! Es ist nur so, dass dieser junge Mann da drüben ganz zufällig ein Superior ist." Entgegen Xea`s breitem Grinsen, sah Klera aus, als hätte sie gerade ein Gespenst im neongelben Bikini gesehen.

„Oh nein! Da hab ich mich ja ganz schön zum Trottel gemacht! Kein Wunder, dass er mich keines Blickes gewürdigt hat!"

„Sei froh! Er ist nämlich ein arroganter Schnösel, der nur schlecht über uns Medi redet."

„Woher weißt du denn das alles?"

„Ich musste heute seine tote Schwester waschen. Und wie ich mitbekommen hab, hat sie sich mit einem von uns eingelassen, ein Kind von ihm bekommen und ist bei der Geburt gestorben."

„Tja, dann ist es ja kein Wunder, dass er sich so volllaufen lässt. Aber warum dann ausgerechnet hier und nicht bei seinesgleichen?"

„Das gleiche hab ich mich auch schon gefragt. Keine Ahnung. Jedenfalls kannst du echt froh sein, dass er so besoffen ist. Im nüchternen Zustand ist der nämlich nicht gerade geschmeidig."

„Ach schade. Dass immer genau die Blödmänner so toll aussehen müssen. Das gehört sich echt verboten. Aber jetzt mach ich mal weiter, sonst bekomm ich wieder Ärger mit Fiona."

Nachdem Klera wieder hinter der Theke verschwunden war, ließ Xea ihren musternden Blick erneut über den jungen Mann wandern. Er würde es ohnehin nicht bemerken, denn seine glasigen, rotgeäderten Augen verrieten schon von Weitem seinen erbärmlichen Zustand. Hätte Xea vor ein paar Stunden nicht auch seine andere, vollkommen verdorbene Seite kennengelernt, dann hätte sie echtes Mitleid mit ihm gehabt.

Im Moment aber war davon nichts mehr übrig, er war lediglich ein Häufchen Elend, der Xea`s Blick auf unerklärliche Weise gefesselt hielt. Es war, als übte er eine Art Anziehung auf sie aus, die sie nicht verstand und gegen die sie machtlos war. Noch nie zuvor hatte sie jemanden so von Trauer verzerrt gesehen. Sein halblanges, dunkelblondes Haar hing ihm strähnig ins Gesicht und verdeckte teilweise seine verquollenen Augen. Mit einer Hand stütze er seinen Kopf am Tisch ab und starrte mit stumpfem Blick auf das halb volle Bierglas, an dem sich seine andere Hand festklammerte, als wäre es sein Rettungsanker. Xea war zwar noch nie richtig betrunken, denn mit den paar Getränkemarken, die ihnen wöchentlich ausgehändigt wurden, war es fast unmöglich, sich ins Delirium zu befördern. Trotzdem konnte sie sich gut vorstellen, dass ein Rausch gewiss für ein paar Stunden Erleichterung verschaffen konnte, denn auch ihr hatte ein Glas Wein oder eine Flasche Bier hin und wieder Mal geholfen, ihre Probleme etwas unschärfer oder nicht mehr arg so schlimm wahrzunehmen.

Plötzlich, als hätte er Xea`s Blick auf sich gespürt, drehte der betrunkene junge Mann seinen Kopf in ihre Richtung und starrte sie aus leeren Augen an. Leere Augen, in die eine Spur Neugierde trat, als er seine Beobachterin bemerkte.

Peinlich berührt, richtete Xea sofort ihren Blick auf ihren Teller und aß weiter, als hätte sie ihn nicht gerade wie ein Versuchsobjekt gemustert und bewertet. Jetzt war sie es, die sich beobachtet fühlte und zu tun hatte, jeden weiteren Bissen so lange zu zerkauen, bis sie sicher sein konnte, dass er ihr nicht im Halse stecken blieb. Dabei behielt sie ihren Blick, entgegen ihrer verlockenden inneren Stimme, die ganze Zeit über krampfhaft auf ihrem Teller.

Erst, als sie aus dem Augenwinkel heraus sah, wie er versuchte, aufzustehen, wagte sie einen letzten Blick in seine Richtung.

Mehr schwankend als stehend lehnte er gegen den Tisch, während er noch schnell den Rest des Bieres in einem Zug hinunterkippte. Nachdem er ein paar zerknüllte Geldscheine aus seiner Hose gefischt und auf den Tisch gelegt hatte, torkelte er in Schlangenlinie zur Garderobe, wo er sich seinen Mantel mit größter Mühe über die Schultern warf. Kurz bevor er sich zur Tür wandte, hielt er sich noch einen Augenblick lang am Garderobenhaken fest und blickte noch ein letztes Mal zu Xea zurück. Sie hätte sich noch so sehr dagegen wehren können und doch hätte sie es nicht verhindern können, dass sich seine vom schmerzlichen Verlust zermürbten, rehbraunen Augen tief in ihr Herz bohrten und sie gleich mit in eine abgrundtiefe Trauer rissen. Eine Trauer, die nur jene verstehen konnten, die einen über alles geliebten Menschen verloren hatten. Oder, wie in Xea`s Fall die Eltern.

4

Nachdem Xea auch noch das letzte Stückchen Fleisch ihre Speiseröhre hinab gezwängt hatte und ihr nun tonnenschwer im Magen lag, ging sie auf ihr Zimmer. Wenn es auch nicht gerade ein gemütlicher Ort war, war sie dennoch froh um die kleine Dusche, die sich gleich in einem angrenzenden Nebenraum befand, wobei Nebenraum schon fast übertrieben war. Es war lediglich eine kleine Nasszelle, in der sich ein Waschbecken, eine Toilette und in einer Ecke ein Duschkopf an der Wand befand. Es hatte nicht einmal mehr für einen wasserfesten Vorhang gereicht, der zumindest ein wenig verhindert hätte, dass sich das Wasser überall im Raum nach Gutdünken verteilen konnte.

Obgleich sie kaum noch Kraft hatte, sich ihrer Kleider zu entledigen, geschweige denn zu duschen, wollte sie im Moment nichts lieber als das. Sie wollte sich den Schmutz des Tages, allem voran die Beleidigungen der Sups vom Leibe waschen. Also drehte sie das Wasser auf heiß und stellte sich mit gesenktem Kopf unter die Dusche. Zu ihrem Pech hatte sie total vergessen, dass es schon mitten in der Nacht und der Strom auf den Zimmern schon längst ausgeschöpft war.

Es war nicht das erste Mal, dass sich Xea mit eiskaltem Wasser waschen musste, doch heute kam es einem Schock gleich, denn gerade heute hätte sie die heißen massierenden Strahlen des Wassers mehr denn je gebraucht. Sie hätte es gebraucht, um ihren Kopf frei zu spülen. Ihre Nerven lagen blank und ihre Gefühle hatten heute eine reine Achterbahnfahrt hinter sich, so dass sie ihre Tränen einfach nicht mehr unter Kontrolle brachte und sie ihr in reinsten Sturzbächen die Wangen hinunter liefen, während sie ihren

Körper einseifte, um ihn danach so schnell wie möglich mit kaltem Wasser ab zu waschen.

Bereits nach wenigen Sekunden war ihre Haut rot vor Kälte und ihr ganzer Körper prickelte schmerzhaft, so dass sie versuchte, sich mit einem rauen Handtuch wieder Wärme in ihre Glieder zu rubbeln und gleichzeitig dem leichten Schüttelfrost mit dem damit einhergehenden hämmernden Herzen ein Ende zu setzen. Dann schlüpfte sie todmüde und völlig erschöpft unter die Decke und kuschelte sich an den kleinen Körper, der neben ihr lag und ruhig und friedlich schlief.

Das war nicht immer so. Die ersten Wochen nach dem Wechsel waren kräftezerrend, sowohl für Xea, als auch für Rhi. Kräftezerrend in körperlicher, wie auch in seelischer Hinsicht. Die langen Nächte, in denen das kleine Mädchen neben ihr all ihre Angst und Trauer hinaus weinte, bis es keine einzige Träne mehr übrig hatte, waren auch für Xea zermürbend und aufreibend. Sie konnte ihren kleinen Schützling nur trösten, indem sie ihr immer wieder beteuerte, dass es mit jedem weiteren Wechsel leichter werden würde. Leichter, aber nie wirklich einfach. Doch das behielt sie für sich.

Obwohl die Anwesenheit der Kleinen ihren eigenen tief sitzenden Schmerz ihres ersten Wechsels wieder zu Tage beförderte, war sie dennoch froh, dass sie diesem Mädchen ein wenig von ihren Ängsten nehmen konnte und für sie eine Art große Schwester sein durfte. Wie sehr hätte sie sich selbst so jemanden damals an ihrer Seite gewünscht. Doch es war nur sehr selten, dass Familien in einem Jahr gleich zwei Wechselkinder aufnehmen mussten, was auch nur in sehr kinderreichen Jahrgängen hin und wieder vorkam.

Wie von selbst strich Xea`s Hand über Rhi`s engelsgleichem Lockenkopf und nachdem sie ihr einen kleinen Kuss auf ihre rosige

Wange gedrückt hatte, schloss sie die Augen und schlief gleich darauf ein.

„Aufstehen Schlafmütze!", wurde Xea am nächsten Morgen energisch wachgerüttelt. „W...was ist denn los? I...ich will noch schlaaaafen", gähnte sie noch völlig schlaftrunken.

„Xea, jetzt komm schon! Weißt doch, wie Fiona immer austickt, wenn das Frühstück nicht pünktlich auf dem Tisch steht."

„Ach, ich hab`s so satt. Fiona hier. Fiona da. Den ganzen Tag dreht sich immer alles nur um sie. Soll sie sich doch mal selbst um ihren Scheiß kümmern."

„Xea, man sagt diese bösen Worte nicht in Gegenwart eines neunjährigen Mädchens! Wie oft soll ich dir das noch sagen!" Mit in die Hüften gestemmten Fäusten kniete Rhi neben ihr im Bett und sah sie belehrend an. Xea hätte fast gelacht, wenn sie nicht so erschöpft und jede noch so kleinste Gesichtsakrobatik eine nicht zu unterschätzende Anstrengung gewesen wäre.

„Ja, ja, schon gut, du kleine Klugscheißerin."

„Jetzt hast du das böse Wort schon wieder gesagt! Ich geb`s auf! Du bist und bleibst einfach ein hoffnungsloser Fall!" Das genervte Stöhnen blieb Rhi beinahe im Halse stecken, als sie von einem Kissen mitten ins Gesicht getroffen wurde.

„Aha, verstehe. Wer sich nicht mit Worten artikulieren kann, muss wohl auf die altbewährte Methode der Handgreiflichkeit zurückgreifen. Das kannst du gerne haben, denn schon in der Bibel steht geschrieben *Auge um Auge und Zahn um Zahn*." Und sofort entbrannte eine wilde Kissenschlacht, in der Xea eindeutig unterlag. Nicht nur ihre bleischweren Glieder verweigerten ihr den Dienst, sondern vielmehr die Art und Weise, wie Rhi mit ihr sprach. Wie konnte ein so junges und unschuldiges Kind sich schon verbal so erwachsen ausdrücken? Und woher hatte sie dieses Verantwortungsbewusstsein? Sollte ein Kind nicht unvernünftig sein und mit dem Kopf durch die Wand wollen?

„Okay, okay, ich geb auf. Du hast wie immer gewonnen. Lass uns Frühstück machen!" Rhi`s siegessicheres Grinsen gab Xea einen tiefen Stich mitten ins Herz. Nur noch ein halbes Jahr, dann musste sie wieder Abschied nehmen von diesem Mädchen, das sich einfach so, ohne ihre Erlaubnis, in ihr Herz geschlichen hatte. Dabei hatte Xea jeden einzelnen Tag seit ihrem ersten Wechsel verzweifelt versucht, nur ja keinen Menschen mehr ins Herz zu schließen. Denn, je mehr Menschen man liebgewann, umso mehr Schmerz bedeutete dies. Und der Tag des Abschiedes würde unweigerlich und unaufhaltsam kommen. Eher, als ihr lieb war.

Xea wandte ihren Blick schnell ab, um ihre Verzweiflung nicht so offensichtlich zu zeigen. Doch diese Mühe hätte sie sich sparen können, denn Rhi schien ihre Gedanken auch so lesen zu können.

„Xea, i…ich bin echt so froh, dass ich dich hab. I…ich weiß nicht, wie es weitergehen soll, wenn ich dich auch noch verliere."

„Ach Rhi! Ich weiß …, ich habe auch Angst davor. Aber ich verspreche dir eines. Nämlich, dass ich alles menschenmögliche unternehmen werde, um dich irgendwann wiederzusehen. Wer weiß, vielleicht meint es ja das Schicksal gut mit uns und wir laufen uns irgendwann mal ganz zufällig über den Weg?"

Obwohl Xea es aus voller Überzeugung sagte, wussten sie beide, dass es schon an ein Wunder grenzen würde, wenn sie sich eines Tages wieder in die Arme schließen könnten.

In einvernehmlicher Wehmut gingen die beiden wenig später in die Küche, wo sie mit geübten Handgriffen und mit Hilfe des Küchenpersonals das Frühstück zubereiteten. Während Rhi die Tische für die Gäste und das Büffet eindeckte, half Xea in der Küche Kaffee auf zu brühen, Brot zu schneiden und Toast aufzubacken, während die Köche Unmengen von Rührei mit Speck und Bohnen in einer großen Pfanne brieten. Dem Geruch nach Speck und frisch geröstetem Brot hätte sie sogar nach einer ausgiebigen Fressorgie nicht widerstehen können.

Nach getaner Arbeit setzten sich alle um den Personaltisch, auf dem bereits die beiden Wirtsleute ausgiebig frühstückten und stürzten sich auf die große Pfanne, die in der Mitte des Tisches stand und aus der sich jeder nach Herzenslust bedienen durfte. Spätestens, wenn der erste Gast aus dem Bett gekrochen kam, mussten sie fertig sein, um sie zu bewirten.

Sven war das egal, wie so vieles in seinem Leben. Er las wie gewohnt seelenruhig in einer stillen Ecke die Zeitung. Er hatte schon lange sein Zepter an seine Frau abgegeben, wenn er denn überhaupt schon einmal eines in der Hand gehalten hatte. Mit Sven und Fiona verhielt es sich fast wie bei einer Ameisenkönigin und einem ihrer männlichen Untertanen. Sobald die Königin von ihm begattet war, wurde er zu einem einfachen Ameisenarbeiter degradiert oder schlimmsten Falls sogar von seinen Artgenossinnen gefressen. Doch zum Glück war in England Kannibalismus verboten, was aber nicht hieß, dass er deswegen in Fiona`s Anwesenheit ungefährlicher lebte. Es hätte bestimmt keinen, einschließlich Xea, gewundert, wenn er nicht hin und wieder von seiner Frau eine mit dem Kochlöffel verpasst bekäme. Wieso sonst sollte er immer so erschrocken zusammenzucken, wenn Fiona bloß ein Wort an ihn richtete?

Rhi tat ihr von Herzen leid, dass ihr gleich in ihrem ersten Wechseljahr Fiona als Chefin nicht erspart blieb. Und das auch noch zu der Tatsache, dass Rhi das Gastgewerbe genauso verabscheute wie Xea. Das Katzbuckeln vor Leuten, die einem von oben herab behandelten, war eben nicht Jedermann`s Sache.

Bereits kurze Zeit später machte sich Xea zu Fuß auf den Weg ins Krankenhaus.

„Warte mal, Xea!", hörte sie plötzlich von hinten jemanden heraneilen. Obgleich sie ihre Freundin Serona sehr gerne mochte, hatte sie doch insgeheim gehofft, ihr heute nicht über den Weg zu laufen. Sie hatte nämlich keine Lust, heute Abend noch was zu unternehmen. Und das war zweifelsohne der Grund, warum Serona mit roten Backen und einem Strahlen auf dem Gesicht auf sie zu kam.

„Hi Serona. Und wie wars gestern Abend?"

„Der Wahnsinn! Ich sag`s dir, gestern hat bei mir die Bombe eingeschlagen!"

„Ja und wie es scheint, gleich eine Atombombe. Dein Strahlen ist ja kaum auszuhalten! Komm mir ja nicht zu nahe!"

„Mensch Xea, jetzt lass den Quatsch. I…, ich glaub, ich bin verliebt", schwärmte Serona mit sehnsuchtsvollem Blick in die Ferne.

„Wow! Wo und wie ist das passiert? Und vor allem wer?"

„Du wirst es nicht glauben, wenn ich dir das erzähle. Es ist Veron." Beim Erwähnen seines Namens zappelte sie so aufgeregt und mit einem Grinsen, das gefühlt bis über beide Ohren hinaus reichte, auf der Stelle herum.

„Waaas? Du meinst doch nicht etwa… diesen Veron?"

„Doch genau diesen einen!" Xea sah sie verwundert an. Sie verstand die Welt nicht mehr.

„Ich weiß, was du jetzt denkst. Glaub mir, ich kann es ja auch nicht fassen, was da gestern mit mir abging."

„Ähm, tut mir leid Serona, aber das musst du mir jetzt schon genauer erklären. Ich dachte, du hasst ihn?"

„Ja, hab ich ja auch. Bis gestern jedenfalls. Ach Xea, jetzt sieh mich doch nicht so an! Es war so… Also ich war mit Rani und Tara im Club T. Dort haben wir dann mit ein paar Jungs dieses Spiel mit der Flasche gespielt." „Ihr habt Flaschendrehen gespielt? Wie alt seid ihr denn?", unterbrach sie Xea mit ungläubigem Blick.

„Mensch Xea, jetzt lass mich halt ausreden! Das war echt cool! Jedenfalls hat meine Flasche ausgerechnet auf diesen Idioten Veron gezeigt. Ich dachte, ich müsste im Boden versinken, als ich dann mit ihm auch noch für eine geschlagene ganze Stunde tanzen musste."

„Tja, das haben sie euch mit Absicht angetan. Schließlich weiß jeder, dass ihr beide euch nicht ausstehen könnt." Xea konnte sich ein schadenfrohes Grinsen nicht verkneifen.

„Du sagst es! Glaub mir, sie hätten alle schon das Zeitige gesegnet, wenn meine Blicke töten könnten."

„Das glaub ich sofort", schmunzelte Xea.

„Veron jedenfalls hat mich bei der Hand genommen und gesagt, *komm lass es uns jetzt einfach hinter uns bringen.* Kannst du dir das vorstellen? Es klang aus seinem Mund, als wäre es für ihn eine Qual! Mit mir? Er hätte mir eigentlich die Füße küssen müssen, weil ich mit ihm eine Stunde lang tanzen würde!"

Xea hätte zu gerne ihren Kommentar dazu abgegeben, konnte aber nicht, denn Serona quasselte einfach wie ein Wasserfall weiter. „Ich war anfangs total angepisst, aber nach und nach… Tja, irgendwie haben wir angefangen, uns zu unterhalten und dann ist eins ins andere übergegangen."

„Heißt das, ihr habt euch geküsst?" Xea konnte ihre Verwunderung darüber, wie schnell das gegangen ist, einfach nicht verbergen.

„Nein! Nun ja…, irgendwie glaub ich, wollte er mich schon küssen, aber…"

„Aber?" „Mensch Xea, du willst es jetzt aber genau wissen. Dafür, dass du so wenig Interesse an den Jungs zeigst, bist du ja ganz schön neugierig."

„He! Was soll denn das schon wieder heißen? Ich habe durchaus Interesse, aber leider gibt es weit und breit nur Vollpfosten auf dem Planeten."

„Fast nur Vollpfosten", korrigierte Serona, „Veron ist da anders! Er ist schon so erwachsen. Und sein Lächeln erst...", schwärmte sie weiter.

„O Gott, Serona, du müsstet dich mal reden hören! Dich hat`s wirklich voll erwischt. Freut mich echt, aber warum habt ihr euch jetzt eigentlich nicht geküsst?"

„Weil diese Trottel dazwischengefunkt haben. Meinten, unsere Stunde sei um." Serona`s Gesicht sprach Bände. Man hätte blind sein müssen, um nicht zu erkennen, wie sauer sie deswegen noch immer war. „Egal, vielleicht passiert es ja heute Abend!"

„Heißt das, du willst heute schon wieder weggehen?"

„Nein, das heißt, dass *wir beide* heute Abend weggehen. Du brauchst mich jetzt gar nicht so flehend ansehen. Heute kommst du nicht so leicht davon!"

„Wie hältst du das bloß aus Serona? Ich bin total erledigt. Und morgen haben wir auch noch Sonntagsdienst! Hab ich denn nicht eine winzig kleine Chance, heute nochmal eine Schonfrist zu erbetteln?"

„Vergiss es! Mensch Xea, du musst jetzt endlich mal anfangen, ernsthaft nach einem Partner zu suchen oder willst du etwa in zwei Jahren vom System einen zugeteilt bekommen?"

„Nein, du hast ja recht. Wenn es bloß nicht so anstrengend wäre", jammerte sie. „Immer dieses blöde Rausgeputze, nur damit dich die Jungs begaffen können, während ihnen der Sabber runter läuft. Einfach widerlich! Als wäre das Aussehen alles was zählt. Und dann auch noch der Wochenenddienst!"

„Ach komm schon! Ich muss morgen auch arbeiten! Wir sind jung! Ich zumindest. Bei dir mach ich mir da schon manchmal so

Gedanken. Du benimmst dich echt wie eine alte Glucke, die ständig in ihrem Nest hockt und ihre Eier ausbrütet!"

„Mach ich ja fast. Nur dass mein Küken Rhi heißt."

„Rhi ist nicht dein Kind! Und es ist auch nicht deine Aufgabe, ihr alle Sorgen und Probleme abzunehmen!" Serona`s Gesicht, das binnen einer Sekunde vom heiteren Sonnenschein zum drohenden Gewitter um mutierte, gab Xea eindeutig zu verstehen, was sie davon hielt und dass es keinen besseren Zeitpunkt gab, um ein anderes Thema anzuschneiden.

„Na gut! Du hast gewonnen. Wann soll`s losgehen?"

Nur ein paar Minuten später erreichten sie das St.-Mary`s-Hospital, wo beide ihr letztes Praktikumsjahr absolvierten. Xea als Krankenschwester und Serona als Ordnerin im Büro. Nachdem sie sich mit einem kurzen Kuss auf die Wange verabschiedet hatten, gingen sie ihrer Wege. Das Krankenhaus war noch weitestgehend leer, denn, wer wollte sonntags schon so früh aufstehen, um nach seinen Lieben zu sehen? Entgegen dieser fast schon gespenstischen Stille drang ihr der stechend scharfe Geruch nach Desinfektionsmitteln umso penetranter in die Nase. Wahrscheinlich lag es aber auch nur daran, dass sie in der Nacht kaum geschlafen hatte und sich somit ihr Gemütszustand nicht gerade in Bestform befand.

Je weiter sie sich dem Empfangsbereich auf ihrer Station näherte, umso lauter wurde es. Wo sie anfangs nur gedämpfte Stimmen vernahm, konnte sie bereits im Treppenhaus hören, dass jemand zur Höchstform auflief und gehörig Dampf abließ. Sie hätte nicht mit der Person tauschen wollen, die diese Schimpftirade gerade über sich ergehen lassen musste.

Erst, als Xea in den Gang mit der Rezeption einbog, konnte sie den frühen Störenfried auch sehen, wie er wild gestikulierend auf Oberschwester Hilda einredete, wobei es anbrüllen eher auf den

Punkt gebracht hätte. Hilda`s frustrierte Miene ließ eindeutig erkennen, dass ihre Bemühungen, ihn zu beschwichtigen von keinerlei Erfolg gekrönt waren. Was brachte ihn nur so in Rage? Und was zum Teufel hatte er überhaupt hier auf der Station der Medius zu suchen? Ihr schwante nichts Gutes, was sich gleich darauf als richtig herausstellen sollte.

„Da! Da ist sie, diese unfähige Person!", deutete der junge Superior, der noch vor ein paar Stunden völlig am Boden zerstört und betrunken zur Gasthaustür hinaus getorkelt war, plötzlich anklagend mit dem Finger auf Xea, als er sie näherkommen sah. Xea war fassungslos, wie er da vor ihr stand, makellos und wie aus dem Ei gepellt, als könnte ihm nicht einmal ein exzessiver Alkoholabsturz etwas anhaben. Seine Augen waren zwar etwas gerötet, doch sie hätte nicht mit Sicherheit sagen können, ob es von zu wenig Schlaf oder von seiner Aufregung herrührte. Sein Kopf drohte nämlich jeden Augenblick zu platzen. Jetzt wäre genau der richtige Zeitpunkt gewesen, um sich an irgendetwas festzuhalten, denn die hasserfüllten Blicke und seine abfällig nach unten gezogenem Mundwinkel verwandelten Xea`s Knie in Wackelpudding. Und die Funken in seinen Augen fühlten sich an wie tausend Nadelstiche ins Herz.

Was konnte sie nur angestellt haben, dass er so außer sich vor Wut war? Etwa, weil sie ihn gestern Abend so unverhohlen beobachtet hatte und er sich im Nachhinein für sein Benehmen schämte? Wenn nämlich Xea in all ihren Praktikumsjahren eins gelernt hatte, dann war es die Tatsache, dass es Leute gab, die nicht mit ihren Fehlern umgehen konnten und immer andere dafür verantwortlich machen mussten.

„Wie konntest du dumme Gans nur so nachlässig arbeiten? Und das bei meiner Schwester! Du weißt wohl nicht, wen du vor dir hast?", ging er verbal ganz schön unter der Gürtellinie auf sie los.

Dabei müsste doch gerade ein Superior gelernt haben, wie man Kritik übte, ohne jemanden gleich zu verletzen. Wahrscheinlich hielt er es nicht für nötig, sich in Gegenwart einer Medi zu beherrschen.

„Ähm…, i…ich weiß ehrlich gesagt wirklich nicht, wer sie sind. Aber das tut auch gar nichts zur Sache, denn ich erledige meine Arbeiten immer gewissenhaft. Egal wer mein Patient ist!" Xea versuchte krampfhaft ihr innerliches Zittern zu unterdrücken, denn das Letzte was sie jetzt wollte, war, verletzlich zu wirken. Als Nachdruck verschränkte sie auch noch die Arme vor der Brust und hielt seinem zornigen Blick vehement stand.

„Ha! Ich fasse es nicht! Frech ist diese blöde Göre auch noch! Aber das wirst du noch bitter bereuen", meinte er mit einem Tonfall, so hart und glatt wie eine Klinge, während seine zu Schlitzen verengten Augen wie zwei scharfe Dolche an ihrem Selbstbewusstsein herumstocherten. Und dieses messerscharfe Gesamtpaket zeigte Wirkung, denn Xea konnte nicht leugnen, dass ihr jetzt doch ein bisschen mulmig zumute war, was sie ihm natürlich niemals gezeigt hätte!

„Jetzt beruhigen sie sich doch Herr von Arrington. Wir werden dem fehlerhaften Verhalten von Xea selbstverständlich nachkommen. Es tut uns wirklich leid", schaltete sich jetzt die Oberschwester ein, wobei sie Xea einen unmissverständlich warnenden Blick zuwarf, der sie klar und deutlich aufforderte, ihre vorlaute Klappe zu halten.

Es war mehr als überflüssig, denn Xea wusste auch so, dass sie sich auf gefährlichen Gewässern befand und gut daran tat, mit Schwimmweste auf dem sicheren Schiff zu verweilen, bis sie wieder seichtes Ufer ansteuerten. Obwohl sie sich schon gerne in die stürmische See gestürzt hätte, um sich ihre Wut vom Leib zu strampeln und diesem arroganten Von und Zu ihre Meinung zu geigen, indem sie ihm auch noch ganz nebenbei seine hässliche Arroganz vom Gesicht kratzte.

Wie konnte man nur so schnell vom trauernden Bruder zum gefühlskalten Arsch mutieren? Zwar war ihr im Moment gar nicht zum Lachen zumute, doch sie konnte sich ein verstohlenes In-sich-hinein-Schmunzeln nicht verkneifen, als ihr der Vergleich mit einem Chamäleon in den Sinn kam. Denn genau wie dieses seine Farben wechselte, so wechselte dieser von und zu Arrington seine Launen. Ja, Chamäleon war genau die richtige Bezeichnung, die auf ihn zutraf.

Um dem ganzen Szenario endlich ein Ende zu setzen, machte Xea gute Miene zum bösen Spiel, schluckte ein paar Mal hart und senkte ihren Kopf so schuldbewusst, wie sie es grade hinbekam, wobei sie die zufriedenen Blicke des Chamäleons zwar nicht sehen konnte, dafür aber umso mehr auf sich spürte. Sie brannten sich wie Feuer in ihre Haut und hinterließen einen grauenvollen Schmerz, der sie innerlich zerriss und auf beschämendste Weise erniedrigte. Mit einem süffisanten Seufzer der Genugtuung ging ihr Kläger von dannen. Und mit ihm Xea´s Stolz.

„Ich habe wirklich nicht schlampig gearbeitet, das müssen sie mir glauben!", versuchte Xea mit verzweifeltem Blick die Oberschwester von ihrer Unschuld zu überzeugen.

„Kind, du brauchst dich nicht erklären. Ich weiß doch, dass du gute Arbeit ablieferst. Aber du musst auch lernen, klein beizugeben, wenn du einem Superior gegenüberstehst." Xea wollte ihr schon ins Wort fallen und widersprechen, als die Oberschwester mit drohendem Finger abwinkte und noch mit Nachdruck hinzufügte, „und vor allem, wenn du einem von Arrington gegenüberstehst!"

„Von Arrington! Wer soll denn das Besonderes sein? Die glauben doch alle, etwas Besonderes zu sein!"

„Nur mit dem Unterschied, dass die von Arrington`s wirklich etwas Besonderes sind. Sie sind nämlich die Grafen, die mit den Drahtziehern des Systems im Ruling Palace drüben im St.-James-Park wohnen und denen ein großer Teil des Landes gehört. Sein Vater bekleidet eine wichtige Position im Staatssystem. Wenn nicht sogar die Wichtigste. Er ist Wirtschaftsminister und hat das komplette Handwerk unter seiner Fuchtel. Viele Handwerksbetriebe in der Stadt und im Umland gehören ihm. Sogar der Gasthof, in dem du wohnst, gehört ihm. Glaub mir, Xea, es ist besser, sich vor solchen Leuten zu verbeugen. Auch wenn sie im Unrecht sind."

Die Oberschwester hatte recht und Xea müsste ihr dankbar sein, dass sie sie wahrscheinlich gerade eben vor einer schwerwiegenden Dummheit bewahrt hatte. Mit zusammengebissenen Zähnen atmete sie einmal tief durch und erkundigte sich dann, was sie sich denn eigentlich zu schulde hatte kommen lassen.

„Er meinte, unter ihren Fingernägeln würde sich noch Dreck befinden und ihre Haare wären auch an einer Stelle verfilzt."

„Och, so ein Riesenar…" „Xea, hüte deine Zunge!"

„A…aber ich habe ihre Fingernägel alle sauber gemacht und ihre Haare ebenfalls mit Sorgfalt gebürstet. Was bildet der sich bloß ein! Soll er es halt besser machen! Hätte er nur ein Fünkchen Verstand, würde er seine Schwester selbst waschen, aber solche Leute machen sich nicht dreckig. Nein, sie lassen die Drecksarbeit andere erledigen."

„Ich weiß, dass du aufgebracht bist, aber das nützt dir jetzt auch nichts. Wie gesagt, du musst lernen, mit solchen Leuten umzugehen, sonst kommst du noch in Teufels Küche. So, und jetzt geh und hilf Ana auf der Entbindungsstation. Das wird dich sicher ablenken."

„Danke, danke! Sie sind die Beste!", strahlte Xea plötzlich wieder wie ein Honigkuchenpferd und hätte ihr Schwester Hilda nicht gleich auch noch eine Kiste mit Windeln in die Hände gedrückt, wäre sie ihr wahrscheinlich sogar auch noch um den Hals gefallen.

5

Am Abend saß Xea auf ihrer Bettkante und ließ sich von Rhi, die hinter ihr auf dem Bett kniete, ihre langen Haare kämmen. Sie genoss es in vollen Zügen bei geschlossenen Augen, wie ihr Rhi mit der Bürste immer wieder, Strich für Strich, sanft massierend durch ihr Haar fuhr. Sie genoss die Wärme ihrer Hand, die sie nach jedem Bürstenstrich ebenfalls über ihren Kopf wandern ließ. Und sie genoss es, den Duft des Mädchens, so rein und süß zugleich, zu inhalieren. Es versetzte sie zurück in ihre Kindheit. In die Momente, als auch ihre Mutter ihr Haar gekämmt hatte und ihr das Gefühl gab, geliebt und beschützt zu sein.

„Du hast so schönes glänzendes Haar. Ich wünschte, meine wären auch so rabenschwarz", seufzte Rhi, als sie fertig war und die Bürste beiseitelegte.

„Und ich wünschte, ich hätte deine blonden Locken", entgegnete Xea. Als sie Rhi`s unglaubwürdigen Gesichtsausdruck im Rücken spürte, drehte sie sich zu dem Mädchen um und blickte ihr tief in die kleinen Kulleraugen. „Weißt du Rhi, so ist das meistens. Man will immer das haben, was andere haben. Die einen mehr und die anderen weniger. Du musst lernen, mit dem zufrieden zu sein, was du hast. Auch, wenn du es vielleicht selbst nicht erkennst, bist du wunderschön und du wirst bestimmt einmal einen wundervollen Mann finden, der deine Schönheit zu schätzen weiß. Davon bin ich fest überzeugt." Zur Bestätigung gab sie ihr noch einen Kuss auf die Stirn, bevor sie sie fest und innig umarmte. „Jetzt aber rasch ins Bett mir dir! Es ist schon spät und ich muss wohl oder übel wieder einmal auf Beutezug gehen!"

„Och nee! Ich will noch eine Geschichte, bitte, bitte, bitte." Dem bettelnden Hundeblick konnte dann Xea doch nicht widerstehen, so dass sie seufzend ihr Märchenbuch aus dem Nachtkästchen holte und sich neben Rhi ins Bett legte, während sich die Kleine in ihre Armbeuge kuschelte.

„Aber nur ein Märchen, verstanden? Serona holt mich gleich ab und killt mich, wenn ich sie warten lasse!"

„Versprochen! Aber ich will das Märchen mit Rapunzel hören."

„Na gut, dann eben Rapunzel. Wo haben wir es denn? Hier! Also, es war einmal...", begann Xea das Märchen, das sie fast schon auswendig konnte, herunter zu lesen. Überhaupt kannte Xea das ganze Märchenbuch in und auswendig, denn sie hatte es schon unsagbar oft von vorne bis hinten durchgelesen. Und davor hatte sie es selbst viele Male von ihren Eltern vorgelesen bekommen. Und so sah es mittlerweile auch aus. Die Seiten waren brüchig und lösten sich schon an vielen Stellen. Der lederne Einband war abgegriffen und speckig. Und dennoch war es neben ihrem silbernen Halskettchen mit dem Kreuz das schönste und wertvollste, was Xea besaß, denn sie hatte es von ihren Eltern geschenkt bekommen, an dem Tag, an dem sie ihnen weggenommen wurde. Sie konnte sich noch gut an die Anfangszeit erinnern, als sie in ihre erste Pflegefamilie kam und ihr Buch immer nah an ihre Brust gedrückt, mit sich herumtrug. Egal, wohin sie ging. Nur zu den Essenszeiten legte sie es vorsichtig unter ihren Stuhl. Auf den Tisch wollte sie es nicht legen, denn sie hatte Angst, ein Glas Wasser umzuschütten oder es sonst irgendwie zu beschädigen. Ihre neuen Eltern waren im Nachhinein betrachtet sehr geduldig und verständnisvoll mit ihr gewesen. Vielleicht lag es auch daran, dass sie in diesem Jahr selbst ihr erstes Kind hatten abgeben müssen. So gaben sie sich gegenseitig genügend Freiraum zum Trauern. Doch nach ein paar Wochen, als ihr erstes Praktikum begann, musste sie sich wohl oder übel von ihrem Buch trennen. Zumindest während ihrer Arbeitszeit in der Bäckerei. Das sah sogar die kleine Xea ein und gewöhnte sich an, untertags ihr Buch in ihrem Nachtkästchen sicher zu verwahren, um es dann abends vor dem Zubettgehen noch einmal hervorzuholen und ein wenig darin zu blättern. Xea konnte sich stundenlang darin verlieren. Doch weniger wegen der vielen wundervoll bebilderten Märchen, sondern vielmehr wegen der Anmerkungen, die ihre Mutter an einigen Stellen handschriftlich hinzugefügt hatte. Sie hatte bei jedem Märchen kurz notiert, welche Stellen Xea am besten oder welche sie doof fand. So zum Beispiel stand bei dem Märchen Aschenputtel die Bemerkung, *wenn ich Aschenputtel gewesen wäre, hätte ich die gläsernen Schuhe nie und nimmer angezogen. Hatte sie denn keine Angst, dass ihr der Prinz beim Tanzen auf die Füße tritt, die Schuhe dabei kaputt gehen und sie sich Glassplitter eintritt?* Oder bei Rapunzel, *Rapunzel muss doof gewesen sein, denn wenn ich an ihrer Stelle gewesen wäre, dann hätte ich mir die Haare abgeschnitten, sie einmal geteilt, ein doppelt so langes Seil daraus gemacht und selbst den Turm hinabgeklettert. Und den Prinzen hätt ich auch nicht gewollt, denn der war genauso doof und hatte nicht einmal ein Seil dabei. Außerdem, wenn ihn sogar eine alte Frau den Turm hinunter schubsen kann, wie könnte er da ein Königreich regieren?*

Xea hatte halt schon immer praktisch gedacht. Für Romantik war eben im Kindesalter noch nicht viel Platz.

Nachdem Rhi schon bei der Hälfte eingeschlafen war, stand sie vorsichtig auf und warf noch einen kurzen Blick in den Spiegel, wobei sie mit Bedauern feststellen musste, dass nicht einmal die Schminke und ihr heißes Outfit über ihre von Müdigkeit schon ganz gläsrigen Augen hinwegtäuschen konnten.

Sie versuchte, sich mit einem künstlich aufgesetzten, überdimensional breiten Grinsen etwas Frische und gute Laune ins Gesicht zu schummeln, doch als das alles nichts half legte sie noch eine zweite Schicht Rouge auf. Und, siehe da, ihr strahlte eine völlig andere Xea entgegen. Selbst überaus erstaunt über die

Wirkung, erklärte Xea ihr Rouge feierlich zur wahren Wunderwaffe der Frau. Was war da schon ein üppiges Dekolleté oder ein straffer Hintern im Vergleich zu einem strahlenden Teint?

Xea war keine Sekunde zu früh fertig, als Serona gleich darauf in der Tür stand und sie von oben bis unten abscannte.

„Jetzt hör schon auf. Du siehst mich ja an, als wärest du dir nicht sicher, ob du dich mit mir zeigen kannst! Das ist echt nicht ladylike!"

„Im Gegenteil! Ich bin eher am überlegen, ob du nicht lieber doch daheimbleibst und mir somit nicht die Show stehlen kannst."

„Gut! Überredet! Ich bin sowieso nicht so in Feierlaune und das Kleid ist mir eigentlich auch etwas zu …"

„Vergiss es!", zerstörte Serona, noch während Xea redete ihre Wunschvorstellung von einem erholsamen, langen Schlaf. „Das war doch nur ein Scherz, Xea. Natürlich nehm ich dich mit! Wer kann mir schon die Show stehlen?" Mit einer schwungvollen Handbewegung strich sie sich durchs Haar und richtete sich dabei um gefühlt zehn Zentimeter auf. „Aber jetzt Spaß beiseite", fuhr sie nach ihrer Showeinlage fort, „du siehst einfach nur rattenscharf in dem Kleid aus. Was für eine Schande, dass ich da nicht mehr reinpasse!"

„Tja, das ist ja auch kein Wunder, so kurz und eng wie das ist! Glaubst du nicht, du hast dich da etwas vernäht?"

„Ich und vernähen? Wo denkst du hin! Weißt doch genau, dass ich meine Nähmaschine im Schlaf beherrsche! Diese langweilig farblosen Sachen, die wir vom System bekommen, sind ja nicht mehr auszuhalten. Nein, nein, glaub mir, das Kleid ist perfekt, genauso wie es ist. Ich bin nur im letzten Jahr so…gewachsen und… ja gut, ich gebe es ja zu, ich hab auch etwas über die Stränge geschlagen. Aber glaub mir, die Jungs fahren voll ab auf meine Kurven." Und erneut begann das Theater mit ihrer Showeinlage, wobei sie sich jetzt auch noch im Kreis drehte und ein paar Mal mit ihren Hüften hin und herschwang, als müsste sie Xea etwas beweisen. Xea konnte nicht anders, als zu schmunzeln, woraufhin auch Serona ihre ins Lustige gezogene Eitelkeit mit einer strahlend weißen Zahnreihe perfekt zum Ausdruck brachte. „Außerdem finde ich, dass dir das Rot viel besser steht als mir! Die Kombi mit deinem schwarzen Haaren ist echt der Hammer!"

„Hm..., wenn du meinst."

„Und wie ich das meine! Ich hab dir dazu auch gleich noch die passenden High Heels mitgebracht!", wackelte Serona mit zwei schwarzen, gefährlich hochhackigen Lackpumps vor Xea`s Nase herum, als würde sie ihr damit eine Freude bereiten.

„Vergiss es! Die zieh ich nie und nimmer an! Da komm ich niemals wieder heil nach Hause!"

„Jetzt hab dich nicht so! Die hab ich letztens in so einem Trödelladen gegen meine Lieblingsdecke eingetauscht. Du ziehst doch nicht etwa in Erwägung, deine Turnschuhe zu diesem Kleid anzuziehen!" Serona`s vorwurfsvoller Blick machte jedes weitere Wort überflüssig. Xea wusste, sie hatte in dem Augenblick verloren, als sie sich dazu durchgerungen hatte, Serona`s Wunsch nachzugeben und sich in das bisschen Stück Stoff, dass es nicht einmal im Entferntesten verdient hatte, Kleid genannt zu werden, hinein zu zwingen.

Bereits eine halbe Stunde später stand Xea an der Bar ihres Lieblingstanzlokales *Club T* und tauschte einen Getränkegutschein gegen ein Wasser ein, während Serona schmollend neben ihr auf einem Barhocker saß und an ihrem Bier nippte. Dem einzigen Getränk, das sie sich heute leisten konnte, denn sie hatte bereits gestern Abend, als sie mit Veron hier war, schon alle Gutscheine verbraucht. Serona konnte froh sein, dass Xea diese Woche so sparsam damit war und ihr deshalb ein Bier hatte ausgeben können. Für den restlichen Abend müsste wohl Veron herhalten oder Serona bezahlte es aus ihrer eigenen Tasche, die meistens nicht gerade viel zu bieten hatte. Geld war immer Mangelware und man sparte es eigentlich nur für Dinge auf, die man vom System nicht automatisch bekam und die für einen aber wichtig erschienen. Wie zum Beispiel für Xea ihr Bibliotheksausweis. Eigentlich fand Xea die Sache mit den Getränkemarken nicht schlecht, denn, sich mit dem wöchentlichen Pensum zu betrinken, war fast unmöglich. Alkoholleichen gab es somit auch fast nur bei den Sups, bei denen Geld natürlich keine Rolle spielte. Sie hatten alles im Überfluss.

„Jetzt musste ich das ganze Kutschgeld alleine bezahlen, weil du ja zu Fuß laufen musstest, dabei bin ich doch eh immer so knapp bei Kasse!", jammerte Serona leise vor sich hin. Sie war trotz des spendierten Bieres total sauer auf Xea, weil sie sich nicht umstimmen ließ und ebenfalls mit der Kutsche mitgefahren war, doch in solchen Sachen war Xea einfach zu knauserig. Und das hätte Serona eigentlich wissen müssen.

„Es hat dich keiner dazu gezwungen. Hättest ja leicht auch mitlaufen können!"

„Ha, ha. Mit den Schuhen?" Serona streckte ihre ebenfalls hochhackig bestückten Füße etwas in die Luft und warf ihrer Freundin einen fragenden Blick zu.

„Tja, ich hab dir ja gleich gesagt, dass diese Schuhe eher zum Töten, als zum Laufen taugen. Wir hätten ja die Fahrräder nehmen können, aber mit diesen Kleidchen hätten wir uns wahrscheinlich eine Verwarnung wegen öffentlicher Belästigung eingehandelt. Oder, du hättest dir ja auch von mir Turnschuhe leihen können, aber nein! Es hätte ja sein können, dass dich damit jemand sieht! Mensch Serona, du musst aufhören, so eitel zu sein und endlich was zur Seite sparen!" Xea hatte sich zwar dazu bereit erklärt,

Serona`s High Heels zu tragen, den Weg zur Disco aber in ihren alten Turnschuhen, die sie draußen vor dem Tanzlokal im Gebüsch versteckt hatte, zurückgelegt.

„Ach du immer mit deiner ewigen Sparerei! Für was denn bitteschön? Wir bekommen doch alles, was wir brauchen und die Klamotten, wie ich sie will, kann ich mir selber nähen. Kann ich was dafür, dass die Stoffe so teuer sind? Ich will einfach nicht immer mit diesen farblosen Sachen vom System rumrennen!"

„Ja, hast ja irgendwie recht! Aber ich hoffe halt immer noch, dass auch die Medi früher oder später zu einem Studium zugelassen werden und dann brauche ich das ganze Geld für Bücher und..."

„Halt! Stopp! Red jetzt ja nicht weiter, sonst geh ich dir an die Gurgel! Hast du immer noch nicht kapiert, dass sich an unserem System nichts, rein gar nichts ändern wird? Nicht jetzt und auch nicht in fünfzig Jahren. Mensch Xea, schau dich doch mal um! Die Leute sind zufrieden! Unsere Erde ist auf dem Weg der Besserung, seitdem der ganze Elektroscheiß fast gänzlich verschwunden und der CO_2-Ausstoß um die Hälfte reduziert wurde."

„Zufrieden nennst du das also? Und was ist mit dem ständigen Wohnortwechsel? Und mit der Tatsache, dass einem alle Kinder genommen werden und jedes Jahr verschachert werden, als wären sie Waren? Es kann doch nicht sein, dass uns das alles am Arsch vorbeigeht!"

„Wenn du noch weiter so aufmüpfig und vor allem öffentlich gegen unser System klagst, endest du noch in den Mienen. Xea, so hart das jetzt auch für dich klingt, aber du musst endlich den Tatsachen ins Auge blicken und dich damit abfinden, dass sogar das für die Leute zum Alltag geworden ist und sie es einfach akzeptieren, was du lieber auch tätest. Aber jetzt lass uns bitte über etwas anderes reden."

59

Xea musste sich geschlagen geben, denn den Worten ihrer Freundin war leider nichts entgegen zu setzen. Und dennoch wollte Xea das winzige Fünkchen Hoffnung, eines Tages Medizin zu studieren, nicht gänzlich auslöschen. Es war wie ein Rettungsboot, das sie in stürmischen Zeiten über Wasser hielt.

Sobald sie ihrer Freundin zwar zustimmend, aber insgeheim widerwillig zugenickt hatte, hellte sich Serona`s Miene schlagartig auf und ihre grünen Augen funkelten sie zufrieden an. Xea konnte verstehen, dass ihre Freundin so viele Verehrer hatte. Serona hatte die Gabe, alle nur mit einem einzigen Wimpernschlag, um den Finger zu wickeln.

„Kommt Veron heute nicht?", befolgte Xea Serona`s Rat und schnitt ein anderes Thema an.

„Das hoffe ich doch schwer für ihn! Schließlich sollte er es sich nicht schon am zweiten Abend mit seiner zukünftigen Ehefrau verscherzen!"

„Oha! Soweit seid ihr also schon?" Xea konnte sich ein vergnügtes Schmunzeln nicht verdrücken.

„Natürlich! Er..., weiß es bloß noch nicht!", grinste jetzt auch Serona. Und das mit einer Selbstsicherheit, um die sie Xea unsagbar beneidete.

Doch plötzlich blickte Serona hinter Xea`s Schulter und schlagartig wurde aus dem Lächeln ein genervtes Durchatmen.

„Schau jetzt bloß nicht zurück! Da kommt Adon", flüsterte sie Xea, die sich gerade umdrehen wollte, mit gepresster Stimme zu. Und mit der Erwähnung von „Adon" verschwand auch aus Xea`s Gesicht im Nullkommanichts das unbeschwerte Lächeln.

„O Gott! Womit hab ich das verdient?" Xea versuchte, ihr Gesicht so gut es ging abzuwenden und im Stillen vor sich hin zu beten, dass er sie nicht sah.

„Na sieh mal einer an! Da ist ja meine Zukünftige! Und in was für einem heißen Fummel! Wow Xea, ich wusste ja nicht, dass du so lange Beine hast und diese Taille erst. Ich muss schon sagen, die anderen werden mich um dich beneiden!" Er hatte sie leider doch bemerkt und sein süffisantes Grinsen bescherte ihr eine Gänsehaut, die ihr bis unter die Haut ging.

Als er dann auch noch seine Hand besitzergreifend auf ihren Oberschenkel legte und sie mit seinem penetrant nach Lavendel duftenden Parfüm in eine dicke Duftwolke einhüllte, war es um sie geschehen. Eigentlich wollte sie es ja gar nicht, aber ihre Hand schoss reflexartig auf sein Gesicht zu und verpasste ihm eine Ohrfeige, die sich mit allen Wassern gewaschen hatte.

Als hätte gerade neben ihnen eine Bombe eingeschlagen, standen sie da und starrten sich an. Perplex, erschrocken und auch etwas verlegen. Xea riss sich zuerst aus ihrer Schockstarre und versuchte ihr Handeln zu rechtfertigen.

„Adon, du weißt genau, dass du mich nicht anfassen sollst! Und deine Zukünftige bin ich noch lange nicht und werde ich auch niemals sein! Warum geht das bloß nicht in deinen Dickschädel?"

„Xea, Xea", schüttelte er daraufhin seinen wunderschönen Kopf in einem leichten Singsang, wobei ihm sein halblanges, rabenschwarzes Haar in leichten Wellen ins Gesicht fiel und seine eisblauen Augen noch mehr zur Geltung brachten. „Ich muss schon sagen, diese heißblütige Seite an dir gefällt mir. Wir werden bestimmt viel Spaß miteinander haben."

Mit gierigem Blick, der sie in Gedanken schon auszog und über sie herfiel, funkelte er sie an und verursachte bei Xea einen dermaßen Ekel, dass sie sich am liebsten an Ort und Stelle übergeben hätte. „Du müsstest dich nur ein einziges Mal dazu bereit erklären, es dir von mir so richtig besorgen zu lassen und du wärst mir auf ewig verfallen!", prophezeite er ihr, als wäre er der Messias höchstpersönlich.

„Das hört sich ja wirklich verlockend an. Andererseits…, nachdem du ja schon die halbe Stadt flachgelegt hast und du ja Übung genug haben müsstest, ist mir zu Ohren gekommen, dass du gar kein so toller Hengst bist, wie du immer vorgibst."

„Pah! Das ist doch alles nur Gerede, weil mich keine halten kann. Sie sind einfach nur liebeskrank, weil ich keine von ihnen haben möchte. Außer dich, Xea! Dich begehre ich, seit ich dich zum ersten Mal gesehen hab", flüsterte er ihr den letzten Satz leise ins Ohr, während er ihr liebevoll den Arm hinab strich.

Xea saß da, still und mit geschlossenen Augen und schien seiner Berührung nun doch nicht mehr widerstehen zu können.

„Adon, hör auf! Mir wird ganz heiß, wenn du mich so anfasst!", raunte sie ihm mit kehliger Stimme ins Ohr.

„Hmh…, wusst ich`s doch. Irgendwann würdest du mir nicht mehr wiederstehen können. Ich würde dich am liebsten an noch ganz anderen Stellen anfassen."

„Aber doch nicht hier! Was denken da die Leute!"

„Das ist mir sowas von scheißegal, was die sich denken. Im Gegenteil, das macht mich noch viel geiler, wenn sie dabei zusehen!"

Verlangend drückte er sich zwischen Xea`s leicht geöffnete Beine und strich ihr zärtlich den Rücken hinab, während er mit seinem Mund hinter dem Ohr ihren Nacken liebkoste. Unterdessen klammerte sich Xea mit einer Hand am Barhocker fest und ließ ihre andere forschend über seine ausgeprägte Brust und den durchtrainierten Bauch nach unten wandern, bis sie seine erregte Härte durch seine Jeans spüren konnte.

„Ja Baby, das ist so geil! Besorg`s mir jetzt, hier gleich an der Bar und ich versprech dir, ich werd dir nachher draußen den Verstand raus vögeln", stöhnte er ihr ins Ohr.

„O Gott! Du bist so hart und so..., mächtig! Ich kann es gar nicht erwarten, deinen Schwanz in mir zu spüren!"

Von wilder Begierde getrieben, krallte er sich in Xea`s Haaren fest und drückte seine Erektion immer drängender gegen Xea`s Hand, die ihn in fester Umklammerung fast zum Höhepunkt trieb.

„He! Was soll das?", sprang er plötzlich wie vom Blitz getroffen nach hinten und blickte an sich hinunter. Die ausgeprägte Beule seiner Jeans war völlig durchnässt von Xea`s Wasser, das sie ihm gerade ganz offensichtlich über seinen Schoß gekippt hatte. Es sah aus, als hätte er sich in die Hose gemacht und alle, die in unmittelbarer Nähe standen, konnten es sehen.

„Du Miststück! Du hast einen großen Fehler gemacht. Sehr groß sogar! Irgendwann wirst du mir gehören und vor mir auf den Knien daher kriechen. Dann wirst du schon sehen, wer hier die Hosen anhat!"

„Na, dann kannst du ja von Glück sagen, dass dir auch Röcke blendend stehen würden! Außerdem kann ich dir auch was prophezeien, und zwar, dass dein kleiner Schwanz niemals meine Bekanntschaft machen wird! Ich steh nämlich auf große Dinge, wenn du verstehst, was ich meine!", fauchte ihn Xea gehässig an.

„Du wirst deine Überheblichkeit noch bitter bereuen!", waren seine letzten Worte, ehe er sich umdrehte und unter dem Gelächter der Leute verschwand.

„Wenn hier einer überheblich ist, dann ja wohl du!", rief sie ihm noch nach.

„Boah, krass. Was war denn das gerade für eine Aktion? Ich dachte wirklich, du würdest ihm ernsthaft einen runterholen." Serona blickte sie verblüfft an, während sie ihren Kopf leicht schüttelte.

„Wo denkst du denn hin? Du weißt doch, dass ich ihn nicht ausstehen kann!"

„Ja schon, aber ich muss schon sagen, ...du warst... wirklich überzeugend. Wusste ja gar nicht, dass du so ein Luder sein kannst."

„Tja, irgendwann geht sogar mit mir die Geduld zu Ende. Und wenn ich ihm das nicht durch hundert Körbe vermitteln kann, dann bleibt mir leider nichts anderes mehr übrig, als selbst Hand anzulegen!", grinste Xea vergnügt, doch es dauerte nicht lange, genauer gesagt, einen kurzen Blick in die Runde, ehe ihre Heiterkeit zu einem Magengeschwür umschlug. Und das genau in dem Augenblick, als ihr auf einem Sofa in einer dunklen Ecke, umringt von zwei Schönheiten, ein bekanntes Gesicht ins Auge fiel. Eines, das sie heute Vormittag noch verflucht hatte. Und das sie jetzt erneut in Wallung brachte.

Was zum Teufel hatte er hier zu suchen? Und wieso suchte er ständig die Nähe von Medi, wo er sie doch so sehr verachtete? Ob er mitbekommen hatte, was Xea gerade getan hatte?

Es war nur eine kleine Geste. Ein kurzes, anerkennendes Nicken, das ihr der Grafensohn entgegenbrachte. Doch für Xea war es bei Weitem mehr. Es brachte sie völlig durcheinander. Sie konnte nicht verstehen, wie er am Morgen noch so bösartig über sie herfallen konnte und ihr jetzt seinen Respekt zollte. Was sollte sie nur von ihm halten? War es denn überhaupt wichtig, dass sie eine Meinung über ihn hatte? Warum sollte sie auch nur eine Minute ihrer Zeit an Dinge verschwenden, die sie niemals was angehen würden? Die für sie unerreichbar wären? Und vor allem, die sie nicht ausstehen konnte.

Xea war launische Menschen so was von überdrüssig. Sie hasste es, wenn man nicht wissen konnte, wie man dran war. Mit solchen Menschen wollte sie nichts zu tun haben, denn es war verlorene Zeit.

Also zwang sie ihren Blick wieder weg zu Serona, nur um festzustellen, dass Veron mittlerweile aufgetaucht war und ihre Freundin gerade zum Tanzen aufforderte. Mit einem kurzen, entschuldigenden Schulterzucken stand Serona auf und ließ sich von ihm auf die Tanzfläche führen, wo sie eng umschlungen tanzten.

Die Band war wirklich gut. Obwohl es noch sehr früh und die Disco erst halb voll war, war die Tanzfläche bereits Proppen voll. Zahlreiche Pärchen oder solche, die auf dem besten Weg dorthin waren, wogen sich im sanften Rhythmus der Klänge, wobei einem die raue, rauchige Stimme der Sängerin eine Gänsehaut bescherte.

Xea versuchte, sich umzusehen, ohne in die Richtung des Grafen zu blicken. Doch, so sehr sie sich auch auf ihre Freundin in der Tanzfläche konzentrierte, der Drang, ihren Blick nur kurz zu ihm in die Ecke abschweifen zu lassen, wurde immer stärker. Sie glaubte, seine Blicke auf sich zu spüren. Das Kribbeln in ihrem Bauch wurde immer unerträglicher, bis sie es nicht mehr aushielt und verstohlen in seine Richtung schielte.

Doch da war niemand. Das Sofa war leer. Nicht einmal die beiden Mädchen, die sich noch kurz zuvor auf dem Grafensohn geräkelt hatten, waren zu sehen. Waren sie mit ihm verschwunden? Vielleicht auf eines der vielen Zimmer, die es hier zu Genüge gab und die dazu verleiten sollten, sich miteinander zu vergnügen?

Egal! Besser, er war weg. Doch, auch wenn sie es nicht wahrhaben wollte, hinterließ er ein Gefühl der Enttäuschung. Oder war es doch eher Erleichterung? Xea wusste es nicht und wollte es auch gar nicht wissen. Sie wollte ihn einfach nur aus ihren Gedanken verbannen. Ja, aus ihrem gesamten Leben sogar!

Da kam ihr die Aufforderung zum Tanz eines hübschen jungen Mannes, namens Ronos, ganz gelegen. Er schien auch noch richtig nett zu sein und er wirkte offenherzig und ehrlich. Mit verträumtem Blick hing sie an seinen Lippen, während er ihr von seinem letzten Praktikumsjahr als Bäcker erzählte und ihr gleich auch noch verriet, dass er es eher halbherzig anpackte. Seine Leidenschaft galt den Tieren, insbesondere den Pferden. Er hatte seinen Berufswunsch schon ins Berufswahlregister einschreiben lassen und hoffte, sein restliches Leben lang auf einem Gestüt arbeiten zu dürfen.

Als Xea das hörte, empfand sie noch mehr Sympathie für ihn, denn, wer Tiere liebte und gut zu ihnen war, konnte in ihren Augen gar nicht so verkehrt sein.

Leider musste sich Ronos viel zu früh und mit sichtlich schweren Herzen von Xea verabschieden, denn bereits in ein paar Stunden fing seine Schicht in der Bäckerei wieder an. Normalerweise waren die Geschäfte für die Medius am Sonntag zu. Doch für die Sups musste mindestens eine Metzgerei, eine Bäckerei und ein Supermarkt in der Nähe geöffnet sein, denn ein Frühstück ohne Sonntagsbrötchen war ihnen natürlich nicht zuzumuten. Somit wechselten sich die Geschäfte Woche für Woche mit dem Sonntagsdienst ab und gerade diesen Sonntag fiel leider das Los auf die Bäckerei, in der Ronos arbeitete. Sehr zu seinem Bedauern, wie er Xea fast sekündlich mitteilte. Er hätte am liebsten noch den ganzen Abend mit ihr getanzt. Und erst, nachdem sie ihm ein Date für den nächsten Samstag versprochen hatte, konnte er sich von ihr losreißen.

Xea mochte ihn. Sehr sogar. Zwar war er äußerlich vielleicht nicht ganz ihr Typ, doch mit seinem roten, verwuschelten Haar, den grünen Augen und dem unverschämt verschmitzten Lächeln hatte er auf den ersten Blick ihr Herz berührt. Und seine Figur war auch nicht zu verachten. Schlank, aber durchaus durchtrainiert. Und er war groß, sehr groß sogar. Ein Kerl, bei dem man sich sicher und geborgen fühlte.

Nachdem Ronos weg war, wollte sich auch Xea auf den Heimweg machen. Schließlich musste auch sie früh raus. Vorher aber wollte sie noch Serona suchen und ihr Bescheid sagen.

Es dauerte eine Weile, bis sie ihre Freundin knutschend mit Veron auf dem Sofa in der Ecke fand. Dass die beiden in einer wilden Knutscherei steckten und sich am liebsten hier und jetzt die Klamotten vom Leib gerissen hätten, verschaffte Xea den Vorteil, dass Serona ihrem frühen Aufbruch nichts entgegen zu setzen hatte.

Obwohl Xea ihrer Freundin ihre junge Liebe von Herzen gönnte, war sie doch ein wenig neidisch. Sie hätte auch gerne jemanden gehabt, der ihr das Gefühl gab, geliebt und begehrt zu werden. Der sie auf Händen trug und ihre ganze Gefühlswelt in einen rauschähnlichen Zustand der Glückseligkeit versetzte. Doch wer wusste, vielleicht war ja Ronos genau der, der ihr dies geben konnte.

6

Wenig später suchte Xea im Gestrüpp neben der Disco, die sich in der alten Chelsea Old Town Hall befand, nach ihren Turnschuhen. Und erst, als sie sich der engen High Heels entledigt hatte und das vertraute Gefühl von festem Boden unter ihren Fersen spürte, atmete sie erleichtert durch. Sie konnte nicht verstehen, wie damals die Frauen stundenlang in diesen Foltergeräten umher stöckeln und dabei auch noch arbeiten konnten. Es gab viele Dinge aus der Vergangenheit, die sie nicht verstand. Ihre Eltern hatten versucht, ihr vieles zu erklären, was sie selbst von ihren Eltern erzählt bekommen hatten, denn auch Xea`s Eltern wurden schon in den Wechsel hineingeboren. Doch es gab so viele Dinge, die sie nicht verstehen oder sich auch nicht vorstellen konnte. Wie zum Beispiel, dass man früher einmal über den Luftweg in einem Flugzeug überallhin auf der Welt reisen konnte. Und das in nur wenigen Stunden. Doch, was genau war die Welt? Sie kannte nur England. Ihre Eltern hatten ihr oft von anderen Ländern und Kontinenten erzählt. Davon, dass man dort andere Sprachen sprach und andere Lebensgewohnheiten pflegte. Doch wirklich vorstellen konnte sie sich das nicht. Wie es da wohl aussah? Wie da die Menschen über den Wechsel dachten? Gab es da überhaupt einen Wechsel?

Xea konnte einfach nicht verstehen, warum es in den Bibliotheken keinerlei Bücher über die Welt vor dem globalen Bürgerkrieg gab. Wurden sie alle vernichtet? Oder hielt man sie vor ihnen versteckt? Bloß warum? Dass es darüber keine Bücher oder Berichte gab, konnte und wollte Xea nicht glauben. Und warum hatten sie in der Schule so gut wie nichts darüber gelernt? Sie hatte das Gefühl, dass man vor ihnen etwas verbergen wollte.

Sie wusste so wenig über die Welt und war doch so wissbegierig. Sie kannte nur die paar Städte, in denen sie bisher gelebt hatte und die waren zum Teil stark zerbombt. So wie ganz Westlondon, das nur noch aus Ruinen und haufenweise Schutt bestand. Der Bürgerkrieg hatte nicht nur viele Menschenopfer gefordert, sondern auch jede Menge Kultur, schöne Gebäude und vor allem zahlreiche Zeugen der Vergangenheit.

Wie konnte es nur dazu kommen, dass mehr als die Hälfte der Menschheit binnen weniger Tage ausgerottet wurde? Nur weil sie sich nicht mehr länger ansehen hatten können, wie die Regierungen der Länder die Umwelt zugrunde richteten. Entsprach es wirklich der Wahrheit, dass sich vor vierzig Jahren die Menschen auf der ganzen Welt zu Gruppierungen zusammengetan hatten und bewaffnet auf die Staatsoberhäupter losgingen, nur, um sie zu beseitigen?

So jedenfalls wurde es ihnen in der Schule Tag für Tag, Woche für Woche, Jahr für Jahr immer wieder eingebläut, nur um nicht zu vergessen, was mit Revoluzzern geschah. Es gab keinerlei Berichte, Bilder oder Bücher darüber, so dass sie es einfach glauben musste. So, wie vieles, das man ihnen erzählte.

Völlig gedankenversunken ging sie die düstere King`s Road entlang, bis sie plötzlich rechts neben ihr in der Church Street einen Schatten vorbei huschen sah.

Vielleicht war dies genau der Zeitpunkt, an dem sie sich hätte anders entscheiden sollen. Zumindest wäre ihr damit viel erspart geblieben, wie sich noch herausstellen sollte.

Doch Xea entschied sich gegen die Vernunft und ging dem Schatten nach, denn ihre Neugierde war wieder einmal nicht zu überlisten.

Entgegen ihrer inneren, durchaus warnenden Stimme bog sie den Weg in die Church Street ein. Sie versuchte, in den Gassen, die links von ihr abzweigten nach dem Schatten Ausschau zu halten, der ihr dann auch tatsächlich in der *Mulberry Gasse* wieder ins Auge sprang.

Rasch versteckte sie sich hinter einem Reihenhaus und linste vorsichtig hervor. Es handelte sich eindeutig um eine Person, die von oben bis unten in einen langen schwarzen Mantel gehüllt war, eine brennende Kerze in der Hand hielt und der Reihe nach alle Haustüren und Nischen absuchte. Was suchte der- oder diejenige bloß mitten in der Nacht hier in diesem verlassenen Viertel, wo niemand lebte? Wenn auch Xea nicht wusste, was der Beweggrund war, wusste sie doch, dass die Person unentdeckt bleiben wollte, denn sie blickte sich immer wieder gehetzt nach allen Seiten um, um sicher zu gehen, nicht beobachtet zu werden.

Da es beinahe stockfinster war und das Gesicht unter der Kapuze im spärlichen Schein der Kerze nur schemenhaft zu erkennen war, hätte sie unmöglich schwören können, ob es sich um einen Mann oder eine Frau handelte. Trotzdem vermutete sie, auf Grund der großen, breiten Statur, einen Mann unter dem Mantel.

Kurz vor dem Ende der Gasse schien er fündig geworden zu sein, denn nach einem letzten prüfenden Rundumblick verschwand er hinter der Tür, die in einer etwas zurückgesetzten Mauernische eingebettet lag. Je länger Xea auf die Tür starrte, umso mehr beschlich sie das Gefühl, von eben dieser verhöhnt zu werden. Als würde sie sie verspotten und sie stumm herausfordern, ihr Geheimnis zu lüften.

Was sollte sie jetzt tun? Heimgehen und die letzte halbe Stunde aus ihrem Gedächtnis radieren? Oder nachsehen, was der Vermummte an der Tür gesucht hatte und abwarten, bis er wieder rauskam? Da die erste Option durchaus die Vernünftigste gewesen wäre, wusste Xea doch, dass Vernunft noch nie ihre Stärke war.

70

Außerdem trieb sie die Neugierde stärker als es die Peitschenhiebe eines Sklaventreibers je vermocht hätten.

Obwohl ihr das Herz bis zu den Ohren hinauf pochte, wie dumpfe Trommelschläge, die ihr Innerstes immer mehr und mehr aufwühlten und ihre Angst fortwährend schürten, konnte sie sich ihren Beinen, die zielstrebig einen Fuß vor den anderen setzen, nicht widersetzen. Alles was sie jetzt noch im Stande war, zu tun, war, zu beten, dass die Person nicht ausgerechnet in dem Augenblick wieder herauskam, in dem sie vor der Tür stand und herumschnüffelte.

Beim Näherkommen betrachtete sie das Haus, das nichts Besonderes und genauso heruntergekommen war, wie die anderen in dieser Straße auch. Der Zahn der Zeit nagte daran und hatte Spuren hinterlassen. Roher, teilweise schon herunter gebröckelter Putz, alte, morsche Fenster, deren Läden im Wind leise knarzend hin und her klapperten, als versuchten sie, mit einem letzten, schwermütigen Aufbäumen dem Haus etwas Leben einzuhauchen. Als sie zu den zerfledderten, von Motten zerfressenen Vorhängen, die wie Geisterschatten hinter den stark verstaubten Fenstern ihr Dasein fristeten, hinauf blickte, beschlich sie ein ungutes Gefühl.

Das Haus lag nach wie vor in völliger Dunkelheit vor ihr. Wohin war dann der Mann verschwunden? Was, wenn er sie im Dunkeln von einem der Fenster aus beobachtete? Auch wenn sie den Gedanken nicht zulassen wollte, war sie vielleicht unter Umständen nicht mehr nur die Beobachterin, sondern vielmehr die Beobachtete.

Doch, da es jetzt für einen Rückzieher ohnehin zu spät war, lauschte sie ein paar Augenblicke angespannt an der Haustür, bevor sie eine kleine Kerze und Streichhölzer aus ihrer Handtasche holte und sie entzündete. Immer wieder fuhr sie damit den

Granittürrahmen entlang. Genauso, wie es kurz zuvor die verhüllte Person auch getan hatte. Als sie schon aufgeben wollte, viel ihr doch eine kleine Einkerbung in der linken Ecke auf. Sie war so winzig und der steinerne Türrahmen bereits an vielen Stellen schon so beschädigt, dass sie es beinahe übersehen hätte. Xea hielt ihre Kerze direkt davor und konnte klar und deutlich ein Zeichen erkennen. Ein Zeichen, dass ihr für einen Augenblick die Luft zum Atmen nahm.

Konnte es wirklich sein? War es das Zeichen, das ihr so vertraut und fremd zugleich war? Das sie in und auswendig kannte und doch bisher ein Rätsel blieb?

Plötzlich hörte sie Stimmen und versetzte ihren Körper in Alarmbereitschaft. Wie ein gehetztes Tier auf der Flucht, sah sie sich nach einem Versteck in der Nähe um und verschwand blitzschnell hinter der nächsten Häuserwand. Sie presste sich dagegen und versuchte ihren hektischen Atem so gut es ging unter Kontrolle zu halten und zu beten, dass die Stimmen die entgegengesetzte Richtung einschlugen.

Mit angehaltenem Atem konzentrierte sie sich auf das Geräusch der Tür, die sich gleich darauf knarzend öffnete. Xea konnte zwar nicht sehen, wie viele Personen herauskamen, aber auf Grund der Stimmen, musste es sich um zwei Männer handeln. Zwei Männer, die sich leise miteinander unterhielten. Zu Xea`s Pech kamen sie immer näher und näher.

„Bist du dir wirklich sicher, dass du in ihre Fußstapfen treten willst? Du weißt, was passieren kann!", hörte sie einen davon im Flüsterton fragen.

„Ja, ja, das haben wir doch jetzt schon so oft durchgekaut! Ich will es! Wirklich!", entgegnete daraufhin die andere Stimme ebenso leise. Irgendwie kam ihr diese Stimme bekannt vor. Zumindest reagierte ihr Körper ziemlich heftig darauf, denn, neben einer gehörigen Gänsehaut, wurde sie auch noch von einem eiskalten Schauder durchgeschüttelt.

Es war zum Verrückt werden. Woher kannte sie diese Stimme nur? Es war, als würde sie nach Seifenblasen greifen und jedes Mal in genau dem Moment, da sie eine zu fassen bekam, platzte die Blase oder löste sich in Luft auf.

Xea drückte sich fester gegen die Wand und versuchte, noch weiter mit der Wand hinter ihr zu verschmelzen. Dennoch fühlte sie sich wie auf dem Präsentierteller. Das einzige, worauf sie noch hoffen konnte, war, dass die beiden einfach an ihr vorüber gingen. Und das, mit Blick voraus. Denn sie brauchten nur ein wenig nach rechts zu schielen und schon wäre sie geliefert gewesen.

„Okay, okay! Wir sind ja auch echt froh, dass sie sich dem Othala-Bund anschließen. Wir waren so nah dran und dann musste das Unglück geschehen. Es tut mir so leid für sie. Sie war wirklich etwas Besonderes. Wir alle sind zutiefst betrübt!" Jetzt gingen sie gerade an der Seitengasse vorbei, in der Xea sich zu verstecken versuchte.

Und, als könnte es nicht noch schlimmer kommen, blieben die beiden auch noch kurz stehen.

„Ich bin ihnen sehr dankbar für ihre Worte und ich schwöre bei Gott, ich werde alles tun, um ihre Arbeit erfolgreich fortzusetzen. Nächsten Monat fängt mein Studium an, dann hoffe ich, kann ich die fehlenden Informationen beschaffen."

Nach einem kurzen Handschlag gingen sie in entgegengesetzte Richtungen davon. Xea`s Puls brauchte noch etliche Minuten, bis er sich wieder einigermaßen beruhigt hatte. Sie hätte nicht beschwören können, dass sie unentdeckt geblieben war, denn sie hatte ihr Gesicht abgewendet, sodass nur ihr schwarzes Haar den Männern zugewandt war.

Erst, als sie sich sicher sein konnte, dass die beiden bereits weit weg sein mussten, löste sie sich aus ihrer Starre und ging erst einmal in die Hocke, wo sie völlig aufgewühlt in sich zusammensackte. In Gedanken ließ sie sich das eben Gehörte noch einmal durch den Kopf gehen. Das, und die Tatsache, dass sie jetzt wusste, wem die Stimme gehörte. Und das war wieder einmal kein anderer als der Graf von Arrington. Sie hätte zwar nicht ihr letztes Hemd dafür verwettet, aber das vorletzte mit Sicherheit.

Bloß, was hatte der vornehme Grafensohn hier in diesem gottverlassenen, heruntergekommenen Viertel zu suchen? Wer war die Frau, in dessen Fußstapfen er treten wollte? Welche Informationen sollte er beschaffen und was zum Teufel war überhaupt der Othala-Bund?

Da erinnerte sie sich wieder an die Rune, die sie am Türrahmen entdeckt hatte. Sie musste irgendetwas mit dem Othala-Bund zu tun haben. Konnte es sein, dass auch ihre Eltern in diesem Bund waren oder noch sind? Schließlich war diese Rune, die aussah wie ein X mit Dach nicht nur einmal in ihrem Märchenbuch abgebildet. Ihre Mutter hatte sie eigenhändig immer wieder und wieder zwischen den Bemerkungen hinein gekritzelt. Als Kind hatte sich Xea dabei nicht viel gedacht. Doch als sie älter wurde, gab ihr diese Rune immer mehr Rätsel auf. Ein Rätsel, das ihr bis zu diesem Zeitpunkt schier unlösbar erschien.

Xea wollte gegen die aufkeimende Hoffnung ankämpfen, um am Ende nicht wieder enttäuscht zu werden. Aber trotz aller Bemühungen kämpfte sich ein Funken Hoffnung den Weg frei bis zu ihrem Herzen und entfachte dort eine kleine Flamme, die ein angenehmes Flattern bis zu ihrem Bauch hinab schickte. Vielleicht konnte sie mit Hilfe des Bundes etwas über ihre Eltern erfahren, denn sie mussten davon gewusst haben? Wieso sonst hätte ihre Mutter von dem Zeichen gewusst?

Bloß, was war das für ein Bund? Und, wofür stand er?

Xea nahm sich vor, gleich morgen nach der Arbeit in die Bibliothek zu gehen und irgendetwas über diese Rune heraus zu finden. Nach dem Bund brauchte sie erst gar nicht suchen, denn sie wusste, dass sie dort kein Wort darüber finden würde. Dort gab es nur Schriftstücke, die dem System passten und die sie kontrollieren konnten.

Der Othala-Bund hingegen schien nicht ganz ins System zu passen. Denn, warum sonst hätte er so geheim gehalten werden müssen? Dass es etwas gab, das entgegen den Vorstellungen des Systems existierte, erfüllte Xea mit neuer Hoffnung. Einzig und allein die Tatsache, dass ausgerechnet der Grafensohn darin involviert sein sollte, hielt ihre Glücksgefühle im Zaum. Er hätte doch niemals gegen das System aufbegehrt! Schließlich zog er daraus nur Vorteile und hätte sich somit ins eigene Fleisch geschnitten. Irgendetwas passte hier ganz und gar nicht zusammen.

7

Der nächste Arbeitstag wollte einfach kein Ende nehmen. Sekunden fühlten sich wie Minuten an und Minuten wie Stunden. Erschwerend kam noch hinzu, dass Xea immer härter gegen ihre Müdigkeit anzukämpfen hatte und nicht einmal der fünfte Becher Kaffee Wirkung zeigte.

Die Nacht war grauenvoll, denn jedes Mal, wenn sie die Augen schloss, drehten sich ihre Gedanken um den Othala-Bund, den Grafensohn und um ihre Eltern. Immer wieder ging sie in Gedanken durch, was die beiden Männer in der Dunkelheit gesagt hatten und was es bedeuten könnte. Doch sie kam zu keiner Lösung. Dafür hatte sie nicht genug mitbekommen. Außerdem konnte sie nicht verstehen, warum ihre Mutter in ihr Märchenbuch zwischen ihren Bemerkungen immer wieder diese eine Rune hinein gekritzelt hatte. Wollte sie, dass Xea Nachforschungen darüber anstellte? Doch warum? War es vielleicht ein Hinweis, ihre Eltern wieder zu finden? Immer wieder hatte Xea ihr Märchenbuch durchgeblättert und versucht, herauszufinden, ob sie vielleicht noch irgendwelche andere Hinweise oder versteckte Zeichen fand, was jedoch nicht der Fall war.

Es blieb ihr somit nichts anderes übrig, als voller Ungeduld das Ende ihrer Schicht herbei zu sehnen. Als dann endlich der Zeiger auf fünf Uhr sprang, tauschte sie ihren weißen Krankenschwesterkittel gegen ihre braunen Baumwollshorts und ein weißes Shirt.

Am Eingang der Stadtbücherei angekommen, kramte sie in ihrer Tasche nach dem Bibliotheksausweis.

„Schon gut, Xea! Ich weiß doch, dass du einen Ausweis besitzt. Geh nur rein und hol dir wieder Lesenachschub", lächelte sie der alte Mister Grundy, der die Ausleihen beaufsichtigte, freundlich an.

„Danke Mister Grundy. Sie sind wirklich nett." Xea wollte schon weitergehen, als sie plötzlich auf dem Absatz kehrt machte und sich noch einmal dem alten Mann zuwandte.

„Ach..., Mister Grundy. Da..., da wäre noch was."

„Was hast du denn auf dem Herzen, Mädchen? Kann ich dir bei irgendwas behilflich sein?"

„Ja, das könnten sie wirklich. Das heißt, wenn sie Zeit haben. Ich suche nämlich nach etwas Bestimmten."

„Für dich hab ich doch immer Zeit, Xea. Schließlich hast du mir ja auch schon oft beim Zurücksortieren der Bücher geholfen. Und wie du weißt, wäscht eine Hand die andere. Was suchst du denn?"

„Hm..., ich weiß nicht genau, wie das Buch heißt. Aber eine Freundin hat mir mal vor Kurzem erzählt, dass sie da ein wahnsinnig interessantes Buch über Runen zufällig in die Finger gekriegt hat. Seitdem erzählt sie mir ständig davon. Und..., nun, sie hat mich neugierig gemacht. Wissen sie vielleicht, in welchem Regal ich suchen könnte?" Mit fragendem Dackelblick musterte sie Grundy`s Gesicht. Sie hoffte inständig, dass er ihr helfen konnte, denn sie wusste echt nicht, wo sie sonst zu suchen hätte anfangen sollen. Und schließlich hatte sie nur wenig Zeit, bevor sie zum Abendessen daheim sein musste.

Der Bibliothekar kratzte sich mit einer Hand den Hinterkopf, als müsste er erst einmal seine grauen Zellen in Fahrt bringen. Dann plötzlich erhellte ein zufriedenes Lächeln sein Gesicht.

„Ich glaub, ich kann dir in der Tat helfen. Komm mit!" Xea folgte dem Mann, der in leicht gebeugter Haltung langsamen Schrittes die langen, meterhohen Regalreihen, in denen unzählig viele Wälzer in Reih und Glied standen, entlang schritt. Sie hatte sich nie getraut, ihn zu fragen, wie alt er war. Doch seine vielen Runzeln im Gesicht und das schüttere, schneeweiße Haar waren eindeutige Zeugen seines fortgeschrittenen, hohen Alters.

„Ich bin mir ziemlich sicher, dass wir etwas darüber in der Abteilung der Germanen im Mittelalter finden werden. Soviel ich weiß, waren sie bekannt dafür. Schon beachtlich, dass die Leute vor hunderten von Jahren schon so viele Bücher geschrieben haben. Oder, was meinst du Xea?", fragte er sie, während er mit dem Finger bedächtig über eine Reihe von ledernen, teils schon sehr alten Buchrücken strich.

„Ja, das find ich auch. Aber das ist alles so lange her! Mich würde mehr interessieren, wie die Leute in der Zeit vor dem Wechsel gelebt haben. Aber darüber gibt es leider keine Bücher mehr. Stimmt es, dass man sie alle verbrannt hat?"

„Ach Xea, warum machst du dir solche Gedanken über die Vergangenheit. Wir leben hier und heute! Glaub mir, du willst es gar nicht wissen. Ich habe fast mein halbes Leben in der Zeit vor dem Wechsel gelebt und würde am liebsten diese furchtbare Zeit ungeschehen machen. Du kannst dir nicht vorstellen, wie unzufrieden die Leute damals waren", erzählte der alte Mann, während er mit glasigem Blick in die Vergangenheit zu sehen schien. „Unzufrieden und gestresst. Vor allem gestresst. Die Leute eilten von einem Termin zum nächsten. Immer mit dem Handy in der Hand oder am Ohr. Das Internet und die Technik hatten uns alle in der Hand. Ein Handy, das verloren ging, war fast so schlimm, als würde man ein Familienmitglied verlieren. Kannst du dir das vorstellen?" Er blickte weiterhin wehmütig in die Ferne, wobei er nicht wirklich eine Antwort erwartete. „Jeder war jedem um alles neidisch, was wiederum eine immens hohe Kriminalitätsrate nach sich zog. Mord war damals so alltäglich und allgegenwärtig wie heute die Tageszeitung. Nein Xea, es war eine furchtbar schnelllebige und brutale Zeit."

„A…aber es kann doch nicht nur schlecht gewesen sein. Meine Mutter hat mir zum Beispiel erzählt, dass jeder die Möglichkeit hatte, zu studieren. Es stand einem nichts im Wege!"

„Ja. Und genau das war auch das Schlimme daran. Jeder Taugenichts konnte jahrelang herum studieren, nur, um nicht arbeiten zu müssen. Es gab kaum mehr junge Leute, die ein Handwerk erlernen wollten. Alles geriet gewaltig aus den Fugen. Das gute, alte Handwerk wurde größtenteils ersetzt durch Maschinen, Roboter und Industrie. Brot und Fleischwaren wurden nur noch industriell unter Zugabe von zahlreichen chemischen Zutaten hergestellt. Die Leute mussten nicht einmal mehr kochen, denn im Supermarkt gab es ganze Mahlzeiten, schön verpackt in abertausenden von Plastiktüten und warteten darauf, in der Mikrowelle innerhalb weniger Sekunden erhitzt und auf die Schnelle hinunter geschlungen zu werden. Die Menschheit wurde immer fetter und träger. Und der Leidtragende war die Umwelt. Meiner Meinung nach war es gut, alles zu vernichten, was den ein oder anderen auf den Plan rufen könnte, dieses frühere Leben erneut anzustreben."

„Ja, wahrscheinlich haben sie recht, Mr. Grundy."

„Gut so, Kind! Mach dir nicht immer so viele Gedanken, das macht nur Falten! Sieh mich an! Ich war damals in jungen Jahren genauso wie du. Musste immer alles wissen. Immer und überall an vorderster Front stehen und gebracht hat es mir nichts außer jede Menge Runzeln im Gesicht. Na sieh mal einer an,… ich glaub, ich hab was gefunden."

Sachte zog er ein altes, in Leder gebundenes Buch aus dem Regal und wischte einmal drüber, um den feinen Staub, der sich im Laufe der Jahre angesammelt hatte, zu entfernen. „Nun ja, das Buch, von dem dir deine Freundin erzählt hat, ist es wohl eher nicht. Es wurde, dem Staub nach, schon jahrelang in keiner Hand mehr gehalten. Aber vielleicht hilft es dir ja trotzdem weiter." Behutsam legte er den alten Schmöker in Xea`s Hände und kehrte sich nach einem freundlichen Nicken wieder seiner Arbeit zu.

Fast schon ehrfurchtsvoll schaute Xea auf das Buch hinab, das schwer und bedeutsam in ihren Händen lag. Ob es das Rätsel um die geheimnisvolle Rune lösen konnte?

Runen – die Schriftzeichen der Germanen im Mittelalter, stand vorne auf dem Buchdeckel mit extrem verschnörkelten Lettern, die Xea beinahe nicht entziffern konnte.

Nachdem sie sich ein ruhiges Plätzchen auf einem der vielen gut ausgepolsterten, breiten Fensterbänke gesucht hatte, blätterte sie behutsam die alten, teils schon vergilbten Seiten durch. Das erste Kapitel beschäftigte sich mit der Bezeichnungsherkunft und die verschiedenen Thesen über den Ursprung der Runen. Dann erst wurden die einzelnen Runen selbst katalogisiert. Xea musste eine Weile blättern, bis sie das richtige Symbol gefunden hatte und, je weiter sie las, umso mehr beschleunigte sich ihr Puls.

Obwohl sie die halbe Nacht und den ganzen Tag über gegrübelt und sich dabei alle erdenklichen Möglichkeiten ausgemalt hatte, überstieg doch die wahrhaftige Übersetzung alles, was ihr in den letzten Stunden im Kopf herum gespukt war. Ja, tief in ihr hatte sie natürlich gehofft, dass es so etwas in der Art bedeuten könnte. Doch sie wollte nicht enttäuscht werden und hatte schon den bloßen Gedanken daran nicht zugelassen. Auch jetzt, da sie wusste, dass der Name der Rune *Othala* lautete und für *Besitz und Heimat* stand, wollte sie nicht zu euphorisch sein, denn es konnte allerhand bedeuten.

Der Othala-Bund könnte zum Beispiel auch ein Bund der Sups sein, der gegen das System aufbegehrte, nur um sich noch mehr Besitztümer anzueignen. Zumindest hätte dann der Graf von Arrington bestens ins Bild gepasst. Konnte es sein, dass es sich bei dem Gespräch von gestern um wichtige Informationen über das

System gehandelt hatte? Und, dass der junge von Arrington diese vielleicht von seinem Vater klauen und an den Bund weiterreichen wollte? Oder war sein Vater sogar selbst einer davon, der sich noch mehr bereichern wollte?

Fragen über Fragen. Xea hatte eigentlich gehofft, dass sie in dem Buch eine Antwort auf all ihre Fragen finden würde. Doch das Gegenteil war leider der Fall, denn jetzt taten sich noch mehr Rätsel und Unklarheiten auf. Es bestand nämlich auch noch die Möglichkeit, dass der Bund auf Seiten der Medi stand und für ein Ende des Wechsels kämpfte, um auch ihnen Heimat und Besitz zu ermöglichen. Bloß, irgendwie passte in diese Theorie der Grafensohn so gar nicht hinein.

Xea war noch verzweifelter, als zuvor. Sie musste einfach wissen, was und vor allem wer dahintersteckte. Nur, wie sollte sie das bewerkstelligen? Wenn sie nur gewusst hätte, wann sich der Bund wieder traf! Schließlich konnte sie nicht jede Nacht in der dunklen Gasse stundenlang ausharren und abwarten, bis mal wieder jemand daher spazierte! Und den Grafensohn direkt darauf ansprechen, war ein Ding der Unmöglichkeit. Da würde sie am Ende noch bei den Inferior landen, was mitunter das Schlimmste war, was einem passieren konnte. Dagegen war die Arbeit in Fiona`s Gasthaus reinster Urlaub.

So schwer es ihr auch viel, war das einzige, was sie derzeit tun konnte, die Augen offen zu halten nach der Othala-Rune. Die Augen ebenso wie die Ohren.

8

Die ganze Woche über ging Xea mit offenen Augen und hellhörigen Ohren durch die Stadt. Besser gesagt durch die kleinen Gassen der Stadt, wo sie immer wieder mal die ein oder andere Tür genauer inspizierte. Normalerweise nahm sie ja den direkten Weg vom St-Mary's-Hospital über den Hyde Park bis hinab zu *Roland Gardens,* wo Sven's und Fiona's Gasthaus „Zum goldenen Hirsch" stand. Doch die letzten Tage war sie nicht der Hauptstraße gefolgt, sondern durch die vielen, teils verlassenen Gassen geschlendert, immer auf der Suche nach dieser einen Rune, die Xea's Leben gewaltig durcheinandergebracht hatte.

Doch letztendlich war ihre Suche erfolglos geblieben. Die Gespräche, die sie im Hyde Park verstohlen mitverfolgt hatte, waren allesamt belanglos. Was hatte sie auch erwartet? Etwa, dass die Leute auf offener Straße über Geheimorganisationen redeten? Oder, dass sie zufälligerweise auf eine weitere Tür mit dem Geheimzeichen stieß?

Nein, Xea machte sich nichts vor und rechnete auch nicht wirklich damit, etwas heraus zu finden. Aber sie brauchte, das Gefühl, wenigstens etwas zu tun, auch wenn es noch so aussichtslos war.

Also blieb ihr nichts anderes übrig, als den nächsten Samstagabend abzuwarten, wieder in dasselbe Tanzlokal zu gehen und sich zur selben Zeit zum selben Ort zu begeben. Und dann, zu hoffen. Doch vorerst musste sie sich noch mit Fiona rumschlagen.

„Ich warne dich! Sei ja freundlich zu ihnen. Ich weiß genau, wie sehr du sie verachtest. Du kannst dir deinen Stolz sonst wo hinstecken, aber hier hat er nichts zu suchen! Und wenn mir auch nur die geringste Beschwerde über dich zu Ohren kommt, dann wirst du dir wünschen, nie einen Stolz gehabt zu haben, verstanden?", warnte diese sie mit drohend erhobenem Zeigefinger, als sie Xea an dem besagten Samstag auch noch eine Mittagsschicht aufbrummte.

Welchen Stolz? Wenn davon wirklich noch etwas übrig war, dann hatte sie ihn mittlerweile besser unter Kontrolle als ein Zirkusdompteur seine Löwen. Sie fühlte sich manchmal wie eines von den zerknitterten Bettlaken, die sie schon zu genügend von den Gästebetten abgezogen hatte. Man musste es nur oft genug durch die Mangel drehen, um es faltenfrei zu glätten und anschließend zu formen, wie einem beliebte. In ihrem Fall, wie es Fiona beliebte.

Xea hätte ihr am liebsten ins Gesicht gespuckt und ihr gesagt, dass nicht sie diejenige war, die hier irgendwen verachtete, sondern umgekehrt. Wenn sich hier also wer beschweren durfte, dann ja wohl sie. Sie hätte ihr am liebsten auch noch auf nicht gerade feine Art mitgeteilt, dass sie doch selbst die Sups bedienen sollte, wenn sie davor Angst hatte, Xea könnte die Gäste vergraulen.

Anstelle dessen, stand Fiona den ganzen Abend über hinter der Theke, schenkte Bier, Wein und Schnaps aus und beobachtete wie ein Habicht jede noch so kleinste Bewegung ihrer Bedienungen. Dabei hätte sie selbst gut daran getan, sich mal etwas zu bewegen und nicht ständig an der Schnapsflasche zu hängen. Auch wenn sie versuchte, dabei unbeobachtet zu bleiben, wusste spätestens zur Sperrstunde jeder Bescheid. Die roten Flecken in ihrem aufgedunsenen Gesicht und ihre Stimme, die genauso ins Schwanken geriet, wie ihr massiger Körper, ließen keinen Zweifel zu.

Ein letztes Mal strich sich Xea ihre Schürze glatt, als wäre das schlichte Stück Stoff eine Art Schutzwall, hinter dem sie sich im Zweifelsfalle verschanzen könnte, um das Schlimmste auszusitzen. Wenn es nur so einfach gewesen wäre! Wenn das ganze Leben nur so einfach gewesen wäre! Lieber hätte sie einen ganzen Tag lang im Krankenhaus geschuftet, als sich nur eine einzige Stunde hier von den Sups demütigen zu lassen.

Entgegen Xea`s Befürchtungen verlief die erste Stunde aber überraschend gut. Die Sups begegneten ihr einigermaßen respektvoll und teilweise sogar freundlich, bis die Tür aufging und mit der Grafenfamilie auch die Ernüchterung herein stolziert kam.

Xea`s Gehirn schaltete beim Anblick des Grafensohnes sofort von einer auf die andere Sekunde auf Alarmbereitschaft, wobei sie am liebsten auch noch gleich einen Feuerlöscher zur Hand gehabt hätte, um ihre Eingeweide zu löschen, die bei seinem hasserfüllten, starr auf sie gerichteten Blick lichterloh zu brennen anfingen und sich schmerzhaft zusammenzogen.

Da hatte ihr sein Gesicht, als er wie ein Häufchen Elend betrunken in der Medigaststube vor sich hinvegetierte, wesentlich besser gefallen.

Sie versuchte sich wieder zu konzentrieren, indem sie einmal tief durchatmete und mit einem aufgesetzten Lächeln der Familie auf Tisch neun die Getränke brachte. Zum Glück handelte es sich hier um eine nette Familie mit drei Kindern im geschätzten Alter von fünf, zehn und fünfzehn. Und alle drei sahen dem Vater wie aus dem Gesicht geschnitten ähnlich. Fiona hatte sich geirrt. Xea verachtete nicht die Sups, sondern vielmehr verachtete sie die Tatsache, dass diese im Gegensatz zu ihnen ihre Kinder nicht weggeben mussten. Wo blieb da die Gerechtigkeit?

Ihnen wurde tagein, tagaus eingebläut, dass die Kinder mit jedem Wechsel an Stärke, Selbstbewusstsein und Persönlichkeit gewannen. Warum war es dann nicht nötig, dass sich auch die Kinder der Sups diese Eigenschaften aneignen? Doch diese Frage hätte sie sich sparen können, denn allen Sups wurde bereits bei der Geburt ein unerschütterliches Selbstbewusstsein und eine bis zum Himmel stinkende Arroganz in die Wiege gelegt.

Sie wendete sich schnell von den strahlenden Kinderaugen ab, um ihrem Unmut nicht noch mehr Nahrung zu geben und straffte entschlossen ihre Schultern, bevor sie mit dem Kinn nach oben auf die Grafenfamilie zuging.

Wie konnte eine komplette Familie nur so makellos schön sein? Selbst die Tochter hatte im Tod noch wunderschön ausgesehen. Bestimmt war sie einmal genauso anmutig und elegant wie ihre Mutter, deren schulterlanges, goldblondes Haar heute in sanften Wellen ihr zartes Porzellangesicht umspielte. Damals im Krankenhaus zeichnete sie sich mit ihrem verhärmten Blick und dem adrett zurück frisierten Dutt eher durch Strenge und Unnahbarkeit aus. Heute aber umgab sie ein derart verführerischer Glanz und eine Präsenz, der hier im Raum wahrscheinlich keiner hätte widerstehen können. Und genauso unwiderstehlich wirkte neben ihr auch ihr Mann und leider auch ihr Sohn. Wahrscheinlich war es gerade der arrogante, über alles erhabene Blick, der die beiden Männer so reizvoll wirken ließ. Macht und Reichtum machten ja bekanntermaßen sexy. Und leider war davor nicht einmal Xea gefeit. Umso angestrengter versuchte sie, ihr verräterisches Herzklopfen und das Kribbeln im Bauch zu ignorieren und sich um einen neutralen Gesichtsausdruck zu bemühen.

So stand sie also vor ihnen und sah sie erwartungsvoll mit gezücktem Stift an, um ihre Bestellung entgegen zu nehmen. Doch, während die Mutter seelenruhig in der Speisekarte las, war der Vater mit dem Sohn gerade in ein Gespräch vertieft und dachte gar nicht daran, sich von Xea`s Anwesenheit stören zu lassen. Am liebsten hätte sich Xea demonstrativ umgedreht und sich den anderen Gästen zugewandt, denn schließlich waren sie nicht die einzigen, die darauf warteten, bedient zu werden. Doch es war, als würde sie Fiona`s Blicke wie warnende Dolche in ihrem Rücken spüren, als würde sie nur auf einen unbedachten Moment von Xea warten, um zu zustoßen. Ihr blieb also nichts anderes übrig, als abzuwarten und so zu tun, als würde sie ihre rege Diskussion nicht belauschen.

„Und, wo bleibt er?", fragte der Vater ungeduldig und auch etwas schroff.

„I… ich weiß es nicht. Er wird schon noch kommen, Vater!"

„Das hoffe ich doch schwer für ihn. Schließlich hab ich mir extra Zeit genommen!"

„Hm, hm", räusperte sich nun endlich seine Frau. „Liebling, können wir das nicht nachher besprechen? Lass uns doch erst einmal bestellen!"

„Natürlich Darling, du hast wie immer recht", strich er ihr zärtlich über den Handrücken und lächelte sie liebevoll an.

„Die schon wieder", hörte Xea plötzlich den Sohn leise aufstöhnen, woraufhin ihn der Vater fragend ansah.

„Ich meinte nur, dass ich nicht gerade erfreut über die Tatsache bin, dass uns heute ausgerechnet die Person bedienen soll, die Talina letzte Woche so schlampig zurecht gemacht hat", erklärte er sich mit Nachdruck.

Xea wurde schlecht. Seine messerscharfe Stimme raubte schnürte ihr die Kehle zu und vermischte ihr Blut, das ihr heiß und wild durch die Adern zischte, mit einer Überdosis Hass und blanker Verachtung.

„Bist du dir wirklich sicher, dass _sie_ das war? Ich kann mich irgendwie gar nicht mehr an ihr Gesicht erinnern", musterte sie nun auch noch die Mutter, die von ihrem Mann Sinta genannt wurde, mit prüfendem Blick.

„Ja Gräfin, ihr Sohn hat Recht", kamen die Worte unter zusammengebissenen Zähnen so reumütig wie möglich über Xea`s Lippen, nur um ihrem Elend hier endlich ein Ende zu setzen. „Ich war diejenige, doch ich hab mich bei ihrem Sohn bereits ausgiebig dafür entschuldigt und entschuldige mich jetzt noch einmal bei ihnen allen für mein mangelhaftes Fehlverhalten." Dieser eine Satz blieb ihr fast im Hals stecken, denn er musste aufrichtig klingen, während sie zeitgleich versuchte, ihre kochende Wut im Zaum zu halten.

„Das ist ja alles schön und gut", meldete sich nun auch noch der Vater zu Wort, der sie die ganze Zeit über mit stechendem Blick taxierte.

„Aber wie können sie auch nur eine einzige Minute annehmen, wir würden uns von ihnen bedienen lassen? Wer einmal schlechte Arbeit abliefert, der tut es immer wieder. Glauben sie mir, ich habe heute einen beschissenen Vormittag hinter mir und will jetzt einfach nur in Ruhe mein Essen genießen und mich nicht auch noch mit unfähigen Kellnerinnen abgeben." Er sagte es so beiläufig mit einer einfachen, wegfegenden Handbewegung, als wollte er lediglich eine Stubenfliege abwehren.

So sehr sich Xea auch die ganze Zeit über darum bemühte, ihre freundliche Fassade aufrecht zu erhalten, war sie jetzt an einem Punkt angekommen, an dem sie einfach nicht mehr in der Lage war, ihre Gefühle im Zaum zu halten. Am liebsten hätte sie ihm das Glas Wasser auf ihrem Tablett ins Gesicht geklatscht. Zum Glück konnte sie sich in letzter Sekunde noch beherrschen und stemmte stattdessen beide Hände in die Hüften, während sie bereits den Mund öffnete, um ihm zu sagen, dass sie nicht nur einen beschissenen Vormittag, sondern gleich eine ganze beschissene Woche hinter sich hatte. Wie sich herausstellte, sollte es aber gar nicht so weit kommen, denn bevor sie auch nur eine einzige Silbe von sich geben konnte, wurde sie ziemlich unsanft von hinten gepackt und herumgerissen, so dass sie geradewegs in Fiona`s wutverzerrtes Gesicht starrte. Wo Xea ja jetzt schon so in Rage war, konnte sie auch genauso gut Fiona ihre Meinung ins Gesicht sagen.

Doch diese umklammerte mit eiserner Hand Xea`s Arm und ihre zu furchteinflößenden Schlitzen verengten Augen ließen Xea in ihrem Vorhaben abrupt innehalten. Ihr blieb keine andere Wahl, als die Worte, die ihr bereits auf der Zunge langen, hinunter zu schlucken und zu versuchen, nicht daran zu ersticken.

„Es tut uns leid, wenn ihnen unsere Bedienung irgendwelche Unannehmlichkeiten beschert hat. Ich werde mich jetzt persönlich um ihr Wohl kümmern. Also, was darf ich ihnen bringen?"

Während Fiona den Gästen mit zuckersüßer Stimme Honig ums Maul schmierte und nebenbei ihre Bestellung notierte, stand Xea ein paar Sekunden einfach nur neben ihr wie ein begossener Pudel. Sie war noch so schockiert von der Vorstellung gerade eben, dass sie ein paar Augenblicke brauchte, ehe sie, so würdevoll es in ihrer Situation noch ging, einen Abgang machte. So sehr sie die letzten paar Minuten gerne aus ihrem Gedächtnis gestrichen hätte, wusste sie doch, dass sie das süffisante, höchst zufriedene Grinsen, das ihr der Grafensohn zuwarf, während er sich mit seinem Arm lässig über die Stuhllehne lehnte, ihren Lebtag nicht vergessen würde.

9

Fiona`s Standpauke, die sie nach der Schicht über sich ergehen hatte lassen müssen, war nichts gewesen im Vergleich zu den niederschmetternden Worten aus dem Mund von ihm, dem gräflichen Chamäleon. Warum nur war er so gehässig zu ihr? Was hatte sie getan, das seinen Hass rechtfertigen könnte? War es wirklich nur seine Schwester? Xea wollte es nicht glauben, denn schließlich konnte ihm nicht allzu viel an ihr gelegen haben, wenn er selbst im Tod noch so schlecht über sie redete. Sie sogar verurteilte. Bloß, was war es dann? Würde sie es jemals erfahren?

Grübelnd saß Xea auf ihrer Bettkante und ließ sich von Rhi die Haare auf großen Wicklern auftürmen, denn heute wollte sie ihre lange Mähne offen und in weichen Wellen tragen. Sie fand, das ließ sie etwas reifer und sinnlicher wirken. Und schließlich hatte sie heute noch jemanden zu beeindrucken.

Beim bloßen Gedanken an ein Wiedersehen mit Ronos, spürte sie ganze Schwärme von Schmetterlingen in ihrem Bauch um die Wette flattern. Sein verschmitztes Grinsen und die grünen Augen hatten sich die ganze Woche über immer wieder in ihr Gedächtnis geschlichen.

Und, um diese Augen heute erneut zum Strahlen zu bringen, schlüpfte sie in eine hautenge Jeans, die ihren zwar kleinen, aber doch schön runden Hintern besonders zur Geltung brachte. Dazu trug sie schwarze Pumps, die einen nicht all zu hohen Absatz besaßen und die sie im letzten Jahr von ihrer Pflegemutter vererbt bekommen hatte, weil sie nicht mehr passten. Obschon sie zwar schon etwas abgetragen waren, fand sie Xea wunderschön. Und, sie gehörten ihr allein, was sie von den wenigsten ihrer Sachen behaupten konnte. In der Welt der Medi bedeuteten Erbstücke oder

Sachen aus dem Second-Hand-Shop wahre Reichtümer. Oder, wie bei Serona, selbst genähte Kleidung. Vorausgesetzt, man konnte nähen. Xea war darin nämlich ein hoffnungsloser Fall.

Serona hingegen beherrschte die Nähmaschine im Schlaf. Sie konnte aus jedem noch so unscheinbaren Stück Stoff wahrhaftige Meisterwerke kreieren. So wie das Top, das Xea zu ihrer Jeans trug. Es war aus weißem weichem Satin und echt raffiniert geschnitten. Ihre Schultern und ein Großteil des Rückens blieben unbedeckt. Dagegen floss ihr der weiche Stoff vorne in weichen Wellen über das Dekolleté bis hinunter zum Nabel, wobei das Ganze nur von einem Neckholder gehalten wurde.

Nicht jeder hätte es tragen können, denn ein BH darunter wäre undenkbar gewesen. Xea aber schien es wie auf den Leib geschneidert. Ihre Brüste waren zwar nichts im Vergleich zu Serona`s prallem Dekolleté, aber dennoch mussten sie sich nicht verstecken. Xea mochte ihre Oberweite und fand, dass sie perfekt zu ihrer gertenschlanken Taille und dem flachen Bauch passte.

Alles in allem war sie heute wirklich mehr als zufrieden mit ihrem Outfit. Fehlte nur noch der Schmuck, doch den konnte sie sich nicht leisten. Erst, wenn sie eine feste Anstellung haben würde, bekäme sie auch etwas mehr Lohn. Zwar nur so wenig, dass sie wahrscheinlich ein halbes Jahr lang auf eine Kette sparen müsste, aber immerhin etwas.

Nach ihrem Gute-Nacht-Geschichten-Ritual mit Rhi, machte sie sich zu Fuß auf den Weg in das Tanzlokal in der Chelsea Old Town Hall, wo sie sich mit Serona treffen wollte. Auf dem Weg dorthin, machte sie einen Abstecher über die unbewohnte Gasse, in der sie letzte Woche die beiden Männer belauscht hatte. Doch Xea hörte, noch sah sie irgendjemanden im Haus und auch nicht auf der Straße. Wahrscheinlich war es noch zu früh. Um diese Zeit waren immer noch vereinzelt Menschen auf dem Weg zu Freunden, in ein Cafe oder wie sie zu einem Tanzlokal.

Also ging sie weiter. Trotz einem unangenehmen Prickeln im Nacken. Ein Gefühl, als würde sie verfolgt oder beobachtet werden. Vielleicht war es aber auch nur ihr schlechtes Gewissen, weil sie selbst vorhatte, dergleichen zu tun.

Erst, als sie von den verlassenen Nebengassen auf die etwas belebtere King`s Road hinaus trat, verschwand das Gefühl. Zahlreiche junge Leute ihren Alters waren auf dem Weg zur Disco, die nur noch ein paar Häuserblocks entfernt lag. Mit jedem Schlag des Basses, der gedämpft vom lauen Wind durch die sternenklare Nacht getragen wurde, schlug auch ihr Herz, vor Vorfreude auf ein Treffen mit Ronos immer höher und höher.

Dann, im Tanzlokal angekommen, zwängte sie sich durch die brechend volle Halle, während sie ihren Blick auf der Suche nach einem bekannten Gesicht umherstreifen ließ. Zielstrebig ging sie auf die Bar zu, um sich, ausnahmsweise mal ein Bier zu genehmigen als sie plötzlich jemand von hinten sanft bei der Hand nahm.

„Hallo Prinzessin!" Xea hätte sich nicht einmal umdrehen müssen, denn sie hätte Ronos allein schon an seiner sanften, tiefen Stimme erkannt, die sie an fluffig weichen, zuckersüßen Sahneschaum, übergossen mit dunkler, flüssiger Schokolade erinnerte. „Ich hatte schon befürchtet, du würdest mich versetzen."

Xea war eigentlich nie um Worte verlegen, doch allein Ronos Anwesenheit und die Wärme seiner Hand hatten es geschafft, die Sicherungen in ihrem Gehirn fliegen zu lassen. Warum musste er auch mit seiner abgewetzten Jeans und dem weißen Hemd, das er bis zu den Ellbogen zurück gekrempelt und weit aufgeknöpft trug, so verdammt sexy aussehen? Und wo zum Teufel war nur die Taste, um ihr Denkvermögen wieder hochzufahren?

„Du hast echt Glück, denn eigentlich bin ich nicht so der Disco-typ, doch wie es scheint, hast du einen bleibenden Eindruck bei mir hinterlassen." Ihr Denkvermögen kehrte zum Glück schneller zurück als sie dachte. Und damit auch das Selbstbewusstsein, zu-mal es ihr keinerlei Probleme mehr bereitete, ihn mit einem ver-führerischen Lächeln an zu flirten.

„So, einen bleibenden Eindruck also?" Ronos intensiver Blick ging Xea durch und durch, so dass sie sich innerlich eine Ohrfeige verpassen musste, um nicht noch einmal in den Stand-by-Modus zu verfallen.

„Tja, ich würde schon sagen, dass du ganz okay bist, sonst wär ich heute ja nicht hier."

„Ganz okay? Ich hoffe doch sehr, ich bin mehr als nur das!"

„Hm, … das muss ich allerdings erst noch herausfinden", meinte Xea nicht ganz überzeugt, um das Katz-und-Maus-Spiel noch mehr in die Länge zu ziehen. Und er spielte mit. Und wie er mitspielte. Er trat noch ein Stück näher, strich Xea zärtlich ihre lan-gen Wellen hinters Ohr und näherte sich mit seinem Mund ihrem Ohr, so dass es ihr die feinen Nackenhärchen aufstellte und ihr ein elektrisierendes Prickeln bis unter die Haut schickte.

„Dann würde ich sagen, wir fangen gleich damit an, Prinzessin. Lass uns tanzen! Vielleicht überzeugen dich ja meine Tanzkünste. Und wenn nicht, hm… dann werd ich mir wohl noch was anderes einfallen lassen müssen", raunte er ihr ins Ohr, sodass Xea toma-tenrot anlief. Sie hatte sogar das Gefühl, wie eine hundert Watt-Glühbirne zu leuchten.

„Okay", räusperte sie sich, „das wäre ja schon mal ein Anfang."

Ronos führte sie in die Mitte der Tanzfläche, wo sie zu *Let it be* von den Beatles tanzten. Der Leadsänger der Band war wirklich gut. Und nicht nur das, er sah auch noch verdammt heiß aus. Xea stellte schockiert fest, dass in letzter Zeit ziemlich viele heiße

Typen ihren Weg kreuzten. Konnte es vielleicht sein, dass sie wirklich schon so lange unter körperlicher Abstinenz lebte und ihr Gehirn deshalb beim kleinsten Anzeichen von Männlichkeit in den Sabbermodus verfiel? Vielleicht lag es aber auch nur an London, wo es, im Vergleich zu ihren letzten Jahren, eine ziemlich große Auswahl gab.

„Hey, kann es sein, dass du gerade den Sänger anhimmelst, während du mit mir tanzt?", fragte sie Ronos fast schon erheitert darüber, dass Xea dem Sänger so offensichtlich bewundernde Blicke zuwarf.

„Was? Das stimmt doch gar nicht!", wollte sich Xea gerade empören, als ihr Ronos lachend ins Wort fiel.

„Keine Angst, ich bin dir doch deshalb nicht böse! Wenn ich mich so umsehe, sind wohl alle Mädels hin und weg von ihm. Außerdem muss ich zugeben, dass ich ihm auch nicht widerstehen könnte, wenn ich eine Frau wäre."

Xea gefiel seine ehrliche, einfache Art, die seinen Punktestand auf ihrer geistigen Like-Liste in Nullkommanichts in die Höhe trieb. Und nicht nur das, denn je länger sie tanzten, umso stärker fühlte sie das Knistern zwischen ihnen, das Xea deutlich vor Augen führte, dass sie in Ronos nicht nur einen guten Freund sah.

Und auch Ronos schien die Spannung zu spüren, denn er wagte den nächsten Schritt und drückte Xea noch enger an sich. Er genoss ihre Nähe, ihren Duft, so dass er seine Augen schloss und sich ganz fest an sie schmiegte, während er mit der rechten Hand ihren nackten Rücken leicht und zärtlich immer wieder rauf und runter strich. Xea konnte sich im Moment nichts Schöneres vorstellen, als genau dort von ihm berührt zu werden. Mehr, als sie sich eingestehen wollte. Seine Fingerspitzen auf ihrer glühenden Haut ließen sie alles um sie herum vergessen. Die Musik, das Gedränge und die vielen Leute. Es gab nur sie beide und seine Hände auf ihrer Haut.

Außerdem spürte sie eine seltsame Vertrautheit zwischen ihnen, die sie bisher noch bei keinem gespürt hatte, zumal es davon bisher schon ein paar gab, mit denen sie ein bisschen rumgemacht hatte. Es war nichts Verwerfliches dabei, denn das System drängte die Jugendlichen ja schon fast dazu, sich sexuell auszuleben. Schließlich mussten sie sich schon früh für einen Partner entscheiden, der für den Rest des Lebens an ihrer Seite sein würde. Man wollte ihnen einfach die Möglichkeit geben, soviel Erfahrungen wie möglich zu sammeln. Daher bekamen die Mädchen auch ab dem zwölften Lebensjahr regelmäßig Hormonspritzen, um etwaige Schwangerschaften zu vermeiden. Und das wurde natürlich auch ausgenutzt. Fast alle Mädchen, die Xea kannte, hatten mit ihrer Sexualität kein Problem. Im Gegenteil, sie genossen ihre Jugend und wechselten ihre Sexpartner, wie andere ihre Unterhosen. Gelegenheiten dazu hatten sie ja auch mehr als genügend. Jedes Wochenende fanden reihenweise Tanzveranstaltungen ab dreizehn Jahren in großen Gebäuden oder Hallen statt. Und nicht nur das. Es gab auch zahlreiche Zimmer in diesen Gebäuden, in denen man sich ungestört miteinander vergnügen konnte.

Xea wusste auch nicht warum, aber sie fand es fast schon abartig, wie manche jede Woche über einen anderen oder eine andere herfielen, nur, um sie danach wieder weg zu legen, wie ein benutztes Handtuch. Denn am nächsten Wochenende hing ja schon wieder ein frisches, unbenutztes Handtuch am Haken.

Zugegeben, sie knutschte zwar gerne hin und wieder mit hübschen Jungs, doch wenn sie mehr wollten, machte sie jedes Mal schlagartig einen Rückzieher. Außer bei diesem einen Jungen damals, als sie erst fünfzehn war. Er hieß Davied und war so heiß, dass man sich beim bloßen Anblick schon die Finger verbrannte.

Seinen leidenschaftlichen Küssen und dem verführerischen Charme konnte nicht einmal Xea widerstehen. Es war ihr erster Sex und nicht einmal schlecht für ein erstes Mal. Er wusste nämlich genau, wie man mit einer Jungfrau umgehen musste und sie hatte es genossen, von ihm berührt zu werden und ihn zu spüren, als wären sie eins. Untrennbar und auf ewig verbunden. Leider war sie damals noch sehr naiv und konnte deshalb auch lange nicht verstehen, dass ihre Gefühle nicht auf Gegenseitigkeit beruhten. Davied wollte nämlich nur Sex. Nicht mehr und nicht weniger. Xea fühlte sich noch jetzt benutzt und dreckig, wenn sie nur daran dachte.

Danach schwor sie sich, nie wieder so weit zu gehen, wenn sie sich nicht hundertprozentig sicher sein konnte, dass ihm an ihr auch wirklich etwas lag. Sie wollte nicht einfach nur eine schnelle Nummer sein. Sie wollte mehr als das.

Bei Ronos aber hätte sie sich durchaus vorstellen können, weiter zu gehen, denn, auch wenn sie sich noch so sehr dagegen wehrte, war ihr Körper einfach nicht mehr in der Lage, seine Berührungen zu ignorieren. Er verlangte nach mehr, nach so viel mehr. Als würde es Ronos nicht anders ergehen, löste er sich nach dem Song von ihr und zog sie mit sich zu einem Sofa in einer etwas abgeschiedenen Ecke. Dass sie überhaupt noch einen derartig einladenden Platz in der brechend vollen Disco hatten ergattern können, grenzte schon fast an ein Wunder.

Die Augen steht's auf Xea fixiert, ließ er sich auf das Sofa nieder und zog sie sanft auf seinen Schoß. Während er mit der einen Hand Xea's Taille umfasste, strich er mit der anderen ihre dicke Strähne, die ihr in leichten Wellen ins Gesicht fiel, hinters Ohr. Dann fuhr er langsam mit seinem Daumen ihre Wangen entlang hinab bis zum Kinn, wo er innehielt, um es leicht anzuheben. Hätten sie seine strahlend grünen Augen, die pure Leidenschaft versprühten, nicht schon längst in ihren Bann gezogen, dann hätten es spätestens jetzt seine weichen Lippen getan, die sich zärtlich auf ihre legten.

Xea`s Welt stand für einen Augenblick still. Sie nahm nur noch ihr hämmerndes Herz und seine warmen, weichen Lippen wahr. Er küsste sie ein paar Mal sanft und langsam, bevor er seine Hand tief in ihrem Nacken vergrub, sie noch fester an sich zog und seinen Mund öffnete, um sie voll und ganz mit seiner Zunge zu erforschen.

Xea liebte dieses Gefühl und die prickelnde Erregung eines ersten Kusses. Und Ronos küsste wirklich gut. So gut, dass sie fast den Verstand verlor, als er auch noch hart unter ihr wurde und seine Hand langsam unter ihrem Top immer weiter nach oben wanderte. Auch sie vergrub eine Hand in seinem roten Haar, während die andere unter seinem Hemd seine harten Bauchmuskeln forschend und zärtlich nach fuhren. Trotz seiner hochgewachsenen, ziemlich schlanken Statur, war sein Körper durchaus muskulös.

„Du bist so wunderschön", raunte er Xea ins Ohr. Die Begierde, die in seiner kehligen Stimme mitschwang, ließ Xea auf angenehme Weise erschaudern. „Komm Prinzessin, lass uns nach hinten auf eins der Zimmer verschwinden!"

Da waren sie also wieder. Die Worte, die sie jedes Mal in Panik versetzten und den Zauber der letzten Minuten in Nullkommanichts auflösten. Musste es denn immer gleich ins Eingemachte gehen? Konnte man sich nicht einfach Zeit damit lassen und sich erst noch näher kennen lernen?

Zugegeben, Xea war so erregt, dass sie am liebsten hier und jetzt über ihn hergefallen wäre. Und doch hielt sie etwas davon ab. Etwas, das sie nicht einfach so übergehen konnte. Sie hasste es, dass ihr jedes Mal wieder ihre innere Stimme einen Strich durch die

Rechnung machte, konnte es aber trotzdem nicht abstellen. Wenn sie doch bloß einmal so sein könnte, wie all die anderen auch und im Sex nichts als reinen, lustvollen Zeitvertreib sehen könnte!

„Ronos, bitte versteh mich nicht falsch. Du bist echt der Wahnsinn und ich will dich jetzt bestimmt genauso wie du mich, a ...aber bevor ich einen Schritt weiter gehe, möchte ich dich noch besser kennenlernen. Ich hoffe, du verstehst das?" Fragend sah sie ihn an und wartete auf eine Antwort, die ihr Ronos im Moment nicht geben konnte. Er musste nämlich in erster Linie erst einmal verstehen, warum Xea einen Rückzieher machte. Und es war ihm ins Gesicht geschrieben, dass er es nicht wirklich verstehen konnte.

„A...aber warum willst du damit warten? Wir passen doch super zusammen und du machst mich total an. Ist es denn bei dir nicht so?"

„Doch, schon! A...aber ich bin schon einmal enttäuscht worden von jemanden, den ich wirklich gern hatte und der mich nur als einmaligen Spaß sah, dass ich da jetzt einfach, ... hm...vorsichtig bin. Ich hab mir geschworen, erst wieder mit jemanden zu schlafen, wenn ich mir sicher sein kann, dass er es ernst mit mir meint."

„Aber Xea, du weißt doch, dass wegen dem ständigen Wechsel längere und vor allem auch ernstere Partnerschaften unmöglich sind. Das einzige, was uns bleibt, ist Spaß. Wieso sollten wir uns den nehmen lassen?"

„Ja, ich weiß! Doch ich will einfach, dass es sich für mich so anfühlt, als würde es mein Partner ernst mit mir meinen. Ich fühle mich sonst so, ... benutzt. Und gerade jetzt im letzten Jahr, wo wir uns ernsthaft um einen Partner fürs Leben umschauen sollen, ist es mir noch wichtiger."

„Wow! Du bist echt das erste Mädchen, die das so sieht. Ich find`s zwar echt schade, aber ich würde sagen, du bist es wert, zu warten. Wobei es echt scheiße ist, denn dein geiler Arsch auf meinem Schwanz macht die ganze Sache einfach furchtbar schwierig für mich." Er versuchte seine Enttäuschung weg zulächeln, während er Xea sachte von seinem Schoß herunter hievte.

„Ich hol uns mal was zu trinken. Ein bisschen Abkühlung kann ich jetzt echt gut gebrauchen!"

Xea blickte ihm nachdenklich nach, während Ronos in Richtung Bar davonging. Er hatte ihre Entscheidung relativ gut weggesteckt, im Gegensatz zu den vielen anderen vor ihm, die es nur auf eine schnelle Nummer abgesehen hatten. Bloß, ob er es wirklich akzeptierte? Oder würde sie morgen für ihn schon wieder Schnee von gestern sein?

Ach, Xea hätte sich ohrfeigen können! Da lernte sie mal ausnahmsweise einen echt tollen Typen kennen, nur, um ihn dann vor den Kopf zu stoßen. Was wäre schon dabei gewesen, wenn sie nur ein einziges Mal über ihren Schatten gesprungen wäre? Jetzt war es leider zu spät. Was würde er von ihr denken, wenn sie jetzt so plötzlich ihre Grundprinzipien über Bord geworfen hätte? Wahrscheinlich würde er sie dann für launisch halten. Nein, dann sah sie schon lieber der Gefahr ins Auge, dass er sich von ihr abwenden könnte.

Sie war gerade echt durcheinander und auch etwas niedergeschlagen, was ihr hängender Kopf in ihren abgestützten Händen nur allzu deutlich machte, so dass sie vor lauter Selbstmitleid ihren heimlichen Beobachter gar nicht bemerkte. Als sie nämlich den Kopf wieder hob und sich zurücklehnen wollte, sah sie geradewegs in zwei dunkle Augen. Augen, die ihr vertraut und verhasst zugleich waren. Die in ihr das Gefühl der Scham und der Wut auslösten, weil er ausgerechnet hier und jetzt Zeuge ihres schwachen Momentes sein musste. Wie weit konnte ihr Stolz denn noch in seiner Anwesenheit absinken?

Da blieb es auch nicht fern, dass ihr ernsthaft der Gedanke kam, ob sie der Grafensohn absichtlich stalkte, nur um sie noch mehr zu demütigen und zu verunsichern, denn genau das war seine Wirkung auf sie. Und er wusste es. Er wusste es genau und genoss ihre Unsicherheit. Dabei sollte sie es doch sein, die ihn verfolgte und auskundschaftete.

Jedenfalls war es ihr fast schon unheimlich, wie er sie anstarrte. Ganz offensichtlich und irgendwie…, lüstern? Xea hätte echt nicht sagen können, wie und warum er sie so musterte, denn sie senkte gleich darauf verlegen ihren Blick. Es war ihr unangenehm, ihm so lange in seine Augen zu schauen. Abermals ärgerte sie sich, dass er sie so aus der Fassung bringen konnte. Er sah aber auch verdammt gut aus. Verboten gut sogar. Was hatte sich der da oben nur gedacht, einen so schlechten Menschen mit einem solch betörenden Aussehen zu belohnen? Hätte er ihn nicht wenigstens mit einem Bauchansatz oder einer unreinen Haut oder irgendeinem anderen äußerlichen Makel bestrafen können? Nein, dieses Scheusal musste ja unbedingt aussehen wie ein griechischer Gott und dazu auch noch den perfekt dazu passenden Astralkörper besitzen. Xea erwischte sich selbst dabei, wie sie sich in etwas hineinsteigerte, das ihr eigentlich am Arsch vorbei gehen müsste.

Als sich dann auch noch eine Blondine mit verboten langen Beinen und einem üppigen Dekolleté, das jederzeit aus ihrem weit ausgeschnittenen Top herauszufallen drohte, auf seinen Schoß setzte und ihm ihre Zunge in den Hals steckte, war es aus mit Xea`s Beherrschung. Sie wollte schon aufspringen und sich einen anderen Platz suchen, als ihr plötzlich Ronos ein Wasser in die Hand drückte.

„Was ist mit dir? Du siehst irgendwie… verärgert aus", fragte er, weil ihm Xea`s Unbehagen nicht entgangen war.

„Ach, nichts Besonderes. Ich hab mich nur gefragt, warum so ein Arschloch wie der junge Graf von Arrington hier in einem Meditanzlokal auftaucht. Die haben doch selbst welche! Ich hab echt das Gefühl, dass er es nur tut, um uns zu verhöhnen."

„Du meinst ihn?", deutete er auf Xea`s Todfeind. Nachdem sie zustimmend genickt hatte, stahl sich ein vergnügtes Lächeln auf Ronos` Gesicht. „Also ich wusste ja nicht, dass er der Grafensohn ist, aber ich finde ihn eigentlich ganz in Ordnung. Hab schon ein paar Mal mit ihm geredet. Er scheint ganz nett zu sein. Und, soviel ich weiß, mischt er sich öfters mal unter uns. Seine Eltern dürfen davon natürlich nichts wissen, sonst würden sie ihn enterben. Genauso, wie sie seine Schwester enterbt hatten, weil…". Weiter kam er nicht, da ihm Xea das Wort abschnitt.

„Ja, ich weiß, weil sie ein Kind von einem Medi erwartete. Und jetzt ist sie tot. Wenn ich mir so ihre Familie anschaue, dann denke ich, es ist besser so für sie."

„Woher weißt du das?"

„Ich weiß es deshalb, weil ich seine tote Schwester waschen musste und er und seine Mutter dabei die ganze Zeit nur über sie und ihren Medifreund abgelästert haben. Und ihr Vater wollte sich nicht einmal von ihr verabschieden! Glaub mir, du denkst nur er wäre nett", nickte Xea in Richtung des Grafensohnes, „aber in Wahrheit ist er der Teufel höchstpersönlich!"

„Hm, das wusste ich natürlich nicht. Aber ich kann es schon irgendwie verstehen, dass sie seine Schwester enterbt haben. Medi und Sups passen einfach nicht zusammen. Man sollte immer wissen, wo sein Platz ist. Vergnügen kann man sich ja miteinander, aber mehr nicht! Doch das kann uns ja egal sein. Alles was für mich jetzt zählt, bist du!" Und erneut fanden ihre Lippen zueinander. Doch das Feuer, das Xea kurz zuvor noch verspürt hatte, war erloschen. Sie konnte nicht verstehen, dass Ronos Verständnis für diese Familie zeigte. Man sollte doch lieben dürfen, wen man wollte. Waren Eltern nicht da, um ihre Kinder in allem zu unterstützen, um immer für sie da zu sein, egal was passierte? Oder verrannte sie sich da in etwas?

Auch, wenn sich Ronos voll ins Zeug legte und sie die Liebkosungen seiner Zunge und seiner Hände auf ihrer Haut genoss, hielt sich die Begierde in Grenzen. Sie hatte das Gefühl, als würden die intensiven Blicken des Grafensohnes immer noch auf ihr lasten, so dass sie sich einfach nicht mehr fallen lassen konnte.

„Verdammter Hurensohn", war das Letzte, was sie sich dachte, als sie ihre Lippen von Ronos löste und ihn auf die Tanzfläche lockte, nur um *seinen* Blicken zu entkommen.

10

Sie tanzten eine ganze Weile eng umschlungen, bis Xea plötzlich einfiel, dass sie Serona total vergessen hatte. Sie konnte bloß hoffen, dass ihre Freundin selbst eifrig mit Veron beschäftigt und ihr Xea`s Abwesenheit somit noch nicht aufgefallen war, denn sonst hätte sie sich wieder eine Standpauke anhören können. Und mit Trompeten und Pauken wusste Serona bestens umzugehen. Veron tat ihr insgeheim jetzt schon leid, denn, obwohl sie Serona wirklich gern hatte und man immer auf sie zählen konnte, war es nicht immer leicht mit ihr. Vor allem, wenn sie sich mal wieder mitten in einem vulkanartigen Wutausbruch befand, denn, wenn die Lava mal floss, war das einzige, was half, die Beine in die Hand zu nehmen und zu laufen, so schnell einen die Füße davontrugen. Mit der Zeit kühlte sie sich dann selbst wieder ab und der letzte Rauch verblasste noch eher, als man dachte. Um dem aber heute zu entgehen, entschuldigte sie sich kurz bei Ronos und ging auf die Suche nach ihrer Freundin.

Leider war es schwerer als gedacht, unter all den Leuten einen langhaarigen Rotschopf zu finden. Sie musste sich regelrecht durch die Menschenmassen quetschen, während sie sich auf der Suche nach ihr den Hals fast verrenkte.

Dabei vergnügte sich Serona wahrscheinlich gerade mit Veron in einem der vielen Hinterzimmer, währenddessen sich Xea wie in einer Nudelmaschine fühlte. Plattgedrückt und schlaff. Sie wollte schon aufgeben und zu Ronos zurückkehren, als sie aus dem Augenwinkel heraus gerade noch sah, wie der Grafensohn das Tanzlokal verließ. Und das ganz alleine. Ohne blonde Begleitung.

Xea warf sofort das schlechte Gewissen über Board, holte ihre Jacke aus der Garderobe und schlich ihm nach. Ronos würde sie wahrscheinlich für ihr plötzliches Verschwinden hassen, wenn nicht sogar mehr. Doch dieses Risiko musste sie einfach eingehen. Ihr würde schon eine plausible Erklärung einfallen. Und wenn nicht, dann müsste sie eben doch über ihren Schatten springen und ihre weiblichen Reize ins Spiel bringen.

Doch jetzt wollte sie sich darüber keine Gedanken machen. Jetzt hatte sie eine viel wichtigere Aufgabe vor sich. Sie musste herausfinden, was es mit dem Othala-Bund auf sich hatte. Natürlich musste sie zuerst einmal herausfinden, wann und wo er sich immer traf. Und das war genau ihre Gelegenheit, denn der Grafensohn war nicht mit der Kutsche oder dem Auto hier, sondern ging zu Fuß.

Eingehüllt in seinem langen Mantel, dessen Kragen er sich tief ins Gesicht gezogen hatte, eilte er die Straße hinab.

So gehetzt und nervös, wie er sich alle paar Schritte nach allen Seiten hin umdrehte, musste er etwas Geheimes, vielleicht sogar Verbotenes im Schilde führen. Sie versuchte so leise und so unauffällig man eben mit Stöckelschuhen nur laufen konnte, hinter ihm her zu schleichen, während sie sich bei jeder Gelegenheit und in sicherem Abstand zu ihm immer wieder hinter Häuserecken oder in Mauernischen versteckte, um in unbeobachteten Augenblicken wieder ein paar Meter weiter zu huschen.

Ihr Ziel war bereits weit vor ihr und sie hoffte schwer, ihn nicht zu verlieren. Doch sie konnte es sich einfach nicht leisten, näher an ihn heranzurücken. Wenn er sie beim Ausspionieren entdeckt hätte, wäre sie sicherlich nicht nur mit einem blauen Auge davongekommen.

Es war weit und breit keine Menschenseele zu sehen. Nicht einmal eine streunende Katze oder ein Hund, der sein Revier verteidigte. Hätte sie nicht noch den weit entfernten dumpfen Klang des

Basses aus dem Tanzlokal gehört, wäre es mucksmäuschenstill gewesen. Gespenstisch still sogar.

Wie erhofft, bog er rechts in die Old Church Street ein. Jetzt musste sich Xea beeilen, um ihn nicht zu verlieren. Hätte sie bloß ihre Turnschuhe mitgenommen! In den Pumps konnte sie weder schnell noch leise rennen. Sie versuchte, so gut es eben ging auf ihren Ballen zu laufen, und so wenig Geräusche wie möglich zu verursachen. Obwohl es kalt war und sie sich die Jacke enger um ihren Körper schlang, geriet Xea ins Schwitzen. Dabei war es weniger die Anstrengung, die ihre Hände schweißnass werden ließen, sondern die Angst, entdeckt zu werden. Und genau diese war auch für ihre spürbar geschärften Sinne verantwortlich, sodass sie alles viel intensiver wahrnahm. Ihre Atmung, das Auftapsen ihrer Füße. Jedes noch so kleine Geräusch und jeder Windstoß hallte laut in ihren Ohren nach. Sogar die Luft roch so intensiv frisch und klar, wie nach einem Regenschauer und erleichterte ihr das Atmen etwas, das ihr ohnehin schon schwerfiel.

Kurz vor der Einmündung in die Old Church Street blieb sie stehen und spähte um die Ecke.

Da weit und breit niemand zu sehen war, lief sie eilig die Straße entlang, bis zur Gasse Mulberry, wo sie erneut um die Ecke schielte. Auch hier konnte sie niemanden sehen. Wahrscheinlich war er schon im Haus mit der Rune verschwunden. Und tatsächlich konnte sie schon von Weitem ein schwaches Licht und den schattenhaften Umriss eines Menschen hinter einem der Fenster ausmachen.

Mit neuem Mut ging sie die Gasse entlang und suchte sich ein geeignetes Versteck zwischen zwei Häusern direkt gegenüber dem spärlich beleuchteten Haus. Vielleicht konnte sie ja durch das Fenster etwas erkennen. An einem der Häuser wucherte eine gewaltige Efeuranke entlang der Hauswand hoch und gewährte ihr einen einigermaßen guten Sichtschutz. Gerade, als sie das Gestrüpp etwas zur Seite schob, um sich darin zu verschanzen, wurde sie hart am Arm gepackt und voller Wucht herumgewirbelt.

Der Schrecken darüber stand ihr ins Gesicht geschrieben. Kreidebleich und mit zittrigen Beinen hielt sie sich mit der freien Hand das Herz, das sich schmerzhaft zusammenzog und alles daransetzte, um ihr aus der Brust zu springen.

„Hey! Lass mich los! Was fällt dir ein, mich so zu erschrecken?", maulte sie den Grafensohn empört an, nur um ihr Zittern und ihre Angst zu überspielen.

„Was mir einfällt? Ich könnte dich das Gleiche fragen! Warum verfolgst du mich?" Mit zu Schlitzen verengten Augen durchbohrte er sie mit forschendem Blick. Xea öffnete immer wieder ihren Mund und versuchte ihre Lippen zu bewegen, um sich irgendwie herauszureden, doch ihr Sprachzentrum war wie lahmgelegt.

„Na, wird`s bald? Ich will wissen, warum du mir ständig hinterherrennst!", stellte er sie mit erneutem Druck auf ihren Arm zur Rede.

„Aua, du tust mir weh!" Mit den Schmerzen kam auch die Wut. Und mit der Wut die Stimme. Wie konnte er nur so dreist sein und ihr vorwerfen, dass sie ihm ständig hinterherrannte? Das konnte er vielleicht von seinen billigen Huren behaupten, aber nicht von ihr!

„Ich renn *dir* hinterher?", spukte sie ihm förmlich vor die Füße.

„Wenn hier einer einem hinterherrennt, dann ja wohl du! Oder, warum bist du immer da, wo ich auch bin? Und was hast du überhaupt bei uns Medi zu suchen? Du dürftest dich da gar nicht rumtreiben, soviel ich weiß!"

„Ich warne dich, verdreh jetzt bloß nicht die Fakten!", funkelte er sie zwar immer noch böse, aber irgendwie auch fast schon amüsiert an. Das sah ihm ähnlich. Er machte sich lustig über sie.

Ausgerechnet jetzt, da ihr lieber zum Weinen als zum Lachen zumute war.

„Jetzt lass mich endlich los!", zischte sie ihn an und entriss ihm mit nur einem harten Ruck den Arm. Während sie sich das Handgelenk massierte und leise in sich hinein schimpfte, stand er einfach nur da und musterte sie mit in die Hüften gestemmten Armen.

„Na toll! Das gibt bestimmt wunderschöne blaue Flecken! Reicht es dir nicht, mich zu demütigen? Musst du jetzt deine Visitenkarte auch noch auf meinem Körper verewigen?"

„Tut mir leid, ich wollte dir nicht weh tun. Außerdem wüsste ich nicht, wann ich dich gedemütigt hätte."

„Tu doch nicht so! Du behandelst uns Medi doch wie den letzten Dreck!"

„Ach, tu ich das wirklich?"

Er sah sie an, mit unergründlichem Blick und ließ sich keinerlei Gefühlsregung anmerken. Nicht einen klitzekleinen Anflug von Reue, Bedauern oder sonstigem. Er stand einfach nur da und sah sie an. Versuchte in ihr zu lesen, sie gedanklich zu erforschen. Was hätte Xea jetzt dafür gegeben, um seine Gedanken zu kennen. Sie standen sich eine Weile gegenüber und lieferten sich ein stilles Durchschauungsduell, bis er sich mit einem schiefen Lächeln geschlagen gab und sich mit der Hand durch sein dunkelblondes Haar strich, wobei im Mondschein ein paar honigblonde Strähnen zum Vorschein kamen, die ihr so noch nie so deutlich aufgefallen waren.

„Wie heißt du eigentlich?", fragte er sie auf fast schon überhebliche Art, wobei er immer noch sein sexy Lächeln auf den Lippen trug.

„Xea, mein Name ist Xea", antwortete sie trotzig und mit stolz erhobenem Haupt.

„Also Xea", fing er an, während er langsam und bedrohlich einen Schritt auf sie zuging. Einen Schritt zu viel für Xea`s Geschmack, denn er stand nun gefährlich nah vor ihr. Sein intensiver Blick zog sie derart in den Bann, dass sie sich in seinen abgrundtiefen, dunklen Augen zu verlieren drohte.

Dennoch schaffte sie es, mit klopfendem Herzen einige Schritte zurückzuweichen, bis sie mit dem Rücken gegen die Hauswand stieß und gezwungenermaßen stehen bleiben musste. Er hingegen dachte gar nicht daran, stehen zu bleiben und kam ihr so nahe, dass sich ihre Nasenspitzen beinahe berühren konnten. Als wäre das nicht schon zu viel des Guten, legte er auch noch links und rechts neben ihrem Kopf seine Hände an die Wand, so dass sie ihm hilflos ausgeliefert war.

Xea hätte schwören können, dass er es genoss, die Angst in ihren Augen zu sehen. Es sogar liebte, sie einzuschüchtern und gleichzeitig auch zu erregen. Er wusste ganz genau, wie er auf sie wirkte, so dass er gar nicht daran dachte, sie von seiner Nähe zu erlösen. Stattdessen legte er den Kopf ein wenig schräg und fixierte sie weiterhin mit seinem intensiven Blick, während Xea sein unwiderstehlich würzig-süßer Duft fast die Sinne raubte. Nicht einmal der penetrante Geruch des Efeu`s in ihrem Rücken konnte ihn überdecken.

Langsam senkte er seine Lippen an ihr Ohr und sein warmer Atem brachte ihr Blut noch mehr ins Rauschen, so dass es wild pulsierend durch ihre Adern schoss und sie innerlich zum Kochen brachte. Ihre Atmung wurde immer schneller und sie versuchte, sich ernsthaft wieder unter Kontrolle zu kriegen, indem sie sich fest mit ihren Fingern in die Hauswand hinter den Efeuranken krallte, bis ihr der stechende Schmerz unter den Fingernägeln wieder etwas Klarheit verschaffte.

„Ich wüsste nicht", fuhr er mit seiner betörenden, rauchigen Stimme fort, „dass wir uns schon so oft begegnet wären, dass du dir ein Urteil über mich erlauben könntest. Auch wenn es dich nicht zu interessieren hat, ich habe eine Rolle zu spielen. Eine, die alles andere als leicht ist und die mir ganz und gar nicht gefällt. Und jetzt sag mir endlich, warum du mir hinterher spionierst!", fragte er sie erneut, während er von ihr abließ und ein paar Schritte zurück trat. Der letzte Satz kam dabei so abrupt und kühl über seine Lippen, während seine Kiefermuskeln dabei vor Zorn arbeiteten, dass Xea`s Sinne sofort wieder auf Alarmbereitschaft umschalteten. Wieso war sie in seiner Gegenwart nur so schwach? Als müsste er nur mit den Fingern schnipsen und schon wäre sie eine seiner Marionetten. Krampfhaft durchforstete sie ihr Gehirn nach irgendeiner logischen Erklärung, denn die letzten Minuten hatte sie leider anderes im Sinn, als nach einer Antwort zu suchen.

„I..., ich war nur zufällig in der Gegend und hab einen Schatten gesehen. Da wollte ich mal nachschauen, was es war", versuchte sie sich aus ihrer Misere heraus zu reden. Doch seinem Gesichtsausdruck nach zu urteilen, glaubte er ihr nicht.

„Das kannst du vielleicht deinem Liebhaber weismachen, aber nicht mir!"

„Er ist nicht mein Liebhaber! Wir haben uns erst letzte Woche kennengelernt und sind jetzt in, ...in der Kennenlernphase."

„So, so, in der Kennenlernphase also. Für mich hat es eher ausgesehen, als wolltet ihr es mitten in der Disco vor allen anderen miteinander treiben! Ich muss schon sagen, ich hätte wirklich gerne mit ihm getauscht!" Sein selbstgefälliges Grinsen entfachte Xea`s Zorn aufs Neue.

„Eher würde ich mit diesem Arsch von Adon ins Bett steigen, als mich von dir anfassen zu lassen!"

„Wow! Ich muss schon sagen, du hast ganz schön Feuer unterm Hintern! Bloß, im Moment weiß ich echt nicht, ob mir das gefällt oder nicht!"

„Da kann ich dich ja beruhigen, es muss weder das eine noch das andere. Wenn du mich nämlich jetzt gehen lässt, dann braucht dein edles Grafengehirn sich keine Gedanken mehr über solche belanglosen Dinge machen."

„Hm...", meinte er nur, mit einem leicht angedeuteten unwiderstehlichen Lächeln, das Xea`s Schmetterlinge im Bauch erneut wild aufflattern ließ. „Feurig und kratzbürstig zugleich. Ich glaube... das gefällt mir! Doch du hast recht, beenden wir die ganze Sache! Also, ein allerletztes Mal. Warum bist du mir gefolgt? Und komm mir ja nicht wieder mit ´ner billigen Ausrede. Ich hab dich nämlich letzten Samstag gesehen, wie du uns in der Mauernische belauscht hast."

„D..., du hast mich gesehen? Und nichts gesagt?" Xea konnte es nicht recht glauben, was er ihr da gerade offenbarte.

„Nein Kleines, denn ich kann auch echt nett sein. Außerdem wollte ich dir ein paar Unannehmlichkeiten mit Xandor ersparen. Wenn er dich bemerkt hätte, dann hättest du ganz schön Ärger bekommen. Wer weiß, vielleicht wärst du dann nicht mehr hier", fügte er noch hinzu. Xea wusste genau, dass er darauf abzielte, ihr Angst zu machen, was ihm zugegebener Maßen auch ziemlich gut gelang. Trotzdem setzte sie alles auf eine Karte und sprach ihn auf den Bund an.

„Xandor? Ist das der Mann, mit dem du über den Othala-Bund geredet hast? Ist er der Anführer?"

„Was weißt du über den Bund?" Wie von Sinnen ging er wieder auf Xea zu, doch als er bemerkte, dass sie panisch vor ihm zurückwich, blieb er stehen und durchbohrte sie mit einer derart einschüchternd und finsteren Miene, dass sich ihr Körper sofort wieder versteifte.

„I..., ich weiß gar nichts darüber. Ich hab nur die Rune am Türrahmen entdeckt und herausgefunden, dass sie für *Heimat und Besitz* steht. Und jetzt frag ich mich die ganze Zeit, was es mit eurem Bund auf sich hat."

„Ts, ts, ts…du bist echt mutig, das muss man dir lassen. Mutig und dumm! Geh lieber wieder heim und kümmere dich um deinen Freund. Vergiss den Bund! Das ist besser so für dich! Es wäre wirklich jammerschade, wenn dir etwas zustoßen würde."

„Woher willst du, ausgerechnet du verwöhnter *Von und Zu* wissen, was für mich das Beste ist? Ich habe es so satt, dass man mir tagein, tagaus sagt, was für mich das Beste ist! Dass man mir jeden verdammten Tag wieder und wieder vorbetet, dass das System und der damit verbundene Wechsel okay sind. Dass wir glücklich sein sollten, weil wir alles haben, was wir zum Leben brauchen. Und, dass wir uns behandeln lassen sollen, wie Gebärmaschinen, die nur dazu da sind, Kinder in die Welt zu setzen. Nur, um sie dann nach ein paar Jahren wieder zu verlieren. Ich bin es so leid! Du kannst jetzt von mir denken, was du willst. Und glaub mir, mir ist es momentan sowas von scheißegal, ob du mich anzeigst und ich zu einer Inferior abgestuft werde. Aber bitte, bitte sag mir, ob der Bund auf Seiten der Medi steht."

Damit hätte er nicht gerechnet. Xea konnte förmlich hören, wie es in ihm arbeitete. Er wirkte verwirrt, argwöhnisch und in erster Linie auch überrascht, dass ihm Xea ihre Gedanken und Gefühle so leichtsinnig, aber auch selbstsicher offenbarte. Schließlich wussten sie beide, wie gefährlich es war, so öffentlich gegen das System zu klagen. Sie wäre nicht die erste, die deswegen abgestuft werden würde.

„Du willst mir also damit sagen, dass du das System nicht in Ordnung findest?"

„J..., ja, es ist zwar nicht alles schlecht, aber... Ach was soll`s, ich finde es zum Kotzen!" Es herrschte ein paar Augenblicke vollkommene Stille, in der er sie einfach nur ansah. Oder besser gesagt, studierte. Mit forschendem Blick suchte er in ihren Augen nach der Wahrheit. Xea wollte am liebsten den Blick abwenden, denn seine stechenden Augen bereiteten ihr fast schon seelischen Schmerz. Doch sie zwang sich, seinem Blickkontakt Stand zu halten, schließlich hatte sie nichts zu verbergen. Sie war ehrlich zu ihm gewesen, riskant ehrlich.

„Xea, Xea", schüttelte er nach einer gefühlten Ewigkeit kaum merklich seinen Kopf, „was mach ich jetzt bloß mit dir?"

„Bring mich zu Xandor! Ich möchte mit ihm reden!"

„Das geht nicht! Ich muss ihm erst von dir erzählen. Er entscheidet dann, ob er mit dir reden will oder eben auch nicht! Vielleicht..."

Er sprach nicht weiter, weil er versuchte, seine Gedanken zu ordnen.

„Was vielleicht?", unterbrach sie seine Grübeleien, weil sie das Gefühl hatte, vor Ungeduld zu platzen.

„Tja, also ich kannte bis jetzt nur einen, der so war wie du."

„Was soll das heißen? Wie bin ich denn?"

Erneut kam er einen Schritt auf sie zu und strich ihr eine widerspenstige Strähne aus dem Gesicht. Seine Fingerspitzen auf ihrer Haut hinterließen dabei brennende Spuren und ließen ihr den Atem erneut stocken.

„In erster Linie würde ich sagen, du bist heiß. Ein echt heißes Kätzchen mit verdammt scharfen Krallen. Aaaaber", er legte dabei seinen Finger auf Xea`s Mund, denn sie wollte schon wieder dagenreden, „das hab ich nicht damit gemeint. Als ich sagte, du seist so wie der Mann, den ich kannte, da meinte ich, dass er das System auch gehasst hat. Dass er sich damit nicht zufriedengeben wollte, was es ihm bot."

„Ist es denn so verkehrt, dass man mehr aus seinem Leben machen will?" Mit verzweifeltem Blick sah sie ihm in die Augen und hoffte darauf, dass er sie verstand. Auch wenn er ein Superior war und nie ein Problem mit Einschränkungen hatte oder haben würde.

„Nein, Xea. Das ist es nicht! Es… ist nur ungewöhnlich. Für einen Medius zumindest!"

„Was meinst du damit?"

„Ich kann es dir nicht sagen. Noch nicht! Das kann nur Xandor. Und ich hoffe, ich habe mich in dir nicht getäuscht."

„Das hoffe ich auch." Die Niedergeschlagenheit in ihrer Stimme war nicht zu überhören.

„Kopf hoch, Kleines! Ich bin mir sicher, du bist es wert, dass er mit dir spricht. Ich werde es ihm zumindest schmackhaft machen!" Sein Lächeln war zwar gut gemeint, konnte jedoch Xea`s Enttäuschung nicht aufwiegen.

„Wann? Und vor allem, wo könnte ich ihn dann finden?"

„Du brauchst ihn nicht finden, denn er findet dich! Den Zeitpunkt kann ich dir leider auch nicht sagen, denn er entscheidet, wann es an der Zeit ist. Und jetzt muss ich gehen, Xea. Man erwartet mich. Geh heim und übe dich in Geduld! Und vor allem, hör auf, mich ständig zu verfolgen!"

Xea hätte gern noch einen Konter darauf gegeben, doch sein sanftes Lächeln nahm ihr allen Wind aus den Segeln.

Dann wandte er sich ab und ging in Richtung runenbemeißelter Tür weg. Er ließ sie stehen, einfach so.

„Halt!", schrie sie ihm plötzlich nach, als ihr noch zwei Fragen auf der Zunge brannten. Abrupt blieb er stehen und drehte seinen Kopf noch ein letztes Mal fragend nach ihr um.

„Wie heißt du eigentlich und was ist mit dem Mann passiert, der so war wie ich?"

Seine Miene versteinerte sich und mit rauer Stimme gab er ihr eine Antwort, die ihr in der kommenden Nacht viele Stunden Schlaf rauben würde.

„Trajan, mein Name ist Trajan. Und der Mann, den du meinst, ist tot."

Damit drehte er sich um und verschwand gleich darauf im Dunkeln des Hauses.

11

Als Xea am nächsten Morgen erwachte, gerädert und geschlaucht, saß Rhi auf ihrer Bettkante und beobachtete sie nachdenklich.

Sie musste grauenvoll aussehen, denn sie hatte sich gefühlt die halbe Nacht hin und her gewälzt. Obwohl der Himmel und somit auch ihr Zimmer in stockfinstere Dunkelheit gehüllt waren, fühlte sie sich geblendet. Geblendet von Trajan`s strahlendbraunen Augen, in denen loderndes Feuer mit dem Glanz der Sterne wetteiferten.

„Morgen Süße. Wie hast du geschlafen?", fragte Xea noch ganz schlaftrunken, während sie sich laut gähnend den Schlaf aus den Augen rieb. „Wie es scheint, auf jeden Fall besser als du!", gab ihr diese ganz schön frech zur Antwort.

„Häh? Wie meinst du das? Wie spät ist es eigentlich schon?"

„Es ist erst halb sieben, du kannst also noch eine halbe Stunde schlafen. Und zu deiner anderen Frage, du hast dich die halbe Nacht hin und her gewälzt. Einmal hättest du mich sogar beinah aus dem Bett gestoßen!" Rhi`s kindlicher Vorwurf brachte ihr Herz zum Schmelzen, wie sie so dastand mit ihrem strubbligen Lockenkopf und ihr mit zuckersüßer und doch vorwurfsvoller Stimme die Leviten las.

„Tja, wie ich sehe, bist du ja noch heil", schmunzelte Xea. „Aber jetzt komm noch mal unter die Bettdecke, lass uns noch ein paar Minuten kuscheln, bis wir zum Frühstück antreten müssen." Das ließ sich die Kleine nicht zweimal sagen und schlüpfte mit einem breiten Grinsen unter die Decke, die ihr Xea einladend hochhielt. Xea genoss es mehr als sie sich eingestehen wollte, wenn sich Rhi`s

Körper eng an ihren drückte, sie sich dabei mit ihrem Wuschelkopf in ihre Armbeuge kuschelte und ihre Hände ihre Taille umklammerten, als wäre Xea ihr Rettungsanker, ihr ein und alles. Xea brauchte diese Nähe, diese bedingungslose Liebe genauso wie Rhi, wenn nicht sogar noch mehr. Jedes Mal wieder inhalierte sie Rhi`s Duft, ihre Liebe und Wärme, ohne die sie sich ein Leben nicht mehr vorstellen konnte und die ihr Leben erst lebenswert machten. Wenn Xea dann auch noch anfing, ihrem Schützling mit sanften, kreisenden Bewegungen ihrer Hand über den dünnen, knochigen Rücken zu streichen, waren beide glückselig und Rhi fing an, wie eine Katze zu schnurren. Wenn es doch bloß für immer hätte so sein können...

„Sag mal Xea", fing Rhi nach kurzer Zeit an, zu grübeln, während sie sich auf Xea`s Bauch abstützte und sich dabei eine widerspenstige Locke aus dem Gesicht blies. „Wer ist eigentlich Trajan?"

Wie ein greller Blitz in stockdunkler Nacht den Himmel in nur einer Sekunde wie eine Urgewalt durchzuckte und ihn zu teilen vermochte, so vermochte auch die Erwähnung von Trajan`s Name ihr Herz zu durchzucken und ihr die Erinnerung an gestern Nacht wieder klar vor Augen halten.

Stundenlang hatte sie noch sein Gesicht vor Augen und hielt sie vom Schlaf ab. Immer wieder fragte sie sich, wie der Mann gestorben war und was das für eine Rolle war, von der Trajan behauptete, sie spielen zu müssen.

„Woher weißt du von ihm?", fragte sie die Kleine argwöhnisch.

„Du hast die ganze Zeit im Schlaf seinen Namen und irgendwas von *tot* genuschelt. Keine Ahnung, was sonst noch, ich konnte dich so schlecht verstehen." Welch ein Glück.

„Ich muss wohl schlecht geträumt haben. Und Trajan? Den..., den hab ich gestern in der Disco kennengelernt."

„Aber ich dachte, du triffst dich dort mit Ronos? Du hast mir doch erzählt, dass du ihn so toll findest und dich ein bisschen in ihn verguckt hast?" Rhi verstand die Welt nicht mehr. Wie sollte sie auch, sie war ja noch ein Kind. Was verstand sie schon von Jungs und Männern! Von Geheimbünden und der Last, sich einen Mann für`s Leben zu suchen. Fast beneidete sie Rhi um ihre kindlich naive Unwissenheit. Aber nur fast, denn auch Rhi würde es letztendlich nicht erspart bleiben, erwachsen zu werden.

„Ach Rhi, das ist alles so kompliziert. Ich habe nicht gelogen, als ich sagte, dass ich Ronos toll finde. Und jetzt sag ich dir noch etwas, aber das bleibt unter uns", zwinkerte sie ihr geheimnisvoll zu, was Rhi ein aufgeregtes Lächeln entrang. „Ich habe ihn gestern geküsst! Und wie ich ihn geküsst hab. Er ist der Hammer, das kannst du mir glauben!"

Rhi fand die Vorstellung, einen Jungen auf den Mund zu küssen, einfach widerlich und zog angeekelt die Nase kraus, was Xea gut verstehen konnte. Schließlich war sie auch mal ein Kind und hätte wahrscheinlich auch lieber einen Frosch geküsst als einen Jungen.

„Aber was ist dann mit diesem anderen Jungen?", löcherte sie Rhi neugierig weiter mit Fragen.

„Trajan? Den hab ich einfach nur…, kennengelernt. Und ein wenig mit ihm geredet. Mehr nicht!"

„Dafür, dass du nur ein bisschen mit ihm geredet hast, wirst du aber verdächtig rot im Gesicht!" Dass ihr aber auch gar nichts entging, diesem kleinen Mädchen! Manchmal wunderte sich Xea wirklich über Rhi`s Aufgewecktheit und Aufmerksamkeit.

„Nun ja, er ist halt echt scharf. Ich meine…, er sieht schon verdammt gut aus. Aber leider ist er ein Riesenarsch. Und ein Superior noch dazu! Deshalb wird er in meinem zukünftigen Leben auch bestimmt keine Rolle spielen!"

Xea versuchte sie mit einem strahlend weißen Lächeln von ihrer Lüge zu überzeugen, was ihr leider nur halbherzig gelang.

„Ein Superior? Tja, das ist natürlich echt ein No-Go!" Trotz Rhi`s unbeschwertem Blick konnte Xea spüren, dass es das für Rhi noch lange nicht gewesen ist. Sie würde in Zukunft jedes noch so kleine Wort auf die Waagschale legen. Xea müsste sich jedes Wort, das ihr über die Lippen ging, vorher genau überlegen, wenn sie verhindern wollte, dass Rhi etwas von Trajan oder dem Bund mitbekam.

„Komm! Lass uns aufstehen und den Köchen beim Frühstück helfen. Schlafen können wir ja ohnehin nicht mehr!", schlug Xea vor, um dem leidigen Thema um Jungs ein Ende zu bereiten.

Wie sich heraus stellte, sollte ihr dieses Thema nicht lange erspart bleiben, denn bereits am Nachmittag bekam sie Männerbesuch.

Xea saß im Garten quer auf einer harten hölzernen Bank und bereute zutiefst, dass sie es versäumt hatte, ein Kissen oder eine Decke mitzunehmen, denn ihr tat bereits der Hintern weh. Doch sie war zu faul, um aufzustehen und sich etwas zu holen. Dafür schien ihr gerade zu schön die Sonne ins Gesicht und das Buch in ihren Händen war auch viel zu spannend, um sich davon lösen zu können. Also rutschte sie mit angewinkelten Beinen immer wieder von einer auf die andere Pobacke, um sich zumindest somit ein wenig Linderung zu verschaffen.

Es war so still und friedlich, bis auf die Spatzen, die im Gebüsch umher wuselten wie Ameisen in einem Ameisenhaufen. Noch vor einer halben Stunde herrschte im Gasthaus reger Betrieb, bis sich auch die letzten Gäste mit ihren Kutschen auf den Weg in den Park, nach Hause oder zu sonstigen sonntäglichen Ausflügen aufgemacht hatten. Kaffee und Kuchen bot der Goldene Hirsch nicht an, denn dafür gab es die Cafe`s. Somit war es nachmittags meist still um den Gasthof. Die sogenannte Ruhe vor dem Sturm, denn bereits in ein paar Stunden würden sich die Gäste für das Abendessen wieder einfinden. Und deshalb war auch von der ganzen Belegschaft keiner zu sehen. Sie alle mussten in der Küche oder in den Gaststuben alles wieder auf Vordermann bringen oder schon Vorbereitungen für das Abendessen treffen. Leider hatte es heute auch Rhi erwischt. Sie hätte es ihr von Herzen gewünscht, sich mit ihr im Garten ein paar schöne, erholsame Stunden zu gönnen.

Doch das Buch war auch nicht schlecht und entschädigte sie angemessen für die Abwesenheit ihres Schützlings. Mittlerweile wusste sie auch, warum ihr Mr. Grundy den Roman mit einem Augenzwinkern empfohlen hatte, denn in dem Buch ging es weniger um Romantik als um puren Sex. Aber auch nicht nur um einfachen Sex, sondern vielmehr darum, wie man wann und wo welches Spielzeug einsetzen musste, um den Partner in höchste Ektase zu versetzen. Da wurden Sachen beschrieben, von denen sie noch nie im Leben gehört hatte und die ihr bei der bloßen Vorstellung die Schamesröte ins Gesicht trieben.

„Was liest du denn da?", wurde sie plötzlich von hinten angeredet, so dass Xea sichtlich erschrocken hochfuhr.

„Boah, hast du mich erschreckt! W…, was tust du denn hier?" Xea`s irritierter, ja fast schon entsetzter Gesichtsausdruck schien Ronos zu kränken. „Ich kann auch gerne wieder gehen!" Er wollte schon auf dem Absatz kehrt machen, als ihn Xea am Arm packte und ihn zu sich auf die Bank zog.

„Tschuldige, das war nicht so gemeint. Ich freue mich natürlich riesig über deinen Besuch, er kommt nur so…, überraschend."

„Schon gut", lächelte er sie schüchtern an, was Xea wiederum innerlich schmunzeln ließ. Ronos und schüchtern? Wenn sie an gestern Abend dachte und daran, wie er sie hemmungslos und um seine Qualitäten wohl wissend geküsst hatte, dann passte nichts weniger zu ihm als Schüchternheit.

„Wow, ich wusste ja nicht, dass du solche Sachen liest!", verschwand von jetzt auf gleich sein zaghaftes Lächeln und wich seinem gewohnt unverschämt selbstsicheren Grinsen.

„Das? Ach, das hat mir der alte Mr. Grundy mitgegeben", strich sie sich verlegen eine Strähne hinters Ohr. „Eigentlich ist das ja nicht so mein Metier, aber… woher kennst du es überhaupt?", versuchte sie vom Thema, das ihr unübersehbar peinlich war, abzulenken.

„Ich hab's natürlich auch gelesen. Und glaub mir, so ziemlich alle Leute hier über fünfzehn haben es gelesen!"

„Echt jetzt? Woher willst du das wissen?"

„So was weiß man einfach", zwinkerte er ihr verführerisch zu. „Und ich kann dir versichern, dass es mein Metier durchaus trifft!"

Xea hätte machen können, was sie wollte. Sie hätte an eklige Maden, an das erboste Gesicht von Fiona oder sogar an das liebliche Gesicht ihrer Mutter denken können und doch wäre sie so rot wie eine Tomate angelaufen.

„Ähm…, ja", stöpselte sie verlegen herum. „I…ich muss mich noch bei dir entschuldigen. Wegen gestern Abend. Ich weiß, ich bin einfach abgehauen, ohne mich von dir zu verabschieden."

„Das, Prinzessin, hast du allerdings! Und da frag ich mich schon, warum? Bin ich zu weit gegangen? Hab ich dir Angst gemacht?"

„Nein, nein, das ist es nicht! Du bist toll! Echt! Es liegt nicht an dir, sondern an mir. Besser gesagt an meiner Gesundheit. Ich…, ähm, mir war auf einmal so schlecht, dass ich an die frische Luft musste, wo ich mich dann leider auch übergeben hab. Ich hab mich geschämt deswegen und bin geradewegs nach Hause gelaufen.

Tut mir echt leid, ich dachte schon, du hättest jetzt die Nase gestrichen voll von mir", sah sie ihn entschuldigend an.

„Tja, da hast du falsch gedacht. So leicht wirst du mich nicht los. Nicht nach dem Vorgeschmack von gestern." Sein unverschämt lüsternes Grinsen ging Xea durch Mark und Bein und hinterließ ein erregendes Prickeln in ihrer Leistengegend. „Das ist auch der Grund, warum ich einfach so hier auftauche. Ich wollte sichergehen, dass es dir gut geht. Und wie ich feststelle, geht es dir prächtig. Was ja auch kein Wunder ist, bei *der* Lektüre!" Dass er sie aber auch deshalb so aufziehen musste! „Hey, lass das!", boxte sie ihm sachte in die Seite. „Wenn du nur gekommen bist, um mich zu ärgern, dann kannst du gleich wieder verschwinden!"

„Schon gut, schon gut! Aber bitte schlag mich nicht mehr. Ich glaube, das Buch hat schon abgefärbt auf dich." Ronos konnte nicht anders, als sie noch mehr auf die Palme zu bringen. Während er lauthals lachte und abwehrend seine Hände vor der Brust kreuzte, versuchte ihm Xea eins mit ihren Fäusten auszuwischen. Doch ihr Unterfangen stellte sich als gar nicht so leicht heraus, denn er blockte jeden ihrer Hiebe gekonnt ab.

„Jetzt wird es aber an der Zeit, dass ich mein Wildkätzchen mal ein bisschen zähme", zog er sie an sich, nachdem er ihre Hände zu fassen bekommen hatte. „Wirst du jetzt brav sein, wenn ich deine Hände frei lasse, Prinzessin?", fragte er, während er mit seinen Lippen ihre Lippen leicht berührte. „Versuch`s doch oder traust du dich nicht?", antwortete Xea, wobei sie ihm sachte in seine Lippe biss.

„Hm, ich sehe schon, du bist gar nicht so leicht zu bändigen. Das gefällt mir. Es gefällt mir sogar sehr." Und dann war es um sie geschehen. Alles um sie herum löste sich in Luft auf. Es gab nur noch sie beide, ihre Lippen, die sich weich und zugleich auch fest aufeinanderpressten, während ihre Zungen sich immer gieriger, wieder und wieder umschlangen, bis sie keuchend auseinandergingen und sich lange Zeit einfach nur in die Augen blickten.

„Komm! Lass uns ein wenig im Park spazieren gehen, sonst vergess ich mich noch." Behutsam zog er Xea mit sich hoch und ging mit ihr in Richtung Hyde Park. Es war einer der schönsten Sonntage, an die sich Xea erinnern sollte. Ein langer Spaziergang im Park, gefolgt von stundenlangen Gesprächen auf einer abgelegenen Bank und beendet mit einem romantischen Abendessen in einem Restaurant. Ronos wollte sie unbedingt zum Essen einladen, doch Xea bestand darauf, dafür ihre eigene Essensmarke zu verwenden. Sie wollte in niemandes Schuld stehen. Außerdem hatte sie diese Woche erst zwei von den drei Marken verbraucht.

Anfangs war er zwar ein wenig gekränkt wegen ihrer Sturheit, aber schon bald war es vergessen. Sie verbrachten wirklich wundervolle Stunden mit intensiven Gesprächen, bevor er sie wieder heimbrachte und sich beim Gasthaus „Zum goldenen Hirschen" von ihr mit einem vielsagenden Kuss verabschiedete.

Sie wollten sich nächstes Wochenende erneut treffen und da weiter machen, wo sie aufgehört hatten. Xea schwebte förmlich zum Hintereingang hinter den Gasthof, so beflügelt fühlte sie sich. Noch nie zuvor hatte sie jemanden kennengelernt, der ihr nicht nur äußerlich gut gefiel, sondern mit dem sie auch noch auf einer Wellenlänge schwamm. Sie fühlte sich zu ihm hingezogen und meinte sogar, dass sie sich schon ein bisschen verguckt in ihn hatte. Zumindest glaubte sie das, denn solch starke Gefühle für einen Jungen hatte sie bisher noch nie.

Das war auch der Grund, warum sie nicht bemerkt hatte, dass ihr jemand kurz vor der Haustür im Hinterhof auflauerte. Als sie ihre Handtasche nach dem Schlüssel durchkramte, wurde sie hart von hinten gepackt und weggezerrt. Sie wollte schreien, doch die Hand auf ihrem Mund verhinderte jedwede Bewegung ihres

Kiefers. Das einzige was rauskam, war ein panisches Schnauben unter gedämpften Schreien.

Als sie der Angreifer weit genug hinter den Schuppen des Gasthofes weggeschleift hatte, drehte er sie mit einem gewaltigen Ruck um, drückte sie mit seinem ganzen Gewicht gegen die hölzerne Wand des Schuppens und hielt ihr mit einer Hand den Mund weiterhin zu.

„Ruhig atmen!", befahl ihr Adon. „Schließlich will ich ja nicht, dass du mir wegkippst, bevor ich mit dir fertig bin." Xea versuchte sich mit aller Gewalt zu befreien, doch Adon war einfach viel zu stark und hatte noch dazu seine Beine zwischen ihre gestellt, so dass sie ihm nicht einmal in die Weichteile hätte treten können.

„Ich hab dir doch gesagt, dass du es bereuen würdest, mich so gedemütigt zu haben. Obwohl…, vielleicht bereust du es ja gar nicht. Vielleicht gefällt es dir sogar, dass du mal von einem echten Mann hart angepackt wirst. Ronos, dieser Möchtegern, ist doch nur eine halbe Portion. Mich würde wirklich brennend interessieren, was dich an ihm so reizt. Hm, … lass mich mal überlegen. Ist er zärtlich?" Fragend sah er Xea an, die ihn ihrerseits mit blanker Panik in ihren schreckgeweiteten Augen anstarrte. „Antworte mir gefälligst, du Miststück!", fuhr er sie zornig an, während er den Druck auf ihren Mund und Unterkiefer noch verstärkte.

Xea nickte. Was sonst hätte sie auch tun sollen?

„Oh…, er ist also zärtlich. Und küsst er auch gut?" Wieder nickte sie, während sie verzweifelt versuchte, ihre Tränen unter Zaum zu halten. „Ich wette, er fickt auch gut. Hab ich recht?" Eine abwartende Stille trat ein, in der Adon in ihren Augen zu lesen versuchte.

„Hab ich recht? Fickt er gut?", wiederholte er schon fast schreiend, als sie ihm nicht gleich antwortete. Xea wusste nicht recht, was sie darauf antworten sollte. Was wollte er von ihr hören?

Irgendwie hatte sie das Gefühl, dass er sich daran aufgeilen würde, wenn sie bejahen würde. Also blieb sie bei der Wahrheit und schüttelte etwas den Kopf, während sie versuchte mit ihren Schultern zu zucken.

„Was? Heißt das, er hat dich noch nicht gefickt?" Wieder nickte sie brav. „Xea, Xea", sagte er in leichtem Singsang. „Für wen willst du dich denn bloß aufsparen? Etwa für mich?" Er sah ihr forschend in die Augen. Forschend und lüstern. Doch das war es nicht einmal, was ihr die Kehle zuschnürte und sie mit blanker Panik erfüllte. Es war vielmehr die lodernde Begierde, vermischt mit grenzenloser Macht. Er wusste ganz genau, dass sie ihm hilflos ausgeliefert war und ihr niemand zu Hilfe eilen würde. Er konnte mit ihr tun und lassen, was ihm beliebte. Und Xea ahnte, dass ihm nicht gerade Gutes im Sinn stand, denn seine sonst so eisblauen Augen waren in der Dunkelheit fast schwarz und glänzten vor Lust und Wahnsinn.

„Du brauchst mir nicht antworten. Ich weiß, dass du mich tief in deinem Herzen begehrst, so wie ich dich begehre. Du willst es nur nicht wahrhaben und deshalb…, ja deshalb Süße werde ich dir jetzt etwas auf die Sprünge helfen." Xea überkam ein unbeschreiblicher Ekel, als er sein hartes Glied gegen sie drückte und sich an ihr wetzte. Dabei riss er ihr die Träger ihres Top`s herunter, bis ihr nackter Busen zum Vorschein kam. Er massierte sie hart und voller Begierde. Xea fühlte sich dreckig. Dreckig und wertlos. Wie ein Stück Fleisch, das man nach Lust und Laune bearbeiten konnte. Auch, wenn sie es noch so sehr versuchte, ihren Stolz zu bewahren, konnte sie ihre Tränen einfach nicht mehr unter Kontrolle halten, so dass sie sie leise wimmernd vergoss.

„Gefällt es dir etwa nicht, meine Süße, oder warum weinst du? Wenn dir das nicht gefällt, vielleicht gefällt dir ja dann…" Er wurde jäh unterbrochen in dem Moment, als er seine Hand an

Xea`s Hosenknopf legte, um ihre Hose zu öffnen. Xea hatte schon damit gerechnet, hier auf der Stelle von Adon vergewaltigt zu werden und war somit ihrem Retter unsagbar dankbar. Mehr noch als das. Sie verdankte ihm die Wahrung ihrer Würde und ihres Stolzes, auch wenn sie schon erheblichen Schaden genommen hatten.

Mit einem gewaltigen Satz wurde Adon von Xea weggerissen und zu Boden geworfen. Xea`s Beine gaben nach und sie sank völlig geschwächt zu Boden. Ihre Augen jedoch verfolgten wachsam jede noch so kleine Bewegung der beiden Kämpfenden.

Adon hatte sich wieder aufgerappelt und ging auf seinen Gegenüber mit geballten Fäusten und blanker, mörderischer Wut los. Auch wenn es ziemlich dunkel war und nur der Mond einen leichten Lichtschleier über den Hinterhof legte, hätte sie Trajan unter tausenden von Menschen herausgefunden. Sein athletischer Körper und die stolze, aufrechte Haltung waren Beweis genug.

Xea hatte Angst um ihn. Angst, dass ihn Adon fertig machen würde. Ihn erniedrigen würde, wie er sie gerade erniedrigt hatte. Doch ihre Angst stellte sich als völlig unbegründet heraus, denn Trajan konnte jeden seiner Schläge mit Leichtigkeit abblocken. Es schien sogar, als würde er nur mit ihm spielen. Wo hatte Trajan nur gelernt, sich so zu verteidigen? War es ein Zeitvertreib von ihm oder wollte er immer auf alles vorbereitet sein? Sein muskulöser Körper zumindest ließ dies vermuten. Als dann Trajan die Spielchen anscheinend satt hatte, versetzte er Adon mit nur einem gezielten Schlag ins Gesicht einen derartigen Haken, dass dieser ins Schwanken geriet, einen Moment lang taumelte und dann zu Boden sank wie ein nasser Sack Mehl.

Es dauerte ein paar Sekunden, bis Adon wieder das Bewusstsein erlangte und sich mühsam aufrappelte, nur um sich wie ein gepeinigter Hund vom Acker zu machen.

„Wenn du dich ihr auch nur noch auf einen Meter näherst, dann wirst du das bitter bereuen!", schrie ihm Trajan noch nach, bevor dieser humpelnd um das Hauseck verschwand.

Xea konnte nicht anders, als in Tränen auszubrechen. Sie weinte Tränen der Erleichterung, sowie Tränen der Erniedrigung. Sie weinte, als könnte sie damit ihre Scham und ihren Ekel von sich abwaschen.

Schnellen Schrittes kam Trajan zu ihr rüber, kniete sich neben sie und nahm ihr behutsam die Hände aus dem Gesicht.

„Xea, du meine Güte! Fehlt dir was? Hat er dir weh getan?" Die Sorge, die in seiner Stimme mitschwang, tröstete sie ein wenig. Das Gefühl, dass jemand für sie da war, tat ihr so unsagbar gut.

„Nein, mir fe...ehlt nichts. Zu...mindest nicht körperlich. D...danke, dass du d...da warst und mir gehol...geholfen hast. I...ich weiß nicht, w...was passiert wäre...", schluchzte sie herzergreifend. „Schschsch, ist ja gut. Ich bin ja jetzt da, du brauchst keine Angst mehr zu haben."

Trajan nahm sie in die Arme und wiegte sie eine Weile, bis sie sich wieder einigermaßen im Griff hatte. Dann löste er sich von ihr und reichte ihr sein Taschentuch. „Hier! Wisch dir die Tränen ab. Ich finde, du hast genug wegen diesem Arsch geweint. Es macht nur rote Flecken im Gesicht und das wäre doch jammerschade bei so einem schönen Gesicht", versuchte er sie halbherzig aufzumuntern, was ihr zumindest ein leichtes Verziehen der Mundwinkel nach oben entlockte.

„Xea, ich weiß ja nicht, was er sich dabei gedacht hat oder ob er sich überhaupt etwas dabei gedacht hat, aber ich finde, er hat einen Dämpfer verdient."

„W...was willst du damit sagen? Du willst doch nicht etwa...?"

„Nein, Xea. Ich werde ihn nicht anzeigen und herabstufen lassen. Aber ich werde ihn mir mal beiseite nehmen und..., sagen wir mal etwas erpressen oder drohen. Je nachdem wie man es nimmt. Ich werde nicht zulassen, dass dir Adon noch einmal so nahekommt. Ich kenne ihn und weiß, dass er das nicht gerne auf sich sitzen lässt. Also bitte lass mich das regeln!" Er sah sie bittend an und wartete auf ihr Einverständnis, was ihr fast schon lächerlich vorkam. Seit wann brauchte ein Sup die Erlaubnis einer Medi? Taten sie nicht immer und überall, was ihnen beliebte?

Sie konnte nicht verstehen, dass der Trajan, der sie erst gestern Mittag beim Essen im Gasthaus noch so gedemütigt hatte, auf einmal so einfühlsam und nett sein konnte.

„Meinetwegen. Tu, was du nicht lassen kannst, aber versprich mir, ihn nicht abzustufen."

„Versprochen! Aber jetzt komm hoch, du musst ins Bett. Und vor allem musst du vorher noch in die Dusche", meinte er fürsorglich, während er sich hinkniete und ihr seinen Arm zum Aufstehen anbot. Er trug sein schwarzes Hemd bis zu den Ellbogen zurück gekrempelt und das perfekte Zusammenspiel der Muskeln und Sehnen auf seinen starken Unterarmen war nicht zu übersehen. Und nicht nur das, denn auf Grund des Kampfes, waren die oberen Knöpfe seines Hemdes aufgesprungen und seine muskulöse, weit nach vorne gewölbte und babyglatte Brust zogen ihre Blicke in den Bann und wäre das nicht schon genug, bescherte sie ihr auch noch ein prickelndes Bauchkribbeln, das sich bis in ihren Unterleib hinab ausdehnte.

Wie konnte es nur sein, dass sich Xea, obwohl sie geradeeben haarscharf einer Vergewaltigung entkommen war, danach verzehrte, ihn genau dort anzufassen. Ihm über die weiche Haut zu streicheln und dabei jeden einzelnen Muskel unter ihren Fingern nachzuspüren.

„Sag mal, kann es sein, dass dir gefällt, was du da siehst, weil du mich so anstarrst, was ich ...natürlich durchaus verstehen kann!", holte er sie ernüchternd schnell zurück ins Hier und Jetzt.

„Träum weiter! Ich brauch bloß kurz ne Minute, um mich wieder unter Kontrolle zu bekommen und da halt gerade du vor mir kniest, muss ich mich wohl oder übel auf dich fokussieren."

Xea wusste nicht, warum er ausgerechnet jetzt in dieser intimen Situation mit ihr seine Späßchen trieb. Doch sein verschmitztes Grinsen wollte etwas bezwecken. Wollte er sie damit etwa von Adon ablenken? Oder wollte er sich vielleicht sogar selbst von irgendetwas ablenken?

Peinlich berührt wandte sie den Blick ab zu seiner ausgestreckten Hand, die auf einem seiner Oberschenkel lag. Leider erwiesen sich auch seine muskulösen Oberschenkel, die seine Jeans gefährlich weit dehnten, nicht gerade als beste Ablenkung, so dass ihr Gedankenkarussell ein weiteres Mal in Fahrt geriet. Zum Glück konnte sie es aber noch in letzter Sekunde stoppen und griff nach seiner Hand, die sie mit festem, warmem Griff hochzog.

Dabei rutschte Xea ein Träger ihres völlig ausgedehnten Top`s über die Schulter und gab eine ihrer prallen Brüste bis knapp über der Brustwarze frei. Trajan konnte nicht anders, als darauf zu starren, als hätte er nicht schon tausend freizügig dekolletierte Brüste gesehen.

Als Xea seinen erstarrten Blick bemerkte, schob sie sich schnell wieder den Träger hoch. Die Situation war ihnen beiden sichtlich peinlich. Schnell und wie auf frischer Tat ertappt, wandte Trajan den Blick ab, was Xea fast schon irgendwie... süß fand.

„Hier steckst du also! Du wolltest doch nur kurz Luft schnappen!", wurde der intime Augenblick von Trajan`s Vater Toran jäh unterbrochen. „Ach sieh mal einer an, *du* schon wieder! Trajan, was tust du mit dieser Person hier ganz allein? Hat sie dich belästigt?"

Die Schärfe seiner Stimme brachte Xea`s Herz kurz ins Stocken. Mit strengem, fragendem Blick wartete er auf eine Antwort, die Trajan sichtlich schwer über die Lippen zu kommen schien. Xea sah es in seinen Augen, dass er verzweifelt nach Worten suchte. Worte, die alles erklärten und gleichzeitig nichts verrieten. Und dann kamen sie. Und vernichteten alles Gute, was sie auf einem hart erarbeiteten Weg in Trajan sah oder besser gesagt, sehen wollte.

„Natürlich Vater! Oder glaubst du, ich würde hier freiwillig stehen? Wahrscheinlich war ihr der Typ, mit dem ich sie gerade zufälligerweise erwischt hab, nicht gut genug. Weißt ja, wie die Medi sind."

Seine Worte kamen bissig und boshaft rüber. Seine Miene war wie versteinert und zeigte keinerlei Anzeichen dafür, dass es ihm leidtat, sie so sehr zu verletzen. Nicht einmal nach dem, was sie gerade durchgemacht hatte. Es bestand jetzt kein Zweifel mehr darin, welche Rolle er zu spielen hatte. Die Rolle des hartherzigen Grafensohnes, der die Medi mit Füßen trat. Auch wenn sie das jetzt wusste, würde sie ihm nicht verzeihen können, dass er sie so überzeugend und meisterhaft spielte. Dass er es in Kauf nahm, ihre Schutzmauer, um ihre Gefühle bis auf die Grundmauern tief zu erschüttern.

„Natürlich, was denn auch sonst! Außer sich zu vermehren, wie die Karnickel, können sie ja nichts. Komm Sohn! Das Essen ist schon serviert und du weißt doch, dass man deine Mutter besser nicht warten lässt!"

Und dann ging er mit seinem Vater weg. Einfach so und ließ sie allein und gedemütigt im Dunkeln stehen.

Sie wusste nicht, wer sie heute mehr verletzt hatte. Adon oder Trajan? Fast wünschte sie sich, er wäre ihr nicht zu Hilfe gekommen. Und nicht einmal sein gequälter Blick zurück hätte jetzt noch etwas daran ändern können.

12

Die kommende Woche verlief, im Gegensatz zu den letzten paar Tagen relativ normal und ohne besondere Vorkommnisse. Zumindest tat es das bis Freitagabend, denn da sollte sie sich endlich mit Xandor treffen. Am Morgen nach dem schrecklichen Ereignis mit Adon, hatte ihr die Oberschwester einen Brief überreicht. Er wurde an der Rezeption für sie abgegeben. Es stand kein Absender drauf und doch wusste sie, aus welcher Feder er stammte. Das große „X" am Ende der Nachricht ließ keine Fragen offen. „Freitagnacht, 23.00 Uhr, Mulberry", war alles, was fein säuberlich, kurz und bündig in akurater Schrift draufstand.

Auf Grund dessen hatte sich Xea freiwillig am Freitagabend für die Schicht im Gasthaus eingetragen, um eine Ausrede für Ronos zu haben, der sie unbedingt treffen wollte. Außerdem würde sie die Arbeit etwas ablenken, auch wenn es nicht gerade die Art von Ablenkung war, die Xea im besten Falle vorschwebte.

Nichtsdestotrotz verließ sie gegen halb elf, leger gekleidet in Jeans, Pulli und einer leichten Jacke, das Haus. Fiona hatte sie gesagt, sie würde sich noch mit Freunden treffen.

Das war das einzig Gute am Wechsel. Solange die Jugendlichen ihre Arbeiten zur vollen Zufriedenheit erledigten, durfte ihnen nichts und niemand im Wege stehen. Sie konnten in ihrer freien Zeit tun und lassen, was sie wollten. Solange es nicht rechtswidrig oder kriminell war. Warum sollten sich auch die Pflegefamilien in ihre Leben einmischen? Ihre einzige Pflicht bestand darin, den Kindern warmes Essen und ein Dach über den Kopf zur Verfügung zu stellen. Was die Wechselkinder sonst so machten, war ihnen egal. Den meisten zumindest. Es gab natürlich auch Pflegeeltern, denen wirklich daran lag, für ihre Schützlinge da zu sein und sie zu behandeln, als wären es ihre eigenen. Sven und Fiona gehörten nicht zu dieser Kategorie, was ihr heute ausnahmsweise mal ganz recht war.

Den ganzen Tag über hatte es geregnet, so dass die Straßen immer noch nass waren und im Schein der Straßenlaternen wie ein schwarz glänzendes Asphaltmeer schimmerten. Hin und wieder meinte Xea sogar, es würde sich ab und an in sanften Wogen leicht bewegen, doch das schob sie vor allem auf ihre Erschöpfung, die nach einer Achtstundenschicht im Hospital und einer anstrengenden Vierstundenschicht im Gasthaus ihren Tribut zollte. Ihre Glieder fühlten sich schwer und müde an und doch hätte sie jetzt keine Sekunde ruhen können, ehe sie nicht Xandor und dessen Absichten kennengelernt hätte.

Da der Regen tagsüber den sommerlichen Temperaturen ganz schön zugesetzt und die Luft auf Herbsteinstellung abgekühlt hatte, schlang sich Xea ihre Jacke noch enger um den Körper und beschleunigte ihre Schritte. Es war kalt und doch spürte sie, wie die Aufregung ihr Blut heiß durch die Adern pumpen ließ und ihre Nervosität stetig in die Höhe schnellte.

Immer wieder drehte sie sich um, um zu prüfen, ob ihr jemand auf den Fersen war. Zwar hielt sie es für eher unwahrscheinlich, dass ihr Adon erneut auflauerte, dennoch war der Schrecken jenes Abends nicht spurlos an ihr vorüber gegangen. Auch wenn London`s Straßen, ja ganz England, als noch so sicher galten, würde sie in Zukunft nie wieder so unbedacht in der Dunkelheit herumschleichen können. Schon zweimal wurde sie im Dunkeln übermannt und es war jedes Mal gut ausgegangen. Warum sollte es nicht auch ein drittes Mal geben? Eines, das vielleicht weniger gut ausging?

Um diese Zeit waren nur noch hie und da Leute unterwegs, die in erster Linie auf dem Heimweg waren. Je weiter sie sich von der

Hauptstraße entfernte und sie ihr Ziel in die weit weniger hell beleuchteten Gassen der Stadt führte, umso mulmiger wurde ihr zumute. Der Nervenkitzel machte ihr das Atmen immer schwerer, auch wenn sie versuchte, Ruhe zu bewahren und unter Konzentration die Luft tief in ihre Lungen zu pumpen, um sie dann wieder ruhig und langsam auszuatmen. Auch das abwechselnde Ballen und Lösen ihrer schweißnassen Hände, war von keinerlei Erfolg gekrönt, so dass die Anspannung weiterhin ihr Herz zum Rasen brachte.

Als sie dann endlich vor der Tür mit der Rune stand, brachte sie es einfach nicht über sich, die Klinke zu drücken und sich ihrem Schicksal zu stellen. Was hatte sie sich nur dabei gedacht, sich in Angelegenheiten zu mischen, die sie nichts angingen und die durchaus verhängnisvoll für sie ausgehen konnten?

Xea schalt sich nicht zum ersten Mal einen Narren und wusste dennoch tief in ihrem Herzen, dass sie es wieder so machen würde. Dazu hatte sie eine zu ausgeprägte Neugierde. Eine gefährlich ausgeprägte Neugierde.

Mit einem Blick auf die Uhr stellte sie fest, dass es genau 23 Uhr war, doch es brannte weder ein Licht im Haus noch konnte sie etwas hören. Nicht einmal der kleinste Schimmer einer Kerze. Ob er drinnen im Dunkeln auf sie wartete? Oder war er noch gar nicht da?

Xea konnte die Dinge drehen und wenden wie sie wollte, es blieb ihr ja doch nichts anderes übrig, als allen Mut zusammen zu nehmen und die verdammte Türklinke zu drücken, was sie dann auch tat. Völlige, erdrückende Dunkelheit hieß sie im Innern willkommen. Durch die wenigen, etwas klein geratenen Fenster drang kaum Licht herein. Gerade so viel, dass sie die Hand vor Augen sehen und schemenhaft ein paar Möbel erahnen konnte. Das Haus musste schon lange nicht mehr bewohnt sein, denn, auch wenn sie es nicht sah, roch sie umso mehr den Moder und den Schimmel, der zweifelsohne an allen Ecken und Enden haftete. Als wollte das Haus allein durch seinen Geruch deutlich machen, dass es schon vor langer Zeit seiner selbst und all seiner Geheimnisse und Erfahrungen überdrüssig geworden war und in Eindringlingen nur eine unerwünschte Ruhestörung sah. Und genauso fühlte sich Xea, als Eindringling, der hier nichts zu suchen hatte, dennoch aber ihren Instinkt ignorierte, hinter sich die Tür schloss und sich somit den Fluchtweg versperrte.

Dann lauschte sie in die Stille.

„Hallo, ist hier jemand?" Xea`s Stimme klang ängstlich und gedämpft, doch immer noch viel zu laut für diesen Ort, an dem einem sogar der eigene Atem in den Ohren nachklang. Als ihr niemand antwortete, wagte sie sich zaghaft ein paar Schritte vor und tastete mit ihren Händen wie eine Blinde immer wieder um sich, um nirgends dagegen zu laufen und nur ja keinen Krach zu erzeugen. Doch allein ihre Füße, die bei jedem Schritt auf den morschen Dielen ein knarzendes Geräusch hinterließen, waren Lärm genug, um ihr in der gespenstischen Stille einen Schauder nach den anderen den Rücken hinunter zu jagen.

Was tun, wenn Xandor nicht kam?

Als sie schon fast am Verzweifeln war und es in Betracht zog, von hier zu verschwinden, hörte sie plötzlich ein leises Geräusch. Es klang wie ein Stuhl, der herum geschoben wurde und kam aus einem Nebenraum, in dem eine Treppe nach unten in den Keller führte. Ach, hätte sie doch bloß an eine Kerze gedacht! Xea hätte sich ohrfeigen können, dass sie so töricht war und gedacht hatte, man würde sie hier mit Geigen und Trompeten empfangen.

Nichtsdestotrotz tapste sie die Treppe hinab auf den dünnen Lichtstreifen unter dem Türschlitz zu, der ihr im Moment wie das berühmte Licht am Ende des Tunnels vorkam. Sie hoffte nur, dass dahinter nicht unbedingt das Paradies auf sie wartete, sondern vielmehr ihr weiteres Schicksal auf Erden. Xea schluckte noch ein letztes Mal all ihre Bedenken hinunter, klopfte kurz an und öffnete die Tür.

„Ach Xea, da bist du ja endlich. Komm rein und schließe bitte hinter dir die Tür wieder", forderte sie der Mann, den sie neulich mit Trajan belauscht hatte, freundlich, aber durchaus auch bestimmt auf. Xea hätte ihm am liebsten daraufhin erwidert, dass sie längst hier wäre, wenn er nicht auf Batman machen und sich hier unten in seiner Höhle verkriechen würde. Oder war es Zorro? Keine Ahnung, sie wusste es nicht mehr. Sie wusste nur, dass sie irgendwann mal als Kind ganz verrückt nach diesen Superheldengeschichten war, bis zu dem Zeitpunkt, als sie einsah, dass ihr selbst ein Superman ihre Eltern nicht mehr zurückbringen konnte und sie somit fortan ihre Zeit etwas glaubwürdigeren Buchcharakteren widmete.

Doch, da sie es ja war, die was von ihm wollte, behielt sie ihre Gedanken lieber bei sich.

„Setz dich, Kind!" Xandor deutete auf einen Sessel gegenüber, der noch relativ gut in Schuss und auch einigermaßen sauber zu sein schien. Jedenfalls konnte sie keinerlei kriechendes Getier oder Spinnweben darauf erkennen, was sie für den Rest des Raumes nicht gerade behaupten konnte. Vielleicht wäre es doch besser gewesen, weiterhin im Dunkeln zu sitzen, anstatt im Schein der vielen Kerzen, die ihr die tierische Belagerung nur noch deutlicher vor Augen führte. Dabei war sie wirklich ein Fan von Tieren, zumindest von denen, die nicht kleiner waren als ihre Nasen- oder Ohrlöcher.

Als sich Xea nach reichlicher Inspektion der Sitzfläche dann doch hinsetzte, versank sie tief in dem gepolsterten Sessel, dessen harte Drahtfedern unter ihrem Hintern ihr irgendwie vorkamen wie eine Art Warnung, es sich nicht zu gemütlich zu machen. So saßen sie dann ein paar Augenblicke lang da und musterten sich.

Xea wusste beim besten Willen nicht, wie sie ihren Gegenüber einschätzen sollte. Er hatte zwar freundliche, sehr weise Augen, seine Aura hingegen war durchaus einschüchternde, wenn nicht sogar furchteinflößend. Er strahlte eine Autorität aus, die in ihr das Gefühl weckte, ganz klein zu sein. Klein und unwissend. Dazu trug auch seine große, schlanke Figur nicht unwesentlich bei. Sein kahler Kopf, der glänzte wie ein gewienerter Boden und seine vielen Runzeln im Gesicht deuteten auf ein fortgeschrittenes Alter hin. Sechzig oder Siebzig hätte Xea geschätzt.

„Nun Xea, ich habe gehört, du interessierst dich für den Othala-Bund?" „Ähm…, ja?", stöpselte sie herum, als hätte sie nicht mehr alle Tassen im Schrank.

„Und warum, wenn ich fragen darf?"

„Hm…", überlegte sie kurz, „ich muss leider gestehen, dass ich ein furchtbar neugieriger Mensch bin und sie und Trajan neulich Nacht belauscht hab, nachdem ich die Rune am Türrahmen entdeckt habe. Außer…, außerdem…" Xea wusste nicht recht, ob sie ihm von der Rune in ihrem Märchenbuch erzählen sollte. Da sie aber von Xandor erwartungsvoll gemustert wurde, wusste sie, dass sie es ihm erzählen musste, denn irgendjemanden musste sie es einfach erzählen, sonst würde sie platzen. Außerdem bestand auch die klitzekleine Möglichkeit, dass er etwas über den Aufenthaltsort ihrer Eltern wusste.

„Außerdem hat mir meine Mutter dieselbe Rune in mein Märchenbuch gemalt. Immer und immer wieder. Also muss sie etwas Gutes bedeuten, oder?" Xandor`s Gesichtszüge wurden bei ihren Worten weich und seine Lippen umspielte sogar ein sanftes Lächeln, als er in Xea`s erwartungsvolle Augen blickte.

„Ob etwas gut oder schlecht ist, liegt immer im Auge des Betrachters", belehrte er sie mit weisem Blick. Aber ja, in diesem Falle, würde ich mal sagen, steht es für das Gute!"

„Und was genau ist jetzt die Absicht des Othala-Bundes? Wie viele wissen davon? Wissen nur die Sups davon?"

„Hm…, ich sehe schon. Du bist wirklich sehr, hm…, wie soll ich sagen…, interessiert. Ich kann gut verstehen, dass du am liebsten alles auf einmal wissen willst, aber du musst auch verstehen, dass ich erst einmal sicher sein muss, dass ich auf deine Verschwiegenheit und Loyalität zählen kann."

„Und wie wollen sie das herausfinden? Ich schätze mal, dass mein Wort in diesem Falle nicht ausreichen wird." „Haarscharf erkannt. Ich werde in den nächsten Wochen ein paar Nachforschungen über dich anstellen. Glaub mir, es geht nicht ohne. Es steht zu viel auf dem Spiel. Es reicht auch nicht, dass du schweigen kannst wie ein Grab. Nein, du musst außerdem auch mutig sein und bereit sein, Risiken einzugehen. Auch, wenn es deinen Tod bedeuten könnte. Bis dahin werden wir dir ein paar leichtere Aufgaben zuteilen, in denen du deine Loyalität schon mal unter Beweis stellen kannst."

Xandor taxierte sie mit seinem durchdringenden Blick, als versuchte er, in ihr zu lesen, ob sie solche Opfer bringen könnte. Ob sie bereit wäre, ihr Leben für den Bund zu geben. Doch wie wollte er es in ihren Gedanken lesen, wenn sie selbst es nicht einmal wusste? Zumindest so lange nicht, bis sie mehr über die Absichten des Bundes erfahren würde. Also versuchte sie, ihre Angst und Zweifel so gut es ging vor ihm zu verbergen. Doch mit jeder weiteren Sekunde, die sie durchleuchtet wurde, zerrann ihre Maske wie ein Stück Wachs über heißem Feuer. „Sie meinen also, so wie der Mann, der erst kürzlich für den Bund gestorben ist?"

„Ja, der und noch viele andere vor ihm."

„W…, wie ist er gestorben?"

„Man hat ihn gefoltert, bis er nur noch ein Stück Fleisch war. Dann geköpft und seinen Kopf Trajan`s Schwester geschickt, die daraufhin Blutungen bekam und an den Folgen der Frühgeburt starb." Kurz und bündig. Zumindest redete Xandor nicht lange um den heißen Brei herum, wobei ihr in dem Fall vielleicht doch ein wenig Einfühlungsvermögen oder eine etwas schönere Umschreibung ganz gutgetan hätte. Sie hatte nämlich das Gefühl, der Boden unter ihr würde sich drehen und wenn sie nicht schon gesessen hätte, hätte sie sich spätestens jetzt hinsetzen müssen. Konnte es vielleicht sein, dass sie Xandor absichtlich mit seiner brutalen, ungeschönten Antwort einschüchtern wollte? Wenn es das war, dann mit Erfolg, denn auf die Frage, ob sie selbst bereit dazu wäre, sich köpfen oder foltern zu lassen, war ein klares *Nein* eher zutreffend als ein *Ja*. Doch, das musste Xandor ja nicht unbedingt wissen.

„Dann…, dann war er also *der* Medi, der Trajan`s Schwester geschwängert hat?" Ein kurzes Nicken von Xandor bestätigte ihre Vermutung. „Aber warum hat dann Trajan an ihrem Sterbebett so verächtlich mit seiner Mutter über ihn gesprochen? I…, ich meine, wenn er doch auch einer vom Bund war und noch dazu seine Schwester geliebt hat?"

„Weil er, mein liebes Kind, eine Rolle zu spielen hat! Die Rolle des Medi verachtenden Grafensohnes. Das müsstest du doch mittlerweile wissen!"

„Glauben sie mir, das weiß ich, denn ich musste es schon ein paar Mal am eigenen Leib erfahren!" Es tat ihr im Nachhinein leid, dass ihre Stimme so bissig klang, aber sie konnte in dem Moment einfach nicht anders. Der Schmerz, wie sie immer und immer wieder so herablassend von Trajan behandelt worden war, saß einfach zu tief. Auch wenn sie wusste, warum er es tat.

„Aber eins verstehe ich nicht. Warum hat er mich neulich Abend vor seinem Vater so schlecht behandelt? Es war doch sonst niemand anwesend und ich wusste bereits vom Bund!"

„Kannst du dir das nicht denken?" Es entstand eine kurze Stille, in der er ihr die Zeit ließ, ihre Gedanken zu ordnen. Auch wenn ihr die Möglichkeit durchaus schon in ihrem Kopf herum gespukt war, tat sie sie als unmöglich ab. Doch jetzt…, konnte es wirklich sein?

„Sie meinen also, dass sein Vater nicht weiß, dass sein Sohn ein Mitglied des Bundes ist?"

„Nicht nur er. Seine ganze Familie weiß nichts davon", bestätigte er ihre Vermutung. „Außer seine Schwester natürlich. Sie war eine unserer wichtigsten Informantinnen. Ihr Tod gleicht einer Katastrophe. Doch zum Glück wird jetzt Trajan in ihre Fußstapfen treten, was nicht ganz ungefährlich ist. Wenn nicht sogar einem Himmelfahrtskommando gleichkommt."

„Dann muss *er* also jetzt die Informationen beschaffen, von denen sie neulich Abend gesprochen haben!" Xea setzte alle Puzzleteile in ihrem Kopf zusammen, die sie kriegen konnte. Leider waren es zu wenige, um schon ein Motiv auf dem Puzzle erahnen zu können.

„Welche Infos sind das? Vielleicht kann ich ihm dabei helfen."

Xandor`s leichte Lachfältchen um Augen und Mundwinkel ließen ihn gleich viel freundlicher wirken. Freundlicher, aber auch müde. Wie oft hatte er sich wohl schon anhören müssen, dass man helfen wollte? Wie oft hatte er seine Gefolgsleute schon der Gefahr oder noch schlimmer, dem Tod aussetzen müssen?

„Nein, Kind! Du bist noch nicht soweit." „Verstehe. Aber dann sagen sie mir doch wenigstens, warum sie es eventuell in Betracht ziehen, mich einzuweihen? Warum ausgerechnet mich?"

„Nun ja, liegt das nicht auf der Hand? Zum einen, weil du unsere Rune gefunden hast und Worte gehört hast, die nicht für deine Ohren bestimmt waren und zum anderen…, weil du klug genug warst, dir etwas dabei zu denken. Weil du eine Neugierde besitzt, die nicht üblich ist und die dir vielleicht noch einmal zum Verhängnis werden wird."

„Was meinen sie mit – nicht üblich?"

„Xea, sieh dich mal um. Ich kann mir nicht vorstellen, dass dir noch nicht aufgefallen ist, wie zufrieden und gleichgültig die Menschen durchs Leben gehen." Xea konnte nicht glauben, dass dieser Mann genau diese Gedanken aussprach, die sie immer dachte. Und genau deshalb gab sie ihm jetzt Wort für Wort die Antwort, die auch sie immer zu hören bekam.

„Ähm…, ja? Aber, das ist doch ganz normal. Uns geht es doch gut und wir haben alles, was wir brauchen."

„Ich kann dir nur das Eine sagen. Es ist nicht normal. Absolut nicht. Du bist anders – zumindest hoffen wir das. Frag mich jetzt nicht, warum, denn das kann ich dir noch nicht beantworten. Doch du wirst noch früh genug erfahren, warum du anders bist und warum die Menschen so sind, wie sie sind. Doch alles zu seiner Zeit! Jetzt hab ich erst Mal einen ersten Auftrag für dich. Hier, nimm diesen Brief und bring ihn in den nächsten Tagen genau zu der Adresse, die vorne drauf steht!" Xandor hielt ihr ein Briefkuvert entgegen und als Xea schon die Hand danach ausstreckte, fügte er noch eine Warnung hinzu.

„Du musst aufpassen, dass dich keiner sieht. Am besten gehst du bei Nacht. Die Familie wird schon seit längerem beschattet und alle Briefe, die per Post dorthin geschickt werden, sind nicht sicher. Also sei auf der Hut! Wenn sie dich dabei erwischen, wirst du dir wahrscheinlich wünschen, mir nie begegnet zu sein!"

„Wer sind *sie*?" Xea konnte ihre aufkeimende Angst nicht ganz verbergen.

„Sie sind das System. Sie sind Trajan`s Vater und alle, die das System ausmachen. Und jetzt geh! Du wirst von mir hören." Xandor drückte ihr noch eine kleine Kerze in die Hand, bevor er ihr mit einem aufmunternden Nicken zu verstehen gab, dass sie hier fertig waren und sie keine weiteren Antworten bekommen würde.

13

Zwei Nächte später machte sich Xea auf den Weg in die Victoria Road, um ihre Last los zu werden. Sie hatte die letzten zwei Tage das Gefühl, dass der Brief in ihrer Tasche mit jeder Minute an Gewicht gewann und mehr und mehr auf ihrer Seele lastete. Wie hatte sie sich nur in diese prekäre Lage hineinmanövrieren können? Immer mehr Zweifel nagten an ihr, ob sie das Richtige tat. Sollte sie wirklich alles aufs Spiel setzen, nur um ein paar Antworten zu bekommen? Es ging ihr doch bis zu dem Augenblick, als sie Trajan das erste Mal begegnet war, eigentlich ganz gut.

Ach hätte sie doch bloß damals die Tote nicht waschen müssen! Ihr wäre so viel erspart geblieben. Doch jetzt, da sie durch ihre Neugierde schon einmal geködert worden war, gab es kein Zurück mehr. Sie musste es tun, ob sie nun wollte oder nicht. Die Unwissenheit hätte sie zerrissen. Jeden Tag ein bisschen mehr. Also hatte Xea beschlossen, ihre Scheißangst zu ignorieren und den Brief abzugeben. Schließlich tat sie ja nichts Verbotenes.

Sie zog dazu ihre graue Hose und einen dicken, dunklen Pulli an, wickelte sich einen dicken Schal um und setzte ein schwarzes Kappi auf, um so viel nackte Haut wie nur möglich zu bedecken. Außerdem fühlte sie sich mit dem Schild in der Stirn gleich viel wohler. Und das konnte sie gut gebrauchen, denn ihr leichtes Kribbeln im Bauch wurde mit jedem Schritt heftiger, so dass sie bereits auf halber Strecke von innen heraus von einem Presslufthammer attackiert wurde.

Immer wieder drehte sie sich gehetzt nach allen Seiten um, um sicher zu gehen, dass sie nicht verfolgt wurde. Denn, obwohl weit und breit keine Menschenseele mehr um diese späte Stunde auf der Straße war, hatte sie das unangenehme Gefühl, beobachtet zu werden. Und bisher hatte sie fast immer auf ihre weibliche Intuition vertrauen können. Daher hatte sie auch große Mühe, gegen ihre innere Stimme anzukämpfen und die Richtung beizubehalten. Sogar ihre brennende Lunge drängte sie zur Umkehr, indem sie ihr das Atmen erschwerte und sie wie ein Walross schnauben ließ. Das hätte sie ja alles noch einigermaßen ertragen, wäre da nicht die Angst gewesen, die sich wie unsichtbare Nebelschleier unter ihrer Kleidung an ihrer Haut festsaugte, sie mit einem kalten Schweißfilm überzog und ihren Körper in eine bügellose Achterbahn setzte. Noch dazu, wo sie wusste, dass Festhalten nicht gerade ihre Stärke war. Wie auch? Das einzige, das sie in ihrem Leben festhalten konnte, waren die schönen Erinnerungen an ihre Eltern und selbst die entgleisten ihr immer mehr und mehr.

Zielstrebig marschierte sie, ihrer innerer Zerrissenheit zum Trotz, entschlossen weiter, mitten hinein in das Herz der Reichen und Mächtigen. Auch wenn es ihr ganz und gar nicht gefiel, musste sie sich doch eingestehen, dass in letzter Zeit die Sups eine immer größere Rolle in ihrem Leben spielten. Sogar der Othala-Bund schien hauptsächlich aus ihnen zu bestehen oder gab es dort doch auch ein paar kleine Lichter wie sie? Und dann stellte sich natürlich auch noch die Frage, ob es tatsächlich Sups gab, die auf die Medi nicht mit Verachtung und Widerwillen herabblickten, ihnen sogar helfen wollten? Oder war dies gar nicht die Absicht des Bundes, sondern wollte man sie nur reinlegen, weil sie ständig ihre Nase überall hineinsteckte? Vielleicht hatten Trajan und Xandor nur vor, sie zu beseitigen. Vielleicht sogar heute Nacht, hier in diesem Viertel?

Xea`s Gedanken schweiften immer weiter ab, wurden verwirrter und verzweigter. Sie steigerte sich in alle möglichen Varianten hinein und der Versuch, sich zu beruhigen, war schwerer, als einem Pinguin das Töpfern beizubringen. Wenn sie sich nicht endlich andere Gedanken in den Kopf hämmern könnte, dann würde sie wahrscheinlich noch an Ort und Stelle umdrehen und sich vom Acker machen. Bloß, was dann? Denn, wenn ihr jemand etwas antun wollte, dann würde es noch viele Gelegenheiten dazu geben. Sie hätte nicht die geringste Chance, dem System, dem Bund oder sonst wem zu entwischen. Sie musste sich ehrlich eingestehen, dass sie zeitgleich mit der Annahme des Briefes die Kontrolle über ihr Leben abgegeben hatte. Und sie hasste nichts mehr als das.

Das System hatte zwar bisher auch größtenteils über ihr Leben bestimmt, doch nicht in diesem Ausmaß, wie es jetzt Xandor vermochte.

Xea war keine Närrin und wusste genau, dass sie in dem Augenblick, als sie sich mit ihm getroffen hatte, zu einer weiteren Marionette in seinem Spiel geworden war, auch wenn er behauptete, sie erst überprüfen zu müssen. Doch, was, wenn er sie nicht für würdig hielt? Würde er sie einfach so, mit dem Wissen um den Bund, von Dannen ziehen lassen? Wohl eher nicht!

Bei all den Grübeleien war ihr gar nicht bewusst geworden, dass sie gerade in die Victoria Road einbog und auf den verheißungsvollen Briefkasten mit der Nummer drei zuging. Wie nicht anders erwartet, hing er an einer prächtigen Stadtvilla, die einem mit ihrer glamourösen Präsenz fast zu erschlagen drohte und lächelte sie schon von Weitem unheilvoll an. Es war, als würde sie der weiße Briefkasten mit dem filigran gearbeiteten schmiedeeisernen Schloss magnetisch anziehen, sie geradezu auffordern, näher zu treten und ihm ihr Geheimnis anzuvertrauen. Doch das war leichter gesagt als getan.

Sie kam sich nämlich vor, wie ein Niemand, der unbeabsichtigt auf den roten Teppich gelandet war. Und genauso verunsichert und dennoch angespornt vom Publikum, das sie im Moment nicht zu haben hoffte, stakste sie den lang gepflasterten Weg entlang, der durch einen herrlich duftenden Rosenbogen führte und gesäumt war von einer natürlichen Buchsbaumhecke und wunderschön arrangierten Blumenbeeten, dessen Farbintensität man sogar in der Dunkelheit noch erkennen konnte. Obwohl sie sich immer wieder nervös nach allen Seiten hin umsah, hatte sie nur ein Ziel im Auge. Den Briefkasten. Und obwohl sie weit und breit niemanden sah oder nicht das geringste Geräusch, ja nicht einmal ihre eigenen vorsichtigen Schritte auf dem Weg hörte, meinte sie, jeden Augenblick von hinten gepackt zu werden. Die starken Hände, die sich in Gedanken schon hart und überraschend auf ihre Schulter legten, überzog ihren ganzen Körper mit einer Gänsehaut, die sie innerlich erschaudern ließ. Alles, was sie im Moment in der Lage war, noch einigermaßen bei klarem Verstand zu denken, war, den verdammten Brief loszuwerden. Nur noch ein paar Schritte und sie hätte es geschafft.

Als dann endlich der erlösende Augenblick, in dem sie das Kuvert in den Schlitz warf, gekommen war und sie schon erleichtert durchatmen wollte, wurde ihre schlimmste Befürchtung war. Sie wurde von hinten gepackt, hart und gnadenlos, während man ihr gleichzeitig einen rauen, nach verfaulter Erde stinkenden Sack über den Kopf stülpte.

Genau in der Sekunde, als ihr Herz aufhörte, zu schlagen, war alles, was sie hoffte, dass es sie in eine Ohnmacht manövrieren möge, aus der sie nicht mehr erwachen würde. Sie war geliefert. Wer auch immer ihre Überwältiger waren, sie würden sie so lange foltern, bis sie bekamen, was sie wollten. Nur, dass sie eigentlich gar nichts wusste, was ihnen von Nutzen sein konnte. Bis auf Xandor`s Namen und einen ihrer Zusammenkünfte, wusste sie nämlich nichts über den Bund, was ihr in weiser Voraussicht seitens

Xandor, vielleicht sogar das Leben retten könnte. Zumindest hoffte sie das.

Sie konnte ihn jetzt verstehen, dass er ihr nicht getraut hatte, denn hiermit bestätigt sich, dass er, im Gegensatz zu ihr, seinem Instinkt mit Erfolg gefolgt war. Sie aber hatte auf ganzer Linie versagt. Test nicht bestanden, Problem beseitigt. Genau das wären Xandor`s Gedanken, wenn er von ihrem Versagen hören würde.

Xea war ganz schwindelig vor Wut und Angst, so dass sie nur noch am Rande mitbekam, wie man sie durch eine Tür schubste, ziemlich unsanft auf einen Stuhl drückte und sie an den Händen hinter der Stuhllehne fesselte. Dann erst nahm man ihr den Sack vom Kopf, was sie mehr als lächerlich fand. Warum wollte man den Weg ins Haus vor ihr verbergen? Etwa damit sie sich bei einer Flucht an den Weg aus dem Zimmer und aus dem Haus nicht mehr erinnern könnte? Wenn das Haus nicht das Labyrinth des Minotaurus war, dann hätte sie sogar mit verschlossenen Augen hinausgefunden! Doch dafür müsste sie sich erst ihrer Entführer entledigen, was sich im Moment etwas schwierig, ja ehrlich gesagt unmöglich gestaltete.

Das grelle Licht des Kandelabers über ihr, das ihr wie winzig kleine Nadeln in die Augen stach, lies sie ein paar Mal blinzeln, bevor sie zwei Gestalten ausmachen konnte. Zwei Männer mittleren Alters, schätzungsweise. Der eine hatte einen dichten dunklen Vollbart und passend dazu einen Pferdeschwanz. Auf Grund seiner hünenhaften Erscheinung und der übermäßig dichten Körperbehaarung im Gesicht und an den Händen und somit höchstwahrscheinlich auch am Rest seines Körpers, nannte sie ihn insgeheim *das Mammut*. Sie hätte ihn natürlich auch als Bär bezeichnen können, was in seinem Falle wahrscheinlich noch zutreffender war, doch Bär klang so nach Bedrohung, da gefiel ihr der Vergleich mit einem sanften Mammut schon um Welten besser. Im Nachhinein aber musste sie leider am eigenen Körper erfahren, dass die Wunschvorstellung von einem Mammut der harten Realität eines blutrünstigen Bären weichen musste. Auch die lange Narbe, die quer über seine linke Backe bis zum Mundwinkel hin verlief und ein weiteres Indiz dafür war, dass der Mann mit Sanftheit nichts am Hut zu haben schien, unterstrich sein grimmiges, furchteinflößendes Aussehen noch um ein Vielfaches.

Dennoch war nicht er es, der Xea eine Gänsehaut bis unter die Haut bereitete. Es war der andere Mann, der viel schmächtiger und unscheinbarer wirkte. Er hatte einen kleinen Kopf mit spitzer Nase, spitzem Kinn und spitzigen Wangenknochen, wobei eigentlich alles an ihm spitzig zu sein schien und ihm eine bedrohliche, ja fast schon mordlüsterne Verschlagenheit ins Gesicht tätowierten. Sein diabolisches Grinsen und vor allem seine Augen, in denen das Höllenfeuer züngelte, ließen Xea innerlich erzittern, als stünde der Teufel höchst persönlich vor ihr. Abgrundtiefe Mordlust loderte in seinen bernsteinfarbenen Augen und wartete nur darauf sein Opfer zu verzehren. Doch zuvor würde er noch sein Spiel mit ihr treiben. Ein Spiel nach seinen Regeln. Eines, das ihm zur vollkommenen Befriedigung verhelfen würde.

Angewidert wendete Xea ihren Blick von ihm ab und widmete sich nur für ein paar kostbare Sekunden der Schönheit des Raumes. Ein riesiger, mit funkelnden Kristallen verzierter Kronleuchter über ihr tauchte das Zimmer bis hinein in die letzten Ecken und Furchen in ein strahlendes Lichtermeer. Schwere, mit Goldfäden durchzogene Brokatvorhänge umrahmten die breiten Doppeltüren, die in den Garten hinaus führten. Auch die Möbel zeugten von Reichtum und Luxus der Hauseigentümer. A apropos Eigentümer, Xea fragte sich ernsthaft, wo sich die Besitzer des Hauses befanden, denn schließlich war der Brief ja für sie gedacht und machte sie somit auch zu schwarzen Kreisen auf der Zielscheibe.

Wurden sie vielleicht ebenfalls gefesselt und gefoltert? Bloß, warum hörte sie nirgends im Haus Stimmen oder schlimmer noch, Schreie? Waren sie vielleicht gar nicht zuhause?

Xea konnte einfach keinen klaren Gedanken fassen, solange sie dem Blick des Teufels höchstpersönlich ausgesetzt war. Das einzige, was ihr übrigblieb, war abzuwarten, was sie von ihr wollten. Und dabei auf das Beste zu hoffen.

„Also Kind, wie ist dein Name?", fragte dann endlich der Schmächtige mit Süßholz raspelnder Stimme, woraufhin Xea stumm blieb. Nicht, dass sie es nicht sagen wollte, denn was war schon ihr Name? Sie hatte ja noch nicht einmal einen Nachnamen. Den würde sie erst am Tag ihrer Hochzeit bekommen. Wenn es überhaupt je eine Hochzeit geben würde, was im Augenblick nicht danach aussah. Es war vielmehr die blanke Angst, die ihr die Kehle zuschnürte und ihr Sprachzentrum blockierte.

„Jetzt rede, du Miststück!", herrschte sie nun der andere voller Wut an, wobei er ihr mit der Faust ins Gesicht schlug. Obwohl es nur Knochen, Muskeln und Sehnen, umgeben von Haut waren, fühlte sich seine Faust an, wie ein harter, scharfkantiger Stein, der ihren Kopf zu spalten drohte. Es dauerte ein paar Sekunden, bis Xea wieder Oberhand über ihr Bewusstsein erlangte. Es war nicht nur der Schmerz, der sie betäubte, sondern vielmehr die ernüchternde Erkenntnis und das nackte Entsetzen darüber, dass man ihr Gewalt antat.

„Na, na, na, Hektor! Das ist aber nicht die feine englische Art!", wurde er gleich darauf mit schnalzender Zunge von dem kleinen Rattengesichtigen getadelt.

„Du wirst an ihrem hübschen Gesicht nicht noch einmal Hand anlegen, verstanden?" Die Schärfe in seiner Stimme ließ einem das Blut in den Adern gefrieren. Da tat es auch nichts zur Sache, dass Xea`s rasendes Blut sie noch vor Sekunden von ihnen heraus zu verbrennen drohte. Sogar Hektor verwandelte sich von einer auf die andere Sekunde in einen eingeschüchterten Schuljungen, den man gerade beim Abschreiben erwischt hatte und mit einer Tracht Prügel drohte.

„Es wäre doch zu schade, wenn man dieses engelsgleiche Gesicht in ihrem Sarg nicht mehr ansehen könnte. Doch, soweit muss es gar nicht kommen, denn, du musst wissen, dass wir im Grunde ganz nette Jungs sind und dir kein Leid antun werden, wenn du mit uns kooperierst, Kindchen." Sanft und ekelerregend zärtlich strich er ihr dabei die Strähnen aus dem Gesicht. Dann holte er ein Taschentuch aus seiner Jacke und tupfte ihr fürsorglich das Blut von ihrem Mundwinkel ab. „Na sieh mal einer an, schaut doch schon wieder ganz anständig aus. So, und jetzt machen wir einen Deal. Es ist ganz einfach, ich verrate dir meinen Namen und du mir dafür deinen. Wäre das nicht großartig?" Wie ein kleiner Junge, der sich auf die Bescherung und Ostern zugleich freute, zappelte und lachte er mit einem unbeschreiblichen Wahnsinn in den Augen über seinen eigenen Vorschlag, wie ein geistig Unterbelichteter, der nicht ganz bei Verstand war. Xea hatte es zwar schon vermutet, aber jetzt war sie sich sicher. Mister Rattengesicht war verrückt und das beängstigte sie mehr, als ihr gut tat. Gewalttätig war eine Sache, aber Gewalt in Verbindung mit Verrücktheit war etwas Unberechenbares.

„So, ich fange also an. Mein – Name – ist – Sodon", zog er den letzten Satz extra langsam in die Länge. Als wäre sie es, die nicht ganz bei Sinnen war! „Und jetzt du!" Mit weit aufgerissenen Augen und aufgeregt, freudiger Erwartung sah er sie an, während Hektor einfach nur neben ihm stand, mit verschränkten Armen und versteinerter Miene.

„Ich heiße Xea." Die Worte kamen ihr nur mühsam über die Lippen. Es fühlte sich ein klein wenig an, wie Verrat. Bloß, Verrat an wen? Bis jetzt hatte sie noch nichts Unrechtes getan, geschweige denn gesagt.

„Priiiima!", klatschte daraufhin Sodon mit einem glucksenden Lachen, das einfach nur beängstigend klang, in die Hände und freute sich so überschwänglich, dass man fast hätte meinen können, Xea hätte ihm gerade die Prinzessin im sterbenden Schwan auf nackten Zehenspitzen vorgetanzt.

„Also Xea", redete er zärtlich weiter auf sie ein, nachdem er sich halbwegs wieder eingekriegt hatte. „Hm…, wo fangen wir an? Ach ja, jetzt weiß ich`s wieder?", meinte er mit einem theatralischen Augenrollen, während er sich an die hohe Stirn tippte.

„So viele Fragen im Kopf, da kann man schon mal durcheinanderkommen", meinte er entschuldigend. „Also Kindchen, was machst du hier? Mitten in der Nacht?" Stille, absolute Stille. „Vielleicht muss ich mich etwas klarer ausdrücken. Versuchen wir es mal hiermit. Wer hat dir den Auftrag gegeben, diesen Brief hier einzuwerfen, hä?" Er musste wirklich denken, dass Xea dumm war, so wie er mit ihr redete. Erwartungsvoll wedelte er mit dem Brief vor Xea`s Augen herum.

„Was haben sie mit der Familie hier gemacht? Ist sie in Sicherheit?", stellte Xea währenddessen eine Gegenfrage. Sie musste so viel wie möglich von ihren Entführern erfahren, was leider ganz und gar nicht klappte.

„Nein, nein, nein!", entgegnete ihr Sodon in tadelndem Singsang und mit Nachdruck in der Stimme. „So läuft das nicht! Weißt du, ich stelle hier die Fragen, Liebchen." Seine Stimme klang jetzt wieder ganz sanft. Zu sanft.

Xea wusste nicht recht, was ihr lieber war. Ein Schlag ins Gesicht, wobei sie wusste woran sie war. Oder aber diese falsche, zuckersüße Stimme, unberechenbar und schwer einschätzbar.

„Also noch einmal von vorne. Wer hat dir diesen Brief gegeben?"

Wieder wurde sie erwartungsvoll von beiden Männern angestarrt. Wenn sie bloß gewusst hätte, was in dem verdammten Brief stand! Vielleicht hätte sie irgendeine Lüge erfinden können. Sie musste es einfach versuchen. Was konnte jetzt noch schief gehen!

„E…er ist von mir selbst. Ich treffe mich schon eine ganze Weile mit ihm und wollte es jetzt beenden, denn ich weiß, dass so eine Beziehung nicht geduldet wird. Ich hab ihm also einen Treffpunkt genannt, um ihm meine Entscheidung mitzuteilen." Xea betete im Stillen dafür, dass in dem Brief tatsächlich, wie bei ihrem auch, ein Ort und eine Zeit genannt wurde, was ja gar nicht so abwegig klang. Dabei sah sie ihren Entführern selbstbewusst in die Augen, um ihre Erklärung zu bekräftigen. Äußerlich glaubte sie, es einigermaßen glaubwürdig hin zu kriegen. Doch innerlich war sie ein reines Nervenbündel. Ein Ballon, der in einem Raum voller Nägel umherflog und jederzeit damit rechnen musste zu platzen, wenn er sich auf die falsche Stelle setzte.

„Ts,ts,ts…, Xea, Xea", säuselte Sodon, während Hektor immer noch neben ihm stand und nicht einmal mit der Wimper zuckte. „Schlaues Kind. Für meinen Geschmack etwas zu schlau." Geradezu amüsiert funkelte er sie einen Augenblick an, bevor seine Miene von einer auf die andere Sekunde hart und bedrohlich wurde.

„Doch leider hast du deine Hausaufgaben nicht gemacht. Du hättest dich vorher gründlicher mit der Familie beschäftigen sollen. Dann wüsstest du auch, dass diese Familie hier nur zwei kleine süße Mädchen im Alter von fünf und sieben hat. Außerdem hättest du dir vorher eine glaubwürdigere Ausrede ausdenken sollen, bevor du so dreist bist und mir ins Gesicht lügst. Was mach ich denn jetzt nur mit dir, was mach ich nur…", grübelte er kopfschüttelnd, während er sich am Kinn kratzte.

„Ah! Ich hab`s! Das wird ein Spaß!" Seine Augen nahmen wieder den Glanz eines Wahnsinnigen an und sein breites Grinsen ließ sein Gesicht wie eine Fratze wirken.

„Lass uns ein Spiel spielen! Es gibt zwei Optionen. Du kannst wählen. Also, wie entscheidest du dich? Option eins oder zwei?"

„Kann ich denn dabei auch gewinnen?" Xea wusste, dass es ausweglos für sie war, wollte aber etwas Zeit gewinnen. Andererseits wusste sie aber auch, dass es verlorene Zeit wäre und sie besser daran täte, das alles hier so schnell wie möglich hinter sich zu bringen.

„Gewinnen?" Sodon`s Stimme klang so spitz und schräg zugleich, dass es ihr die Nackenhaare aufstellte. „Neihein mein Liebchen, gewinnen kannst du leiiiiider nicht, aber du kannst dich entscheiden zwischen körperlichem Schmerz und hm…, sagen wir mal seelischem Schmerz. Also eins oder zwei?"

„Ich entscheide mich für den körperlichen Schmerz", kam es sogleich aus Xea`s Mund, denn da wusste sie, was auf sie zukam. Seelisch hingegen konnte alles bedeuten, schlimmstenfalls, dass sie Rhi etwas antaten und das hätte sie nicht verkraften können.

„Tapfer, tapfer! Das muss ich schon sagen. Du hast natürlich immer noch die Möglichkeit, keines von beidem in Betracht zu ziehen. Du brauchst uns nur den Namen des Mannes liefern, der dir diesen Brief gegeben hat. Und, was es mit dem Bund auf sich hat, der darin erwähnt wird?"

„Ich weiß nichts von diesem Bund, das müssen sie mir glauben. Und den Mann, der mir den Brief gegeben hat, kenne ich auch nicht. Er hat mir fünfzig Dollar versprochen, wenn ich den Brief ungesehen abgebe. Und wie sie wissen, sind fünfzig Dollar für einen Medi ein Vermögen!" Verbissen und verzweifelt zugleich antwortete sie ihm, in der Hoffnung, er würde ihrer Lüge Glauben schenken.

„Das ist eine Lüge!", schrie er ihr ins Gesicht, während er ihre Haare packte und den Kopf nach hinten zog, um ihr noch tiefer in die Augen sehen zu können. Sein stinkender Atem war einfach nur widerwärtig. Xea versuchte, ihre aufkeimende Panik im Zaum zu halten, was sich als nicht allzu leicht herausstellte. Sie spürte, wie ihr die Tränen kamen, die sie krampfhaft hinunterschluckte, um nur ja keine Schwäche zu zeigen.

„Wie du willst", meinte Sodon nach einer Weile. Fast unmerklich nickte er Hektor zu, der nun wieder mit einem erwartungsfreudigen Lächeln auf sie zu trat.

Xea war zwar gefasst, dass er ihr weh tun würde und hielt gezielt die Luft an, während sie jeden einzelnen Zentimeter ihres Körpers versteifte, doch, dass der harte Schlag in ihren Magen so brutal sein würde, hätte sie sich in ihren schlimmsten Alpträumen nicht ausgemalt. Es war, als würden ihr die Eingeweide bei lebendigem Leib herausgerissen. Sie bekam keine Luft, so dass sie ein paar Mal vergebens nach Luft japste, bevor es ihr gelang, wenigstens ein wenig Sauerstoff in ihre Lungen zu pumpen. Erschwerend kam hinzu, dass sich ihr Magen auf Grund der Wucht seiner geballten Faust schmerzlichst zusammenzog und sie ein paar Mal würgen ließ, bevor er sich wieder etwas beruhigte und es ihr möglich machte, wieder abwechselnd ein und auszuatmen.

Da sie durch den Schlag wie eine Marionette mitsamt dem Stuhl zur Seite gefallen war, versuchte sie sich in der Mitte zu krümmen, um den Schmerz etwas zu lindern. Wäre sie nicht gefesselt gewesen, hätte sie sich wie ein Embryo zusammengezogen und geweint. Somit hatte es auch etwas Gutes, gefesselt zu sein. Sie musste um ihretwillen Stärke zeigen, auch wenn ihr zum Heulen zu Mute war. Also biss sie die Zähne zusammen und versuchte sich wieder etwas auf zu richten, sobald der Schmerz nachließ.

„Ich weiß nichts, glauben sie mir doch!", beteuerte sie noch einmal unter starken Schmerzen, während ihr Körper von etlichen Hustenanfällen geplagt wurde. Der Angstschweiß lief ihr von der Stirn und hinterließ ein unangenehmes Kribbeln im Gesicht.

Kaum waren Xea die Worte über die Lippen gegangen, folgte auch schon der zweite Schlag. Diesmal mit einem Fußtritt in ihre Seite. Xea wusste nicht, ob sie sich das einbildete, denn sie meinte, gehört zu haben, wie ihre Rippen knacksten. Schwindelgefühl überkam sie, an das sie sich wie eine Ertrinkende klammerte, in der Hoffnung, dass sie eine Ohnmacht von dem bestialischen Schmerz wenigstens für eine Weile erlösen würde. Doch ihr Körper war unbarmherzig. Der Schleier vor Augen lichtete sich wieder und die Schmerzen raubten ihr fast den Verstand. So sehr sich Xea auch abkämpfte, ihre Tränen unter Kontrolle zu halten, stahlen sie sich jetzt gnadenlos in ihre Augen und bahnten sich den Weg über ihre Wangen nach unten, wo sie zusammen mit dem Blut, das ihr aus dem Mundwinkel troff auf dem Boden blutverschmierte Spuren hinterließen. Noch nie in ihrem Leben hatte sie sich so erniedrigt und verletzt gefühlt. War es das wirklich wert? Warum meinte sie, einen Mann schützen zu müssen, der es vielleicht gar nicht wert war? Was wusste sie schon, welche Ziele der Bund verfolgte? Und trotz all dieser Zweifel kam ihr sein Name einfach nicht über die Lippen. Es war, als würde sie sich selbst verraten, wenn sie ihn aussprach.

Sie war nur noch ein Häufchen Elend, das auf den nächsten Schlag wartete und hoffte, in einer niemals endenden Ohnmacht zu versinken.

Wo war bloß ihr heldenhafter Ritter? Wo war er nur, der in den vielen Romanen, die sie gelesen hatte, den Opfern zu Hilfe eilte?

Bloß, hoffte sie ernsthaft, dass sie jemand aus dieser Lage befreien würde? Trajan etwa? Wie blöd war sie, auch nur einen einzigen Gedanken daran zu verschwenden, dass ausgerechnet er ihr helfen würde. Ihr, einer Medi! Nein, sie hatte es selbst zu verantworten und durfte jetzt nicht auf fremde Hilfe hoffen. Sie musste durchhalten, tapfer sein und dem Schlimmsten ins Auge sehen. Was war ihr Leben schon wert im Vergleich zu dem, was der Bund bewirken konnte? Denn sie wusste tief in ihr drinnen, dass der Bund auf Seiten der Medi stand und versuchte, an dem System zu rütteln. Es zu verändern. Und das zu Gunsten der Mittelschicht. Ihrer Schicht. Und vielleicht auch der Inferior, in die ihre Eltern nach Xea`s erstem Wechsel abgestuft wurden.

Ein weiteres Mal fragte sie Sodon nach dem Namen von Xandor und ein weiteres Mal leugnete sie, ihn zu kennen. Xea schämte sich für das leise Wimmern, das ihre Stimme begleitete, doch sie hatte solche Schmerzen, dass es schon mühsam war, überhaupt den Mund zu öffnen und die Stimmbänder in Bewegung zu setzen.

Als sie aus dem Augenwinkel heraus erneut den Fuß von Hektor auf sie zukommen sah, schloss sie die Augen, spannte ihren geschundenen Körper an und versuchte, sich so gut es ging dem Schmerz zu stellen. Wenn nicht schon beim vorherigen Tritt ihre Rippen gebrochen waren, dann mit Sicherheit jetzt, denn er trat sie mit Absicht an genau der gleichen Stelle. Xea glaubte, zu fühlen, wie sich die abgebrochenen Rippen in ihre Eingeweide bohrten. Sie konnte nicht anders, als laut auf zu keuchen und dabei einen Schwall Blut zu spucken. Neben dem Gefühl, vor Schmerzen sterben zu müssen, nahm sie ihre Umgebung nur noch vage wahr. Immer wieder verschwamm für kurze Zeit alles um sie herum und gewährten ihr ein paar Sekunden des Vergessens. Xea merkte, wie ihr langsam die Sinne schwanden und hoffte, endlich erlöst zu werden. Auch wenn es dazu noch einen weiteren Tritt benötigt hätte.

„Hast du denn immer noch nicht genug, mein Kind?", hörte sie Sodon, der sich neben sie kniete und ihr verwundert ins Gesicht sah. „Ich muss schon sagen, du hast echt Eier in der Hose. Trotzdem hab ich jetzt bald die Nase voll von dir. Du langweilst mich schön langsam, so amüsant du auch warst. Wie ich sehe, muss ich leider zu Option zwei übergehen, was dir wahrscheinlich nicht gefallen wird, aber du lässt mir einfach keine Wahl."

Sodon`s verschlagen grausame Stimme entfachte Xea`s Angst erneut. Und auch ihre Wut. Sie hörte ihr Blut in den Ohren rauschen, wie es durch ihren Körper pulsierte, ihr den Kopf zu sprengen drohte und am ganzen Körper den Schweiß ausbrechen ließ. Ihr war heiß und kalt zugleich, so dass sie das Zittern ihres Körpers nicht einmal mehr mit letzter Willenskraft unter Kontrolle bringen konnte.

Und doch war sie noch lange nicht gebrochen.

„Ich werde dich abstufen lassen zu einer Inferior und du wirst dein restliches Leben unter der Erde in den Minen verbringen oder beim Abtransport der Gesteinsbrocken in den zerbombten Städten. Na, gefällt dir das?"

Ob ihr das gefiel? Es gefiel ihr ganz und gar nicht. Im Gegenteil, Xea hätte sich nichts Schlimmeres vorstellen können. Wenn sie jetzt nicht klein beigab, würde ihr Leben verwirkt sein. Zwar wusste sie nicht genau, was in den Minen oder in den Ruinen der Stadt auf sie warten würde, doch den Erzählungen nach, gab es nichts Schlimmeres.

Sodon musste ihr am Gesichtsausdruck ansehen, dass sie mit sich zauderte, denn seine Miene nahm einen zufriedenen, ja fast schon selbstgefälligen Blick an.

Und wenn Xea eines nicht leiden konnte, dann war es diese Arroganz, die ihren Stolz aufs Neue entfachte. Außerdem redete sie sich ein, hatten ihre Eltern ihr Leben aufgegeben, um weiteren Kindern den Schmerz des Wechsels zu ersparen, also würde auch sie so tapfer sein und ihr Leben dafür geben, um ein paar Leuten den Versuch zu ermöglichen, den Wechsel zu stoppen. Auch, wenn es in Xea`s Augen noch so aussichtslos erschien.

„Weißt du was, Sodon?", krächzte Xea mit schmerzverzerrtem Gesicht. „Lutsch mir doch den Schwanz!"

14

Das hatte gesessen. Damit hätte Sodon nicht gerechnet. Völlig erstaunt starrte er sie an, bis plötzlich ein lautes Klatschen die schneidende Stille durchbrach. Alarmiert, was jetzt noch auf sie zukommen würde, versuchte sie unter großer Anstrengung den Kopf zu heben, um die Geräuschquelle auszumachen. Doch was sie sah, versetzte ihr einen Stich ins Herz. Schlimmer noch, es war, als würde ihr jemand einen stumpfen Dolch in die Eingeweide rammen und darin herumstochern.

„Sodon, es reicht jetzt! Hektor, heb sie auf und leg sie auf das Sofa dort drüben! Aber sanft!", befahl Xandor, der urplötzlich wie aus dem Nichts im Raum stand. Oder stand er schon länger hier und Xea hatte es einfach nicht bemerkt? Doch, was ihr noch mehr zusetzte, war, dass neben ihm Trajan stand. Mit verschränkten Armen und ausdruckslosen, starren Augen.

„W…, was soll das bedeuten? Haben sie…?" Weiter kam Xea nicht, denn sie konnte einfach nicht fassen, dass sie gerade eben fast totgeprügelt worden wäre. Und das scheinbar völlig umsonst! Xea konnte nicht verstehen, was da mit ihr passierte. Wie alles zusammen hing.

„Hier, nimm erst einmal diese Schmerztablette. Sie wird dir guttun. Zumindest die nächsten Stunden", hielt ihr Xandor eine Tablette mit einem Glas Wasser hin, nachdem sie Hektor von den Fesseln befreit und auf das Sofa gelegt hatte. Xea versuchte sich etwas aufzurichten, was ihr sofort wieder tausend Stiche versetzte. Ihr Körper fühlte sich an, als würde er nicht mehr zu ihr gehören, als wäre er nur noch eine Hülle, die aus zerschundenen, teils gebrochenen Knochen, zermalmten Muskeln, gerissenen Sehnen und einer Haut, die bei jeder noch so kleinen Berührung schmerzhaft zusammenzuckte, bestand.

Als Xandor sah, wie sehr sie sich abmühte, half er ihr auf und legte ihr ein dickes Kissen unter. Xea fand es einfach nur grotesk, dass er ihr zuerst dabei zusah, wie sie brutal zusammengeschlagen wurde, nur um sie daraufhin zu bemuttern. Seine Fürsorge war das letzte, was sie jetzt wollte. Doch noch mehr als das hasste sie die Gleichgültigkeit in Trajan`s Gesicht. Die ganze Zeit über hatte dieser nicht ein einziges Wort gesagt, geschweige denn eine Gefühlsregung zugelassen. Er musste wirklich kein Herz besitzen, wenn ihn das alles so kalt ließ.

„Du kannst mir vertrauen, Xea. Es ist nur eine Schmerztablette, sonst nichts", versicherte ihr Xandor, als er bemerkte, dass Xea damit haderte, die Tablette zu schlucken.

„Ihnen vertrauen? Ausgerechnet ihnen? Nach allem, was sie gerade mit mir abgezogen haben? Tut mir leid, aber ich weiß gerade wirklich nicht, wer von uns hier nicht mehr ganz bei Verstand ist."

„Verstehe. So hat bis jetzt jeder reagiert, der getestet wur…" Weiter kam er nicht, denn Xea verlor jetzt vollkommen die Beherrschung und fiel ihm jähzornig ins Wort.

„Heißt das, sie haben diese Nummer schon öfters abgezogen? Was sind sie nur für ein Riesenar..." „Xea, beherrsch dich gefälligst und lass ihn ausreden!", mischte sich nun auch Trajan energisch ein.

„Ach, sieh mal einer an. Dass ein hilfloses Mädchen halb tot geprügelt wird, geht dir also am Arsch vorbei! Aber bei jemanden, der mit Herkules und Psychopathen verkehrt, da geht dir *dein* Arsch auf Grundeis, so dass du am liebsten in *ihren* Arsch kriechen würdest. Ich hätte dir echt mehr Mumm und Ritterlichkeit zugetraut, Trajan."

„Soweit ich weiß, retten Ritter nur edle Damen und keine fauchenden Drachen!" Trajan`s bissiger Kommentar war überflüssig. Genauso überflüssig, wie seine Wut in den Augen. Xea wusste auch so, dass er sich getroffen fühlte und die Wahrheit nicht vertragen konnte. Und genau diese Hilflosigkeit ließ er jetzt an ihr aus, was Xea nur recht sein sollte, denn im Moment gab ihr nichts mehr Genugtuung, als sich mit Trajan anzulegen.

„Das ist so typisch für dich! Du hast nicht einmal den Mumm, um mir ins Gesicht zu sagen, wie du wirklich darüber denkst! Aber keine Sorge, lass mich dir helfen. Du meintest wohl mit den Drachen, einfache Mädchen ohne edlem Geblüt. Denn genau das bin ich, ein stinknormales Mädchen ohne Besitz, ohne Macht und ohne Familie. Eine, für die es sich nicht lohnt zu kämpfen, oder? Wenn ich nur noch einen kleinen Funken Kraft in meinem Körper zusammenkratzen könnte, dann würde ich dir jetzt auf der Stelle dein bestes Stück abschneiden, damit du siehst, wie es ist, wenn ein großer Teil von dir fehlt. Und nicht nur dir!" Xea`s böser Blick in die Runde schien die Männer nicht nur zu schockieren, sondern vielmehr zu amüsieren, denn sie versuchten ernsthaft, sich ein Grinsen zu verkneifen.

„Sei mir nicht böse, Kindchen, aber wir haben zumindest einen Schwanz", versuchte Sodon die Situation etwas aufzumuntern.

„Ha, ha, ha, das ist ja echt lustig. Aber mir ist im Moment nicht im Geringsten zum Lachen zu Mute."

„Jetzt reicht es aber! Ihr führt euch auf wie Kinder!", ging nun Xandor sichtlich erzürnt dazwischen. „Der Test gehört nun mal zum Aufnahmeritual. Akzeptiere es oder eben nicht. Doch, egal wie du dich entscheidest, sollst du wissen, dass ich von deinem Mut und deiner Tapferkeit wirklich beeindruckt bin und es jammerschade wäre, wenn du dich uns nicht anschließen würdest."

„Na Bravo. Dann kann ich ja stolz auf mich sein!" Ihre Stimme triefte nur so vor Sarkasmus. „Was wäre denn gewesen, wenn ich ihren Namen verraten hätte?"

„Dann…, dann hätten dich Hektor und Sodon nach getaner Arbeit nach Hause gebracht und du hättest nie wieder etwas von uns gehört. Es wäre dir also nichts weiter passiert. Mal ganz von den Schmerzen abgesehen, die du noch ein paar Tage verfluchen wirst."

„Ein paar Tage? Hektor hat mir gefühlt alle Rippen gebrochen, die ich hab. Ich kann von Glück sagen, wenn ich bis zu meiner Hochzeit wieder fit bin und nicht vor den Altar kriechen muss!"

„Was? Heißt das, du hast schon einen Glücklichen gefunden?" Auch wenn Xandor ehrlich versuchte, die Lage etwas zu entschärfen, indem er auf nette Konversation umschwenkte, würde sie ihm diese letzten Stunden wahrscheinlich nie verzeihen können.

„Ähm, jaaaa, könnte sein. Zumindest gibt es da einen, der eventuell in Frage käme." Xea war es peinlich über ihr Privatleben zu reden. Und, obwohl sie sich ein Leben mit Ronos durchaus vorstellen konnte, war es noch nicht spruchreif. Dafür kannten sie sich noch zu wenig.

Trajan`s überraschter Gesichtsausdruck blieb ihr bei der Erwähnung von Ronos jedoch nicht verborgen. Warum tat er so überrascht? War es für ihn so abwegig, dass sie jemanden gefunden hatte, der sie liebte? Oder fühlte er sich in seiner Ehre gekränkt, weil sie nicht ihm selbst um den Hals gefallen war, so wie die Mehrzahl aller weiblichen Kandidatinnen in seinem Alter?

„Jetzt will ich aber Antworten! Und kommen sie mir jetzt nur ja nicht mit einer weiteren Ausrede!", wechselte Xea das leidige Thema, um sich wieder Wichtigerem zu zuwenden.

„Das dachte ich mir schon. Also dann schieß mal los. Was ist deine erste Frage?"

„Welche Ziele verfolgt der Bund?", kam es wie aus der Pistole geschossen aus Xea`s Mund.

„Eine gute Frage. Es gibt vieles, das wir verändern wollen, aber in erster Linie geht es uns darum, den jährlichen Wechsel abzuschaffen und somit allen Menschen zu ermöglichen, wie die Superior eine richtige Familie zu gründen."

„Das hört sich ja schon mal nicht schlecht an. Aber glauben sie nicht, dass das eine Utopie ist? Ich meine..., sie haben doch selbst gesagt, dass die Menschen zufrieden sind mit dem Wechselsystem. Wieso sollten sie jetzt daran rütteln wollen?" Es entstand eine kurze Stille, in der Xandor versuchte, seine Gedanken in Worte zu fassen. Worte, die die Umstände so einfach wie möglich beschreiben würden. Xea schwante nichts gutes, denn wenn Xandor schon mal um Worte verlegen war, dann konnte nur ein Hammer kommen. Und Xea sollte recht behalten, denn es kam ein Hammerschlag, der sie fast von den Füßen bebte.

„Xea, du musst wissen, dass es einen Grund für diese unvorstellbare Zufriedenheit gibt. Denn es ist keineswegs normal, wie ich dir schon einmal erklärt habe."

„Da bin ich aber jetzt mal gespannt, was das für ein Grund sein soll. Meiner Meinung nach ist der Grund das System, das uns Tag für Tag vorbetet, wie gut wir es doch haben. Oder wollen sie mir etwa weismachen, dass wir..., was weiß ich..., mit Drogen oder derlei gefügig gemacht werden." Xea konnte sich ein scherzhaftes Grinsen nicht verkneifen, obwohl sie eigentlich gar nicht zum Scherzen aufgelegt war. Doch, als sie in die Gesichter ringsum blickte, gefroren ihr schlagartig die Gesichtszüge ein. Leider war ihr Magen nicht genauso gelähmt, sondern verknotete sich vielmehr, so dass sich sein Inhalt gefährlich weit nach oben drückte.

„Das ist jetzt nicht euer Ernst", meinte sie, nachdem sie den drohenden Ansturm in ihrer Speiseröhre erfolgreich zurückgedrängt hatte und ihre Lippen wieder bewegen konnte. „Ihr verarscht mich doch! Soll das heißen, dass wir alle auf Drogen sind?"

„Nicht alle, Xea. Nur die Medi und die Inferior".

„Warum wundert mich das jetzt nicht wirklich? Wie konnte ich auch nur eine Sekunde lang annehmen, wir würden gleich behandelt werden! Ihr vom Bund seid doch auch alle Sups oder irre ich mich da?"

„Du hast recht, wir Othaler sind zum größten Teil Superior, was aber noch lange nicht heißt, dass wir uns für etwas besseres halten", versuchte sie Xandor zu beschwichtigen. Xea wusste, dass sie ihm Unrecht tat. Doch sie musste einfach Dampf ablassen und all den Schmerz, die Trauer und die unsagbar große Wut herauslassen, die sich seit dem Tag, an dem sie ihren Eltern weggenommen worden war, wie bei einem Staudamm angestaut hatte und jetzt zu brechen drohte. „Wenn sie sich da mal nicht irren..." Xea konnte sich den bissigen Kommentar zusammen mit einem unmissverständlichen Seitenblick zu Trajan nicht verkneifen, worauf der wiederum auch die Beherrschung zu verlieren schien.

„Du solltest dankbar sein für das, was wir für euch aufs Spiel setzen! Stattdessen heulst du herum wie ein eingesperrter Straßenköter. Reiß dich mal zusammen. Wir sind deine Freunde und nicht deine Feinde!", fuhr sie Trajan mit zusammengebissenen Zähnen an.

„Vielleicht liegt es ja auch daran, dass ich mich wirklich manchmal wie ein eingesperrter Köter fühle. Außerdem, was setzt ihr denn für *uns* aufs Spiel? Etwa eure Titel? Ihr wisst doch gar nicht, was wir durchmachen müssen. Jahr für Jahr. Immer wieder derselbe Schmerz des Verlusts und der Erniedrigung, wenn man sich an eine Familie gewöhnt hat und einfach weitergereicht wird, wie ein Stück Seife. Doch am Schlimmsten ist es, wenn man seinen leiblichen Eltern weggenommen wird. Es ist nicht so, dass einem nur

Vater und Mutter genommen wird. Nein, als Kind verliert man gleichzeitig auch einen Teil seiner Seele oder sogar sich selbst. Aber was weißt du schon Trajan von Arrington? Du bist gut behütet in einer intakten Familie aufgewachsen und musstest nichts verlieren, das du nicht verkraften könntest."

So in Rage versetzt, entging ihr, wie Trajan bei ihren letzten Worten kurz zusammenzuckte. Er wollte schon seinen Mund öffnen, doch er brachte kein Wort heraus, da er wusste, dass Xea`s Vorwurf nicht ganz ungerechtfertigt war.

„Genau das, Xea", schaltete sich jetzt Xandor wieder ein, „ist das, was ich meine. Glaub mir, du bist eine der Wenigen, die bei dem Wechsel so fühlen. Die meisten empfinden ihn nur als lästig oder schlimmsten Falls traurig. Doch bei Weitem nicht so intensiv wie du. Und das ist auch der Grund, warum wir dich in unsere Pläne einweihen werden. Weil du anders bist. Weil bei dir das Serum nicht wirkt. Du bist immun dagegen und deshalb genauso unbeeinflussbar wie wir."

„Welches Serum? Und wieso sollte es bei mir nicht wirken? Was stimmt denn mit mir nicht?"

„Du unterscheidest dich von den anderen, besser gesagt, dein Gehirn. Wir wissen nicht hundertprozentig woran es genau liegt, aber wir hegen die Vermutung, dass es an deinem hohen IQ liegt. Vielleicht spielt auch noch eine zweite Komponente eine Rolle, doch das haben wir noch nicht herausgefunden."

„Was hat das denn mit einem hohen IQ zu tun? Und woher wollen sie wissen, dass er bei mir hoch ist?"

„Das Serum, von dem wir die ganze Zeit reden, beeinflusst das menschliche Gehirn. Es spielt ihm vor, dass man, lapidar ausgedrückt, zufrieden ist. Doch bei Menschen mit einem hohen IQ ist das Gehirn nicht so leicht auszutricksen, so wie bei dir. Wir haben uns erlaubt, Einsicht in deine Akten zu nehmen. Einer unserer

Verbindungsmänner im System verwaltet die Akten aller Medi. Dort ist vermerkt, dass du in der Schule außergewöhnliche Fähigkeiten entwickelt hast. Du konntest bereits lesen und schreiben, als du in die Schule gekommen bist. Mit Zahlen konntest du schon nach ein paar Wochen herum jonglieren, wie manch einer in der letzten Klasse und vom auswendig lernen brauchen wir erst gar nicht reden. Ist dir denn nicht aufgefallen, dass du den anderen weit voraus warst?"

„D…doch schon. Aber ich dachte immer, dass es vielleicht daran liegt, dass mich meine Eltern zuhause schon so viel gelehrt haben. Sie haben mir lesen und schreiben beigebracht. Und…ähm…, Herrgott nochmal, ich war ein Kind! Ich hab mir ehrlich gesagt darüber keine Gedanken gemacht. Es war halt einfach so!"

„Ganz genau! Und deshalb hat das Serum bei dir auch nicht die geringste Chance, dich zu manipulieren. Ich nehme an, dass es bei deinen Eltern auch nicht gewirkt hat, oder? Woher sonst sollten sie etwas über den Bund oder die Rune wissen?"

„I…ich denke, sie könnten recht haben. Sie waren sehr klug. Beide. An dem Tag, als ich ihnen weggenommen wurde, hat mir mein Vater noch ins Ohr geflüstert…, o Gott…, jetzt weiß ich auch, was er damit gemeint hat. Er hat gesagt: Xea, rede niemals schlecht über das System in Gegenwart von Menschen, die dir intelligenzmäßig unterlegen oder machtmäßig überlegen sind. Er…, er wusste von den drogenbestimmten Medi und wollte verhindern, dass sie mich abstufen, wenn ich zu öffentlich rebelliere." In kleinen Schritten fügte sich alles zusammen.

„Hast du jemals gehört, wie sich deine Eltern über den Bund unterhalten haben. Weißt du, ob sie Mitglieder sind?"

„Nein, ich kann mich an nichts dergleichen erinnern. Und ob sie Mitglieder sind oder nicht, das tut jetzt nichts mehr zur Sache. Sie wurden gleich nach meiner Wegnahme zu Inferior abgestuft."

Obwohl sie Jahr für Jahr von den neuen Familien danach gefragt wurde und sie es schon so unzählige Male laut aussprechen hatte müssen, kamen ihr diese Worte immer noch schwer über die Lippen.

„Wieso wurden sie abgestuft?" Xandor war das Entsetzen darüber ins Gesicht geschrieben.

„Sie waren Gebärverweigerer. Mum sagte mir einmal, eher würde sie sterben, als alle paar Jahre ein Kind zu verlieren. Sie haben den Wechsel ebenso wenig verkraftet wie ich damals."

„Ja…, ja, natürlich! So etwas in der Art hab ich mir schon gedacht."

„Meinen sie, … sie könnten auch etwas über meine Eltern herausfinden?" Xea traute sich kaum, ihren klitzekleinen Hoffnungsfunken laut auszusprechen, aus Angst, enttäuscht zu werden. Oder schlimmer noch, endgültig ihrer letzten Hoffnung beraubt zu werden.

„Ich wünschte, ich könnte dir etwas anderes sagen, aber, wenn sie Inferior sind, dann sind auch uns die Hände gebunden. Keiner weiß genau, ob es noch Akten gibt, geschweige denn, wo. Das System erklärt die Inferior offiziell für tot und vernichtet auch ihre Akten. So zumindest wird es auch uns weisgemacht. Ob es nun stimmt oder nicht, haben wir leider noch nicht herausgefunden. Alles, was ich über sie weiß ist, dass sie in sogenannte Inf-Straflager gebracht werden, die es überall auf der Welt gibt. Dort müssen sie in Minen arbeiten oder vorwiegend dabei helfen, den Schutt der zerbombten Städte wegzuschaffen. Hier in England gibt es auch ein paar davon. Eines ist zum Beispiel ganz in der Nähe, im Westen von London. Aber mach dir keine allzu großen Hoffnungen, sie eines Tages wieder zu finden, denn das System geht kein Risiko ein. Sie schaffen die Inferior meist ganz außer Lande oder zumindest so weit weg, dass sie im Falle einer Flucht ihre Familien nicht so leicht aufsuchen können."

Xandor legte ihr tröstend eine Hand auf die Schulter und blickte ihr mitfühlend in die Augen. Doch nicht einmal Rhi, die es eigentlich immer schaffte, sie aufzumuntern, hätte ihr in diesem Moment Trost spenden können.

Und obwohl sie meinte, nach der letzten Stunde nicht noch mehr Schmerz ertragen zu können, hatte sie das Gefühl, als würde eine tonnenschwere Last auf ihre Brust drücken und ihre Schmerzen noch verhundertfachen.

„Natürlich! Es wäre zu schön gewesen …, aber wie genau wollen sie den Wechsel stoppen?" Xea wollte nicht in Selbstmitleid zerfließen und schon gar nicht vor Trajan und Xandor.

„Die einzige Möglichkeit, die uns erfolgversprechend erscheint, ist, dass wir ein Gegenmittel zu der Droge finden und zu hoffen, dass die Bevölkerung bereit ist, ihr Leben und damit auch das System in Frage zu stellen. Unsere Aufgabe wird es dann sein, zwischen ihnen und dem System zu vermitteln oder schlimmstenfalls zur Revolte aufzurufen. Was dann geschieht, liegt in den Händen der Menschen. Wir hoffen natürlich, dass sie sich uns anschließen und gegen das System ankämpfen. Andernfalls würde das unsere Vernichtung bedeuten. So oder so, es wird kein Weg einfach oder ganz ohne Gewalt verlaufen."

„Mal abgesehen davon, sie finden ein Gegenmittel. Wie wollen sie es den Menschen unbemerkt verabreichen? Und wie zum Teufel kann uns das System überhaupt ohne unser Wissen unter Drogen setzen?"

„Das System arbeitet raffiniert. Sie haben sich damals, nach dem Bürgerkrieg, lange den Kopf darüber zerbrochen, wie sie es anstellen könnten, so dass keiner davon Wind bekam. Also haben sie einfach die jährliche Grippeimpfung in der Neujahrswoche einge-führt."

„Das…, das heißt also, dass wir die Droge jedes Jahr durch die Grippeimpfung verabreicht bekommen?"

„Genau. Das ist der einfachste Weg, dass sie sichergehen kön-nen, dass auch wirklich alle geimpft werden. Du weißt ja, am Ers-ten des neuen Jahres werden die Kinder abgeholt und in neue Fa-milien gesteckt. Dabei bekommen sie auch gleich die Impfung. Und nicht nur sie, auch die Eltern und Pflegeeltern. Bei den älteren Leuten, die in Rente sind, oder bei den Eltern, die in einem Jahr kein Kind abgeben müssen, kommt dann im Laufe der Woche je-mand ins Haus und verabreicht ihnen eine Spritze, wofür sie dann auch noch dankbar sind, denn schließlich sind sie der festen Über-zeugung, es würde sie lediglich vor einer ernsthaft schweren Grippe bewahren."

„Dann wirkt die Droge also nur ein Jahr lang?"

„So lapidar kann man es nicht sagen. Bei einem wirkt es länger als bei anderen. Aber ja, es wirkt mindestens ein Jahr lang."

„A…aber was ist, wenn man dann doch einmal eine schwere Grippe bekommt? Fällt das denn dann nicht auf?"

„Gut kombiniert. Sie haben das Serum natürlich mit dem echten Grippeimpfstoff gemischt, damit so ein Fall erst gar nicht auftreten kann. Doch jetzt zu deiner eigentlichen Frage. Wir haben vor, das Gegenmittel ins Wasser aller Wasserwerke des Landes einzu-schleusen, um sicher zu gehen, dass sich jeder Haushalt in ganz England das Serum auf schonendste Weise einverleiben kann. Es ist in unseren Augen die naheliegendste und gewaltfreiste Lö-sung." An Xandor`s zufriedenem Lächeln war zu erkennen, dass er seinen Plan genial fand.

„Wow! Ich bin jetzt gerade echt geflasht. Irgendwie ist mir das gerade zu viel Information."

„Das verstehe ich. Du hast schon den Test über dich ergehen lassen müssen und jetzt auch noch das. Ruh dich ein paar Tage aus, Xea. Ich werde dir eine Botschaft zukommen lassen, wo und wann wir uns wieder treffen. Trajan`s Kutsche steht draußen. Er wird dich heimbringen."

Xandor hatte sich schon abgewandt und war auf dem Weg nach draußen, als Xea noch etwas einfiel.

„Xandor, verraten sie mir noch eine einzige Sache. Welche Rolle soll ich in ihrem Plan spielen?" Der alte Mann blieb kurz mit dem Rücken zu ihr stehen, bevor er sich langsam umdrehte und ihre letzte Frage mit aufrichtigem Bedauern in der Stimme beantwortete.

„Die alles entscheidende Rolle, Xea. Die alles Entscheidende. Du und noch ein paar andere Medi, die unserem Bund beigetreten sind, werdet in erster Linie die Leute letztendlich überzeugen müssen, sich uns anzuschließen und das System zu vernichten. Ihr müsst sie dazu bringen, alles, woran sie bisher geglaubt haben, zu vergessen. Ihr Leben hinter sich zu bringen und eine neue Ära einzuleiten."

Xea glaubte, sich verhört zu haben und wollte ihm noch, *wenn`s weiter nichts ist*, nachrufen, doch da war er auch schon aus der Tür verschwunden.

15

Die ganze Fahrt über in der Pferdekutsche bis zu ihr nach Hause stellte sich als reinste Horrorfahrt heraus. Dabei war ihr Begleiter noch das kleinste Übel. Vielmehr machte Xea das ständige Geschaukel und Geholpere zu schaffen, da die Droschke scheinbar nicht gerade für Krankentransporte gefedert war. Es war bereits weit nach Mitternacht und die Strapazen der letzten Stunden hatten ihrem Körper mehr zugesetzt, als sie sich eingestehen wollte. Ihre Haut fühlte sich glühend heiß an, doch ihr Innerstes erzitterte vor Kälte. Sie wusste nicht recht, ob ihr die schwere Decke um die Schultern Erleichterung oder weitere Schmerzen bereitete, denn sie war zwar warm, drückte jedoch leider auch auf jeden einzelnen Knochen und jeden malträtierten Muskelstrang auf ihrem Rücken. Die Schmerztablette hätte sich Xandor sparen können, denn entweder war sie zu schwach oder ihre Schmerzen einfach zu stark.

Xea hielt das erdrückende Schweigen, das noch schwerer, als die Decke auf ihren Schultern lastete, kaum mehr aus. Die Anspannung zwischen ihr und Trajan war zum Greifen nah. Sie, ein Mädchen, das brutal zusammengeschlagen und bibbernd auf der Kutschbank saß. Und ihr gegenüber Trajan, ein junger Mann, der vor Kraft und Wärme nur so strotzte. Dessen Selbstbewusstsein bis zu ihr herüber strahlte und ihr schmerzlichst vor Augen führte, wonach sie sich im Moment am meisten sehnte. Wärme, seine Wärme. Dabei hätten sie schon ein paar nette Worte aus seinem Mund mehr gewärmt als die Decke über ihren Schultern. Wo war sein ritterlicher Beschützerinstinkt? Spürte er denn nicht, dass sie gerade jetzt seine Aufmerksamkeit mehr brauchte als die Luft zum Atmen? Doch, was hatte sie auch nach ihrem Wortgefecht erwartet? Dass er ihre Beleidigungen einfach so hinnahm? Sie sogar akzeptierte?

Auch wenn Trajan sich betont gleichgültig gab, wusste Xea, dass auch er die Anspannung spürte, jedoch energisch dagegen ankämpfte. Es waren nur Kleinigkeiten, die ihn verrieten, doch wenn man feinsinnig darauf achtete, war es mehr als offensichtlich. Es waren seine zusammengebissenen Zähne, die seine ausgeprägten Kiefermuskel in einem leichten Spiel hervortreten ließen. Es waren seine Muskeln, die sich unter dem hautengen weißen Shirt spannten und entspannten, in einem immer wiederkehrenden, aufreizenden Zusammenspiel, das Xea`s Mund austrocknete und ihre Atmung beschleunigte. Es waren seine kräftigen Hände, die sich auf seinen Oberschenkeln immer wieder zu Fäusten zusammenballten, bis die Knöchel weiß und die Sehnen in langen Strängen bläulich hervorschimmerten. Was diese Hände alles bewerkstelligen könnten! Wie sie sich wohl anfühlen würden auf ihrer Haut? Und wie würde sich seine Haut unter ihren Händen anfühlen? Xea`s Verstand sträubte sich vehement dagegen und doch konnte sie es nicht ganz verhindern, dass sich vor ihrem inneren Auge Bilder abspielten, wie ihr Trajan sanft über ihre Arme fuhr, hinauf zu ihrem Kinn, es leicht anhob und …

„Stopp!", rief sie sich noch in letzter Sekunde gedanklich zu, während sie sich mental ohrfeigte. Wie konnte sie so jemanden wie ihn nur so anziehend finden? Und das nach allem, was er ihr angetan und was er zu ihr gesagt hatte. Was war nur los mit ihr? Hatte ihr Hektor das letzte bisschen Verstand raus geprügelt?

„Und, hat dir die Vorstellung wenigstens gefallen?", versuchte sie, ein Gespräch zu beginnen, um sich abzulenken. Dass in ihren Worten eine gehörige Portion Sarkasmus mitklang, konnte sie nicht verhindern. Sie war einfach zu wütend auf ihn. Wie er da saß, gelangweilt aus dem Fenster blickte und seine gleichgültige Miene durch die Nacht kutschieren ließ. Xea hasste es, wie er ihr damit zu verstehen geben wollte, dass er über allem und über jedem stand und dass sie einfach nur ein winzig kleines Rädchen an einem gut durch strukturierten, ziemlich komplizierten Zahnrad war. Das einzige, was sie dabei einigermaßen befriedigte, war, dass dieses kleine Rädchen, auch wenn es noch so winzig und unbedeutend zu sein schien, das ganze System lahmlegen konnte.

„Jeder, der dem Bund beitritt, musste diese Prozedur über sich ergehen lassen. So ist es nun mal!", war alles, was er dazu zu sagen hatte.

„Das mag ja sein. Trotzdem hast du meine Frage nicht beantwortet." Xea wollte ihn aus der Reserve locken, wollte wissen, ob er wirklich so gefühlskalt war, wie er ihr gerade weismachen wollte.

„Du willst ernsthaft wissen, ob es mir gefallen hat, dass man dich fast zu Tode geprügelt hat?" Trajan sah sie das erste Mal heute so richtig an. Mit einem unglaubwürdigen, fast schon gequälten Blick, dessen Intensität sie innerlich erzittern ließ.

„Ts..., du kennst mich kein bisschen!", fügte er noch kopfschüttelnd hinzu, bevor er seinen Blick wieder abwandte.

„Du hast recht, ich kenne dich kein bisschen. Du bist ein riesengroßes Rätsel für mich. Mal bist du ein Riesenarsch und trampelst auf meinen Gefühlen herum und dann bist du wieder so..., so nett zu mir, ... fast schon auf eine Art, als..., als würdest du mich mögen?" Den letzten Satz flüsterte sie mehr, als dass sie ihn sagte, während sie die Fransen am Deckensaum bearbeitete, um von ihrer Nervosität abzulenken. Sie befürchtete, ihre Worte würden so klingen, als würde sie es sich wünschen, was sie ja innerlich auch tat. Doch sich die Blöße vor Trajan zu geben, war da schon noch eine ganz andere Liga. Eine Liga, in der sie eigentlich gar nicht spielen durfte.

„Du weißt doch, dass ich nicht immer so sein kann, wie ich gerne möchte! Kannst du dir überhaupt vorstellen, wie es ist, in meiner Haut zu stecken?", warf er ihr mit scharfem Ton vor, bevor er seine Stimme wieder etwas senkte. „Tut mir leid, wenn ich dir weh getan habe und es vielleicht wieder tun muss. Es war mir nie wirklich bewusst, dass ich dich so verletzt hab und… es liegt nicht an dir, Xea. Ich mag dich. Sogar mehr, als mir guttut."

„Dann, … dann hab ich mir also deinen eifersüchtigen Blick vorher, als ich von Ronos und mir sprach, nicht eingebildet?" Xea wusste sehr wohl, dass sie sich gerade in gefährliche Gewässer begab, konnte aber nicht anders, als sich ein bisschen Klarheit über ihrer beider Gefühle zu verschaffen. Sie musste wissen, ob es ihm auch so ging, ob er in ihr mehr sah als nur eine Medi, die zufälligerweise einfach nur das gleiche Ziel verfolgte.

„Eifersüchtig? Ich soll eifersüchtig sein? Nein, Xea, das bildest du dir nur ein! I…, ich bin froh, dass du jemanden gefunden hast, den du liebst. Ich wünsche dir wirklich ein glückliches Leben mit ihm. Er ist ein prima Kerl, soweit ich weiß." Und wieder war sie da, diese unbeteiligte Miene, die keinerlei Gefühlsregung zuließ und Xea innerlich zum Explodieren brachte. Wenn er ihr nur einmal aufrecht sagen würde, was er wirklich fühlte und was er für sie empfand. Lieber wollte sie mit der nüchternen Wahrheit konfrontiert werden, als immer nur zu mutmaßen. Konnte es also sein, dass er nichts für sie empfand? Hatte sie in seine liebevolle, ja fast schon zärtliche Umarmung, als er sie vor ein paar Tagen nach dem Angriff von Adon getröstet hatte, zu viel hineininterpretiert? Auch wenn Trajan ihr genau das zu vermitteln versuchte, wollte sie es nicht glauben.

„Ist das dein Ernst? Oder musst du das sagen, um deiner Rolle in dem ganzen Spiel gerecht zu werden?"

„Herrgott, Xea, was willst du denn von mir hören? Da du es ja anscheinend nicht verstehen willst, sag ich`s dir noch einmal deutlicher. Du – bist – eine – Medi! Ich werde mit Sicherheit nicht den gleichen Fehler machen, wie meine Schwester und mich mit einer unter meinem Stand einlassen. Hast du es jetzt verstanden?"

Unter seinem Stand!

Ja, Xea hatte es verstanden. Mehr noch als das. Sie hätte ihm eigentlich dankbar sein müssen, dass er ihr den Kopf wieder klar gewaschen hatte. Seit sie vom Bund wusste, war ihr die Hoffnung etwas zu Kopfe gestiegen und ihre Grenzen ziemlich verschwommen. Sie dachte wirklich, sie würde irgendwie dazugehören, ja sogar auf gewisse Weise gleich gestellt sein mit den übrigen Mitgliedern vom Bund. Dabei war sie immer noch nur eine Medi unter vielen, vielen Sups, die zwar versuchten, ihnen zu helfen, dabei aber immer noch die Fäden in der Hand hielten.

Trajan`s Worte taten so unsagbar weh, weil sie wusste, dass sie der Wahrheit entsprachen. Bisher hatte sie sich immer noch an dem zugegeben ziemlich lächerlichen, aber dennoch existierenden Gedanken festgehalten, dass es Trajan vielleicht anders sehen und sie nicht an ihrem Stand bemessen würde. Doch sie hatte sich in ihm getäuscht. So sehr Xea auch um Fassung rang und versuchte, ihre Enttäuschung oder mehr noch die Ernüchterung hinter einer eisernen Maske zu verstecken, glaubte sie nicht, dass es ihr so gut gelang, wie Trajan es konnte. Es kostete sie alle Kraft, das verräterische Brennen im Hals unter Kontrolle zu halten, denn das Letzte was sie wollte, war, verletzlich zu wirken und ihm damit einen Grund zu geben, an ihrer Fähigkeit als Othalerin zu zweifeln. Wenn es bloß nicht so weh getan hätte!

Umso erleichterter war sie, als die Kutsche vor dem Wirtshaus zum Stehen kam und sie flüchten konnte. Sie wollte nur noch weg von Trajan. Weg von seinen ernüchternden Worten und seiner Gleichgültigkeit, die sich in seinen Augen widerspiegelte.

Wie hatte sie nur so dumm sein können, und eine einzige Minute glauben können, dass ihm etwas an ihr lag? Sie schämte sich dafür, dass sie so naiv war und dass sie es immer wieder zuließ, sich von ihm verletzen zu lassen. Gleichermaßen wütend wie deprimiert, fasste sie den Entschluss, Abstand zu ihm zu halten und nur noch das Nötigste miteinander zu reden.

Wie auf Kommando schottete sie ihre Gefühle ab und errichtete eine Art Schutzmauer darum. Dann schlich sie leise auf ihr Zimmer, wo sie sich neben die schlafende Rhi legte. Es tat so gut, sich an einen warmen Körper zu schmiegen. An jemanden, der sie von ganzem Herzen liebhatte und brauchte.

16

Die nächsten Tage stellten sich für Xea als wahre Herausforderung dar. Vor allem der Tag nach ihrer Erprobung war der reinste Horror.

Rhi hatte sich große Sorgen um sie gemacht, als sie die aufgesprungene Lippe und den auffallend großen blauen Fleck auf ihrem Wangenknochen sah. Erst, als ihr Xea das gefühlt hundertste Mal versichert hatte, dass sie nur gegen eine Straßenlaterne gerannt war, gab sich Rhi vorerst geschlagen. Ob sie es ihr aber ernsthaft abnahm, hätte Xea nicht beschwören können. Sie kannte den nachdenklichen Blick. Und sie kannte Rhi. Dass Rhi ein aufgewecktes und vor allem auch sehr kluges Kind war, wusste Xea schon lange. Doch erst jetzt, nachdem sie das mit dem Serum wusste und, dass man es wahrscheinlich mit Hilfe eines sehr hohen IQ`s austricksen konnte, fragte sie sich ernsthaft, ob nicht Rhi auch so wie sie war. Zumindest war auch bei ihrem ersten Wechsel etwas tief in ihr zerbrochen. Etwas, das irreparabel war und sie ihr Leben lang belasten würde. Verstanden sie sich vielleicht deshalb so gut? War es das, was sie so verband und seelisch zu Verbündeten machte?

Xea war jedenfalls froh, einen Pyjama zu tragen, so dass zumindest ihre geschundene Körpermitte vor Rhi`s Tigeraugen sicher war.

Nur, ihre Blessuren konnte Xea zwar vertuschen, doch ihren Zustand nicht. Sie kam sich einfach nur jämmerlich vor. Sie hatte das Gefühl, als gehöre ihr ihr Körper nicht. Wobei Körper schon zu viel gesagt war. Ein eingebeulter, zerrissener und abgewetzter Boxsack, den nur noch ein schwacher Haken an der Decke vor dem endgültigen Zusammensacken bewahrte, traf da schon eher zu.

Da sie sich keine paar Zentimeter ohne höllische Schmerzen rühren konnte, geschweige denn aufstehen, blieb ihr nichts anderes übrig, als den ganzen Tag liegen zu bleiben, auf krank zu machen und sich ihre Wunden zu lecken.

Erst, als Rhi mit dem Versprechen, ihr eine Schmerztablette und etwas zu Essen mitzubringen, zum Frühstück verschwand, schob sie vorsichtig das Oberteil nach oben und begutachtete ihre Verletzungen. Sie versuchte sich dabei etwas aufzurichten, was ihr unsagbar furchtbare Schmerzen bereitete. Es fühlte sich an wie tausend Messerstiche auf einmal und sie konnte es einfach nicht verhindern, dass ihr dabei immer wieder pfeifende Klagelaute entglitten.

Xea wäre am liebsten in Tränen ausgebrochen, wenn sie an die nächsten Tage dachte. Wie sollte sie bloß im Krankenhaus arbeiten, wo sie doch selbst eigentlich dort liegen müsste? Es lag zwar noch der morgige Sonntag als Schonfrist vor ihr, doch sie glaubte kaum, dass das reichte.

Da sie kein Risiko eingehen wollte, blieb ihr nichts anderes übrig, als eine Gehirnerschütterung vorzutäuschen, was ihr auf Grund ihres halbseitig blau gefärbten Gesichtes relativ einfach gelang. Nicht einmal Fiona konnte dagegen etwas einwenden. Doch außer einem griesgrämigen, ja fast schon beleidigten Gemurmel, bekam sie von ihr nichts. Kein Mitleid. Nicht einmal ein Hauch von Sorge. Xea wusste nicht, ob ihr die Schmerzen ihrer gebrochenen Rippen oder doch eher die seelischen Schmerzen mehr zu schaffen machten.

Alles, was ihr Fiona während ihres Krankenbettes Gutes tat, lag darin, Ronos abzuwimmeln und ihm eine Woche Besuchsverbot zu erteilen. Zwar hatte es Fiona mit dem Hintergedanken gemacht, dass Xea so schnell wie möglich wieder auf die Beine kam und ihr wieder zur Hand gehen konnte, und dennoch war es für sie eine

Erleichterung, nicht auch noch Ronos täuschen zu müssen. Es war schon schwer genug, Rhi anzulügen.

Zumindest blieb ihr in dieser Woche, die sie im Bett verbrachte, viel Zeit, um ihre Gedanken hinsichtlich Trajan und Ronos zu ordnen.

Mit jeder Stunde, die verging, flaute die Wut auf Trajan ab. Und mit der Wut auch die Enttäuschung über seine Abweisung. Sie konnte im Nachhinein gar nicht mehr verstehen, was sie an ihm so anziehend fand. Er hatte im Grunde genommen nichts, außer seinem perfekten Aussehen, das ihn begehrenswert machte.

Ronos hingegen drückte sich von Tag zu Tag immer mehr in ihren Kopf herum. Sie vermisste ihn, vermisste es, wie er sie zum Lachen brachte. Doch vor allem vermisste sie seine Nähe, seine Hände auf ihrer Haut und das Verlangen in seinen Augen. Wieso war sie nur so zurückhaltend gewesen? Was, wenn er langsam die Geduld mit ihr verlor und sich anderweitig umsah? Wäre sie nicht so lädiert gewesen, hätte sie ihn jetzt auf der Stelle besucht und wäre über ihn hergefallen.

Doch das musste noch bis zum kommenden Wochenende warten, was sie fast noch mehr in den Wahnsinn trieb als die quälend langweilige Bettruhe. Vor allem, weil sie sich schon wieder Mitte der Woche fit fühlte. Ihr Körper war zwar immer noch von den gelb-violetten Spuren der Gewalt gezeichnet, doch ihre Rippen fühlten sich fest und fast schmerzfrei an. Sie hatte sich wohl geirrt, Hektor hatte sehr wohl gewusst, was er tat. Er hatte sie zwar brutal und hart angepackt, aber immer mit dem Wissen im Hinterkopf, sie nicht wirklich ernsthaft zu verletzen. Da aber die gesetzliche Vorgabe bei einer Gehirnerschütterung mindestens eine Woche Bettruhe verordnete, blieb ihr nichts anderes übrig, als die Tage abzuliegen und sich in ihren Fantasien in Ronos Nähe zu träumen. Und bis dahin, vertrieb sie sich die Zeit mit dem Schreiben von

Briefen. Andernfalls wäre sie wahrscheinlich dem Wahnsinn verfallen, denn ihr Zimmer, das ohnehin schon farblos und karg eingerichtet war, schien sich mit jedem Tag etwas mehr auf sie zu zu bewegen. Einzig und allein die Stunde, die ihr Fiona im Garten zugestand, hielten sie einigermaßen über Wasser. Das und die Briefe an Ronos.

Sie ließ ihn wissen, dass sie sich vor Sehnsucht nach ihm verzehrte und kaum erwarten konnte, ihn wieder zu sehen. In Gedanken stellte sie sich dann gerne vor, wie Ronos ihre Worte verschlang und vor Begierde fast verging. Die Vorstellung gefiel ihr so gut, dass sie daraus sogar ein kleines Spiel machten, in dem sie sich ihre Fantasien so anschaulich wie nötig und so vage wie möglich beschrieben.

Xea verschlang seine Briefe mit einem Heißhunger, den sie so an sich eigentlich gar nicht kannte. Sie war innerlich so angeheizt, dass seine bloßen Worte sie schon zum Lodern brachten. Seit sie fast zu Tode geprügelt worden war, hatte sich etwas geändert. Sie hatte sich geändert. Xea hatte das Gefühl, jeden Augenblick, jeden Tag vollends ausschöpfen zu müssen. Nichts zu verpassen und vor allem Spaß zu haben. Es war ein schönes Gefühl, befreiend und vor allem berauschend.

Und dann war er endlich da, der lang ersehnte Samstag, an dem sie sich mit Ronos in dem Tanzlokal verabredete, in dem sie sich bisher auch immer getroffen hatten. Dazu zog sie noch einmal das verboten kurze Kleid von Serona, das sie bei ihrem ersten Zusammentreffen auch getragen hatte, an. Xea hatte vor, ihn mit allem, was sie zu bieten hatte, zu verführen. Doch noch mehr als das, wollte sie seine heißen Blicke auf ihrem Körper spüren. Sie war geradezu süchtig danach, sich begehrt und geliebt zu fühlen.

Fest entschlossen ging sie an die Bar, wo Ronos bereits auf sie wartete. Er lehnte lässig am Tresen und zupfte an dem Etikett seines Bieres herum, bis er sie sah und seine Aufmerksamkeit nur noch ihr galt. Sein erwartungsvoller, gieriger Blick verfolgte jede noch so kleine Bewegung ihres Körpers.

Und, je näher sie ihm kam, umso mehr fokussierten sich seine funkelnd grünen Augen auch auf ihre. Die kurze Distanz zwischen ihnen war so spannungsgeladen, dass sie das Knistern fast schon hören konnte und sich mit jedem weiteren Schritt verstärkte. Auf einmal war Xea gar nicht mehr so taff und selbstbewusst, wie sie sich in den Briefen gegeben hatte, sondern vielmehr eingeschüchtert. Was, wenn er in ihr auch nur eine schnelle Nummer sah?

Ronos schien ihre Unsicherheit ebenfalls zu merken, denn, nach einem kurzen Begrüßungskuss, nahm er sie mit einem verschmitzten Lächeln bei der Hand und zog sie mit sich.

„Komm! Lass uns tanzen!"

Xea wäre ihm am liebsten um den Hals gefallen, so erleichtert war sie darüber, dass er nicht gleich mit der Tür ins Haus fiel und sie nach hinten in die Liebeskammern führte. Sie brauchte noch ein wenig Zeit. Außerdem hatten sie sich beinahe zwei Wochen lang nicht mehr gesehen und er war ihr fast schon wieder irgendwie…, fremd geworden. Doch es dauerte nicht lange, genau gesagt nicht einmal einen Tanz lang, bis sie das Vertraute zwischen ihnen wieder spürte. Und nicht nur das, auch ihr Körper reagierte sofort wieder auf ihn, als er sie fest an sich drückte und seine Hand auf ihrem Rücken zärtlich seine Kreise zog.

Als dann die Band auch noch Whitney Houston`s Song *I will always love you* zum Besten gab, war es endgültig um Xea geschehen. Sie liebte dieses Lied und wäre auch ohne Ronos` Berührungen schon dahin geschmolzen.

„Du bist heute wieder wunderschön und…, und echt sexy. Weißt du eigentlich, welche Wirkung du auf mich, ach was sage ich, auf die Männer im Allgemeinen hast?", raunte er ihr leise ins Ohr, so dass ihr ein leichtes Kribbeln den Rücken hinuntertanzte.

„Danke für das Kompliment und …, nein, wie wirke ich denn?" Xea funkelte ihn an, mit, auf verführerische Art, leicht verengten Augen, woraufhin sich Ronos` Lippen zu einem leicht schiefen Lächeln verzogen.

„Du weißt es ganz genau, du kleines, süßes Luder! I…ich bin so verrückt nach dir, Xea. Glaub mir, ich denke, seit ich das erste Mal mit dir getanzt hab, nur noch an dich. Und diese Woche und deine Briefe erst haben das Ganze noch so gesteigert, dass ich fast vergangen wäre vor Sehnsucht. Ja, vor allem deine Briefe! Ich kann es kaum glauben, dass ich jetzt hier sein darf mit dir, meiner Traumfrau!"

Ronos` Liebesgeständnis warf Xea mehr aus der Bahn als sie sich eingestehen wollte. Traumfrau? Wie konnte er jetzt schon so etwas von ihr behaupten? Das ging ihr nun doch etwas zu schnell. Sie waren ja noch nicht einmal intim geworden. Was, wenn sie sich im Bett als absolute Niete herausstellte?

Xea wusste nicht recht, was sie darauf antworten sollte und blickte deswegen verlegen zur Seite.

„Hey Süße", hob er daraufhin leicht ihr Kinn und sah ihr tief in die Augen. „Ich wollte dir nicht zu nahe treten und dich in Verlegenheit bringen. Schließlich weiß ich ja, dass du nicht so leicht jemanden an dich ranlässt. Ich wollte nur, dass du weißt, dass ich es ernst mit dir meine. Todernst! Lass dir so viel Zeit wie du brauchst. Ich will nicht, dass du wegen mir etwas überstürzt und es nachher dann bereust."

Und dann senkte er seine Lippen auf ihre und küsste sie zuerst sanft und zärtlich, bevor er in Xea`s Mund eintauchte und sie vollends ausfüllte, mit ihr spielte, als gäbe es nichts Schöneres auf der Welt. Xea gab sich ihm mit all ihren Sinnen hin und blendete alles um sie herum aus. Die vielen Leute, die schwingenden Töne der sanften Musik, das gedämpfte Licht, das den Raum mit Magie auskleidete und vor allem aber ihre innere Stimme, die ihr jedes Mal mit dem Finger drohte, wenn sie sich fallen ließ. Ihr Kuss wurde immer hungriger und ihre Körper pressten sich aneinander, als wollten sie ineinander verschmelzen. Xea spürte Ronos` Begierde hart und drängend durch den dünnen Stoff ihres Kleides, was ihre Lust noch mehr anstachelte.

Ihre Fingerspitzen fingen an, zu kribbeln und wollten nichts lieber, als sich um seine Härte zu legen und seine Lust ins Unermessliche zu steigern. Doch nicht hier, vor all den anderen. Um ihre Hände anderweitig zu beschäftigen, grub sie sie noch fester in sein Haar, während sie ihn voller Leidenschaft küsste.

Doch, so sehr sie auch versuchte, sich zu züchtigen, er konnte es nicht. Seine Hände glitten immer weiter ihren Rücken hinunter bis auf ihre Pobacken, wo sie kurz verharrten, um sie gleich darauf hoch zu heben, damit Xea ihre langen Beine um seinen Körper schlingen konnte. Und damit war es dann auch um ihre Zurückhaltung geschehen. Sie spürte ihn zwischen ihren Beinen, spürte sein drängendes Verlangen und ein leichtes Pulsieren. Nur ein kleiner Streifen Stoff ihres Tangas stand zwischen ihr und seinem Hosenschlitz. Es wäre so einfach gewesen, ihn zu öffnen und … Xea war so erregt, dass sie gar nicht bemerkte, wie Ronos sie von der Tanzfläche getragen und sich mit ihr auf ein Sofa niedergelassen hatte.

Nach einer Weile lösten sich seine Lippen von ihr. Sein Atem ging schnell und seine Augen, die sich in ihren Blick bohrten, glänzten vor Feuer und Leidenschaft. Ganz langsam bewegte sich Xea auf ihm und stieß immer wieder sanft gegen seine Lenden, was seinen Griff um ihre Pobacken nur noch mehr verfestigte. Wie ein Alkoholiker krallte er sich an ihrem Hinterteil fest, als könnte er damit verhindern, sich zu verlieren, wenn er nur einen einzigen Tropfen kostete.

„Ich muss schon sagen, dein Hintern passt perfekt in meine Hände, als wäre er nur für mich gemacht", flüsterte er ihr verrucht ins Ohr.

„Wer weiß", antwortete sie ihm daraufhin, während sie ihm sachte ins Ohrläppchen biss. „Vielleicht ist er das ja auch!"

„Hmm, …der Gedanke gefällt mir. Er gefällt mir sogar ausgesprochen gut!"

„Weißt du, was *mir* jetzt gerade gefallen würde?"

„Ich hoffe, du verrätst es mir."

„Wenn du ein braver Junge bist und mit mir jetzt nach hinten in ein Zimmer gehst, verrate ich es dir vielleicht. Wer weiß, vielleicht zeige ich es dir sogar." Xea konnte es nicht lassen, ihn noch mehr anzustacheln, indem sie ihr Becken noch mehr gegen seine Härte drückte und dabei ihre Zunge liebkosend über seine Lippen gleiten ließ. Sie liebte es, ihn um den Verstand zu bringen und mit ihm zu spielen.

„Wie könnte ich dazu nein sagen? Komm mit!"

Ronos hob sie sanft von seinem Schoß herab, stand auf und zog sie mit sich nach hinten zu den Zimmern. Xea fühlte sich unangenehm beobachtet von all den Menschen, an denen sie vorbeikamen. Ihre Lippen fühlten sich feucht und geschwollen an, genau wie ihr Schoß. Sie hatte das Gefühl, dass man es ihr ansehen konnte, wie sehr sie sich nach Sex sehnte.

Dabei war es ganz normal, dass sich Pärchen in die Zimmer zurückzogen, um sich miteinander zu vergnügen.

Es war so lange her, seit sie das letzte Mal mit einem Jungen geschlafen hatte und mit jedem weiteren Schritt stieg ihr Adrenalinspiegel in die Höhe und damit leider auch die Angst, die ihrer Lust einen Dämpfer verpasste. Doch für einen Rückzieher war es jetzt zu spät.

Da die Zimmer ganz vorne schon allesamt besetzt waren, mussten sie mit einem Zimmer am Ende des Ganges Vorlieb nehmen. Als Ronos schon im Begriff war, die Türklinke herunter zu drücken, öffnete sich genau gegenüber ihnen ein Zimmer, aus dem ein Pärchen küssend und lachend heraus taumelte. Der junge Mann schien einfach nicht genug von der brünetten Schönheit zu bekommen, denn er drückte sie gegen den Türrahmen und ließ sich von seinen Beobachtern in seinen leidenschaftlichen Küssen nicht stören.

Xea konnte, genauso wie Ronos nicht wegschauen, auch wenn sie es noch so sehr wollte. Sie fand, es gehörte sich nicht, sich an anderen in derart intimen Situationen zu ergötzen. Doch die offensichtliche Gier, mit der sie sich küssten, zog sie sprichwörtlich in den Bann. Und nicht nur das, es war noch etwas anderes. Etwas Vertrautes. Dieses halblange, dunkelblonde Haar, in dem sich das Mädchen festkrallte, die breiten Schultern und die starken Arme, deren Muskeln sich anspannten und sein Hemd zu zerreißen drohten.

Nun musste der junge Mann, der mit dem Rücken zu ihnen stand, doch ihre Blicke auf sich gespürt haben, denn er ließ von dem Mädchen kurz ab und drehte sich zu ihnen um. Es war Trajan. Natürlich! Warum hatte sie ihn nicht gleich erkannt? Zugegeben, er stand zwar mit dem Rücken zu ihnen, doch allein an Hand seiner Aura, die es jedes Mal wieder schaffte, sie in Alarmbereitschaft zu versetzen und ihre Gefühle in Wallung zu bringen, hätte sie ihn blind erkennen müssen.

Da dies aber nicht der Fall war, waren es seine eisigen Blicke, die ihrem Körper einen lebensgefährlichen elektrischen Schlag versetzten und ihr Herz binnen einer Sekunde außer Gefecht setzten, als hätte sie in eine Hochspannungsleitung gegriffen. Sie konnte sich im Nachhinein nur nicht erklären, wie es ihr Herz und ihre Lunge geschafft hatten, entgegen ihrem Willen wieder die Arbeit aufzunehmen, wobei es auch nicht schlecht gewesen wäre, wenn ihr Körper zudem auch noch ihr innerliches Beben unter Kontrolle gebracht hätte.

Auch Trajan war für ein paar Augenblicke sprachlos. Xea wäre sogar so weit gegangen, beschwören zu können, dass er fast schon bestürzt und schockiert war, als er Xea mit Ronos vor der Zimmertür sah. Doch keinen Augenaufschlag später, war seine Mimik zu Eis erstarrt. Zumindest sah es nach außen hin so aus. Xea hatte nämlich das Gefühl, dass es in ihm brodelte wie in einem Vulkan, der kurz vorm Ausbruch stand.

Da Ronos die Spannung zwischen ihnen zu spüren schien, nickte er Trajan nach einer kurzen Begrüßung freundschaftlich zu und zog Xea gleich darauf mit sich ins Zimmer.

Trotz geschlossener Tür konnte sie Trajan`s Blicke noch immer in ihrem Rücken spüren.

„Was zum Teufel ist denn dem über die Leber gelaufen? Und warum hat er dich so böse angesehen?", wurde sie gleich darauf von Ronos misstrauisch beäugt. Na toll, jetzt musste sie sich nicht nur selbst wieder beruhigen, sondern auch noch Ronos, indem sie sich schnell eine glaubhafte Lüge aus dem Ärmel zog. Wenn sie bloß Ärmel anhätte! Aber nein, es musste ja das knallenge, ultrakurze Kleid sein, mit dem sie sich mit einem Mal auf keinste Weise mehr sexy, sondern einfach nur nackt fühlte.

„W...wahrscheinlich ist es wegen seiner toten Schwester. Ich hab dir doch schon erzählt, dass ich sie damals waschen musste und am Tag danach, hat er mir die Hölle heiß gemacht, weil ich angeblich nicht sorgfältig genug war. Seitdem betrachtet er mich nur noch mit Verachtung." Zumindest war ihre Erklärung nicht gelogen und auch nicht von allzu weit hergeholt, was ihr schlechtes Gewissen um einiges weniger belastete. Um ihm ihre Worte noch glaubwürdiger zu verkaufen, zuckte sie gleichgültig mit den Achseln, während sie ein aufrichtiges Unschuldslamm-Lächeln aufsetzte.

„Echt jetzt? So hätte ich ihn gar nicht eingeschätzt. Er war bis jetzt immer total nett zu mir. Er hat mir sogar einmal verraten, dass er sich unter uns wohler fühlt als unter seinesgleichen."

„Das glaubst du doch selbst nicht! Wenn du mich fragst, kommt er nur her, weil die Medi eindeutig in der Überzahl sind und hier mehr Auswahl an scharfen Bräuten auf ihn wartet. Würde mich nicht wundern, wenn er die ganzen Sup-Mädchen schon durch hätte!"

„Wow, du bist ja echt nicht gut auf ihn zu sprechen. Wobei…, in einem Punkt muss ich dir fast schon recht geben, er hat wirklich jedes Mal, wenn ich ihn sehe, eine andere an der Hand. Dass sich die Mädels das so gefallen lassen, denn letztendlich wissen sie ja, dass nächste Woche schon wieder eine andere auf dem Plan steht!"

„Das wundert dich? Wer möchte denn nicht einmal mit einem Grafensohn Sex gehabt haben? Wer, weiß, was er ihnen alles verspricht?"

„Heißt das, du würdest auch gerne Mal mit ihm schlafen?" Ronos konnte seine aufkeimende Eifersucht nicht einmal hinter seinem verschmitzten Lächeln verbergen.

„Nein! O Gott, wo denkst du denn hin? Ich hasse ihn! Und das beruht auf Gegenseitigkeit, das darfst du mir gern glauben. Aber jetzt lass uns da weiter machen, wo wir vorhin aufgehört haben!" Xea versuchte vom Thema, das immer heikler zu werden schien, abzulenken. Auch, wenn ihr jetzt so gar nicht mehr nach Sex zumute war.

Trajan hatte es wieder einmal geschafft, sie runter zu ziehen. Und das auch noch zu einem Zeitpunkt, wo sie kurz vor einem Höhenflug stand. Xea sah immer noch bildlich vor ihr, wie er die Brünette gegen die Tür drückte, sich mit seinen Händen in ihren Haaren festkrallte und ihr die Seele aus dem Leib küsste. Sie musste sich dieser Bilder und dem harten Gesteinsbrocken in ihren Magen schnellstens entledigen, denn wie sollte sie mit Ronos schlafen, wenn Trajan ihre Gedanken blockierte?

Doch da hatte sie Ronos unterschätzt. Er war geschickt und ein hervorragender Liebhaber. Er wusste sehr wohl, wie man Frau um den Verstand brachte. Es dauerte somit nicht lange, bis auch Xea wieder bei der Sache war und bereit, sich ihm voll und ganz hinzugeben. Zwar erreichte sie ihren Höhepunkt nicht ganz, empfand es aber trotzdem als wunderschön. Sie brauchte einfach noch Zeit, um Kopf und Geist vollständig auszuschalten und sich hemmungslos fallen zu lassen. Dazu war auch noch die Angst ihr ständiger Begleiter, dass Ronos trotz des gedimmten Lichtes die zwar schon fast verblassten, aber dennoch immer noch leicht sichtbaren Spuren auf ihrem Körper sehen und ihr unangenehme Fragen stellen könnte.

Nichtsdestotrotz war alles in allem wunderbar gelaufen und Xea freute sich schon auf ein nächstes Mal.

17

Schon am nächsten Tag, einem sonnigen Sonntagnachmittag, hatte sich Xea mit Ronos im Gestüt *King`s Horse* verabredet, wo er ab und an am Wochenende, wenn er nicht gerade in der Bäckerei Dienst hatte, aushalf. Natürlich mit dem Hintergedanken, dass er ab nächstem Jahr dort fest angestellt werden würde. Er konnte sich keinen schöneren Ort zum Arbeiten vorstellen als auf dem Gestüt, das in dem wunderschönen *Regent`s Park* lag.

Obwohl Xea noch niemals dort war, hatte sie das Gestüt mit den riesigen Weiden, auf denen unzählige Pferde grasten, schon oft von der Ferne aus bewundert. Das St. Mary`s Hospital war nämlich nicht weit davon entfernt und die Aussicht von den höher gelegenen Stockwerken des Krankenhauses war einfach nur grandios.

Wenn beide ihre Träume verwirklichen konnten und Xea im St. Mary`s Hospital bleiben durfte, wären ihre Arbeitsplätze nicht weit voneinander entfernt, so dass sie ein Haus ganz in der Nähe beziehen könnten und keiner von beiden auf irgendetwas verzichten müsste. Es wäre einfach nur perfekt.

Weil es ein langer Weg bis dorthin war, fuhr Xea mit dem Fahrrad, das jeder Bürger vom System zur Verfügung gestellt bekam. Auch ihr Outfit bestand heute ausnahmslos aus Kleidung vom System. Kurze braune Baumwollshorts und ein weißes Trägertop. Auch wenn Serona ständig an der Systemkleidung herumnörgelte, war sie dagegen recht zufrieden. Außerdem gab es neben den langweiligen systemrelevanten Farben braun, weiß und grau reichlich Auswahl an verschiedenen Schnitten. Sogar bei der Unterwäsche konnte man zwischen Hipster, Slip oder Tanga wählen.

Xea hätte sich am liebsten geohrfeigt, weil sie sich ausgerechnet heute für den Tanga entschieden hatte. Der harte Fahrradsattel unter ihr und das kleine bisschen Stoffstreifen waren eine ausgesprochen schlechte Kombination. Doch noch mulmiger wurde ihr, wenn sie daran dachte, was ihr noch bevorstand. Ronos wollte nämlich heute mit ihr im Park ausreiten. Ihre erste Reitstunde! Und das auch noch mit einem kneifenden Stofffetzen zwischen ihren Arschbacken! Das konnte ja heiter werden. Wäre sie nicht schon so spät dran gewesen, hätte sie auf der Stelle umgedreht und sich eine anständige Unterhose angezogen. Und vielleicht auch noch einen BH. Das war nämlich das einzige Kleidungsstück, das Xea nicht recht leiden konnte. Sie hasste das Gefühl des Bügels, der ihr gefühlsmäßig bei jeder Bewegung in die Rippen zwickte. Somit versuchte sie, so oft es ging, darauf zu verzichten, was ja bei ihrem nicht allzu großen Busen nicht weiter schlimm war und die Tops waren zum Glück auf der Brustpartie etwas gepolstert und detailliert geschnitten.

Xea konnte es kaum erwarten, Ronos wieder zu sehen, sich in seine starken Arme zu flüchten und seine weichen Lippen zu küssen. Beim Gedanken an letzte Nacht, fing ihr Bauch angenehm zu kribbeln an und das Blut schoss ihr in die Wangen.

Sie liebte es, wenn ihr der erfrischende Fahrtwind um die Ohren blies und ihr das Gefühl von Freiheit und Leichtigkeit vermittelte. Wie er die Haare im Wind tanzen ließ und die Sonne zärtlich ihr Gesicht liebkoste. Xea hätte am liebsten die Augen geschlossen und wäre ziellos darauf losgefahren, als würde ihr die Welt zu Füßen liegen. Als könnte sie nichts und niemand aufhalten.

Anstelle dessen aber trat sie stetig weiter in die Pedale, bis ein leichtes Ziehen in den Oberschenkeln und ein unangenehmes Brennen im Hals, das sie bei jedem mühsamen Atemzug verspürte, das Gefühl von Leichtigkeit eindämmte und ihr stattdessen die

Illusion von einem schwerfälligen Walross auf einem Drahtesel in den Kopf setzte. Sie nahm sich fest vor, in nächster Zeit etwas mehr Sport zu treiben. Sie war zwar ständig auf den Beinen unterwegs, ihre Kondition aber trotzdem grottenschlecht. Früher hatte sie es geliebt, im Park zu joggen oder ganze Ausflüge durch die Stadt mit dem Fahrrad zu unternehmen, doch seit sie bei Fiona so mit den Schichten nach Feierabend eingespannt war, war sie einfach nur froh, wenn sie sich abends in ihr Bett verkriechen und die Beine weit von sich strecken konnte.

Je näher Xea dem Regent`s Park kam, umso unruhiger wurde sie. Es war die Gegend der Superior, genauso wie ihnen das Gestüt gehörte, in dem ihre prächtigen Kutschen Tag und Nacht bereitstanden. So jemand wie Xea würde hier sofort auffallen. Besser gesagt ihr Fahrrad. Sie hatte sich bisher nie sonderlich darum gekümmert, wie ihr fahrbarer Untersatz aussah. Es war, wie es war und sie hatte es nie wirklich in Frage gestellt, denn es gehörte zu der Mittelschicht wie Kufen zu einem Schlitten. Doch jetzt, da sie sich in fremdes Territorium mit völlig überzogenen Werten und Mitteln begab, kam sie sich auf ihrem klapprigen, zerschrammten Fahrrad einfach nur schäbig vor.

Trotz ihres unguten Gefühls, versuchte Xea sich die Gegend gut einzuprägen. Wer wusste schon, wann sie wieder einmal einen derartig atemberaubenden Stadtteil zu Gesicht bekommen würde. Hier gab es keine leerstehenden oder sogar zerbombten Häuser, wie im restlichen London, denn man hatte diese Schandflecke allesamt abgerissen und an deren Stelle Villen mit riesigen Gärten errichtet. Gärten, die kleinen Parks glichen und einem vor Staunen nicht mehr losließen. Es gab alles, um die Herzen von Naturliebhabern zu erwärmen, angefangen von bunten Blumenbeeten über kunstvoll geschnittenen immergrünen Sträuchern und Pflanzen bis hin zu liebevoll gestalteten Spielplätzen und großangelegten

Tennis- oder sogar Golfplätzen. Auf dem Spielplatz, an dem sie gerade vorbeifuhr, gab es sogar ein echtes Auto, mit dem die Kinder spielen durften. Zum Glück hielt sich dort nur eine Mutter mit ihrer kleinen Tochter auf, die kurz zuvor von der Schaukel gefallen war und so laut weinte, dass nicht einmal Xea`s klappriges Fahrrad dagegen anlärmen konnte. Obwohl sie ihre Mutter im Arm wiegte, ihr immer wieder tröstende Worte zuflüsterte und beruhigend über ihren Rücken strich, wollte sich das Kind einfach nicht beruhigen. Ihre Augen waren geschwollen, das Gesicht gerötet und aus ihrer Nase lief Rotz, den sie am Pulli ihrer Mutter abwischte.

Xea fuhr weiter, mit der freudigen Erkenntnis, dass auch ein Sup nicht ganz vor Schmerz gefeit war, auch wenn es nichts im Vergleich zum Wechsel war.

Ihre Gedanken glitten ab in die Ferne, wo sie sich vorstellte, mit Ronos und einer Handvoll Kindern in einer sonnengelb gestrichenen Villa mit grünen Fensterläden und hölzernen, mit bunten Geranien und Efeu bepflanzten, Blumenkästen auf einer riesigen Terrasse zu sitzen und Kakao zu schlürfen, während Vögel zwischen den Büschen und Sträuchern herumflogen und sie mit ihrem Gezwitscher erfreuten. Zu ihrem Bedauern verflüchtigte sich dieses idyllische Traumbild so schnell wieder, wie es gekommen war und wich einer Straße, die fast leer gefegt vor ihr lag. Die paar Menschenseelen, die sich in ihren prachtvollen Gärten aufhielten, sahen sie an, als wäre sie Ungeziefer, das genauso wenig erwünscht war, wie die Schnecken in ihren Gemüsebeeten.

Riesige Anwesen, umzäunt von gewaltigen immergrünen Hecken oder kunstvoll geschmiedeten Eisentoren, die die Wichtigkeit ihrer Bewohner noch untermalten, säumten ihren Weg zu beiden Seiten, wobei die Villen selbst so versteckt oder weit weg von der Straße lagen, dass man kein Lachen, kein Weinen oder sonst irgendeinen Laut vernehmen konnte. Nur hie und da hörte sie einen

Hund bellen oder eine Katze maunzend um die Sträucher streifen. Nicht einmal Vögel hörte sie zwitschern. Wahrscheinlich wussten sogar die Vögel, dass sie, solange sie nicht nach der Pfeife der Sups tanzten, lieber anderswo ihr Gezwitscher von sich gaben.

Hier lebte also ein Teil der Elite, die man wahrscheinlich an ein paar Händen hätte abzählen können. Ob hier auch die von Arrington`s lebten? Dann fiel ihr wieder ein, dass ihr die Oberschwester erst vor ein paar Wochen erzählt hatte, dass Trajan`s Familie drüben im Ruling Palace im St.-James-Park wohnte, wo er sicherlich noch besser hinpasste als hierher. Wer wollte denn schon eine herrschaftliche Villa, wenn er ein ganzes Schloss haben konnte? Und nicht nur in irgendein Schloss, sondern auch noch das Schloss, wo alle Fäden zusammenführten. Von wo aus das ganze Land gesteuert wurde und wo wahrscheinlich auch über den Irrsinn mit dem Serum abgestimmt wurde.

Bloß, warum glaubte das System, die Bevölkerung mit einer Droge gefügig machen zu müssen? Und warum dazu auch noch der Wechsel? Reichte es nicht, wenn die Leute keine eigenen Ziele mehr hatten und alles wie ferngesteuert in Kauf nahmen? Musste man sich ernsthaft doppelt absichern und Familien zerstören, ihnen die Kinder nehmen und jedes Jahr weiterreichen, damit nur ja keine engeren Freundschaften oder für sie gefährliche Verbindungen entstanden?

In der Schule wurde ihnen Tag für Tag weis gemacht, dass der Wechsel letztendlich nur zum Wohle des Volkes diente. Man wollte damit verhindern, dass sich nochmal Gruppierungen bildeten, die das Land gegeneinander aufbringen und somit einen erneuten Bürgerkrieg hervorrufen konnten. Doch Xea glaubte nicht, dass das ihre einzige Absicht war.

Könnte sie es wirklich schaffen, in naher Zukunft, wenn der Othala-Bund ein Gegenmittel gegen das Serum gefunden hätte, all die Menschen davon überzeugen, dass sie auf der falschen Seite standen? Dass ihr Leben bisher eine einzige Lüge war? Würde sie selbst es denn glauben, wenn sie in deren Situation und ihr Leben lang benebelt durchs Leben gegangen wäre? Xea wusste es nicht. Sie wusste eigentlich gar nichts mehr.

Fragen über Fragen, die ihren Kopf jedes Mal wieder aufs Neue zu sprengen drohten. Und keine Antworten.

Seit letzter Woche hatte sie nichts mehr vom Bund gehört. Xandor hatte ihr aufgetragen, zu warten. Es hörte sich so einfach an, das kleine, einfache Wort *warten* und war doch so viel mehr. Für Xea bedeutete es im Moment alles, denn alles, ihr und das Leben aller Medi standen auf dem Spiel.

Über all den Grübeleien war ihr gar nicht bewusst geworden, dass sie sich schon längst im Regent`s Park befand. Auch, dass gerade ein Ball auf sie zugeflogen kam, registrierte sie erst, als es schon zu spät war. Leider handelte es sich nicht nur um einen Ball, denn gleich nach dem kam auch noch ein junger Mann angeflogen. Besser gesagt, angesprungen. Er hatte nämlich versucht, dem Ball nach zu hechten und dabei die Geschwindigkeit von Xea`s Fahrrad unterschätzt, so dass sie unglücklicherweise miteinander kollidierten.

Vielleicht wäre es für Xea nicht gar so schlimm verlaufen, wenn der Blödmann nicht ausgerechnet eine offene Flasche Wasser in der Hand gehalten hätte.

„Hey du Tölpel! Kannst du nicht aufpassen, wo du mit deinem Klappergestell hinfährst?", maulte sie der junge Mann an, der mit seinem langen Gesicht, dem langen Pferdeschwanz und einem starken Pferdegebiss auch wie ein Pferd aussah. Er war in etwa so alt wie sie, benahm sich aber so trotzig wie ein Kind in der ersten Klasse, als er sich mit seinem Shirt das verschüttete Wasser aus dem Gesicht wischte und dabei jammerte, als hätte ihm jemand das Pausenbrot gestohlen.

„Entschuldige mal!", empörte sich nun auch Xea, obwohl sie wusste, dass sie lieber ihre Klappe halten sollte. „*Du* hast *mich* umgerannt und nicht umgekehrt. Das hier ist ein Radweg, siehst du?", deutete sie vor sich hin, als wüsste der andere das nicht auch. „Außerdem könntest du mir dankbar sein, dass ich dir eine kleine Abkühlung verschafft hab. Und…, soviel ich weiß, tut ein wenig Feuchtigkeit der Haut ganz gut." Die letzten beiden Sätze konnte sie sich einfach nicht verkneifen, denn, auch wenn sie nur eine Medi war, musste sie sich nicht alles gefallen lassen. Und schon gar nicht von diesem eingebildeten Jungen, der auf den ersten Eindruck wahrscheinlich auch nicht mehr Gehirnzellen besaß als ein Pferd.

Das Pferd, wie sie ihn heimlich nannte, glotzte sie mit herabgefallener Kinnlade ungläubig an, als hätte sie ihm gerade befohlen, Stöckchen zu holen. Man konnte ihm förmlich ansehen, dass er eine derart freche Antwort nicht erwartet hatte. Leider konnte sich Xea nur für ein paar Sekunden an dem Anblick erfreuen, denn in dem Moment, als sich seine Augen boshaft verengten, kam auch schon ein Schwall Wasser angeflogen und durchtränkte ihr Top.

Das wäre ja nicht einmal schlimm gewesen, doch die Tatsache, dass man durch den nassen Stoff ihre Brustwarzen nur zu deutlich sehen konnte, trieb ihr die Schamesröte ins Gesicht. Das konnte nicht einmal die doppelte Lage Stoff verhindern. Völlig geschockt und mit offenem Mund stand sie da und sah gleichermaßen geladen wie auch beschämt an sich hinunter.

„Und Bitch? Wie fühlt sich die kleine Abkühlung an?" Sein schadenfrohes Grinsen hätte er sich sonst wo hinstecken können. Doch, eigentlich hatte sie es ja nicht anders verdient. Hätte sie bloß ihre vorlaute Klappe gehalten! Wie Trajan schon sagte, sie würde noch einmal in Teufels Küche kommen mit ihrem frechen Mundwerk.

Und wie auf Knopfdruck kam beim Gedanken an Trajan eben dieser ins Spiel.

„Hey, was ist hier los? Was hat die Medi hier verlor…" Weiter kam Trajan nicht, denn nachdem er und noch ein weiterer Freund sich dazu gesellt hatten, um nachzusehen, was los war und feststellte, dass ausgerechnet Xea ihr sonntagnachmittägliches Spiel unterbrochen hatte, verschlug es ihm für einen kurzen Moment die Sprache. Leider nur für einen sehr kurzen Moment.

„O la, la! Wen haben wir denn hier?", stierte er sie an oder besser gesagt ihre Brustwarzen. Wie konnte er nur so unverschämt sein und sich an ihrer Blöße auch noch derart öffentlich ergötzen? Sie würde ihn das nächste Mal, wenn sie allein waren, erwürgen. Nein, zuerst seinen Schwanz abschneiden und dann erwürgen.

Wie sich herausstellte, kamen, je länger ihr Gespräch dauerte, noch etliche andere Foltermethoden hinzu.

„Was hast du hier zu suchen, Medi?", fragte er erneut, als ihm Xea nicht gleich antwortete.

„Mein Name ist Xea", fing sie an, langsam und mit Nachdruck. Auch wenn sie keine Sup war, hatte sie es nicht verdient, so abwertend behandelt zu werden. Und schon gar nicht von ihm. „Ich bin auf dem Weg zum Gestüt, wenn du es unbedingt wissen willst!"

„*Du*? Wage es ja nicht, mich noch einmal mit *du* anzusprechen. Für dich bin ich immer noch der Graf von Arrington!" Seine boshaft glänzenden Augen machten Xea Angst. Mehr, als sie sich eingestehen wollte. Trajan war wieder einmal wie ausgewechselt.

„Zum Gestüt also", fuhr er fort, nachdem ihm Xea mit einem kurzen Nicken ihr Einverständnis gegeben hatte. Auch wenn es nur eine kleine Bewegung mit ihrem Kopf war, war es doch so viel mehr. Es war Erniedrigung und Unterwerfung zugleich. Und dafür wollte sie ihn schlagen. Immer und immer wieder, bis sie keine Kraft mehr hätte und ihr leichter zumute wäre. „Lass mich raten, du bist scharf auf einen heißen Ritt! Hab ich recht? Weißt du was, wenn ich mich dich so ansehe", strich er sanft ihre Brüste mit dem Zeigefinger nach, „würde ich mich sogar freiwillig anbieten. Na, was hältst du davon?"

Xea war sprachlos. Sprachlos und gelähmt. Doch vor allem fühlte sie bei seiner Berührung einen Ekel in sich aufsteigen, der der brutalen Berührung durch Adon in Nichts nachstand. War es wirklich der Trajan, den sie kannte und der ihr hier und jetzt vor seinen Freunden öffentlich an die Brust griff und sie dadurch mit einer Hure gleichstellte. Von ihm mit Worten verletzt und gedemütigt zu werden, war ihr ja nichts neues, doch das übertraf seine bisherige Unverschämtheit in solchem Maße, dass Xea nicht anders konnte, als ihm eine zu verpassen.

„Wagen sie es ja nicht, mich noch einmal zu berühren, sie Scheißkerl von und zu Arrington! Lieber würde ich es mit einem stinkenden Köter treiben, als mit jemanden, der vorgibt, alles und jeden besitzen zu können, nur um von seinem kleinen Schwanz abzulenken!" Trajan`s kurzes Zusammenzucken und sein verdutzter Blick waren es wert, dass sie sich jetzt wahrscheinlich in eine ausweglose Situation hineinmanövriert hatte. Sie hoffte nur, dass er ihr die Ohrfeige nicht allzu schwernahm.

„Wow! Ich muss schon sagen", grinsten jetzt die anderen zwei, die sich bisher im Hintergrund köstlich amüsierten, „die hat Biss! Pass auf, sonst bist du einen Schwanz kürzer, bevor du ihn überhaupt ausgepackt hast!" Die Sticheleien seiner Kumpels machten die Sache noch schlimmer, als sie ohnehin schon war. Sich von Xea beleidigen zu lassen, war eine Sache, aber das dann auch noch vor seinen Freunden, das ging gar nicht!

„Ich lasse mich von keinem beleidigen! Und schon gar nicht von so einer dreckigen Hure wie dir!", packte sie Trajan jetzt mit eisernem Griff an ihrem Handgelenk, so dass spätestens in ein paar Stunden blaue Flecken zu sehen wären. Ihre Gesichter waren dicht an dicht und funkelten sich mit hasserfüllten Augen an. Wie konnte Trajan nur so etwas sagen? Was war aus dem Trajan geworden, mit dem sie noch vor kurzem bei ihrem nächtlichen Zusammentreffen vor dem Haus des Bundes geflirtet hatte, oder, der ihr gegen Adon geholfen hatte, sie in seinen Armen gewogen und sie beruhigt hatte? Wenn sie heute in seine kalten Augen blickte, erkannte sie ihn nicht wieder. Auch wenn sie immer noch wunderschön bernsteinfarben glänzten, schimmerte in ihnen vor allem blanker, ehrlicher Hass. Nein, Xea wollte sich nichts mehr vormachen. Auch wenn sie ein paar Mal wirklich geglaubt hatte, dass er sie mochte, sie sogar anziehend fand, wurde sie jetzt eines Besseren belehrt. Niemand, nicht einmal Trajan konnte solch einen Hass schauspielern. Er war echt. Er musste echt sein!

Dieses Schauspiel, diese Szene wäre nicht nötig gewesen. Es wäre zwecklos gewesen, zu leugnen, dass er es genoss, sie zu demütigen und sie tief in ihrer Seele zu verletzen.

Und, als wäre das nicht schon genug gewesen, spuckte er ihr zu guter Letzt auch noch mitten ins Gesicht, bevor er sich umdrehte und mit seinen Mitläufern von dannen zog. Zufrieden mit sich selbst, strich er sich durch sein halblanges Haar, das ihm verwegen ins Gesicht fiel und alberte mit seinen Freunden herum, als wäre nichts gewesen. Als würde Xea nicht immer noch auf dem Weg stehen, mit eisernem Handgriff um den Lenker, so dass ihre Knöchel weiß hervortraten und ihnen die Pest an den Hals wünschten.

Wenn da bis jetzt auch nur ein kleiner Funken Achtung oder sogar Gefühl für ihn da gewesen war, dann war er jetzt endgültig erloschen und hatte ein Meer der Verwüstung hinterlassen. Alles, was sie für ihn noch empfand, war Verachtung und blanker Hass. Da konnte nicht einmal sein unverschämt gutes Aussehen dagegen anhalten.

Mit tränenverschleierten Augen legte sie ihr Fahrrad nieder und eilte zum nächsten Brunnen, der ganz in der Nähe leise dahinplätscherte. Wie konnte der Brunnen nur so friedlich dahin plätschern, wo in ihr doch ein Sturm wütete, der ganze Meeresbuchten hätte aufwühlen können? Die friedvolle Stille fühlte sich für Xea an wie Verrat. Verrat an ihrer Person. Um sich etwas abzukühlen, wusch sie sich mit dem eiskalten Brunnenwasser das Gesicht, bis ihr innerer Schmerz von dem Schmerz auf ihrer Haut übertüncht wurde. Dabei ließ sie ihren Tränen freien Lauf. Sie musste sie loswerden, sonst wäre sie daran erstickt.

Es war ihr egal, ob sie jemand dabei sehen würde, denn niemand hätte sie in diesem Moment noch mehr verletzen können, wie es Trajan getan hatte.

Dann saß sie noch für eine ganze Weile am Brunnenrand und beobachtete die vielen kleinen Wasserfontänen, die sich von innen nach außen in wunderschön glitzernden Bögen ergossen und sich die Sonne darauf in allen Farben des Regenbogens spiegelte. Xea brauchte diese Ruhe, die Schönheit der Natur und die erfrischende Brise des feuchten Nebels im Gesicht, um ihren Kopf frei zu bekommen. Sie wollte nie mehr auch nur eine einzige Träne an Trajan verschwenden.

Erst, als ihre letzte Träne auf ihrer Wange getrocknet war und sich damit auch ein Großteil ihres Kummers vorerst verflüchtigt hatte, dachte sie an Ronos und zwang sich ein Lächeln auf die Lippen, um ihre Augen wieder zum Strahlen zu bringen. Hoffentlich waren sie nicht zu stark gerötet. Sie wollte Ronos auf keinen Fall von dem Vorfall erzählen. Sie hätte sich dafür geschämt, auch wenn es dafür keinen Grund gab.

Alles in allem hatte sie außer seelischen Verletzungen weiter nichts davongetragen. Ihr Top war mittlerweile wieder getrocknet und blickdicht. Sie öffnete ihr Haar und schüttelte es, bevor sie mit ihren Fingern durch die dicken Strähnen fuhr, um es einigermaßen zu kämmen und erneut zu einem Pferdeschwanz zu binden. Dann kniff sie sich noch kurz in die Wangen, um sich eine natürliche Röte auf die Wangenknochen zu zaubern, strich ihre Shorts glatt und schwang sich mit neuem Elan wieder aufs Fahrrad. Sie würde nicht noch einmal zulassen, dass Trajan ihr Glück mit Ronos beeinträchtigte.

18

Mehrere Wochen vergingen, in denen sie weder was vom Bund noch von Trajan hörte.

Fast hätte Xea`s Leben mit Ronos an ihrer Seite wieder Normalität angenommen. Wäre da nicht ihr Wissen gewesen. Ihr Wissen um den Othala-Bund. Jeden Tag wartete sie auf eine Botschaft und jeden Tag wurde sie aufs Neue enttäuscht. Bis auf einen für den Spätseptember ungewöhnlich warmen Abend.

Es war Feierabend und Xea ging direkt danach in die Stadtbibliothek, um sich mit neuem Lesestoff einzudecken. Ronos wollte heute mit ein paar Jungs rumhängen, weil er sie in letzter Zeit ziemlich vernachlässigt hatte. Der Grund war natürlich Xea, mit der er sich so oft traf, wir nur möglich. Da Ronos für seine Arbeit als Bäckerpraktikant sehr zeitig in den frühen Morgenstunden aufstehen musste, war ihre Zweisamkeit manchmal nur von sehr geringer Dauer, die sie dennoch durchaus sinnvoll zu füllen wussten. Nur an ihren freien Wochenenden konnten sie ihre gemeinsame Zeit voll auskosten. Am liebsten unternahmen sie lange Ausritte im Park. Noch vor ein paar Wochen hätte Xea niemals gedacht, dass ihr das Reiten solch eine Freude machen würde. Sie hatte wirklich Glück, mit Ronos ein solches Privileg ergattert zu haben. Pferde konnten sich nur die reichsten Leute, also ausschließlich die Sups leisten. Für die Medi blieb da nur die Pflege und das Ausmisten der Ställe. Ronos hatte mehr als Glück, so eine Gelegenheit, die sehr rar gesät war, bekommen zu haben. Xea wunderte sich zwar immer noch, wie er es geschafft hatte, sich die Pferde für ein paar Stunden ausleihen zu dürfen, doch er meinte, er hätte lediglich ein gutes Verhältnis zum Stallmeister und dabei beließ es dann Xea auch. Hauptsache, sie konnten beide davon profitierten.

Jedenfalls konnte sie Ronos verstehen, dass er auch ab und zu mit seinen Jungs rumhängen und Männersachen unternehmen wollte. Ihr selbst wäre es auch so gegangen, wenn sie sich nicht mit Serona hin und wieder in ihren Mittagspausen treffen könnte. Es tat gut, auch einmal über Probleme anderer reden zu können, nicht nur immer über sich selbst. Außerdem genoss sie die quirlige, lustige Art von Serona, die sie auch an trüben Arbeitstagen wieder zum Lachen bringen konnte. Sie erzählten sich auch gegenseitig von ihren Liebsten, wobei die ein oder andere Bettgeschichte natürlich nicht fehlen durfte.

Xea war glücklich, eine so gute Freundin gefunden zu haben. Und sie war glücklich, Ronos gefunden zu haben. Er war ein guter Liebhaber und sehr verständnisvoll. Außerdem liebte er es genauso wie sie, ihre freie Zeit aktiv zu verbringen. Sie hatten viele gemeinsame Hobbys und verstanden sich blind. Es passte im Großen und Ganzen perfekt zwischen ihnen. Wenn da nicht diese klitzekleine Sache gewesen wäre. Die Sache mit dem Serum, denn auch Ronos war mit seinem Leben vollends zufrieden und hätte das System nie und nimmer in Frage gestellt. Nicht einmal, als ihn Xea ihre Bedenken bezüglich Kinder mitteilte. Er meinte nur, es wäre doch ganz normal und auch sie würde darüber hinwegkommen, ihre Kinder gehen zu lassen, denn schließlich wollte man doch nur das Beste für sie. Blöd nur, dass Xea andere Ansichten hinsichtlich des Besten hatte. Wären ihre Meinungen zum Beispiel bezüglich ihrer Hobbys oder der Arbeit auseinandergegangen, hätten sie sicherlich irgendeinen Kompromiss gefunden. Doch bei Kindern? War es überhaupt möglich, hier einen Kompromiss oder eine Lösung zu finden, die für beide annehmbar war? Xea glaubte nicht, nein, sie wusste es sogar. Wo Ronos daran bestrebt war, Kinder in die Welt zu setzen, um dem System gerecht zu werden, war sie darin bestrebt, es nicht zu tun, um ihr selbst gerecht zu werden. War das etwa selbstsüchtig?

Könnte es trotzdem eine gemeinsame Zukunft für sie geben? Auch wenn diese Frage mit jedem Tag an Gewichtigkeit gewann und die Zeit auch nicht gerade auf ihrer Seite stand, war sie noch nicht bereit, sich ihr zu stellen. Sie wollte sich nicht gerade jetzt, da sie das erste Mal mit einem Mann so richtig glücklich war und sich begehrt fühlte, alles kaputt machen. Sie wollte im Moment nur Frau sein, das Leben genießen und unbeschwert in den Tag hineinleben.

Außerdem gab sie auch nicht die Hoffnung auf, dass der Bund eine Lösung finden würde. Eine Lösung, um den Irrsinn mit dem Wechsel zu stoppen und damit all ihre Bedenken in den Wind zu schießen.

Um also für ein paar Stunden diesem schwindelerregenden Gedankenkarussell zu entkommen und die letzten Sonnenstrahlen des Tages auszunutzen, machte es sich Xea mit einem Liebesroman, der so gar nichts mit ihrer realen Welt zu tun hatte und einem Schokoscone, den ihr der Koch heute Morgen verstohlen zugesteckt hatte, auf einer Parkbank im öffentlichen Garten des Natural History Museum`s bequem. Manchmal hatte Xea fast den Eindruck, dass sich Finolo irgendwie, natürlich unbeabsichtigt, für sie verantwortlich fühlte und Angst hatte, sie könnte vom Fleisch fallen. Wahrscheinlich wäre sie das auch, ohne seine kalorienbombigen Leckerlis, die er ihr und Rhi regelmäßig und klammheimlich zuwarf, wobei sie sich jedes Mal wieder ernsthaft fragte, wie er es nur schaffte, sie unbemerkt abzuzweigen, ohne dass es Fiona, die üblicherweise mit Adleraugen über ihren Vorräten kreiste, bemerkte?

Mit geschlossenen Augen biss sie in den luftigen Teig, dessen Süße ihr sofort *Schokolade* und *ihr könnt mich alle mal* zurief.

Natürlich nicht im wahrsten Sinne des Wortes, doch allemal im Sinne ihres Verstandes. Dazu die leichte Decke, die sie sich bis zu den Schultern hochzog und ihr Abend war gerettet.

Es war ein sehr ruhiger Platz in einer etwas abgeschiedenen Ecke. Und, da das Museum auf der Beliebtheitsliste der öffentlichen Plätze ein ziemliches Schlusslicht bildete, war weit und breit auch niemand zu sehen.

Somit bemerkte Xea erst gar nicht, wie sich jemand näherte, da sie so in ihr Buch vertieft war. Erst, als sich der Mann neben sie auf die Parkbank niederließ, hob sie den Kopf, um zu sehen, wer sie denn hier in dieser abgelegenen Ecke störte, wo es doch noch so viele andere Sitzgelegenheiten im Park gab.

Es war Xandor, eingehüllt in einem langen piekfeinen Inverness-Mantel mit leichtem Schal um den Hals. Er sah aus, wie Sherlock Holmes. Fehlte nur noch die berühmte Jagdkappe und seine Pfeife. Sogar das hagere Gesicht und die Habichtsnase passten detailgetreu auf die Beschreibung des berühmten Detektivs. Nur sein gewohnt respektvolles Auftreten stimmte nicht so ganz mit dem, von Holmes überein. Und das, obwohl Xandor genussvoll an seinem Eis schleckte und ihm einen kindlich-fröhlichen Glanz in die Augen zauberte. Das Eis sah aber auch wirklich verlockend aus. Xea wusste gar nicht mehr, wann sie das letzte Mal eines von Finolo abbekommen hatte. Es war nämlich nicht ganz einfach, ein Eis in einer Kochschürze oder in einem Küchenschub zu verstecken. Und kaufen wollte sich Xea keines. Es war einfach zu teuer. Erst, wenn sie eine Familie hätte und sie etwas Lohn bekäme, könnte sie sich auch hin und wieder solche Gaumenfreuden gönnen. Bis dahin sparte sie lieber auf wichtigere Dinge.

„Hallo Xea, ein ruhiges Plätzchen hast du dir da ausgesucht", begann Xandor mit ruhiger Stimme, während er sich lässig zurücklehnte, an seinem Eis schleckte und für ein paar Sekunden sein

Gesicht mit geschlossenen Augen der Sonne entgegen streckte. Wenn Xea bei ihren letzten Treffen schon gedacht hatte, dass er alt war, so war er jetzt aus der Nähe und bei natürlichem Sonnenlicht betrachtet noch um mindestens weitere fünf Jahre gealtert. Dabei war es nicht einmal sein von Falten durchfurchtes Gesicht, sondern vielmehr seine Augenlider und Mundwinkel, die wie halbvoll befüllte Säcke schlaff und schwer nach unten hingen. Die Erdanziehungskraft machte eben vor niemanden halt, nicht einmal vor Xandor, der eine solche Macht ausstrahlte, dass man ihm sogar zutrauen würde, die Welt zum Stillstand zu bringen.

„Die letzten Sonnenstrahlen des Tages sind die besten, findest du nicht auch? Als würden sie noch einmal alles geben, bevor sie die Finsternis zurückdrängt. Warm und angenehm. Einfach perfekt!"

„Ähm… ja? Aber deshalb sind sie doch nicht hier, Xandor. Wieso hab ich so lange nichts von ihnen gehört? Haben sie schon ein Gegenmittel gefunden?" Xea konnte sich einfach nicht beherrschen und fing gleich an, ihn mit Fragen zu bombardieren.

„Langsam, langsam. Alles der Reihe nach. Wir waren sehr beschäftigt die letzten Wochen. Vor allem Trajan. Doch leider ohne Erfolg, denn es gibt da ein riesengroßes Problem."

Xandor holte kurz Luft, während sich seine Stirnfalte zwischen den Augenbrauen noch tiefer in seine Haut grub und sich seine Brauen fast berührten. Wenn das Problem einen Mann wie Xandor schon zu schaffen machte, dann wusste Xea nicht, ob sie es überhaupt wissen möchte.

„Wir dachten nicht, dass das Serum so gut bewacht würde. Trajan hat es zwar geschafft, sich mit seinem Laborausweis auf legalem Weg Zugang zu dem Raum mit dem Serum zu verschaffen, doch er musste leider feststellen, dass dort nicht nur eine Kamera angebracht war und es somit so gut wie unmöglich ist, unbemerkt eine Probe mitgehen zu lassen. Unsere einzige Chance wäre, die komplette Sicherheitsanlage zusammen mit den Überwachungskameras für ein paar Minuten lahm zu legen."

„Und warum haben sie das dann nicht schon längst getan?"

Xea`s Frage schien ihn zu erheitern, denn seine Lippen umspielte ein belustigtes Lächeln, als er sich das letzte Stück der Eiswaffel in den Mund schob und genüsslich darauf herum kaute. Dann holte er sein weißes Stofftaschentuch aus der Manteltasche und wischte sich ein paar Eiscremereste von den Fingern. Es war nur ein kleiner Handgriff - von kurzer Dauer, doch Xea führte es wieder vor Augen, wie sehr sie sich doch unterschieden. Wie sehr ihre Lebensweisen und Werte auseinanderdrifteten. Ein Medi hätte sich die Finger abgeleckt, um nicht einen einzigen Tropfen der kostbaren Eiscreme zu verschwenden. Ein Sup hingegen brauchte das nicht, denn Eis war für sie nichts wirklich Kostbares. Es war allgegenwärtig und jederzeit erschwinglich.

„Ach Xea, in deinen Augen ist immer alles so einfach. Doch, wenn es so einfach wäre, dann hätten es wahrscheinlich schon viele getan. Die Computer werden zu jeder Zeit und in jeder Sekunde von den besten Informatikern des Landes überwacht. Es würde sofort auffallen, wenn sich jemand in ihr System hacken würde."

„Dann, ... dann muss man die Leute dort halt so lange ablenken oder so was in der Art. Herrgott, es kann doch nicht so schwer sein, eine Lösung zu finden! Ihr Sups wisst doch sonst auch immer alles!" Xea`s Stimme klang anklagend und resigniert zugleich.

Xandor hingegen schien sich über ihre Antwort zu amüsieren, sie sogar zu belächeln, was Xea noch mehr ärgerte. „Du weißt anscheinend nicht, wo sich das Labor befindet..., es ist im Keller des Ruling Palace. Als es damals beim Bürgerkrieg teilweise zerstört wurde, hat man es wieder neu errichtet. Zwar nicht mehr so pompös und wunderschön, wie der damalige Buckingham Palace einst war, dafür aber um vieles sicherer. Man wollte nicht noch einmal riskieren, dass die Lenker des Landes einer Gefahr ausgesetzt werden. Ihr habt doch sicherlich in der Schule gelernt, was mit dem damaligen Buckingham Palace, also dem heutigen Ruling Palace und all seinen regierenden Bewohnern passiert ist."

Diese Frage hätte er sich sparen können, denn jedes Jahr gab es im Ruling Palace eine riesengroße Gala, zu Ehren der Regenten, die dem Bürgerkrieg zum Opfer gefallen waren. Schon Wochen vorher wurde nur noch über dieses eine Ereignis geredet. Riesige Plakate tapezierten die ganze Stadt, auf denen die einstigen Herrscher abgebildet waren.

Auch wenn es eigentlich ein Fest der Trauer sein müsste, so war es, neben Weihnachten, das mit großer Freude meist erwartete und gefeierte Fest.

Und das für alle Bürger, denn jedes Jahr wurden aus ganz England genau eintausend Medi ausgelost, die mit den Sups dort feiern durften. Es war eine Riesenehre, dort geladen zu sein. Man durfte sich auf Kosten des System`s feinste Ballkleider und Anzüge schneidern lassen. Den ganzen Abend lang konnte man sich mit kostbaren Delikatessen voll schlichten und die erlesensten Weine kosten, so viel man wollte. Selten gingen die Leute nüchtern wieder nach Hause, wie man hörte. Doch der Höhepunkt des Ganzen war, dass jedes Jahr genau einer von den tausend Medi in den Superiorstand aufsteigen würde. Dafür wurden ihre Einladungskarten beim Empfang abgenommen und in eine große Lostrommel geworfen. Derjenige, der dann um Mitternacht gezogen wurde, hatte ein Leben ohne Entbehrung und ohne Wechsel in Aussicht. Er durfte mit seiner Familie, wenn er denn eine hatte, in eine der vielen leerstehenden Villen, die es überall im Lande gab, ziehen und dort bis an sein Lebensende residieren. Natürlich gab es auch die dazu benötigte Dienerschaft noch gratis obendrein.

Zugegeben, es war wenig aussichtsreich unter die Tausend zu gelangen, denn obwohl es in England nur noch ein Viertel der damaligen Bevölkerung gab, handelte es sich, wenn man die Inferior und Superior noch weg rechnete, immerhin noch um knappe fünfzehn Millionen Menschen, unter denen gewählt wurde.

„Der Ruling Palace", fuhr Xandor fort, „ist somit das am besten bewachteste Gebäude in ganz England! Glaub mir Xea, wir waren genauso entsetzt wie du, als uns Trajan davon erzählt hat, doch dann hatte er eine Idee. Und, auch wenn es ein sehr vager Plan ist, ist es doch das Einzige, was wir versuchen können. Wir haben alles Mögliche immer und immer wieder durchgespielt. Haben uns sogar überlegt, ob wir nicht irgendwie bei den jährlichen Grippeimpfungen im Krankenhaus oder bei den Leuten daheim an eine Probe kommen könnten. Doch das ist leider ganz und gar auszuschließen, denn jede Impfung wird von Soldaten genauestens bewacht und dokumentiert. Es würde sofort auffallen, wenn etwas fehlen würden. Und wir können uns einfach nicht leisten, dass irgendjemand auch nur den kleinsten Verdacht schöpft! Trajan`s Plan ist leider unsere einzige Chance."

„Und was soll das für ein Plan sein?"

„Hm..., er wird dir vielleicht nicht gefallen, denn du wirst darin eine sehr wichtige Rolle spielen. Aber lass mich bitte erst ausreden und gib dir ein paar Augenblicke, bevor du dich vorschnell entscheidest." Xea gefiel das Ganze zwar ganz und gar nicht, doch sie würde Xandor`s Rat beherzigen und seinem Plan wenigstens eine faire Chance einräumen.

„Wie du bestimmt weißt", erklärte er weiter, nachdem er ihre stille Zustimmung zur Kenntnis genommen hatte, „findet am Silvesterabend im Ruling Palce wieder die Memorial Party statt und du wirst eine von den tausend Glücklichen sein, die daran teilnehmen dürfen. Trajan hat irgendwie herausgefunden, dass genau in dem Augenblick, wenn der Gewinner gezogen wird, sogar die Leute vom Überwachungsdienst mal für kurze Zeit ihre Aufmerksamkeit von den Bildschirmen nehmen und dem Radio zuhorchen, in dem die Liveübertragung der Auslosung läuft, denn es gibt zwar in dem Saal auch eine Überwachungskamera, doch nicht genau dort, wo die Bühne aufgebaut ist. Und da an dem Abend so viele Menschen anwesend sein werden, können die Wachleute wahrscheinlich eh nicht viel auf dem Bildschirm erkennen, so dass sie es wenigstens im Radio mitverfolgen wollen. Wir können nur hoffen, dass sich Trajan da mal nicht irrt und sich unser Hacker unbemerkt ins System einklinken und die Kameras für ein paar Minuten auf Stillstand setzen kann. Ansonsten sind wir geliefert! Besser gesagt du Xea, denn es wird deine Aufgabe sein, dich während der Verlosung ins Labor zu schleichen und eine Probe zu nehmen."

Stille.

Eine Stille, in der man sowohl eine fallende Nadel als auch Xea`s herumkreisende Gedanken hätte hören können. Xandor`s Worte fühlten sich an wie eine unerwartete Ohrfeige, bei der man zwar durchaus den Schmerz fühlte, doch einem vielmehr der Schock und das Erbeben des Körpers zu schaffen machte und den Schmerz in den Hintergrund drängte. Bisher hatte sich Xea erst einmal eine Ohrfeige eingefangen. Sie war damals acht und noch in der Schule. Xea war ihrer Lehrerin von Anfang an ein Dorn im Auge gewesen, da sie immer alles hinterfragte. Als sie dann eines Tages bei einer heftigen Diskussion über die Vorteile des jährlichen Wechsels nicht einer Meinung mit dem System war und sich die Lehrerin verbal nicht mehr artikulieren konnte, hatte sie Xea einfach eine verpasst. Xea fühlte die Demütigung und den Schock darüber noch so gut, als wäre es erst gestern gewesen. Xandor`s Forderung hingegen bereitete ihr zwar keine körperlichen Schmerzen, doch der Schock und das Erzittern ihres Körpers waren deutlich spürbar. So deutlich, dass sie ein paar Augenblicke brauchte, um das Atmen wieder aufzunehmen. Wäre sie dieser Aufgabe denn überhaupt gewachsen? Und dann war da auch noch die Angst, die bei jeder weiteren Überlegung an Gewicht zulegte.

Während sie um Worte rang, spürte sie Xandor`s prüfenden Blick auf ihr. Sie wusste, dass er gespannt ihre Reaktion abwartete.

„Wow! D…das ist echt … eine Ehre? Doch, warum ausgerechnet ich? Es gibt doch auch noch andere Medi, die Othaler sind, oder vielleicht Trajan? Schließlich kennt er sich dort ja bestens aus!", war alles, was sie mit brüchiger Stimme über die Lippen brachte, um sich ein bisschen Zeit zum Nachdenken zu verschaffen.

Xandor versuchte, sie mit einem verständnisvollen Lächeln zu ermutigen, denn er wusste sehr wohl, wie es um ihren Gemütszustand bestellt war.

„Leider gibt es nur sehr, sehr wenige Medi, die beim Bund sind. Genau genommen, nicht einmal ein Dutzend. Die meisten haben die, … hm… Aufnahmeprüfung nicht bestanden", räusperte er sich verlegen, denn er wusste, dass dies in Xea`s Augen ein rotes Tuch war. „Und die, die sie bestanden haben, sehen sich so einer bedeutenden Rolle nicht gewogen. Sie haben schlichtweg Angst, dabei geschnappt und abgestuft zu werden. Und Trajan, ja, daran haben wir auch schon gedacht, nur, dass es sofort auffallen würde, wenn er während der Auslosung verschwinden würde. Wie du weißt, wohnt er ja im Ruling Palace mit noch drei weiteren bedeutenden Familien. Er ist sozusagen mitunter der Gastgeber und verpflichtet, die Auslosung zu leiten und dem Medi die Schlüssel zu seinem neuen Zuhause zu überreichen. Soviel ich weiß, handelt es sich dieses Jahr um ein kleines Castle im Süden Schottlands. Ich weiß genau, was du denkst Xea, aber glaub mir, Trajan muss diese Aufgabe gewohnheitsmäßig durchziehen, sonst würde sein Vater sofort Verdacht schöpfen. Und sein Vater spielt eine sehr bedeutende Rolle im System, wenn nicht sogar die bedeutendste! Wir können uns einfach nicht leisten, dass Trajan, einer der wichtigsten Verbindungsmänner zum System an Sympathiepunkte verliert oder schlimmstenfalls unter Verdacht gerät. Dazu ist er viel zu wichtig für den Bund!"

Na toll! Aber ich nicht! Wie gut, dass ein kleines unbedeutendes Medimädchen jederzeit leicht zu ersetzen ist!

„Und warum glauben sie, dass ausgerechnet ich dem gerecht werde?" Auch wenn Xea Xandor`s Begründung fast schon als Beleidigung gegenüber ihr auffasste, versuchte sie wieder einmal, ihren Stolz hinunter zu schlucken und die Dinge neutral zu betrachten, denn sie wusste, dass er recht hatte und sie sich endlich damit abfinden musste, dass sie nie die Stellung einer Sup erlangen würde.

„Hm..., ehrlich gesagt, weiß ich es nicht. Ich weiß nur, dass du taff und mutig genug bist. Und..., leider bist du auch unsere letzte Chance."

„Ich bin also die Einzige, die noch nicht *nein* gesagt hat. Wow! Sie lassen mir ja damit gar keine andere Wahl, als es zu tun."

„Nun ja..., man hat immer eine Wahl. Aber... in deinem Falle, ist es wirklich so, dass, wenn auch du dich dazu nicht bereit erklärst, uns die Hände gebunden sind und wir weiter auf die Suche nach einem Geeigneten gehen müssen. Und... das könnte noch Jahre dauern."

Xea verfluchte den Tag, an dem sie so neugierig und dem Schatten zu der Tür mit der Rune gefolgt war. Wäre sie einfach nur nach Hause gegangen, hätte sie vom Bund überhaupt nichts erfahren. Sie hätte ihr letztes Praktikumsjahr vollenden und Ronos heiraten können. Alles wäre so einfach gewesen. Einfach, … aber auch belastend. Spätestens, wenn sie ihr erstes Kind verloren hätte.

Nein, Xea wusste, dass etwas geschehen musste, um dem Wahnsinn endlich ein Ende zu setzen. Auch wenn sie dabei ihr Leben aufs Spiel setzen musste.

„Okaaaay, ich werd`s machen. Aber, wie wollen sie wissen, dass ich unter den tausend geladenen Medi sein werde?"

Xea konnte Xandor förmlich ansehen, wie er erleichtert aufatmete. Die Last der Verantwortung auf seinen Schultern schien etwas an Gewicht verloren zu haben.

„Vertrau mir einfach. Es wird nicht mehr allzu lange dauern, bis du den Brief mit der Einladung zugestellt bekommst. Und bis dahin, genieße deine freie Zeit, denn ab dem Zeitpunkt, da du eine Geladene bist, bleibt dir davon nicht mehr viel übrig. Du wirst neben deiner Arbeit im Krankenhaus beschäftigt sein mit dem Aussuchen von Stoffen, dem Aufsuchen von Schneidern, Anproben, Tanzstunden, Benimm-dich-Stunden und vielem mehr."

„Na toll! Ich kann es kaum erwarten!" Mit ihrem ironischen Tonfall wollte sie eher sich selbst belustigen, als Xandor. Sie wollte sich vom Ausmaß ihrer Entscheidung ablenken, denn jetzt, da sie schon einmal zugesagt hatte, gäbe es kein Zurück mehr. Und diese Endgültigkeit bereitete ihr nun doch zunehmends ein ungutes Gefühl. Da half nicht einmal die Aussicht auf einen glamourösen Abend als Prinzessin.

„Und wann werde ich in die genaue Vorgehensweise eingeweiht?"

„Wahrscheinlich früher, als dir lieb ist!"

19

Xandor hatte sich geirrt, denn sie wäre am liebsten gleich nach ihrem Gespräch mit den Einzelheiten vertraut gemacht worden. Dann hätte sie gewusst, was auf sie zukam und sich zumindest schon Mal seelisch auf ihren Auftrag vorbereiten können. So jedoch musste sie sich wieder einmal in Geduld üben, was in Xea`s Augen noch viel schlimmer war.

Der bloße Gedanke an Silvester, den Ball und ihre Aufgabe bescherte ihr eine Gänsehaut, die sich mit allen Wassern gewaschen hatte. Sie hätte sich so gerne jemanden anvertraut, allem voran Ronos. Sie hasste es, Geheimnisse vor ihm zu haben. Obwohl sie sich ständig einredete, es für sie beide und die ganze Bevölkerung zu tun, konnte sie doch ihr schlechtes Gewissen gegenüber ihm nicht abschalten.

Leider schien nicht nur Rhi ihre Zweifel zu bemerken, sondern sogar Ronos. Immer öfters schweiften ihre Gedanken ab und das selbst dann, wenn sie miteinander intim wurden.

Ronos und auch Rhi, der wirklich nie etwas entging, hatten sie schon mehrfach gefragt, ob ihr etwas auf der Seele lag. Xea hasste diese Frage, denn diese Frage zog immer eine Lüge nach sich. Es gab so vieles, was ihre Seele belastete, sie jedoch keinem anvertrauen konnte. Stattdessen präsentierte sie ihnen, um nicht völlig von der Wahrheit abzuschweifen, die bevorstehende Berufswahl als ihr Problem. Ihre Bedenken hinsichtlich einer Stelle im St.-Mary`s Hospital und auch den Silvesterball, dem alle mit einer gewissen Portion Nervosität entgegensahen.

Eines kalten Tages im November war es dann soweit, als Rhi mit einem Brief in der Hand ins Zimmer gestürmt kam. Es war ein

Samstag und Xea musste erst zur Mittagsschicht unten im Gasthaus erscheinen, so dass sie immer noch tief und fest schlief.

„Xea! Xea, steh auf! Ich hab was für dich!", rüttelte Rhi erbarmungslos an Xea`s Schulter.

„Geh weg, du unbarmherzige kleine Kröte! Mein Wecker hat noch nicht geklingelt! Lass mich schlafen!" Rhi hatte keinen Erfolg, denn Xea zog sich die Bettdecke bis über beide Ohren hoch und krallte sich darin fest, als ginge es um ihr Leben.

Also musste Rhi zu Plan B übergehen, fasste unter die Decke und kitzelte sie bis sie von Xea`s wilden Tritten getroffen nach hinten fiel und auf dem Hosenboden landete.

„Ich schwöre dir, wenn es nicht um Leben und Tod geht, dann geht es bei dir gleich um Leben oder Tod!", fauchte jetzt Xea, die sich endlich aufgerichtet hatte, ihren kleinen Schützling mit müden, verquollenen Augen mürrisch an. Doch, als sie Rhi am Boden sitzend mit diesem unschuldigen Dackelblick sah, konnte sie nicht länger böse mit ihr sein.

„Ach Rhi! Du weißt doch, dass ich erst Mittag Dienst hab. Bin doch nicht so hartherzig mit…"

„Schau, was ich hab!", unterbrach sie Rhi, während sie schnell wieder aufs Bett sprang und Xea den Brief unter die Nase hielt. „Schnell mach auf! Der ist vom System. Das ist bestimmt die Einladung!"

Da war es, das heiß ersehnte und zugleich viel gefürchtete Stück Papier, um das sich all ihre Gedanken in den letzten Wochen drehten. Sie fühlte sich wie Adam aus dem Paradies. In ihren Augen hatte er nie wirklich eine Chance, sich den Verlockungen von Eva zu widersetzen. Genauso wenig wie sie jemals eine faire Chance hatte, sich gegen ihre Neugierde zu widersetzen. Zumindest musste sie dafür nicht das Paradies gegen die Erde eintauschen. Sie musste sich lediglich in die Höhle des Teufels begeben.

Da sie Rhi, die auf ihrem Bett vor lauter Aufregung herum zappelte, als müsste sie dringendst auf die Toilette und ihr dabei die Füße zu zerquetschen drohte, nicht mehr länger auf die Folter spannen wollte, richtete sie sich etwas im Bett auf und öffnete das Kuvert.

Wo Xea noch vor ein paar Augenblicken gegen die Schläfrigkeit ankämpfen musste, kämpfte sie jetzt gegen ihr Herzrasen an.

Als sie die Karte, die sich zwischen ihren Fingern fest und samtweich zugleich anfühlte, behutsam aus dem Kuvert zog, starrten beide wie gebannt auf den darauf abgebildeten Ruling Palace mit englischer Flagge im Hintergrund. Es verschlug ihnen die Sprache, denn sie wussten beide, was Xea in ihren Händen hielt. Im besten Fall eine Zukunft ohne Entbehrungen.

Erst als sie Rhi auffordernd ansah, drehte Xea die Karte um.

„Herzlichen Glückwunsch, Xea! Du wurdest ausgewählt und darfst dieses Jahr an Silvester als Ehrengast bei der Memorial Party im Ruling Palace mitfeiern", stand in feinsäuberlicher Schrift auf der Einladung.

Xandor hatte also Recht behalten und dafür gesorgt, dass sie unter den tausend Geladenen war. Wie hatte er das bloß wieder gedeichselt? Ob Trajan dahintersteckte?

Im Umschlag steckte noch ein zusammengefalteter Brief, in dem alles Organisatorische beschrieben war. Angefangen von der Kleiderordnung, einer Liste mit Stoffläden und Schneidereien, einer Tanzschule und noch vielem mehr. Xea konnte kaum glauben, mit was für einem Aufwand so ein Ball verbunden war.

„O Rhi! Was ist denn los? Warum weinst du?"

Als Xea von ihrem Brief aufblickte, sah sie geradewegs in die feucht glänzenden Augen von Rhi, die immer noch auf ihren Füßen saß und sie aus großen treuherzigen Augen ansah.

„I…ich freu m…mich nur so fü…für dich", schniefte sie.

„Ich mich auch, Kleines. Ich kann es noch gar nicht fassen!" Eigentlich hätte es Xea sein sollen, die Tränen der Freude weinte, doch es war Rhi, die sich so für sie freute, dass ihr das Herz vor Liebe zu diesem kleinen Mädchen fast schon weh tat. Xea nahm sie in die Arme und drückte sie wogend und fest an ihre Brust, während sie ihr mit einer Hand immer wieder über die lockige Haarpracht strich und den süßen kindlichen Duft wie eine Asthmapatientin ihr Kortison inhalierte.

„Ich werde jeden Tag zum lieben Gott beten, dass sie auf dem Ball deinen Namen ziehen und du eine Sup wirst. Ich wünsche es keinem so sehr wie dir!"

„Ach, das ist so lieb von dir, Rhi! Und ich werde jeden Tag dafür beten, dass ich, wenn ich wirklich gezogen werde, dich als meine Schwester mitnehmen darf."

„Glaubst du denn, das geht?" Xea erkannte in Rhi`s Augen dieselbe Hoffnung, die auch sie damals in ihren ersten Wechseljahren verspürt hatte, immer wenn sie auf der Straße eine Frau oder einen Mann gesehen hatte, die ihren Eltern glichen. Doch an die schmerzhaften Augenblicke, in denen sie erkannte, dass es nicht ihre Eltern waren, wollte sie erst gar nicht mehr denken. Es fühlte sich an, wie damals, als ihr ihr Vater in einer nahegelegenen See das Schwimmen beibringen wollte. Sie hatte sich so darauf gefreut, endlich schwimmen zu dürfen, dass sie zappelnd und nörgelnd neben ihm im Badeanzug stand und es einfach nicht mehr erwarten konnte, dass er endlich aufhörte, sich mit einem anderen Mann zu unterhalten. Da er aber keineswegs Anstalten dazu machte, dachte sie, es wäre ja auch nichts dabei, wenn sie im seichten Wasser auf ihn wartete. Schließlich tummelten sich dort noch andere Kinder, die nicht schwimmen konnten und von ihren Eltern mit Argusaugen unter strenger Beobachtung standen. Blöd war nur, dass sie schon als Kind mehr Wagemut als Verstand besaß. Wobei es schon fies war, dass der See ganz plötzlich von einem auf den anderen Schritt so steil abfiel, dass nur noch ihre Stirn und Nase heraus spitzten. Die nackte Panik und das verzweifelte Bestreben, nach oben an die Wasseroberfläche zu gelangen, während sie keine Luft bekam, hatte sie bisher nur noch ein einziges Mal erlebt. Bei ihrem ersten Wechsel, als sie die Soldaten aus den Armen ihrer Mutter gerissen hatten. Sie hatte sich in diesem Moment geschworen, niemals mehr zu zulassen, dass ihr jemand solche Schmerzen bereitete. Daher auch ihre Distanziertheit, mit denen sie den Menschen seitdem begegnete. Bisher hatte es auch super geklappt, bis Rhi kam. Und nach ihr Ronos. Das Gefühl, wieder jemanden so tief in ihr Herz hinein zu lassen, machten sie zwar zu einem vollständigen und glücklichen Menschen. Andererseits jedoch konnte sie die Angst, wieder verletzt zu werden, nicht ignorieren. Sie war da und meldete sich immer dann, wenn sie allein oder traurig war. Wie eine Gänsehaut verursachender Bohrer, der den Zahnschmerzen noch eins draufsetzte, zumal man eh schon das Gefühl hatte, jemand würde einem die Zähne mit dem Schlagbohrhammer zertrümmern.

Jedenfalls konnte sie ihr Vater damals noch kurz vor dem Ertrinken retten. Auch wenn sie stets versucht hatte, dieses schreckliche Ereignis zu verdrängen, waren es genau zwei Dinge, die sich in ihrem Gedächtnis wie Kletten festkrallten. Seinen Zorn, wobei es im Nachhinein betrachtet wohl eher sein eigenes Versäumnis und der Schock war, was ihn so sehr in Rage gebracht hatte. Und seine Worte, die in ihr noch lange nachhallten. *Lern endlich, zu tun, was man dir sagt, sonst nimmt es noch ein schlimmes Ende mit dir!*

Sie hatte diesen Ratschlag befolgt und genau das getan, was man von ihr verlangte. Immer und immer wieder. Doch bald würde sie sich wieder in gefährlich tiefes Gewässer begeben. Was würde ihr Vater dazu sagen? Wahrscheinlich würde er sagen,

schwimm so weit raus, wie du möchtest, du kannst ja jetzt schwimmen!
Zumindest redete sie sich das ein, denn es nahm ihrem riskanten
Vorhaben etwas an Schärfe. So, als würde man einer versalzten
Suppe einen Becher Sahne zugeben. Sie war dann zwar immer
noch zu salzig, aber immerhin einigermaßen genießbar.

„Ja Rhi, ich glaube ganz fest daran, dass es gehen wird. Ich
werde alles versuchen, um dich nicht zu verlieren, das schwöre ich
dir, so war ich … dich jetzt kitzle, um dein fröhliches Gesicht wieder zu sehen".

Und schon ging es los, die Kicherei und Kitzelei zwischen den
beiden. Nachdem sie sich erschöpft und atemlos rücklings aufs
Bett fallen ließen, glich eben dieses einem Schlachtfeld aus Laken
und Kissen.

„Wann wirst du es Ronos sagen?"

„Heute Nachmittag, gleich nach meiner Schicht, will ich ihn be-
suchen. Er hat morgen früh Sonntagsdienst und muss heute leider
früh ins Bett. Deshalb werd ich auch nicht allzu lange weg sein.
Hm, …was hältst du von einem Mädelsabend im Bett mit einer
Party Schach und einer ganzen Dose Schokokekse, die ich letztens
unserm lieben Finolo abgebettelt hab?"

„Xea, du bist die Beste!", fiel ihr Rhi um den Hals. „Ich liebe
Schokokekse und fast noch mehr liebe ich es, dich auf ganzer Linie
Schachmatt zu setzen!"

„Sei dir da nur nicht so sicher! Wie du weißt, ist das Glück heute
auf meiner Seite!" Siegessicher wedelte Xea mit ihrer Einladungskarte vor Rhi`s Gesicht herum, woraufhin ihr Rhi mit gekräuselter
Nase und trotziger Miene ihre Meinung dazu stillschweigend mitteilte.

20

Stunden später und um etliche Nervenzellen beraubt, hing Xea ihre Schürze an den Haken und nahm stattdessen ihren dicken Wollmantel von der Garderobe. Obwohl es draußen kalt und feucht war, genoss sie die paar Minuten, die sie mit dem Rad bis zu Ronos Haus unterwegs sein würde. Die frische Luft wehte ihr um die Ohren und machte ihren Kopf wieder frei.

Mit jedem Meter, den sie sich ihm näherte, wuchs ihre Vorfreude. Und auch Ronos hatte schon sehnsüchtig auf sie gewartet, als sie wie ein Honigkuchenpferd grinsend in sein Zimmer gestürmt kam und ihm um den Hals fiel. Er roch wie immer fantastisch. Nach Seife und vor allem nach Ronos. Außerdem fand sie, dass er heute besonders sexy aussah mit der hüfthohen löchrigen Blue Jeans und dem engen weißen Shirt, das sich verführerisch um seinen Bizeps und die harten Bauchmuskeln dehnte.

„Wow! Was verschafft mir denn die Ehre, so stürmisch begrüßt zu werden? Du strahlst ja wie eine hundert Watt Glühbirne! Was ist passiert, denn ich gehe nicht davon aus, dass ich dich gerade so zum Glühen bringe", grinste er sie an, nachdem er ihren Kopf sanft zwischen seine Hände genommen hatte und sie immer wieder zwischendurch auf ihre weichen Lippen küsste.

„Nein, mein Liebster, das tust du wahrlich nicht! Du", flüsterte sie ihm aufreizend ins Ohr, „du bringst mich nämlich gleich zum Schmelzen!"

„Hmmm… ich muss schon sagen, das gefällt mir. Kann es sein, dass gerade die Temperatur um ein paar Grad gestiegen ist? Oder ist nur mir so heiß?"

„Tja, da würd ich sagen, du entkleidest dich etwas, um deine Temperatur zu sinken." Xea wollte sich schon an seinem Shirt zu schaffen machen, als er sachte ihre Hände packte, um sie in ihrem Vorhaben zu stoppen.

„Ja, das würde dir so gefallen, du heißes Luder! Doch zuerst will ich wissen, was dich so glücklich macht, außer meiner Wenigkeit natürlich!"

„Ach, nichts Besonderes", meinte sie beiläufig so am Rande, „nur, dass ich heute eine Einladungskarte für die Memorial Party an Silvester bekommen hab." Xea konnte nicht anders, als bei der Erwähnung der Party erneut bis über beide Ohren zu grinsen und dabei verzückt in die Hände zu klatschen, während sie herumzappelte, als stünde sie auf glühenden Kohlen.

Sie hätte zu gerne gewusst, was gerade in Ronos` Kopf abging, seinem Gesichtsausdruck nach zu urteilen, wurde er nämlich gerade schockgefrostet. War er so erschrocken, weil er dachte, er könnte sie vielleicht verlieren, wenn sie die eine Glückliche wäre, der ein Leben als Sup bevorstand? Oder konnte es vielleicht sogar sein, dass er es ihr nicht gönnte? Doch wie sich herausstellte, war das alles nicht der Fall, denn gleich darauf brach auch er in einen Freudenausbruch aus und wirbelte Xea durchs ganze Zimmer.

„Mensch Xea, ich freu mich ja so für dich! Stell dir nur mal vor, du bist die Eine, die unter den tausend gezogen …"

„Ja, ja", unterbrach sie ihn, „ich weiß schon. Rhi stellt sich das auch schon vor. Aber ich will mich nicht zu früh freuen. Es ist ja schon eine Ehre, überhaupt teilnehmen zu dürfen, sich dieses wunderschöne Kleid schneidern zu lassen und sich den Bauch nach Herzenslust voll zu schlagen."

„Apropos Kleid. Weißt du denn schon, wie es ungefähr aussehen soll?"

„Nein! Ich weiß es ja selbst erst seit ein paar Stunden, da konnte ich mir darüber noch keine Gedanken machen!"

„Das solltest du aber, Babe. Denn ich will, dass du rattenscharf aussiehst und alle anderen in den Schatten stellst." Ronos meinte es zwar gut, doch es war vielleicht keine so gute Idee, zu sehr heraus zu stechen. Sie sollte eher unscheinbar wirken, damit sie nicht allzu viel Aufmerksamkeit auf sich lenkte.

„I… ich weiß nicht recht. Ich dachte da eher an etwas… Schlichtes?" „Auf gar keinen Fall! Ich sehe schon, ich muss das selbst in die Hand nehmen. Komm mit! Hier gleich um die Ecke gibt es einen total guten Schneider", zog er Xea mit nach unten und ein kurzes Stück der Straße entlang. Xea fand es zwar total süß von ihm, dass er sich so um sie kümmerte, aber ehrlich gesagt, ging ihr das etwas zu schnell. Da aber Ronos eine solche Begeisterung an den Tag legte, hätte sie ihn unmöglich enttäuschen können, so dass sie ihm schön artig folgte.

Gefühlt nur ein paar Augenaufschläge später, öffneten sie eine etwas in die Jahre gekommene Tür, die ihren Besuch mit einem lauten Glockengebimmel über ihren Köpfen ankündigte. Doch nicht nur das hieß sie willkommen, sondern auch der penetrante Geruch nach Leder, vermischt mit frischer Seifenlauge und dem leicht modrigen Geruch, der einem sehr alten Haus unausweichlich anhaftete. Es war wie eine ausgepolsterte Wand, gegen die sie knallte und ihr das Atmen erschwerte. Erst, als sie sich an die Kombination dieser vielen verschiedenen Gerüche etwas gewöhnt und ihre Atmung auf oberflächlich herunter gefahren hatte, sah sie sich in dem kleinen, ziemlich erdrückenden Raum um.

Es war, als wäre sie in einer ganz anderen Welt. Einer Welt, in der Ordnung, Licht und Platz nicht gerade von großer Bedeutung waren. Dafür aber umso mehr Stoffe, Gerüche und Staub. Sogar viel Staub. Das ohnehin schon kleine Schaufenster, war vollgepackt mit Kleidern, Hosen und Hemden, die auf den ersten Blick nicht gerade modern oder auf irgendeine Art eindrucksvoll erschienen. Eher alltagstauglich und sogar für eine dünne Geldbörse erschwinglich. Auch die Tatsache, dass die Stücke lediglich auf Kleiderhaken vom Fensterrahmen hingen und nicht an Schaufensterpuppen ihre Schnitte besser zur Geltung brachten, gaben dem Laden einen gewissen altertümlichen Touch.

Xea wollte gewiss nicht undankbar sein, aber wenn sie schon einmal die Chance hatte, sich ein atemberaubendes Ballkleid schneidern zu lassen und das auch noch umsonst, dann wusste sie nicht so recht, ob das hier der richtige Schneider war. Auch die Unordnung, mit der sich die gefühlt tausend Stoffbahnen kreuz und quer in den Fächern bis an die Decke hoch türmten, vermittelten ihr den Eindruck von Chaos und Schlamperei.

Der feine Staub in der Luft und auf den mahagonifarbenen Ablagen, hatte es sich scheinbar zur Lebensaufgabe gemacht, sich seinen Eindringlingen von Anfang an gleich als Herrscher über den Laden zu präsentieren, indem er sie so lange in die Nase kitzelte, bis ein unterwürfiges Niesen unausweichlich war. So auch Xea, die unter vorgehaltener Hand ein paar Mal hintereinander heftig niesen musste.

„Ich weiß, der erste Eindruck ist nicht gerade herausragend, aber du wirst ihn lieben!", reichte ihr Ronos mit entschuldigendem Blick ein Taschentuch. Sogar ein Blinder hätte wahrscheinlich gespürt, dass sich Xea, die normalerweise keinen großen Wert auf Luxus legte, in diesem schäbigen Laden sichtlich unwohl fühlte.

Zum Glück wurde ihre etwas angespannte Situation unterbrochen, als sich schlurfende Schritte näherten.

„Ah! Senor Ronos! Wie schön, sie wieder einmal zu sehen. Und welch Augenweide sie da begleitet! Ach, ich muss schon sagen, da könnte man ja direkt neidisch werden!", begrüßte sie ein großer schlanker Mann mit dichtem grauem Haar und dunklen Augen. Sein spanischer Akzent war unüberhörbar und Xea fragte sich sofort, wie lange er wohl schon in England wohnte. Dem fortgeschrittenen Alter nach, hätte er jedenfalls schon lange in Rente sein müssen.

„Ah, Senora fragt sich jetzt bestimmt, warum ich immer noch arbeite, hier in dieser etwas herabgekommenen kleinen Schneiderei", zwinkerte er Xea wissend zu, so dass sie sich ernsthaft fragte, ob es sein konnte, dass er Gedanken lesen konnte. „Sie fragen sich zu Recht, denn ich habe schon gute siebzig Jahre auf dem Buckel. Und dennoch stehe ich hier und gehe meiner Leidenschaft nach. Wissen sie, ich habe früher für die angesehensten Leute die Kleider geschneidert. Und das immer zu ihrer vollsten Zufriedenheit. Als dann meine Frau viel zu früh starb und ich nur ein paar Jahre darauf in Rente ging, hab ich meine Beziehungen zu den Mächtigen spielen lassen und… tada…! Sie haben es mir ermöglicht, noch hobbymäßig eine eigene kleine Schneiderei zu betreiben. Ich weiß, es ist nicht gerade groß und luxuriös, aber das ist mir mehr als genug. Aber jetzt hab ich genug geredet. Was kann ich für euch hübschen Turteltäubchen Gutes tun?"

Ronos hatte Recht, als er behauptete, sie würde ihn lieben, denn er war ihr auf Anhieb sympathisch.

„Meine Freundin hier hat die Ehre, am Silvesterball teilnehmen zu dürfen", verkündete er mit vor stolz geblähter Brust.

„Nein! Ist das wahr? Und ausgerechnet ich darf dir ein Kleid auf den Leib schneidern?" Der Schneider war so gerührt und bekam sofort ganz feuchte Augen, dass es Xea schon ganz unangenehm war, wie sich alle für sie freuten.

„Ähm, … wir wollten uns nur mal umsehen und uns vielleicht ein paar Modelle ansehen?" Der zaghafte, unentschlossene Klang ihrer Stimme war nicht zu überhören. Sie rang immer noch mit sich, ob sie dem alten Mann diese Aufgabe übertragen konnte und vor allem, ob sie es überhaupt wollte. Trotzdem nahm sie sich fest vor, ihm eine faire Chance einzuräumen.

„Aber natürlich!", lächelte er sie verstehend an. „Na, dann kommen sie mal herein in mein bescheidenes Reich!"

Der alte Mann, der sich bei Xea als Trega vorgestellt hatte, führte sie nach hinten in einen angrenzenden Raum, wo er das Licht anschaltete, weil es draußen bereits stockfinster war. Xea hoffte inständig, dass er tagsüber mit dem Strom gespart hatte, denn den relativ großen Raum mit Kerzen auszuleuchten, würde sich wahrscheinlich als äußerst schwierig herausstellen.

Während sich Trega eifrig an einem uralten, wurmstichigen Schreibtisch zu schaffen machte, indem er alle Schubläden nach Skizzen und Fotos durchforstete, nahm sie den alten Mann näher in Augenschein. Er war, entgegen seiner Schaufensterauslage, schick gekleidet mit seinem maßgeschneiderten Anzug und den blank polierten, schwarzen Lederschuhen. Würde nicht ein Maßband um seinen Hals baumeln und sich um sein Handgelenk ein kleines, weich gepolstertes Stecknadelkissen wie eine überdimensional große Armbanduhr schlingen, wäre er durchaus auch als Superior durchgegangen.

„Wer hätte gedacht, dass ich auf meine alten Tage die noch einmal benötigen würde!", meinte er mehr zu sich selbst mit einem freudig überraschten Kopfschütteln, während er zu einem langen hölzernen Tisch nahe einem Fenster ging und die Skizzen darauf ausbreitete. Allem Anschein nach, hatte der Tisch noch mehr Jahre auf dem Buckel als sein Besitzer selbst, denn die vielen Kerben, Dellen und winzigen Löchern, die höchstwahrscheinlich von den vielen Stecknadeln herrührten, könnten wahrscheinlich Geschichten erzählen, wovon Xea nicht einmal zu träumen wagte. Gedankenversunken fuhr sie mit ihrem Finger eine tiefe Kerbe, wahrscheinlich von einer Schere, nach und fragte sich, was wohl dahintersteckte. Für welches Kleidungsstück hatte der Tisch diese Narbe in Kauf nehmen und einen weiteren Teil seiner makellosen Schönheit einbüßen müssen? Und vor allem, für wen?

Xea rief sich innerlich zur Besinnung, denn sie war nicht hier, um sich der Vergangenheit zu widmen, sondern vielmehr einem geeigneten Ballkleid, was sich leider fast noch schwieriger herausstellte, als alte Geheimnisse zu erraten.

Es dauerte eine kleine Ewigkeit, bis sie sich auf ein Modell geeinigt hatten, denn Xea`s Vorstellungen und Ronos` Vorstellungen von einem Ballkleid hätten nicht unterschiedlicher sein können. Während Ronos auf einladende Röcke, lange Schleppen mit viel Glitzer und enge Korsetts setzte, wollte Xea eher etwas Schlichtes, ja vielleicht sogar Bequemes tragen. Schon beim bloßen Gedanken an ein Korsett bekam sie Atemnot. Außerdem musste es für ihre Aufgabe geeignet sein und durfte sie nicht behindern. Sie stellte sich gerade in einem weiten Ballkleid inmitten eines Labors mit tausenden Reagenzgläsern und Glasbehältern vor. Sie wäre zwar nicht der berühmte Elefant im Glashaus, käme dem aber schon gefährlich nah.

Auch bei der Farbauswahl wichen ihre Vorlieben gewaltig auseinander. Wenn es nach Ronos ginge, würde sie ein knallrotes Kleid tragen. Xea hingegen wären die gewohnten Braun- oder Beigetöne der Systemkleidung lieber gewesen. Damit wäre sie auch nicht so aufgefallen wie mit einem feuerroten Kleid.

Doch da konnte sie sich nicht einmal gegen Trega durchsetzen. Er war entsetzt, als sie ihm ihre bevorzugten Farben vorschlug. Xea befürchtete sogar, dass er auf der Stelle einem Herzstillstand erlegen würde, so heftig griff er sich an die Brust und zog dabei scharf die Luft ein. Um nicht doch noch derartiges zu verursachen, stimmte sie ihm nach langer Überlegung dann doch zu. Schließlich war es Trega, der jahrelange Erfahrung hatte und ganz wie eine Vogelscheuche wollte sie ja dann auch nicht aussehen.

Somit würde der Stoff also silbern sein. Und der Schnitt wirklich raffiniert. Der Spanier hatte in seinen ersten Lehrjahren einmal ein ähnliches Kleid als Meisterstück kreieren müssen und dafür sogar irgendeinen bedeutenden Preis gewonnen. Zum Glück hatte er die Skizze aufgehoben, auch wenn sie schon sehr abgegriffen und etwas zerfleddert war, was dem Kleid aber an Eleganz und Schönheit nichts abgewinnen konnte. Und mit dem Kleid waren auch schlagartig all ihre Befürchtungen bezüglich der Kunstfertigkeit des Schneiders über Bord geworfen.

Xea hatte noch nie zuvor etwas so Umwerfendes gesehen. Es würde zwar viel Haut zeigen und auch etwas gewagt sein, doch nach langer Überredungskunst von männlicher Seite konnte sie nicht anders, als am Ende doch noch einzuwilligen. Sie brachte es nicht übers Herz, die Begeisterung in ihren Augen zu Nichte zu machen und irgendwie würde sie sich schon noch daran gewöhnen.

Zumindest konnte sie ein paar leichte Veränderungen heraus handeln, denn auf der Zeichnung war das Kleid völlig rückenfrei bis unter die Hüften. Xea hätte Angst, dass man ihr zwischen die Pobacken sehen könnte, so dass sie sich darauf einigten, es doch nicht ganz so weit nach unten hin auszuschneiden. Außerdem sollte der Rock, der auf der Skizze vorne bis zur Mitte der Oberschenkel hoch geschnitten war und an den Seiten in fließend weichen Wellen zu Boden fiel, bei ihrem Modell nur ihre Knie preisgeben. Alles oberhalb erklärte Xea nachdrücklich zur Tabuzone. Schließlich wollte sie ja nicht, dass man beim Tanzen ihr Höschen auch noch gratis dazubekam. Der Rest konnte dann bleiben wie auf der Zeichnung. Besonders gut gefiel ihr die lange Schleppe, die nach hinten hin immer länger wurde und dem Kleid Eleganz und Anmut verlieh.

Doch auch das über und über mit Glitzer verzierte Mieder mit Neckholder, das ihre schlanke Taille wunderbar in Szene setzen würde, war nicht zu verachten.

Ein tiefer Ausschnitt war natürlich auch ein Muss, meinte jedenfalls Trega mit felsenfester Stimme, so dass sie gar nicht erst versuchte, ihm dagegen zu reden. Zu Xea`s Zufriedenheit gab es auf Grund des freien Rückens kein Korsett und keine weiten Reifröcke.

Dann wurde Maß genommen. Dazu musste sich Xea bis auf die Unterwäsche ausziehen, natürlich erst, nachdem er die Vorhänge alle zugezogen hatte, um neugierige Augen auszusperren. Leider konnte Trega nicht einmal richtig anfangen, als auch schon die Glühbirnen zu flackern anfingen. Mit einem leisen Fluchen eilte er schnell zu einem hohen Wandschrank und holte ein paar dicke Kerzen hervor, bevor das Licht komplett ausging und sie in dunkelster Finsternis standen. Zumindest so lange, bis der alte Mann ein Streichholz aus seiner Hosentasche herausfischte und damit die Kerzen entzündete.

Xea`s Befürchtung war also wahr geworden, doch im Nachhinein betrachtet, war es vielmehr Vorteil, als Nachteil. Das gedämpfte Licht der flackernden Flammen verliehen dem Raum eine wunderbar behagliche Atmosphäre. Und das konnte sie gut gebrauchen, denn sie fühlte sich nämlich gar nicht behaglich, eher völlig nackt und ausgeliefert, als sie so dastand, nur mit Unterwäsche bekleidet und unter den konzentrierten Blicken des Schneiders vermessen wurde.

Umso mehr genoss es dafür Ronos, der lässig in einem tiefen Ohrensessel in einer dunklen Ecke saß und sie, mit seinen Armen auf den Lehnen, eingehend betrachtete. Xea war heilfroh, dass sie heute ihre Alltagsunterwäsche gegen die aufreizend schwarze Spitzenunterwäsche vom Second-Hand-Laden eingetauscht hatte. Als hätte sie geahnt, dass ihr das zugutekommen würde.

So stand sie also in der Mitte des Raumes und sah Trega dabei zu, wie er jeden Zentimeter ihres Körpers auf einem Stück Papier festhielt.

Dabei glitt ihr Blick immer wieder ab zu Ronos. Sie spürte seine begierigen Blicke über ihren Körper wandern, spürte sie, als wären sie winzig kleine Nadelstiche, die ihre Haut empfindsam machten und feine elektrische Impulse durch ihren Körper jagten.

Sie fühlte sich begehrt, heiß und sexy, woran der schummrige Kerzenschein wahrscheinlich auch nicht ganz unschuldig war. Jedenfalls merkte sie, wie mit jeder weiteren Sekunde ihr Heißhunger auf Ronos unerträglicher wurde. Allein das Stillstehen, wo ihr Körper doch brannte, bereitete ihr schon enorme Schwierigkeiten. Sie versuchte, sich auf den schneeweißen, perfekt gebügelten Kragen des Schneiders zu konzentrieren, um ihren verräterischen Körper zu überlisten, was ihr allerdings nur halbwegs gelang.

Denn, dass in Ronos` feurigem Blick genau derselbe Hunger stand und er seine Hände vor Verlangen im weichen Leder des Sessels festkrallte, machte das Ganze nicht gerade einfacher.

Da waren sie nun beide, nur ein paar Meter voneinander entfernt, total heiß aufeinander und konnten sich nicht einmal berühren. Es war eine süße Qual, die Xea mit all ihren Sinnen genoss. Sie konnte nicht anders, als sich vorzustellen, wie Ronos sie berührte, jeden Zentimeter Haut küsste, sich von ihren Brüsten abwärts bewegte, bis sein Mund ihren feuchten Schoss fand und darin versank…

„So mein liebes Kind, wir sind vorerst fertig. Du kannst dich wieder ankleiden!", wurde sie jäh aus ihrer lustvollen Phantasie gerissen.

Ronos`s sexy Grinsen, gab ihr zu verstehen, dass er sehr wohl um ihr Verlangen Bescheid wusste. Da sich der Schneider wieder in den Laden nach vorne begeben hatte, um eine neue Kundschaft, die kurz zuvor von der Türglocke angekündigt worden war, zu bedienen, beschloss Xea, Ronos` Begierde noch etwas mehr anzustacheln.

Ganz langsam bückte sie sich mit dem Rücken zu ihm zu Boden und hob ihre Sachen auf, wobei sie ihren kleinen prallen Hintern extrem verführerisch in Pose warf. Dann drehte sie sich zu Ronos um, der sie die ganze Zeit über mit fiebrigen Augen verschlang und bückte sich erneut, um in die Hosenbeine zu schlüpfen. Vorher aber strich sie sich langsam ihr langes Haar zur Seite, um ihre Brüste, die nur von einem Hauch Spitze bedeckt waren, noch besser zu präsentieren. Xea konnte förmlich spüren, wie Ronos seine Blicke über die weichen Rundungen wandern ließ. Es fühlte sich an, als würde er sie leicht mit den Fingerspitzen entlang fahren. Bei der Vorstellung wurden ihre Brustwarzen hart und das Ziehen in ihrem Schoß fast unerträglich. Dennoch ließ sie sich Zeit und zog ihrer beider Begierde noch weiter in die Länge, indem sie Zentimeter um Zentimeter ihre Jeans über ihre langen, glatten Beine hochzog, um sie dann knapp unter ihrer Hüfte zu schließen, so dass noch ein Stückchen Spitze hervor lugte.

Weiter kam sie nicht, denn Ronos sprang auf, ging auf sie zu, drängte sie mit seinem Körper hart gegen die Wand und stützte sich schwer atmend mit seinen Händen ab, während er ihr das Ausmaß seiner Härte deutlich zu spüren gab.

„Ich hoffe doch sehr, du hast dir gut überlegt, was du da tust! Ich werde dich nämlich hier und jetzt nehmen und es ist mir scheißegal, ob uns dabei jemand erwischt. Das hast du dir dann selbst zuzuschreiben. Und ich werde erst von dir lassen, wenn du um Gnade winselst." Allein sein heißer Atem an Xea`s Ohr und die

Härte, die hart und drängend gegen ihre Weiblichkeit drückte, brachten sie fast um den Verstand. Doch so leicht wollte sie sich nicht geschlagen geben.

„Na, dann hoff ich nur, dass du dir da nicht zu viel vorgenommen hast!"

Xea`s Worte zogen genau den Effekt nach sich, den sie sich erwünscht hatte. Noch mehr in seinem Vorhaben angestachelt, küsste sie Ronos hart und leidenschaftlich, während sich seine Hände jetzt in ihren Po festkrallten, ihn hochhoben und weiterhin gegen die Wand drängten, so dass Xea ihre Beine um seine schmalen Hüften schlingen musste, während er seine Männlichkeit immer wieder hart und fest gegen ihren Schoß stieß, bis sie nicht mehr anders konnte, als alles an ihr, jeden Muskel, jede Sehne und jeden Zentimeter in ihr zu verkrampfen und zuzulassen, dass ihr Körper von einer Woge der Ekstase nach der anderen überflutet wurde und ihr für kurze Zeit die Sinne raubte.

21

Zwei Wochen vor dem großen Ereignis, als Xea schon dachte, der Bund hätte sie vergessen, ging sie im Park nach der Arbeit noch ein wenig spazieren. Nach einem anstrengenden Tag im Krankenhaus mit all den Kranken und der abgestandenen Luft war die frische, kalte Luft eine Wohltat für die Seele, auch wenn es leicht nieselte und der Nebel sie wie eine Käseglocke umhüllte.

Dabei aß sie ihr Sandwich mit einem Heißhunger, als hätte sie tagelang nichts mehr gegessen. In Wirklichkeit war ihre letzte Mahlzeit nicht ganz so lange her, aber immerhin schon ein paar Stunden, genau genommen seit ihrem Frühstück.

Neben den vielen beschwerlichen Tanz- und Benimmstunden, die sie seit ihrer Einladung über sich ergehen lassen musste, war ihr Arbeitstag momentan auf Grund der hohen Geburtenzahl vollgestopft mit Wickeln, Baden, Umziehen, Fläschchen geben und beruhigenden Bauchmassagen, wenn die Kleinen mal wieder von Blähungen oder sonstigen Wehwehchen geplagt wurden.

Auch wenn die Entbindungsstation sehr zeit- und arbeitsintensiv war, war es Xea`s liebste Station. Und zurzeit war sie froh um jede gelungene Ablenkung, denn kaum hatte sie die Krankenhaustür hinter sich geschlossen, fing auch schon wieder das wirre Gedankenkarussell an, sich in ihrem Kopf zu drehen und zu drehen und einfach nicht mehr anzuhalten.

Xea hoffte, die frische Luft und das erfrischend feuchte Gefühl des Nebels auf ihrem Gesicht würden ihre müden Glieder wieder etwas beleben und ihren Kopf für ein paar Stunden vom Gedanken an den Silvesterball befreien.

Außerdem wusste sie die Ruhe, die im Park um diese Jahreszeit vorherrschte, sehr zu schätzen. Die meisten Menschen waren nämlich entweder schon daheim oder auf dem schnellsten Weg dorthin, wo es ein behagliches Kaminfeuer, eine heiße Tasse Tee und ein gemütliches Sofa gab.

Auch Xea und Rhi würden sich später noch ins Bett kuscheln und sich gegenseitig Geschichten vorlesen. Es war ihr wichtig, jetzt, da ihnen nicht mehr allzu viel Zeit blieb, jede freie Minute mit ihrem kleinen Schützling zu verbringen. Rhi brauchte Xea mehr denn je. Sie hatte unaussprechlich große Angst vor ihrem erneuten Wechsel. Außerdem waren die Alpträume wieder schlimmer geworden. Fast so schlimm, wie in den ersten Wochen ihres Wechsels. Xea hätte den Gedanken nicht ertragen, dass Rhi in der Nacht schreiend und weinend aufwachte und sie nicht da war, um sie zu trösten. Daher gab es auch keinen Abend mehr, an dem sie wegging. Serona verstand es und war zufrieden, wenn sie sich hin und wieder zur Mittagspause auf einen Plausch treffen konnten. Ronos hingegen verstand es nur teilweise, denn zum einen hatte er keine Kinder und zum anderen hatte er auch nie so eine innige Beziehung zu seinen Eltern gehabt. Bedingungslose Liebe war ihm völlig fremd. Ihm war zwar klar, dass Xea sehr an Rhi hing, doch er konnte nicht nachvollziehen, wie sehr. Genauso wenig konnte er verstehen, dass sie deshalb alles um sich herum vernachlässigte, allem voran ihn. Er war sogar ab und an richtig eifersüchtig auf Rhi, weil er glaubte, dass sie ihr wichtiger war als er.

Somit ähnelte es geradezu einem Akt der Unmöglichkeit, es ihm verständlich zu machen, dass sie beide noch alle Zeit der Welt hätten, Rhi und sie jedoch nur noch wenige Tage.

Als sie so an die Kleine dachte und daran, was sie machen könnte, um ihr die Angst vor dem Wechsel etwas zu nehmen, wurde sie plötzlich, wie aus heiterem Himmel, von der Seite her von einem Fahrrad gerammt, das, so schnell wie es aufgetaucht, auch wieder verschwunden war. Sie hätte nicht einmal sagen können, ob es sich um einen weiblichen oder männlichen Radfahrer gehandelte hatte, so blitzschnell war alles vorüber.

Der Schmerz jedoch nicht, der blieb. Xea war mit solch einer Wucht gestreift worden, dass sie das Gleichgewicht verloren hatte und nach vorne hin hart am Boden aufgeprallt war. Am schlimmsten hatte es ihre Handgelenke getroffen.

Fluchend und immer noch fassungslos über die Unverfrorenheit des Radfahrers, kniete sie auf der Erde und strich sich die feinen Steinchen von den aufgeschürften, dreckigen Handinnenflächen, als ihr jemand eine helfende Hand anbot.

Xea war schon im Begriff, danach zu greifen, doch, als sie in das Gesicht ihres edlen Ritters hochsah, schluckte sie das Dankeschön auf ihren Lippen hart hinunter und zog die Hand schnell wieder zurück.

Wenn Trajan auch mit noch so vielen Vorzügen bezüglich seines Äußeren bestückt zu sein schien, fehlte ihm doch eines ganz gewiss. Ein Gewissen.

Wie konnte er nur so dreist sein, hier auftauchen und ihr seine Hilfe anbieten, nachdem er sie das letzte Mal wie eine Hure behandelt hatte? Und das alles auch noch mit einem schiefen Lächeln, das seine vollen Lippen verführerisch umspielte und dabei seine Augen mit dem tristen, nebelverhangenen Himmel im Hintergrund wie karamellisierte Butter erstrahlen ließ.

„Komm, setz dich auf die Bank hier und lass mich deine Schürfwunden versorgen."

Da war sie wieder, diese unausstehlich dominante Art, die Xea jedes Mal wieder bis zum Rande der Weißglut brachte. Doch, obwohl sich alles in ihr dagegen sträubte, raffte sie sich dennoch hoch und setzte sich zu ihm auf die Bank. Es war jetzt keine Zeit für Kindereien, da er sicherlich gekommen war, um sie in den Plan für Silvester einzuweihen.

„Ich kann meine Schürfwunden selbst versorgen", fauchte sie ihn dennoch an, um ihrer Wut wenigstens etwas Raum zu geben. „Außerdem wäre es doch jammerschade, wenn dir dabei das Krönchen vom Kopf fallen würde!" Auch wenn sie dabei Gefahr lief, sich lächerlich zu machen, konnte und wollte sie sich den bissigen Ton nicht verkneifen. Vielleicht fuhr sie ihn aber auch nur deshalb so scharf an, weil ihr Herz schon wieder zu flattern anfing und sie sein verdammt heißes Lächeln auf seinem verdammt perfekt geformten Mund einfach nicht mehr ertragen konnte. Was war nur los mit ihr? Seit wann war sie so oberflächlich, dass ein schönes Lächeln, treuherzige Augen oder ein perfekt geformter Body ihr Gehirn in Lichtgeschwindigkeit auf Stand-by herunterfahren konnte?

Und, wieso zum Teufel sah sie Trajan so seltsam an? Xea hatte fast den Eindruck, er verstand nicht, was sie mit ihrem bissigen Kommentar andeuten wollte. Seit wann war er denn nicht nur skrupellos und gefühlskalt, sondern auch noch begriffsstutzig?

„Xea, bitte verzeih mir, wenn ich in deinen Augen überheblich wirke." Er war also doch nicht begriffsstutzig und hat sehr wohl ihren Wink mit dem Zaunpfahl verstanden. „Es...es war nie meine Absicht und wird es auch nie sein. Ich wurde so erzogen und man verlangt von mir, dass ich mich in der Öffentlichkeit auch so gebe. I...ich kann leider nicht mehr tun, als dich um Verzeihung bitten..., Herrgott! Wie lange willst du es mir denn noch vorwerfen?"

Xea starrte ihn an, als hätte er gerade vor ihr einen Dackel verschluckt. Dabei wusste sie nicht einmal, ob es seine vorwurfsvollen Worte oder eher sein anklagender Gesichtsausdruck war, der ihr gerade eine Ohrfeige verpasste. Wahrscheinlich beides. Jedes davon hatte sich eine Seite ausgesucht und ihr eine schön Saftige gescheuert, so dass sie ernsthaft Gefahr lief, einem Schleudertrauma zu erliegen.

Und, auch wenn er ihr nicht im wahrsten Sinne des Wortes eine geescheuert hatte, hätte sie selbst es jetzt liebend gerne getan. Sie wollte ihn schlagen, immer und immer wieder. Wollte ihm seine Maske vom Gesicht kratzen, um endlich sein wahres Ich zu erkennen. Und sie wollte ihm aus voller Kehle ins Gesicht schreien, dass sie es ihm jedes Mal wieder vorwerfen würde, wenn er auf ihr herumtrampelte, wie der Gockel auf dem Mist. Denn genau das war sie für ihn wahrscheinlich. Mist. Etwas, das gerade noch gut genug ist, um darauf herumzutrampeln, um den anderen zu imponieren.

„Das hast du..." Xea wollte ihm gerade gehörig die Meinung sagen, kam aber nicht dazu, denn Trajan griff schnell nach ihrer Hand und tat so, als würde er ihre Verletzungen begutachten, während er ihr mit leiser warnender Stimme befahl, still zu sein und ihm zu zuhören.

„Ich weiß, dass du sauer auf mich bist, doch, was immer du mir sagen willst, musst du dir bis nächstes Mal aufheben. Es gibt jetzt weitaus Wichtigeres zu besprechen. Und lass mich jetzt endlich deine verdammten Hände verbinden!", zog Trajan ihre Hände, die Xea schon wieder wegziehen wollte, heran und legte sie auf seinen Oberschenkeln ab, um einen Desinfektionsspray mitsamt Wattepads aus seinem Rucksack zu holen. „Du musst jetzt genau zuhören und tun, was ich dir sage. Auch wenn es deinem Ego nicht gefällt!" Während er sprach, sprühte er etwas Spray auf das Pad und fing an, ihre Handinnenflächen sanft zu reinigen.

Xea hasste es, wie er mit ihr umsprang. Sie hasste seine Arroganz und seine Dreistigkeit, sich zu nehmen, was ihm beliebte. Sie hasste sein wunderschönes Gesicht mit den markanten Gesichtszügen und den Grübchen in der Wange, wenn ein Lächeln seine Mundwinkel umspielte. Sie hasste seinen leichten Dreitagebart, der ihn für sein Alter wahnsinnig männlich und attraktiv wirken ließ. Und sie hasste seine raue und doch samtig tiefe Stimme und sein ungezähmtes Feuer in den Augen, genauso wie sie es hasste, dass er sie jedes Mal wieder mit nur einem einfachen Lächeln aus der Bahn werfen und sich ihr Herz krallen konnte, nur um es ihr Augenblicke später wieder vor die Füße zu werfen.

Xea wollte sich ohrfeigen, sich am liebsten laut zuschreien, wie dumm sie war, sich von ihm so einnehmen zu lassen. Und dann wollte sie aber auch, dass dieser Augenblick, in dem er behutsam über ihre Hand strich und ihre Haut berührte, während seine feurigen Augen immer wieder durch die Strähnen in seinem Gesicht zu ihr aufblickten und sie zu versengen drohten, niemals verging.

„Das Wichtigste ist", erklärte Trajan weiter, „dass wir den Anschein wahren, uns nicht zu kennen. Wir werden nämlich höchstwahrscheinlich, und schau dich jetzt ja nicht um, von jemanden beobachtet. Besser gesagt, *du.*"

Kaum hatte ihr Trajan verboten, sich umzusehen, zwang sie ihr Gehirn reflexartig zum Gegenteil. Trajan hätte ihr genauso gut offenbaren können, dass eine Dampfwalze auf sie zu rollte, sie aber nicht zur Seite springen durfte. Es war zum Verrückt werden. Und doch schaffte sie es, ihrem natürlichen Drang Widerstand zu leisten. Doch leider schaffte sie es nur, indem sie Trajan lang und tief in die Augen schaute. Etwas zu tief, denn sie glaubte, sie müsste augenblicklich darin ertrinken, denn es fiel ihr mit jedem Atemzug immer schwerer, Luft zu bekommen.

„W…was, soll das heißen? Woher willst du wissen, dass ich beobachtet werde und warum zum Teufel trägst du ein Erste-Hilfe-Set mit dir herum?"

Trajan strich immer noch sanft, fast schon zärtlich über ihre aufgeschürfte Haut, so dass der anfangs brennende Schmerz schlagartig vergessen war. Außer ihren schnellen Herzschlag, spürte sie rein gar nichts.

„Wir wollten dich schon ein paar Mal kontaktieren", erklärte er mit gesenkter Stimme. „Doch wir haben festgestellt, dass wir nicht die Einzigen sind, die dich im Auge behalten. Wir wissen nicht, wer es ist oder was die Person will, aber wir wissen mit Sicherheit, dass er oder sie nicht vom System geschickt wurde. Wir vermuten, es ist ein heimlicher Verehrer oder so etwas in der Art. Hast du vielleicht eine Ahnung, wer es sein könnte?"

„Nein! Und einen heimlichen Verehrer hab ich auch nicht. Zumindest keinen, von dem ich weiß! Hm, … könnte es sein, dass es… Adon ist? Zumindest würde ich es ihm am ehesten zutrauen."

„Nein, Adon können wir definitiv ausschließen. Das dachte ich zwar auch zuerst, aber die Person auf Hektor`s Fotos ist um einiges schmächtiger als Adon. Es könnte sich also auch genauso gut um eine große, schlanke Frau handeln. Wegen der Sturmhaube können wir aber auch nur raten."

„Na toll, da bin ich ja echt beruhigt! Könntet ihr mich bitte in Zukunft mit solch beunruhigenden Details verschonen? Ich mag ja durchaus neugierig sein, aber alles muss ich dann auch nicht wissen. Meine Neugierde erstreckt sich mehr auf die nicht ganz so lebensbedrohlichen Dinge, wie zum Beispiel auf die Frage, warum du dieses ganze Verbandszeug mit dir herumträgst!" Xea wusste nicht recht, ob sie lachen oder weinen sollte über Trajan`s erbärmlichen Versuch, ihr so fachmännisch wie möglich, einen Verband anzulegen. Sogar Rhi hätte es besser hingekriegt. Es gab also tatsächlich etwas, das er nicht konnte. Und diese Unsicherheit kostete sie ihn vollen Zügen aus, bis er den Verband einigermaßen fest verknotet hatte.

„Bitte, bin jetzt nicht sauer", meinte Trajan mit zufriedenem Blick auf sein Werk, „aber ich wusste, dass du angefahren wirst, deshalb…"

„Waaaas? Du wusstest davon und hast mich nicht gewarnt oder es verhindert?", unterbrach ihn Xea schockiert.

„Jetzt lass mich doch mal ausreden! Es gab keine andere Möglichkeit, dich zu treffen, ohne dass irgendjemand Verdacht schöpft. Ich konnte nicht einfach hierherkommen und dich auf einen Spaziergang einladen." „Ja klar! Du willst ja nicht mit einer Medi gesehen werden! Könnte deinem Ruf schaden! Aber vögeln willst du die Mädchen dann doch alle! Oder willst du mir jetzt auch noch weiß machen, dass ihr nur miteinander Monopoly spielt?"

„Wirst du jetzt wohl endlich deinen Mund halten und mich ausreden lassen? Am liebsten würde ich ihn dir stopfen und sag jetzt ja nichts, denn ich weiß genau, was du sagen willst! Behalte es für dich! Und ja, du hast recht! Ich liebe die Sexspielchen mit euch Medi-Mädchen. Und ich hasse Sex mit Sup-Mädchen, sie sind so...so eingebildet. Außerdem hasse ich das ewige Herumgelabere. Sie glauben, sie müssten mir nur lange genug ihre Vorzüge aufzählen, damit ich sie vom Fleck weg heirate. Glaub mir, ich bin diese Prahlereien so leid! Die Medi dagegen wissen, wo ihr Platz ist. Sie wissen ganz genau, dass ich ihnen nicht mehr geben kann, als meinen Körper, der ja nicht gerade zu verachten ist." Konnte es wirklich sein, dass sich Trajan gerade vor ihr wie ein Pfau auf der Balz präsentierte? Seinen Körper wie das Rückengefieder aufstellte und seine Haare wie Schwungfedern schüttelte?

„Du kannst jetzt sagen, was du willst," fuhr er dann noch mit einem unverschämt frechen Grinsen fort, in der Annahme, dass die Präsentation seiner Fähigkeiten noch etwas vertragen könnte, „aber ich glaube tief in dir drin sehnst auch du dich nach meinem Astralkörper. Du brauchst es gar nicht zu leugnen, denn deine Blicke, die mich manchmal ansehen, als wäre ich ein Stück Sahnetorte, sagen mehr als tausend Worte."

Obwohl Xea wusste, dass er damit nur bezwecken wollte, sie noch mehr auf die Palme zu bringen, war sie für einen kurzen Augenblick sprachlos. Sie wusste ja, dass er arrogant und selbstverliebt war, aber dass er dann so dreist war, hätte selbst sie nicht geglaubt.

„Eine Sahnetorte also! Hm, ... das kann ja durchaus sein, dass du dich als solche siehst. Jammerschade ist nur, dass mir von Sahne schlecht wird und ich Torten beim Tod nicht ausstehen kann."

„Sagt eine, die bisher nur Kuchen abgekriegt hat!"

Trajan hielt sich wohl für besonders schlau, doch so leicht wollte sie sich nicht geschlagen geben.

„Und woher willst du das so genau wissen?"

„Ganz einfach!", beugte er sich so nah an ihr Ohr, dass sie seinen warmen Atem auf ihrer Haut spüren konnte und sich ihre Nackenhaare schlagartig aufstellten, während sie innerlich wie Brausepulver zu prickeln anfing. Wenn er sein Gesicht nicht bald wieder auf seine ursprüngliche Ausgangsposition platzieren würde, dann könnte sie nicht dafür garantieren, überzuschäumen. „Wenn du wirklich schon mal in den Genuss einer *wirklich, wirklich* guten Torte gekommen wärest, dann könntest du diesem cremigen Gefühl und der Süße auf deiner Zunge niemals widerstehen. Einmal gekostet, für immer verführt." Sein anzügliches Augenbrauenhochziehen hätte er sich sparen können. Xea wusste auch so, was er ihr damit sagen wollte.

„Welch ein glücklicher Zufall, dass ich mehr der herzhafte Typ und dieser Sucht noch nicht zum Opfer gefallen bin. Aber, da du mich jetzt schon mal so neugierig gemacht hast, werde ich vielleicht doch einmal davon kosten." Auch Xea wusste ihre Reize auszuspielen, indem sie ihre Stimme leicht senkte und dabei ihre Augen und ihren Mund verführerisch in Pose setzte. „Wie gut, dass

Ronos in einer Bäckerei arbeitet und seine Spezialität Torten sind. Ich bin mir sicher, er wird mein Bedürfnis nach Süßem und Cremigen liebend gerne befriedigen." Noch ein letztes Hochziehen ihrer rechten Augenbraue und ein letztes erotisches Schürzen ihrer Lippen und Trajan saß da, wie ein angeleinter Hund, dem gerade das Frauchen weglief.

„Hm...", räusperte sich Trajan auf ungewohnte Weise schon fast verlegen. Er hatte scheinbar nicht mit Xea`s Schlagfertigkeit gerechnet, was sie innerlich zeitgleich jubeln, singen und tanzen ließ. Sie hatte es tatsächlich geschafft, ihn sprachlos zu machen!

„Nun gut!", fuhr er fort, während er in Gedanken nach Worten suchte. Auch wenn er so tat, als gingen ihm Xea`s Worte nicht gegen den Strich, konnte er nicht verhindern, dass er gekränkt wirkte. Er war also doch kein so guter Schauspieler, wie er immer vorgab, zu sein. „Lass uns jetzt über deine Aufgabe am Silvesterball sprechen. Der Plan ist folgender..."

22

Xea konnte kaum fassen, dass dies die letzte Nacht sein sollte, die sie voll und ganz mit Rhi auskosten durfte, denn bereits am nächsten Tag würde sie schon am frühen Nachmittag abgeholt und für den Ball hergerichtet werden. Xea hätte nicht in Worte fassen können, wie dankbar sie war, dass der Silvesterball auf einen Sonntag fiel und sie somit noch den halben Tag mit Rhi verbringen konnte. Die letzten Wochen waren mehr als vollgestopft mit schweißtreibenden Tanzstunden, in denen sie ihr Tanzpartner, ein Gorilla von Mann, über den Boden schleifte, als wäre sie eine Marionette in seinen Armen. Obwohl sie vorher schon ein bisschen tanzen konnte, kam sie sich anfangs vor, wie ein blutiger Anfänger ohne Taktgefühl. Wie hätte sie auch ihrem hünenhaften Tanzlehrer, der sie gnadenlos beim Wiener Walzer immer und immer wieder über die gesamte Fläche des Tanzparketts wirbelte und das auch noch in einem Tempo, mit dem sie es nicht einmal mit dem Fahrrad hätte aufnehmen können, folgen sollen? Und das alles auch noch mit Haltung und einem Lächeln auf den Lippen! Trotzdem waren ihr die Tanzstunden immer noch lieber als die Benimmstunden, in denen sie stundenlang am Tisch saß und auswendig lernen musste, zu welchem Essen man welches Besteck verwendete. In diesen Momenten nahm sie jedes Vorurteil gegenüber den Sups zurück, ja bedauerte sie sogar ein wenig.

Auch Ronos hätte gerne mehr Zeit mit ihr verbracht, doch letztendlich er gab sich mit ihrem Versprechen zufrieden, dass er ab Neujahr an erster Stelle stehen würde.

So lag sie also mit Rhi bäuchlings auf einer dicken Decke am Boden und gemeinsam malten sie ein Bild. Besser gesagt, Rhi malte. Xea begnügte sich mehr mit dem Hintergrund oder mit dem

Ausmalen. Leider war der künstlerische Kelch vollkommen an ihr vorbeigegangen. Sie konnte schon von Glück sagen, wenn man einen Baum von einem Strauch unterscheiden konnte. Rhi hingegen entpuppte sich als wahre Künstlerin. Für ihre gerade mal zehn Jahre hatte sie die Gabe, Menschen und ihre Gesichter täuschend echt auf einem Blatt Papier zu fixieren.

Deshalb beschlossen sie, zusammen ein Bild zu malen, auf dem sie beide bei einem Picknick im Park zu sehen waren. Es sollte eine Erinnerung für Rhi sein. Wann immer sie traurig war und Xea vermisste, sollte sie an diesen einen Moment zurückdenken, als sie gemeinsam am Boden lagen und es zeichneten. Es sollte sie an all die schönen Momente erinnern, die sie miteinander erlebt hatten, ihr aber auch die Hoffnung geben, dass es jedes Jahr wieder passieren konnte, eine weitere wundervolle Familie kennen zu lernen.

„Xea, sag mal, bist du glücklich?", sah sie Rhi nach einer Weile von der Seite her an, während sie abwartend auf ihrem Stift herum kaute? Die Frage kam für Xea ziemlich überraschend, so dass sie erst etwas überlegen musste. Dazu setzte sie sich auf, trank einen großen Schluck heißer Schokolade und schob sich noch einen von den vielen Keksen hinterher, die sie am Tag zuvor mit Rhi gebacken hatte.

„Hm...", kaute sie genüsslich auf dem schokoladigen Keks herum. „Das ist eine wirklich schwere Frage und die Antwort lautet ja und nein. Ja, ich bin glücklich, weil ich ab nächstem Jahr eine Ausbildung zur Hebamme im St. Mary`s Hospital beginnen darf und weil ich Ronos gefunden hab, der in mich richtig vernarrt zu sein scheint." Xea stupste Rhi`s kleine Nase an und schenkte ihr ein gigantisches Lächeln. Sie war so süß, wie sie da lag und sie von unten her mit ihren riesigen Kulleraugen ansah. Im Schein der Kerzen, die sie überall im Zimmer angezündet hatten, weil der Strom schon längst verbraucht war, sah sie noch mehr wie ein Engel aus.

Ihre Locken strahlten in dem hellsten Blond, das Xea je an einem Menschen gesehen hatte und ein Strahlen lag in Rhi`s blauen Augen, dass man fast davon geblendet wurde.

„Und du?", fragte darauf Rhi grübelnd.

„Was ich?"

„Na, ob du ihn auch liebst? Du hast gesagt, dass er in dich vernarrt ist, aber bist *du* es auch?"

„Wow Rhi, dir entgeht ja wirklich gar nichts! Aber ja, ich bin auch total vernarrt in ihn."

„Und liebst du ihn auch?"

„Was sind das denn für Fragen für ein so kleines Mädchen? Sollten dich nicht andere Dinge interessieren? Zum Beispiel, was du nächstes Jahr mit deinen neuen Freunden für Blödsinn anstellen könntest oder wo du deinen nächsten Schokivorrat herbekommst, du Naschkatze?"

Doch Rhi gab sich alles andere als zufrieden mit Xea`s Antwort und sah sie stattdessen weiterhin abwartend an.

„Hm..., wie soll ich sagen? Ich habe Schmetterlinge im Bauch, wenn ich ihn küsse und freu mich, wenn ich ihn sehe. Ich würde schon sagen, dass ich ihn auch liebe. Jedenfalls hab ich vor, seinen Heiratsantrag anzunehmen, wenn er mir denn einen macht, denn ich kann mir ein Leben mit ihm sehr gut vorstellen! Bist du jetzt zufrieden?"

„Ich denke schon...", meinte Rhi immer noch grübelnd.

„Was ist denn Süße? Irgendetwas bedrückt dich doch!"

„Ach, ich weiß nicht. Es ist nur, bitte, bin mir nicht böse Xea, aber ich kann Ronos nicht so gut leiden. Ich finde es irgendwie... unheimlich, wie er dich immer ansieht."

„Wieso? Wie sieht er mich denn an?" Xea stand ihre Überraschung über Rhi`s Scharfsinn geradezu ins Gesicht geschrieben.

„Hm…, irgendwie, als…, als wärst du ein riesig großer Schokoladenpudding und er es kaum erwarten kann, dich zu verschlingen." Xea konnte nicht anders, als aus vollem Hals loszulachen, während sie von Rhi stirnrunzelnd gemustert wurde, weil sie nicht recht verstand, warum sich Xea so amüsierte.

„Ach Liebes! Das ist ja so süß, dass du dir um mich Sorgen machst. Aber das, Kleine, verstehst du noch nicht. Irgendwann wirst auch du dich verlieben und dann wirst du deinen Liebsten genauso ansehen. Es ist nur Liebe! Einfach nur Liebe, die macht, dass man den anderen am liebsten auffressen würde."

Xea musste immer noch leise vor sich hin lächeln, während sie sich wieder einen Buntstift schnappte und am Himmel weiter zeichnete. Ihr Stift war zwar schon stumpf, doch sie war zu faul, ihn schon wieder zu spitzen. Lieber nahm sie in Kauf, dass ihre Fingerkuppen unter dem erhöhten Druck auf den Buntstift etwas weh taten. Rhi hingegen sah sie immer noch grübelnd an, bis auch sie sich wieder ihrer Zeichnung widmete und noch ganz beiläufig eine letzte Bemerkung fallen ließ. Wenn Xea bisher dachte, sich nicht noch fester in den Stift krallen zu können, wurde sie bei Rhi`s Worten eines Besseren belehrt, denn das Blut wich aus ihren Fingerknöcheln genauso schnell, wie aus ihrem Gesicht und nahm die Farbe Weiß an. Und auch das Lächeln gefror ihr auf den Lippen.

Dabei waren es nur ein paar Worte. Worte von einem unwissenden, naiven, kleinen Kind, das noch nichts von der Liebe wusste und doch so vielsagend und vielleicht sogar nah an der Wahrheit waren. Und das genau machte es für Xea auch fast unmöglich, sich dagegen zu wehren, dass ihr Rhi`s Worte noch lange in ihrem Kopf nachhallten.

Also du siehst ihn nie so an!

Am nächsten Morgen standen sie zeitig auf, um bei den Frühstücksvorbereitungen zu helfen. Nachdem dann jede von ihnen mit Müh und Not ein Stück Marmeladenbrot hinuntergewürgt und sich noch ein Sandwich für das Mittagessen zurecht gemacht hatte, schlüpften sie in ihre langen, nebelgrauen Mäntel, die zwar alles andere als schön, dafür aber warm und angenehm weich waren, setzten ihre dicken, ebenfalls grauen Wollmützen auf und umwickelten ihre Hälse mit den meterlangen Wollschals, die sie in Eigenregie in den letzten Wochen miteinander gestrickt hatten. Sie wollten etwas Farbe in den tristen Alltag des trüben, grauen Winters bringen, so dass sie dachten, ein grellgelber Schal könnte dabei wahre Wunder wirken.

Eingehüllt wie zwei Eskimos auf Reisen, gingen sie dann nach draußen. Sie waren von ihrer Keks-Kakao-Orgie am Abend zuvor noch so pappsatt, dass sie jetzt frische Luft und etwas Bewegung gut gebrauchen konnten, auch wenn es ziemlich kalt war. Xea wollte ihre letzten gemeinsamen Stunden mit Rhi im Zoo verbringen und zur Feier des Tages sich für den Nachhauseweg sogar eine Kutsche leisten, da es doch ziemlich weit war und sie Rhi nicht zumuten konnte, so lange zu marschieren, wo sie doch eh den ganzen Vormittag auf den Beinen sein würden. Dass dafür die ganzen Ersparnisse einer Woche draufgehen würden, war ihr egal, so lange sie noch ein einziges Mal in Rhi`s freudestrahlende Kinderaugen sehen und sich von ihrer kindlichen Begeisterung anstecken lassen durfte.

Auf Grund des schlechten Wetters und der Tatsache, dass heute Silvester war, waren die Straßen so gut wie leergefegt. So wie ihre gelben Schals und die von der Kälte geröteten Wangen die einzigen Farbtupfer unter dem tristen, trübgrauen Himmel waren, war auch ihr vergnügtes Gekicher das einzige Geräusch, das man weit und breit in der gespenstischen Stille vernehmen konnte.

Bei jeder Gelegenheit schielte Xea zu Rhi, um sie heimlich zu beobachten und sich dabei jedes noch so kleine Detail von ihr ins Gedächtnis einzuprägen. Angefangen von dem kleinen Wirbel, der ihr Haar auf der rechten Stirnseite teilte, über das kleine Muttermal, das sie auf der linken Schläfe trug, bis hin zu ihrer langen Narbe, die sich quer über ihren Handrücken wie eine silbrig-weiße Schliere zog und Rhi immer daran erinnerte, wie sie sich als Kleinkind ihre Hand an einem scharfen Zaun aufgerissen hatte. Rhi war wirklich das süßeste Mädchen, das Xea je gesehen hatte. Und in diesem Moment wahrscheinlich auch das Glücklichste, zumindest spätestens dann, als sie am Gehege der Löwen angelangten.

Voller Begeisterung sprang Rhi auf eine Bank, dessen klitschnasses Holz zu einer höllischen Rutschpartie ausgeartet wäre, hätte sie sich nicht geistesgegenwärtig am Gehegezaun festgekrallt. Übermütig drückte sie ihr Gesicht an den Zaun, so dass sie nur noch ihre Nasenspitze und ein breiter, dreckiger Wassergraben von den Tieren trennte.

Scheinbar war es den Löwen heute auch zu ungemütlich, ihre Füße vor die Tür zu setzen, denn das Gehege lag einsam und verlassen da. Es dauerte fast eine kleine Ewigkeit, bis zwei kleine Fellknäuel Rhi`s lockender Stimme und ihren süßen Schnalzlauten nicht mehr widerstehen konnten und neugierig aus der Höhle heraus getapst kamen. Nachdem die beiden Löwenkinder ihre beiden Beobachterinnen ausgekundschaftet und als harmlos befunden hatten, fingen sie an, sich um einen Ast zu streiten. Es war einfach nur magisch mit anzusehen, wie sie mit ihren kleinen, dicken Tatzen, in denen durchaus schon gefährliche Krallen steckten, um ein einfaches Stück Holz kämpften. Als wäre es der größte Schatz, den es sich zu beschaffen galt. Immer wieder gruben sie ihre kleinen spitzen Zähnchen in das Fell des anderen und gaben niedlich fauchende Geräusche von sich, die einem das Herz erwärmten.

Unbeschwert und sorglos, ohne dem Wissen um die Gefahren, die ihnen in der freien Natur drohten, tollten und purzelten sie herum, als gäbe es sonst nichts Wichtigeres. Und das nur, weil sie ihre Eltern hatten, die für sie sorgten, die sie liebten und ihnen dabei halfen, sicher durchs Leben zu gehen. Zumindest so lange, bis sie auf eigenen Beinen standen und selbst entschieden, wann der Zeitpunkt gekommen war, um sich abzunabeln. Natürlich wusste Xea, dass die Zootiere, im Gegensatz zu ihren Artgenossen in freier Wildbahn, auch nicht gerade das große Los gezogen hatten, doch die meisten von ihnen wurden bereits im Zoo geboren und hatten hier ihre Wurzeln. Und, wer unter der ganzen Weltbevölkerung konnte schon von sich behaupten, dass er sein Leben dort verbringen durfte, wo seine Wurzeln lagen? Lediglich die Sups, die aus einer nicht gerade erwähnenswerten Minderheit bestanden. Xea stellte es die Haare auf, als sie sich eingestehen musste, dass sogar die Tiere im Zoo besser dran waren als die Medius und die Inferior. Wie hatte es nur soweit kommen können?

Xea schalt sich im Geiste einen Narren, dass sie ausgerechnet jetzt, da ihr nur noch ein paar kostbare Stunden mit Rhi blieben, solche Gedanken zuließ. Wehmütig wandte sie ihren Blick ab von den Löwen und beobachtete stattdessen verstohlen ihren kleinen Schützling neben sich. Rhi`s kindliche Begeisterung in den Augen war unübersehbar und strahlte bis in Xea´s Herz, so dass sich trotz der kalten Temperaturen in ihrem Körper eine wohlige Wärme breit machte. Nicht zum ersten Mal wünschte sie sich nur einen klitzekleinen Moment wieder in ihre eigene unbeschwerte Kindheit zurück. Meilenweit entfernt von Herzschmerz, Partner- und Berufswahl.

„Rhi, du hast mich doch gestern gefragt, ob ich glücklich bin", kam Xea Rhi`s Frage wieder in den Sinn. „Ich wollte dir nur sagen, dass ich auch unglücklich bin. Und das aus dem Grund, weil ich dich so unglaublich stark vermissen werde. Weil ich nicht weiß, wo du sein wirst und weil ich nicht weiß, wie es dir ergehen wird. Ich fühle mich so hilflos…, als würde ich dich im Stich lassen." Xea konnte nicht anders, als sich all den angestauten Kummer und die Sorgen, die sie immer bestmöglich vor Rhi verheimlicht hatte, um sie nicht zu verängstigen, von der Seele zu reden. Doch das reichte noch nicht. Sie drückte die Kleine fest an sich und weinte bitterlich. Sie weinte um ihre enge Bindung, um ihre gegenseitige geschwisterliche Liebe zueinander und sie weinte Tränen der Angst. Angst davor, verlassen zu werden, von einem Menschen, der einen Teil ihres Herzens besaß. Sie fühlte sich jetzt schon nur noch wie ein halber Mensch.

Und auch Rhi weinte. So weinten sie gemeinsam, bis sie keine Tränen mehr übrighatten und sich etwas leichter fühlten.

„Ach Xea, wie siehst du denn jetzt aus!", meinte Rhi, als sie sich schweren Herzens von Xea löste und ihr in die Augen sah. „Deine Augen sind total rot und verquollen. Dabei musst du doch heute super aussehen! Ich wünsche mir so sehr, dass alle zu dir aufblicken und erkennen, wie wunderschön du bist. Und das nicht nur äußerlich!"

„Oh Rhi! Du bist ja so süß, aber mach dir deshalb keine Sorgen, ich habe den besten Make-up-Artist, den es gibt. Der kann sogar Falten verschwinden lassen! Was sind da schon ein paar verquollene Augen!"

23

Xea war so froh, diesen wunderschönen Vormittag mit Rhi verbracht haben zu dürfen, denn die letzten zwei Stunden, in denen sie noch ein ausgiebiges Bad genommen und darauf gewartet hatte, endlich abgeholt zu werden, kamen ihr unendlich vor. Sie glaubte, noch nie zuvor so glücklich über Ronos` Erscheinen gewesen zu sein, als er kam, um mit ihr zusammen auf die Kutsche zu warten und sie seelisch zu unterstützen. Außerdem brachte er ihr Ballkleid mit, das sie ihm noch vor einem Begrüßungskuss förmlich aus den Händen riss.

Xea konnte kaum erwarten, es zu tragen und sich für eine einzige Nacht lang wie eine Prinzessin zu fühlen. Dass sie in dieser Nacht nicht nur Prinzessin sein durfte, sondern sich gleichzeitig auch auf brandgefährliche Geheimmission begeben musste, verbannte sie vorerst erfolgreich aus ihrem Kopf. Sie wollte sich nicht ausgerechnet jetzt, da ihr nur noch ein paar Momente mit Ronos blieben, die gemeinsame Zeit ruinieren lassen.

Fast schon ehrfurchtsvoll fuhr sie mit ihrem Zeigefinger das Wappen des Schneiders nach, das erhaben und stolz in goldenen und silbernen Farbnuancen auf dem Deckel des Karton`s thronte. Erst, nachdem ihr Ronos mit einem verstehenden Lächeln aufmunternd zugenickt hatte, wagte sie es den Deckel der riesigen Schachtel anzuheben.

Es war, als würde sie geblendet von all dem Glitzer und dem Silber, das im Licht der Glühbirne noch um ein Vielfaches mehr in allen Regenbogenfarben strahlte und funkelte. Xea war so überwältigt von dem Kleid, dass ihr Tränen in die Augen stiegen. Und das, wo sie nicht gedacht hätte, überhaupt noch welche übrig zu haben, nach dem ganzen Gefühlschaos mit Rhi.

Schnell schnäuzte sie sich und holte dann das Kleid aus der Schachtel.

Ronos stand die ganze Zeit still neben ihr. Er fühlte, dass jetzt jedes Wort zu viel gewesen wäre. Doch leider stellte sich heraus, dass nicht Ronos` Worte zu viel gewesen wären, sondern es das Kleid selbst war, das Xea den Rest gab.

„O nein! Was ist denn das? Was habt ihr mit meinem Kleid gemacht?", erstarrte sie plötzlich, wobei ihr Gesicht alle Farbe verlor und auf einer Farbskala von feuerrot bis kreidebleich im freien Fall gefährlich nah auf kreidebleich zusteuerte.

„Xea, jetzt beruhig dich doch! Was regst du dich so auf, es ist doch wunderschön geworden!"

„Wunderschön nennst du das? Es ist eine Katastrophe! Da kann ich ja gleich nackt gehen, es würde nicht viel Unterschied machen!", schrie sie Ronos wutentbrannt an, als wäre er allein für die Misere verantwortlich.

„Jetzt komm mal wieder runter! Es ist alles bedeckt, was bedeckt sein muss!"

„Ja, … aber recht viel mehr schon auch nicht!" Xea war am Boden zerstört. Wie hatte sich der Schneider nur das Recht herausnehmen und ihr Kleid so verunstalten können? Wie konnte er ihr nur antun, dass sie so rumlaufen musste? Sie spürte schon jetzt die wollüstigen Blicke der Männer auf sich und fühlte sich wie eine billige Hure. „Wie konnte mir Trega nur so etwas antun?", brachte sie nur mehr in leisem Flüsterton heraus, während sie sich mit dem Kleid in der Hand erschöpft auf ihr Bett fallen ließ und sich die Nasenwurzel rieb, um das Kopfweh, das sich mit einem lauten Pochen ankündigte, weg zu drücken. Obwohl sie ihre Augen geschlossen hielt, war es, als würde sie die vier Wände ihres Zimmers auf sich zukommen sehen. Langsam und dennoch schwindelerregend schnell.

„Hmhm...", räusperte sich Ronos etwas verlegen, „ehrlich gesagt, bin ich da nicht ganz... unschuldig. I....ich wollte dir doch
nur eine Freude machen, Babe. Ich wollte, dass alle zu dir aufblicken. Dich beneiden. Nach der letzten Probe sind Trega und ich
noch lange über dem Kleid gesessen und haben uns überlegt, wie
wir es noch etwas mehr... aufpeppen könnten. Wir wollten dich
damit überraschen. Hätte ich gewusst, dass du so ausflippen würdest, hätte ich es gelassen."

„Ja, das hättest du tun sollen! Weißt du was, Ronos? Ich bin echt
enttäuscht von dir. Ich dachte, du würdest mich besser kennen.
Das Kleid..., das bin nicht ich! Das bist vielleicht du, aber nicht ich.
Ich hasse es, im Rampenlicht zu stehen. Und jetzt hast du aus mir
eine Sexgöttin gemacht, die öffentlich zur Schau gestellt wird."
Xea`s Stimme wurde immer lauter und auf ihrer Stirn trat eine
Ader pulsierend hervor, während die pochenden Schmerzen ihren
Schädel zu sprengen drohten.

„Ich weiß echt nicht, was dein Problem ist, Xea! Sieh dich doch
an! Du bist eine Sexgöttin! Und daran ändert auch kein bescheuer-
tes Kleid etwas. Ich vergöttere dich! Bitte Xea, sei mir nicht böse!",
kniete er jetzt flehend vor ihr, während er ihre Hand drückte und
sie mit reumütigem Blick bedachte. „Ich liebe dich! Du bist alles
für mich. Ich würde für dich sogar über Leichen gehen!"

„Ja, Ronos, das glaub ich dir sofort. Und genau das macht mir
Angst! Geh jetzt bitte, ich brauche Zeit, um mich mit dem Gedanken anzufreunden, die nächsten Stunden halb nackt in der Öffentlichkeit herum rennen zu müssen."

Xea`s verletzter Blick und der unterschwellige Befehlston ließen
Ronos unmissverständlich wissen, dass jetzt genau der Zeitpunkt
gekommen war, um zu verschwinden.

„E...es tut mir wirklich leid und wenn du mich auch nur einen
Bruchteil davon liebst, wie ich es tue, dann kannst du mir

verzeihen", war alles, was er noch dazu zu sagen hatte, bevor er geknickt und mit quälender Wehmut in den Augen ihr Zimmer und somit auch sie verließ.

Stunden später, nachdem sie von einer Kutsche in den Ruling Palace gebracht worden und in einem Zimmer im Dienstbotentrakt einer Rundumerneuerung unterzogen worden war durch Maniküre, Pediküre, Ganzkörperentwachsung, Gesichtsbehandlung, Make-up und letztendlich einer wunderschönen Hochsteckfrisur, aus der vereinzelt lange Locken ihr Gesicht umspielten, kam das Kleid an die Reihe. Leider hielt sich Xea`s Freude darüber sehr in Grenzen.

Sogar die Dame, die ihr beim Ankleiden half, zog scharf die Luft ein, als sie es aus dem Karton nahm und Xea somit noch mehr in ihren Befürchtungen bestärkte.

„Sagen sie jetzt bitte nichts. Ich weiß, wie furchtbar es ist. Glauben sie mir, ich wusste nichts davon. Ich würde lieber in den Klamotten vom System herumlaufen, als in diesem Fummel jetzt da raus zu gehen."

„Ach Kindchen! Es ist doch nicht furchtbar! Ganz im Gegenteil, es ist einfach nur … atemberaubend!"

„D…das meinen sie doch nicht im Ernst! Das sagen sie jetzt doch nur, um mich zu beruhigen."

„Nein, das tue ich nicht! Ich sage in Gegenwart von Medi immer meine Meinung, auch wenn es ihnen nicht gefällt. Aber das hier", hielt sie das Kleid mit glänzenden Augen hoch, „ist mit Abstand das Schönste, was ich bisher gesehen hab."

„Ähm…, sie sind also nicht der Meinung, dass es zu… gewagt ist?" Xea sah ihre freundliche Ankleidedame mit gerunzelter Stirn verblüfft an.

„Gewagt, ja. Zu gewagt, nein. Glaub mir, wenn du da nachher raus gehst, dann wirst du viele Damen sehen, die gewagte Kleider tragen. Zu gewagt für ihre fülligen Körper, wohl gemerkt! Du aber könntest alles tragen und es würde immer noch bezaubernd aussehen. Und dieses Silber…, ach Gott, wäre ich noch jünger und hätte deine Taille und deine endlos langen Beine, dann würde ich hier und jetzt über dich herfallen und dir dein Kleid und die Einladung entreißen, nur um eine einzige Nacht lang die Schönste unter den Schönen sein zu dürfen."

„Das heißt also, dass auf dem Ball alle so aufreizend herumlaufen?" Xea bekam ein ganz schlechtes Gewissen. Vielleicht hatte sie Ronos doch Unrecht getan!

„Natürlich laufen da alle wie geile Hühner herum, die nur darauf warten, endlich abgeschleppt und wie die Karnickel bestiegen zu werden. Entschuldige bitte meine Ausdrucksweise, aber es ist leider so."

„Wow, das sind ja Töne! Ist es wirklich so schlimm?"

„Nein, noch schlimmer! Es ist ein öffentliches Besäufnis, bei dem alles erlaubt ist. Und damit meine ich auch alles. Spätestens in den frühen Morgenstunden, wenn sie teilweise schon in den Gängen herum vögeln, weil alle Zimmer, Ecken und Enden besetzt sind, wirst du sehen, dass die Sups noch viel erbärmlicher sind, als wir Medi es je sein könnten. Da ist es ihnen egal, mit wem oder mit wie vielen sie es treiben. Da gibt es für eine Nacht lang keine Treue oder gar ein schlechtes Gewissen, so betrunken sind sie. Wobei ich glaube, dass es nicht nur der Alkohol ist, der sie so hemmungslos werden lässt, wenn du verstehst, was ich meine", zwinkerte sie ihr verschwörerisch zu.

„Du meinst, …dass sie auf Drogen sind? Aber, es gibt doch schon lange keine Drogen mehr!"

„Hah! Ein Sup kann alles haben, wonach ihm der Sinn steht! Doch jetzt hab ich schon viel zu viel verraten. Ich komme noch in Teufelsküche, wenn ich nicht endlich lerne, meine Klappe zu halten. Du verrätst mich doch nicht, oder?"

„Natürlich nicht! Wir Medi müssen doch zusammenhalten. Außerdem bin ich froh über jede noch so kleine Information, die mich heute da draußen über Wasser hält."

„Wusst ich`s doch, dass du ein liebes Kind bist", strich sie ihr mütterlich über die Wange. „Aber jetzt komm her und lass uns dich in dieses atemberaubende Kleid stecken!"

Eine halbe Stunde später und nach gefühlt tausend Stoßgebeten gen Himmel, dass es doch nicht so freizügig an ihr aussehen würde, wie sie befürchtete, war sie fertig. Fix und fertig. Und das nicht nur mit dem Ankleiden, sondern leider auch mit den Nerven. Xea hatte nicht nur Angst vor dem Ball oder vor dem Auftrag, den sie erledigen musste. Sie hatte noch mehr Bammel davor, jetzt aus dieser Tür zu gehen und Trajan`s Familie vorgestellt zu werden. Sie kannten sich ja bereits, doch Trajan`s Eltern wussten noch nicht, dass es sich bei der Begleitung ihres Sohnes ausgerechnet um die dumme, kleine Kellnerin handelte, die sie so offensichtlich verachteten. Doch da musste sie jetzt wohl oder übel durch. Und Trajan`s Eltern auch.

Noch ein letztes Mal begutachtete sie sich im Spiegel, um festzustellen, dass das unmöglich sie sein konnte, die ihr da entgegenblickte. Bisher hatte sie sich noch nie sonderlich darum geschert, wie sie auf andere wirkte. Doch jetzt, da sie gleich von Trajan abgeholt und mit Sicherheit auch genauestens unter die Lupe genommen wurde, konnte sie ihre stetig steigende Nervosität nicht mehr leugnen. Es war, als würde ihr Herz einen Wettlauf mit ihrem Puls austragen. Und, auch wenn es ihr eigentlich egal sein sollte, wollte sie im Moment nichts lieber, als Trajan zu gefallen. Ihn um den Verstand bringen, wie es Ronos so schön sagte. Bloß, warum war ihr das so wichtig? Warum wollte sie von ihm bewundert und vielleicht sogar begehrt werden, wo er ihr doch klar und deutlich zu verstehen gegeben hatte, dass sie sich weit unter seinem Stand befand? Ja, sogar weit unter seiner Würde!

Trotz alledem lachte ihr Herz geradezu auf, als sie auf ihr Spiegelbild blickte. Xea war wirklich alles andere als eingebildet, doch das, was ihr da entgegenblickte, war einfach nur wunderschön. Ihre blauen Augen strahlten unter den schwarz umrandeten Augen, dem extrem langen und dichten Wimpernkranz und den silbrig schimmernden Augenlidern wie zwei Sterne, die sich im tiefblauen, weiten Ozean bei Nacht spiegelten. Die hohen Wangenknochen, auf denen das Rouge in pfirsichfarbenem Ton schimmerte, verliehen ihr Anmut und Eleganz. Auch die Lippen, die von Natur aus schon voll und wunderschön geschwungen waren, glänzten unter dem zarten Pfirsichton mit silbern schimmernder Nuance noch voller und weicher.

Und das Kleid erst! Himmel, das Kleid! Es war es ein Traum aus Seide, Pailletten und Glitzersteinen. Auch wenn es viel nackte Haut zeigte, sogar verdammt viel nackte Haut, war es doch wunderschön und elegant. Es schmiegte sich an Xea`s Körper wie eine zweite Haut und funkelte mit ihrer Haut, die über und über mit schimmerndem Make-up eingecremt war, um die Wette. Genauso konnte sie sich vorstellen, musste sich ein geschliffener Diamant fühlen, der von allen Seiten bestrahlt wurde.

Und genauso wollte sie sich jetzt auch von allen Seiten betrachten, so dass sie sich ein wenig drehte, um nun auch die Rückenpartie im Spiegel zu begutachten. Und, was sie sah, ließ ihr kurz den Atem stocken. Nur wusste sie nicht recht, ob vor Staunen oder doch vor Panik.

Der Rücken des Kleides war nämlich komplett frei bis unter ihre Hüften und lediglich ein dünnes Gummiband hielt die ganze Pracht einer langen Schleppe nur wenige Millimeter über ihrem Hintern fest. Auch, wenn es Xea viel zu freizügig und nicht nach ihrem Geschmack war, konnte sie nicht leugnen, dass sie hier ein Kunstwerk an Millimeterarbeit auf dem Leib geschneidert trug. Ein sehr gewagtes Kunstwerk wohlgemerkt, denn auch vorne war der Ausschnitt tief und reichte ihr fast bis zum Bauchnabel hinunter, wobei auch noch die kompletten Seitenpartien ihres Mieders fehlten, so dass man fast schon meinen konnte, ihre Vorderseite wäre lediglich durch ein X aus zwei glitzernden Stoffbahnen bedeckt. Zumindest blickten ihre Brustwarzen nicht durch und das war ja schon mal was. Das Mieder mündete auf Hüfthöhe in einen Rock aus reinster silberner Seide, der wellenförmig ihre langen Beine hinabfloss. Doch auch hier kam wieder Trega`s Raffinesse zur Geltung, denn in der Mitte hatte der Rock einen Schlitz, der ihre Beine in einem umgedrehten V bis zu den Oberschenkeln frei legte. Trega und Ronos hatten sich ihrem Wunsch widersetzt und den Schlitz nicht an den Knien, sondern viel weiter oben angesetzt. Das bedeutete für Xea, dass sie höllisch aufpassen musste, dass ihr beim Tanzen der Stoff nicht verrutschen und ihr Höschen preisgeben würde. Alles in allem musste sie überhaupt höllisch aufpassen, dass ihr nicht an den verschiedensten Stellen irgendetwas verrutschte, denn obenrum hatte sie das Gefühl, nur durch zwei kreuzende Stoffbahnen bedeckt zu sein und untenrum würde ihr der Wind gewaltig durchs Höschen fahren, wenn sie sich zu schnell bewegte. Was konnte da also noch großartig schiefgehen?

24

Als es klopfte, wusste Xea nicht recht, ob es ihr Herz war oder doch die Tür. Sie wollte der freundlichen Anziehdame, die bereits zur Tür ging, zurufen, dass sie noch ein paar Augenblicke brauchte, doch da war es leider schon zu spät. Die Tür ging auf und sie verwandelte sich augenblicklich in eine der Wachsfiguren, die sie erst vor kurzem in einem wunderschön illustrierten Bildband über ein Wachsmuseum bewundert hatte. Sie fand es faszinierend, wie man Menschen mit Wachs so lebensecht nachformen konnte und jammerschade, dass dieses Gebäude der großen Massenvernichtung zum Opfer gefallen war. Jedenfalls fühlte sie sich genau jetzt, in diesem Moment wie so eine Figur. Blutleer und zu wachs erstarrt, wobei sie leider auch Gefahr lief unter den feurigen Blicken, die sie auf ihrem Rücken spürte, zu schmelzen.

Langsam und mit einer kleinen Prise aufgesetzten Stolzes drehte sie sich um. Sie war gefasst und vorbereitet, zumindest meinte sie das, denn unter Trajan`s glühendem Blick, der über ihren Körper wanderte und ihr ein Erdbeben nach dem anderen durch ihre Eingeweide schickte, fiel es ihr zunehmend schwerer, diesen erhabenen Blick aufrecht zu erhalten. Sie kämpfte nämlich vehement gegen den Drang an, sich einen der langen Vorhänge herunter zu reißen, um sich darin einzuhüllen. Zum Glück war da aber auch noch diese andere Seite in ihr. Die verruchte Seite, die etwas ganz anderes wollte. Nämlich sich präsentieren. Ihm zeigen, was sie hatte und er nicht haben konnte.

Wie würde er wohl heute sein? Niederträchtig und gemein oder warmherzig und respektvoll?

Seine bernsteinfarbenen Augen, die sie bewundernd und sanft anblickten, waren Antwort genug, denn er stand einfach nur da, sprachlos und geflasht. Zumindest solange, bis ihm bewusst wurde, dass auch er gemustert wurde. Und das auf fast schon amüsante Art und Weise.

„Wow, wie du siehst, erschlägt mich dein Anblick gerade."

Hatte er ihr wirklich gerade ein Kompliment gemacht?

„Tja, du bist aber auch nicht zu verachten!" Und das war die Wahrheit, denn der elegante tiefschwarze Anzug, der ihm auf den Leib geschneidert zu sein schien und das weiße Hemd mit schwarzer Krawatte ließen ihn noch mächtiger, noch unerreichbarer wirken. Als brauchte er nur mit der Wimper zu zucken und alle würden vor ihm zu Kreuze kriechen. Und genau dies machte ihn in Xea`s Augen noch begehrenswerter und sexier, auch wenn sie es sich ungern eingestehen wollte.

„Im Gegensatz zu dir, bin ich nichts. Jeder, der heute an deiner Seite stehen wird, wird verblassen wie ein buntes Blatt Papier, dem die Sonne alle Farben ausgezogen hat."

„Wow! Jetzt bin ich aber beeindruckt. Ich wusste ja gar nicht, dass ein Poet in dir steckt!"

„Du weißt so vieles nicht über mich, Xea", kam er langsam auf sie zu, während sein stechender Blick geradezu in ihre Seele zu blicken schien. Das Verlangen darin machte ihr Angst. Es machte ihr Angst, dass ihre Schutzmauer, die sie in seiner Gegenwart jedes Mal wieder mühsam errichten musste, ins Wanken geriet.

„Wie du sicher weißt, ist es Brauch, seiner Begleitung etwas zu schenken. Ich möchte dir das hier geben. Es gehörte meiner Schwester und sie hätte gewollt, dass du es bekommst. In meinen Augen bist du die Einzige, die es verdient hat, sie zu tragen." Behutsam holte er ein kleines Schmuckkästchen aus seiner Hosentasche heraus und öffnete es. Xea hatte das Gefühl, sie müsste auf und davon laufen, als sie in zwei tropfenförmige blaue Diamanten blickte, die in Silber gefasst waren.

„Außerdem", fuhr er fort, während Xea immer noch mit den Händen vor dem Mund um Fassung rang, „passen sie einfach nur perfekt zu deinen blauen Augen."

„I...ich kann das unmöglich annehmen, Trajan! Sie gehören deiner Familie. Tut mir leid, aber ich werde sie nicht tragen!"

„Bitte Xea! Bitte tu mir den Gefallen und trag sie für mich. Und wenn es nur für heute Abend ist. Talina wollte, dass ich sie bekomme, als sie gemerkt hat, dass sie sterben würde. Sie sagte, ich solle sie einer besonderen Frau schenken. Einer, die ihr würdig wäre! Und in meinen Augen, bist genau du diejenige. I...ich weiß, dass du mich hasst, weil ich der bin, der ich eben sein muss. Trotzdem bitte ich dich, nur diesen einen Abend zu vergessen, wie sehr ich dich verletzt hab und mir die Chance zu geben, dir zu zeigen, wer ich wirklich bin." War das wirklich Trajan, der ihr gerade sein Herz öffnete, wenn auch nur einen kurzen Augenblick und sie um einen Gefallen bat?

„Wenn das nur so einfach wäre..., aber gut, ich werde es versuchen. Und, ich werde die Ohrringe tragen, aber nur heute Abend und dann bekommst du sie wieder zurück, einverstanden?"

„Ja, einverstanden!"

Erleichtert nahm er die Ohrringe aus dem Kästchen und hielt sie ihr entgegen. Nachdem sie sich Xea ins Ohr gesteckt und sie dafür einen bewundernden Blick geerntet hatte, hakte sie sich in Trajan`s dargebotenen Arm ein und begab sich zum nächsten zeremoniellen Ereignis. Der Vorstellung seiner Familie.

Hätte sie von Anfang an gewusst, was sie gleich zu sehen bekommen würde, wäre vieles anders gekommen.

Trajan führte Xea vom Dienstbotentrakt heraus einen langen, für dieses prunkvolle Schloss, ziemlich einfach gehaltenen Gang entlang.

„Komm, ich führ dich ein bisschen herum! Vielleicht wirst du dann auch ruhiger. Deine Hände sind ja eiskalt und du siehst mir gerade danach aus, als würdest du mir jede Sekunde umkippen."

„Ist das denn verwunderlich? Ich meine…, du musst mich deiner Familie vorstellen und die wird nicht gerade erfreut darüber sein, dass ausgerechnet ich, die dumme, kleine Bedienung deine heutige Begleitung sein werde."

„Ich weiß…, aber mach dir deswegen bitte keinen Kopf. Sie werden sich zusammenreißen und es mit Würde tragen, denn Etikette zählt bei ihnen alles und sie würden schlecht daran tun, einen potentiellen Supaufsteiger und dazu noch geladenen Gast schlecht zu behandeln. Was würden denn da die Leute sagen! Außerdem bin ich auch noch da. Aber jetzt will ich dir den Palace und das Labor zeigen, bevor wir uns in den Flügel der Arrington`s begeben. Vielleicht kann ich dir ein bisschen von deiner Angst nehmen, wenn du den Weg zum Labor schon einmal gegangen bist. Ich weiß ja nicht wie es dir geht, aber ich tu mich da immer ein bisschen schwer, mich anhand eines Grundrisses zu orientieren. Und, der Grundriss, den du bekommen hast, ist noch dazu alles andere als leicht. Wenn ich hier nicht schon seit Geburt an wohnen würde, würde ich mich wahrscheinlich jetzt noch verlaufen."

„Glaubst du, das ist eine gute Idee? Könnten sie denn nicht Verdacht schöpfen, wenn wir beim Labor gesehen werden?", ließ Xea ihre Sorge in ihrer Stimme mitklingen.

„Nein, vertrau mir. Wenn wir jemanden begegnen, dann sag ich einfach, dass ich dich noch ein bisschen in meinem Zuhause herumführen und dir gleich auch noch zeigen möchte, wo ich arbeite. Wir gehen ja nicht rein!"

Je weiter sie sich vom Trakt der Dienstboten entfernten, desto prunkvoller wurden die Gänge. Jede einzelne Tür, wobei Tür fast schon untertrieben war, denn sie waren so hoch und breit wie Tore, waren über und über mit Goldverzierungen versehen und gewaltige, teils furchteinflößende Gemälde von Berühmtheiten und Politikern mit grimmigen Blicken schmückten zwischen den Wandleuchten die extrem hohen Wände. Der weiß marmorierte Boden glänzte so sehr, dass sich Xea darin wahrscheinlich hätte spiegeln können.

Sie kam kaum mehr aus dem Staunen heraus, als sie Trajan auch noch hie und da durch ein paar Türen schauen ließ. Darunter den Sitzungssaal, ein Audienzsaal und ein paar einfache Büroräume. Die Büroräume waren noch einigermaßen einfach gehalten, die beiden kleinen Säle jedoch waren diesem Palast mehr als würdig.

Dann kamen sie in eine riesige Halle, die sogenannte Eingangshalle, wie Trajan nebenbei bemerkte.

„Hier ist der Haupteingang in den Ruling Palace und genau hier werden in einer Stunde alle Gäste eintreffen und ihr Willkommensgetränk erhalten. Siehst du die Tür dort drüben?", deutete er zu einer Doppeltür, in die ein kleines Haus gepasst hätte. „Dort drin befindet sich der Hauptsaal, wo das Fest stattfindet."

In dem Moment öffnete sich die über und über mit Gold und Silber verzierte Tür und Xea konnte zwar nur für einen winzig kleinen Augenblick einen Blick auf das Innere erhaschen, doch das reichte vollkommen aus, um sie zu überwältigen. Trotz dem geschäftigen Gewusel des zahlreichen Personals, das die Tische deckte, Besteck und Gläser polierte und alles Nötige für den Abend herrichtete, wurde sie geblendet von all dem Gold, Glitzer, Silber und Marmor. Es verschlug ihr schlichtweg die Sprache, so dass sie von Trajan schmunzelnd von der Tür fast schon weggezogen werden musste und er sie in Richtung Treppe schob, die sich in der Mitte des Raumes trompetenförmig nach oben wand, um sich auf halber Höhe zu trennen und zu beiden Seiten weg zu führen. Der weiße Marmor und das gewaltige Treppengeländer hatten eine fast schon erschlagende Wirkung auf Xea, die nur schlichte Holztreppen oder sterile Krankenhaustreppen gewöhnt war. Doch dieses weiße Ungetüm hier, passte einfach perfekt hier herein.

„Dort oben im linken Flügel befindet sich unsere Wohnung", meinte Trajan ganz nebensächlich, wobei er sie auch schon wieder durch eine weitere Tür in einen anderen Gang führte.

„Du musst hier entlang gehen, wenn du zum Labor willst. Dort hinten führt eine Treppe hinunter in den Keller."

Sie gingen eine Weile stillschweigend nebeneinander her und Xea versuchte sich so gut es ging die Reihenfolge der Gänge ein-zuprägen. Sie hätte nicht gedacht, dass der Weg so weit sein würde. Sie müsste sich beeilen, denn es blieben ihr nur fünfzehn Minuten, in denen sie sich zum Labor schleichen, die Tür mit Hilfe von Trajan`s Ausweis öffnen, eine Probe vom Serum entnehmen und dann wieder aus dem Labor verschwinden musste. Es klang so einfach, doch Xea bezweifelte, dass es das in Wirklichkeit auch werden würde.

„Wir sind gleich da. Da vorne um die Ecke ist es. Glaubst du, du schaffst das…?" Trajan blieb plötzlich, als sie um die Ecke bogen, wie gelähmt stehen und brachte dabei Xea fast ins Strauchen.

Ein grimmig dreinblickender Wachsoldat stand stocksteif neben der Tür und hatte warnend ein langes Gewehr aufgeschultert. Er war ziemlich korpulent und seine rot-blaue Uniform spannte sich gefährlich eng um seine Körpermitte. Xea konnte seinen unglück-lichen Ausdruck gut nachvollziehen, denn sie hätte sich auch weit schöneres vorstellen können, als hier stundenlang stocksteif aus-zuharren.

Doch, als der Wächter Trajan erkannte, hellte sich seine Miene etwas auf und sein Rücken entspannte sich auch ein wenig.

„Guten Tag, Herr von Arrington!"

„Na, na, warum denn so förmlich, Henry? Ansonsten duzen wir uns doch auch?", sah ihn Trajan fragend an.

„Ja…, aber… ." Henry blickte verlegen zu Xea.

„Ach, wegen Xea brauchst du dir keine Sorgen machen. Sie ist harmlos. Zumindest war sie das, bevor sie in dieses Kleid geschlüpft ist und sich in einen Männer um den Verstand bringenden Vamp verwandelt hat." Seine letzte Bemerkung bescherte ihm einen schmerzhaften Puff in die Seite.

„Aua! Okay, Henry. Jetzt weiß ich definitiv, dass sie nicht ganz ungefährlich ist", schmunzelte er, während er sich die Seite rieb. „Aber jetzt Scherz beiseite, was zum Teufel machst du hier bloß? Ich dachte, ich könnte meine Angebetete hierher verschleppen und vor dem großen Ansturm noch ein paar ungestörte Minuten mit ihr verbringen, wenn du weißt, was ich meine", zwinkerte er ihm verschwörerisch zu. Xea wusste, dass er nur von ihrer eigentlichen Absicht ablenken wollte, konnte aber nicht verhindern, dass sie tomatenrot anlief. Genauso wie der Wachsoldat, der verlegen auf der Stelle trat.

„Ähm…, das tut mir echt leid, Trajan, aber dein Vater hat überall im Palast die Wachen verdoppeln lassen, da doch heute so viele Menschen hier herumlaufen."

„Aber das tun sie doch jedes Jahr an Silvester und bisher ist noch keiner auf die Idee gekommen, ein ganzes Wachengeschwader aufzufahren."

„Tja, wie du schon sagst, …bisher. Scheinbar ist das deinem Vater aber dieses Jahr nicht genug. Ich finde es ja auch übertrieben, aber Befehl ist Befehl!"

„Natürlich! Du hast ja recht. Dann pass schön auf, dass nicht irgendjemand auf die Idee kommt, den teuren Schampus aus einem Reagenzglas zu schlürfen", spaßte Trajan mit Henry, um die Lage etwas zu entspannen und ihm noch weitere Informationen zu entlocken, denn mit einer Wache vor der Tür hatten sie nicht gerechnet. Es kam einer Katastrophe gleich und wenn ihnen nichts einfallen würde, um die Wache wegzulocken, dann wäre ihr monatelanges Pläneschmieden umsonst gewesen sein. Trajan`s Schock darüber, den Xea zum Glück nur in seinem festen Griff zu spüren bekam, war ihm zum Glück nicht anzusehen. Er war wie üblich Herr über seine Gefühle und ließ sich nichts anmerken.

„Wann wirst du denn abgelöst? Oder sag bloß nicht, du musst dir hier die ganze Nacht um die Ohren schlagen."

„Nein, zum Glück nicht! Wir wechseln uns im Zweistundentakt ab. Die letzte Wachablösung erfolgt gleich nach der Neujahrsshow um halb eins, weil ja dann bereits um halb drei die Laboranten kommen und die üblichen Neujahrsgrippeimpfungen umfüllen und für den Transport an die Krankenhäuser bereit machen. Aber das weißt du ja selbst."

„Ach ja, das hatte ich total vergessen. Zum Glück muss ich dieses Jahr dabei nicht mithelfen, sonst könnte ich mich schlecht dem allgemeinen Besäufnis anschließen und für den Rest der Nacht dieses heiße Gerät hier vernaschen." Trajan konnte vielleicht Henry mit seinem strahlend weißen Grinsen in die Irre führen, aber nicht Xea. Sie wusste, dass auch ihm eher zum Weinen zumute war und genauso verzweifelt wie sie nach einer Lösung suchte.

„Was machen wir denn jetzt bloß? Wie soll ich mich da hineinstehlen, wenn ein Gorilla vor der verdammten Tür stramm steht?" Xea geriet in Panik, als sie weit genug weg waren und sich in einem Zimmer mit Ritterrüstungen und alten Schwertern versteckten, um das aufgetretene Problem zu diskutieren.

„Ich weiß es ja auch nicht, verdammt nochmal!" Trajan schlug mit der geballten Faust auf einen schweren Holztisch, dass die Schwerter, die darauf schön der Reihe nach drapiert waren, zu wackeln anfingen. Verzweifelt raufte er sich die Haare und rieb sich dann mit beiden Händen übers Gesicht, um den Kopf frei zu kriegen.

„Wir sind so nahe dran. So nahe!", stützte er sich niedergeschlagen mit seinen Händen am Tisch ab. „Und jetzt das! Wenn wir ihn doch bloß ohnmächtig schlagen könnten oder anderswie beseitigen, doch das würde sofort auffallen!"

„Und, wenn ich ihn irgendwie weglocke?"

„Wie bitteschön willst du denn das anstellen?"

„Hm…, du weißt ja gar nicht, wie verführerisch ich sein kann." Xea sah ihn herausfordernd mit hochgezogener Augenbraue an, woraufhin Trajan schmunzeln musste.

„O doch, Xea. Ich weiß sehr wohl, wie verführerisch du sein kannst", kam er ihr langsam und so gefährlich nahe, dass Xea glaubte, er könnte ihr verräterisches Herz hören, das laut und schnell unter ihrer kaum verhüllten Brust schlug.

„Aber glaub mir", war er jetzt so nahe, dass er ihr die lockige Strähne hinters Ohr schieben konnte, „ein englischer Soldat würde im Dienst niemals seinen Posten verlassen. Da könnte kommen, wer wollte. Das würdest nicht einmal du schaffen. Außerdem, wer würde denn dann ins Labor einbrechen, wenn du mit ihm beschäftigt wärst, was ich natürlich niemals zulassen würde."

„Das", hauchte sie ihm ins Ohr, „müsstest du schon mir überlassen. Ich bin ein großes Mädchen und lasse mir von niemandem vorschreiben, was ich tun und lassen soll. Aber du hast recht, ich bräuchte jemanden, der für mich die Aufgabe im Labor erledigt und derjenige musst wohl oder übel du sein."

Xea tippte ihm mit ihrem Zeigefinger gegen die Brust und drückte ihn von sich weg, denn er war ihr für ihren Geschmack etwas zu nahegekommen. Sie würde nicht eines seiner vielen Flittchen werden, das er haben konnte, wann und wo er wollte. Ihr

Stolz war alles, was sie besaß und den wollte sie sich noch ein Weilchen bewahren, wo sie doch wusste, dass früher oder später wieder Trajan`s andere Seite zum Vorschein kommen würde und dann wollte sie nichts bereuen müssen.

„Wie stellst du dir das denn vor? Du weißt doch, dass ich die Auslosungszeremonie leiten muss!" Trajan versuchte sich zwar seine Zurückweisung nicht anmerken zu lassen, doch Xea konnte dennoch in seinen Worten die Kränkung über ihre Ablehnung heraushören.

„Dann müssen wir eben den Plan ändern und die verdammte Droge zu einem anderen Zeitpunkt besorgen. Soviel ich gehört hab, würde es nicht auffallen, wenn wir beide für eine Weile verschwinden, um uns zu amüsieren." Beim letzten Wort machte Xea mit ihren Fingern Anführungszeichen in die Luft.

„Das ist ja alles schön und gut, nur, dass unser IT-Spezialist, um sich unbemerkt ins Überwachungssystem des Palace hacken zu können, einen Moment braucht, in dem die Computer unbewacht sind. Und leider ist das halt genau der Zeitpunkt, wenn ich eine der tausend Einladungskarten ziehe, denn da sitzt nicht nur ganz England vor dem Radio und hört zu, sondern auch alle Computerspezialisten im Palace. Nein Xea, glaub mir, wir können es drehen und wenden wie wir wollen, es würde ja doch nichts nützen. Selbst wenn heute irgendjemand die Kronjuwelen stehlen würde und das gesamte Schloss in Aufruhr wäre, könnten wir es nicht unbemerkt durchziehen. Wir müssen es verschieben, so furchtbar sich das jetzt auch anhört. Xandor hat mir die Verantwortung für den Auftrag übertragen. Er würde mich vierteilen, wenn wir es versauen und der Bund auffliegen würde. Und jetzt komm! Wir müssen uns jetzt wohl oder übel meiner Familie stellen und dann auch noch den Ball überstehen!"

25

Kurze Zeit später standen sie wieder in der Eingangshalle am Fuße der gigantischen Treppe. Nur mit dem Unterschied, dass Xea alles um sich herum nicht mehr pompös und atemberaubend schön fand, sondern einfach nur noch erdrückend und bedrohlich. Auch Trajan machte die ganze Sache zu schaffen, was er so gut es ging zu vertuschen versuchte, doch Xea brauchte er nichts vormachen. Sie wusste genau, wie es in seinem Inneren brodelte. Stillschweigend gingen sie die Stufen hinauf in den linken Flügel, der durch eine weitere Tür in Trajan`s Familiendomizil führte.

Rechts oben, neben der Tür, befand sich ein kleines Kästchen, das mit den Ziffern von null bis neun versehen war.

Da sie keine Ahnung hatte, wozu es gut sein sollte, staunte sie nicht schlecht, als sich die Tür mit einem lauten Piepton wie von selbst öffnete, nachdem Trajan irgendeine Zahlenkombination eingetippt hatte.

„Mylady, wenn sie mir bitte folgen würden", meinte er mit einer galanten Verbeugung und einem frechen Augenzwinkern. Xea wusste nicht, warum er plötzlich wieder so gut gelaunt war, aber sie hegte den leisen Verdacht, dass er ihr einfach nur etwas von ihrer Angst nehmen wollte, was natürlich völlig vergebens war. „Willkommen in meinem bescheidenen Heim!"

Xea hätte ja gerne eine blöde Bemerkung über das *bescheidene* Heim gemacht, doch sie war sprachlos. Sprachlos über die schlichte Schönheit, die sie so bisher nur vereinzelt in ein paar alten Büchern vor der Massenvernichtung gesehen hatte.

Trajan`s Zuhause war geradlinig, schlicht, einfach und trotzdem elegant. Das waren genau die Worte, die ihr dazu einfielen. Weiße Marmorböden, hohe Räume und schlichte Wände ohne Schnörkel,

Wandverkleidungen oder sonstigen Schnickschnack. Lediglich ein paar moderne Bilder von berühmten Malern setzten hie und da ein paar farbliche Akzente. Von der kleinen Vorhalle, in der ein kleines weißes Tischchen mit einer Vase voll wunderbar duftender Rosen Stand, führten weitere Türen ab, ebenfalls ganz schlicht in weiß gestrichen.

Trajan führte sie durch eine davon hindurch, so dass sie im Wohnzimmer standen. Eine riesige cremeweiße Couch in der Mitte war das Herzstück des Raumes. Auf dem gläsernen Couchtisch stand wie bereits in der Vorhalle ein wunderschönes Blumenarrangement aus weißen Rosen. Und an einer mit Steinen verkleideten Wand war eine Art offener Kamin eingebaut. Zumindest gab es dort ein Feuer, das leise vor sich hin knisterte und dem Raum wenigstens etwas Gemütlichkeit und Wärme verlieh.

Es gab noch einiges mehr, das Xea gerne bewundert hätte, doch dazu kam sie leider nicht mehr, denn kaum hatten sie den Raum betreten, erhoben sich seine Eltern von dem Sofa, auf dem sie gerade ein Glas Wein tranken.

Und dann begann der Alptraum.

Es war genauso, wie sie es sich vorgestellt hatte. Trajan`s Eltern standen da und starrten sie an, als wäre sie ein Marder im Hühnerstall und wolle ihre Eier stehlen. Xea hätte ihnen am liebsten vor die Füße gespuckt, dass sie keinerlei Interesse an Trajan oder sonstigem arrington`schen Besitztümern hatte, außer einer warmen Decke vielleicht, denn die Raumtemperatur war ganz plötzlich gefühlt in die Minusgrade gefallen. Dazu noch die eisigen Blicke und perfekt war der Eispalast mitsamt Eiskönigin.

„Vater, Mutter! Das ist Xea. Ihr kennt euch ja schon. Sie wird heute meine Begleitung sein." Kurz und bündig, was sollte er auch noch mehr dazu sagen?

„Guten Tag Herr und Frau von Arrington. Ich fühle mich wirklich sehr geehrt, heute von ihrem Sohn begleitet werden zu dürfen", machte Xea einen leichten Knicks und senkte bescheiden ihr Haupt. So sehr sich auch alles in ihr dagegen sträubte, vor seinen Eltern zu katzbuckeln, wusste sie, dass es das einzig Richtige war, über ihren Schatten zu springen, die Unterwürfige zu spielen und auf das Beste zu hoffen, was auch immer das sein sollte. In ihrem Falle war es ein unerträglich nervenaufreibendes Schweigen, in dem sie angespannt auf irgendeine Reaktion warteten. Doch soweit kamen Trajan`s Eltern gar nicht, denn zum einen hatte es ihnen die Sprache verschlagen, wobei man ihnen förmlich ansehen konnte, dass sie in Gedanken abwägten, ob sie Xea rauswerfen oder gezwungenermaßen dulden sollten und zum anderen wurden sie von jemanden unterbrochen. Von jemanden, den Xea anfangs für ein Hirngespinst hielt und der es fertigbrachte, ihr den Boden unter den Füßen weg zu reißen. Mehr als es ein Hektor oder ein Sodon je könnte. Somit stürzte sie im freien Fall und ohne Vorwarnung in die Tiefe, während ihr Magen einen Salto nach den anderen schlug und im Begriff war, sich mehrfach umzustülpen.

„Aber hallo! Wen haben wir denn da? Wenn das nicht das süße Biest aus dem Park ist!", kam das Hirngespinst, eine zweite Version von Trajan, aus der gegenüberliegenden Tür herein und grinste Xea verschlagen ins Gesicht.

Und mit einem Seitenblick zu Trajan, der direkt neben ihr stand, kam der Aufprall auf dem knallharten Boden der Realität. Er kam mit der Erkenntnis und ließ ihr Innerstes schmerzhaft zersplittern wie ein Stück Glas, das in Millionen Teile zersprang. Was übrig blieb, war ein einziger Scherbenhaufen.

„Was soll das heißen? Ihr kennt euch?", fragte Trajan seinen Zwillingsbruder. Das Zögern in seiner Stimme verriet, dass er im

Moment nicht genau wusste, ob er es gut oder schlecht finden sollte.

„Natürlich Bruderherz. Ich würde sagen, wir sind uns auch schon ziemlich... nahegekommen, oder Süße?" Mit einem breiten Grinsen, weder freundlich noch lustig, sondern einfach nur boshaft, sah er ihr kampfeslustig in die Augen.

Auch von Trajan wurde sie durchbohrt. Nur, dass in seinem Blick, nichts als blanker Schmerz lag. Keine Frage, keine Verurteilung, sondern einfach nur Schmerz. Glaubte er allen Ernstes, sie hätte sich seinem Bruder hingegeben?

„D...dann warst du es also, der mich im Park, im Krankenhaus und im Gasthaus behandelt hat, als wäre ich der letzte Dreck!"

Xea`s Stimme zitterte vor Zorn, den sie mühsam zurückhalten musste. Das unverschämt zufriedene Grinsen des Zwillingsbruders war ihr Antwort genug.

Die ganze Zeit über hatte sie gedacht, dass es Trajan war, der sie so erniedrigt und verletzt hatte. Derweilen war es sein Zwillingsbruder, von dem sie nicht einmal gewusst hatte, dass er überhaupt existierte. Wie hatte sie nur so blind sein und nicht erkennen können, dass es gar nicht Trajan war, denn, obwohl sie sich wirklich bis ins kleinste Detail ähnelten, gab es doch etwas, das sie wesentlich unterschied. Ihre Augen, deren Iris lediglich die gleiche Farbe hatte, doch alles andere, der Glanz und die Ausstrahlung hätte nicht verschiedener sein können.

Während Trajan`s Augen voller Wärme und Feuer waren, spiegelte sich in denen seines Bruders nur Überheblichkeit und Selbstliebe. Vor allem Selbstliebe.

„Jerox, wenn du dich ihr heute Abend auch nur einen Zentimeter näherst, dann schwöre ich dir, werde ich dich fertig machen. Auch wenn sie nur eine Medi und damit unter unserer Würde ist, wirst du sie heute mit gebührenden Respekt behandeln. Genauso wie ihr beiden!", sah Trajan seine Eltern warnend an, da er bemerkt hatte, wie Xea kreidebleich anlief und um Fassung rang. „Oder wollt ihr, dass wir zum Gespött der Leute werden, wenn sie sehen, wie wir einen geladenen Gast behandeln?"

Obwohl Xea wusste, dass er sie in Anwesenheit seiner Familie nicht allzu sehr in Schutz nehmen durfte und schon gar nicht durchblicken lassen durfte, dass er sie mochte, tat es weh, diese harten Worte aus seinem Mund zu hören. Er hatte zwar versucht, sie in Schutz zu nehmen und doch hatte er sie gleichzeitig auch verletzt, indem er sie *unter seiner Würde* bezeichnete. Was war nur los mit ihr? Warum war sie so empfindlich und nahm es sich so zu Herzen? Vielleicht, weil es der Wahrheit entsprach? Weil sie immer noch nur eine Medi war, auch wenn sie hier und jetzt gerade in einem sündhaft teuren Ballkleid im Ruling Palace stand und sich eine Nacht lang wie eine Sup fühlen durfte?

„Du hast natürlich recht, Trajan. Heute ist sie ein Gast in unserem Haus. Und wir alle", sah seine Mutter streng in die Runde, „werden sie mit dem gebührenden Respekt behandeln. Aber jetzt", blickte sie auf ihre diamantenbesetzte Uhr, „müssen wir los! Ich höre schon die ersten Kutschen in den Hof einfahren." Keiner wagte es, ihr zu widersprechen, so dass ihr Mann ein letztes Mal seine Krawatte zurecht zog und ohne ein weiteres Wort mit seiner Frau Arm in Arm hinaus stolzierte. Trajan`s Zwillingsbruder folgte ihnen, ließ es sich aber nicht nehmen, Xea beim Vorbeigehen noch ein schadenfrohes Lächeln zuzuwerfen.

Erst, als die Tür hinter ihnen ins Schloss gefallen war, atmete Xea kurz erleichtert auf, bevor sie sich Trajan anklagend zuwandte.

„Warum, zum Teufel, hast du mir nie gesagt, dass du einen Zwillingsbruder hast?"

„Ähm…, du hast mich nie danach gefragt. U…und außerdem dachte ich, du wüsstest es!", sah er sie jetzt an, als wäre sie von einem anderen Stern.

„Ach so ist das also. Es gehört quasi zum Grundwissen, dass es von deiner Sorte gleich zwei gibt! Entschuldige werter Herr Graf, aber sie können von einem dummen, unwürdigen Mädchen nicht erwarten, dass es so etwas Weltbewegendes weiß!"

„Hey! Warum gehst du mich so an? Ich hab dir doch nichts getan!" Trajan war ebenfalls sauer und ließ es in seiner Stimme unmissverständlich mitschwingen.

„Ja, vielleicht du nicht. Aber dafür dein Bruder umso mehr."

„Erzähl`s mir Xea. Was hat dir Jerox angetan? Was hat er damit gemeint, als er sagte, dass ihr euch nähergekommen seid?" Trajan wirkte zwar besorgt, doch Xea wusste es besser. Es war nicht nur die Sorge um ihr Wohl, die ihn verängstigte, sondern auch die vage Vermutung, dass sich Xea und sein Bruder nähergekommen sind, als ihm lieb war.

„Weißt du was, Trajan, lass gut sein! Es gibt Dinge, über die man nicht sprechen möchte, sondern einfach nur vergessen." Xea wandte sich ab und wollte schon Richtung Ausgang gehen, als sie von Trajan an der Hand gepackt wurde.

„Bitte Xea. Ich muss es wissen! Ist da was zwischen euch gelaufen?"

„Das ist deine einzige Sorge? Du willst nur wissen, ob wir etwas miteinander hatten? Nein! Er wäre der Letzte, von dem ich mich freiwillig anfassen lassen würde. Er hat mich in aller Öffentlichkeit vor seinen Freunden betatscht, als wäre ich ein Pferd, das man vorher auf seine Qualitäten prüft, bevor man es besteigt. Er hat mich immer und immer wieder beschimpft, mich als unfähig dahin gestellt und mir gesagt, dass ich nichts wert bin. So, jetzt weißt du es. Ich hoffe, du bist zufrieden."

„Und du hast dabei stets gedacht, dass ich es war, der dir das alles angetan hat?" Man konnte Trajan ansehen, dass es ihn mitnahm und er am liebsten alles ungeschehen machen würde.

„Ja, das hab ich", war alles, was Xea dazu zu sagen hatte.

„Und ich Idiot dachte immer, ich hätte dich vielleicht in der Nacht im Gasthof, als ich so besoffen war, so beleidigt, dass du guten Grund hattest, mich zu verachten und zu meiden. Ich bin ja so ein Idiot! Ich hatte in der Nacht, als meine Schwester gestorben ist, einen vollkommenen Filmriss und ich hatte Angst, dich danach zu fragen, weil ich mich dafür so geschämt hab. Dabei war es mein Bruder... W...wie hast du es geschafft, überhaupt noch mit mir normal reden zu können?"

„Ganz einfach. Ich habe mir immer und immer wieder eingeredet, dass ich das alles nur für den Bund mache. Und damit auch für die Medi, um ihnen ein besseres, selbstbestimmteres Leben zu bieten. Und... ich habe gelernt, dich zu hassen." Dass ihr das nicht immer gelang und sich in ihrem ganzen Gefühlschaos bisweilen auch noch andere Gefühle einschlichen, ließ sie außen vor. Er brauchte nicht alles zu wissen, denn zum Einen tat es eh nichts zur Sache und zum Anderen machte es sie nur noch verletzlicher. Und wenn sie eines nicht wollte, dann war das, verletzlich und angreifbar zu wirken. So wie Trajan gerade, der sie ansah, als hätte sie ihm von Angesicht zu Angesicht ein Messer ins Herz gerammt. Getroffen, bestürzt und dennoch mit einer Würde, die nur ein echter Graf aufbringen konnte, akzeptierte er ihre schockierend unverblümte Antwort.

„Verstehe...", war alles, was er darauf noch zu erwidern hatte.

26

Nachdem auch die letzten Gäste eingetroffen waren, mischten sich Xea und Trajan, mit einem Champagnerglas bewaffnet, unter die Herde, wobei Trajan Xea von der Ferne aus immer im Auge behielt. Er wollte ihr damit wahrscheinlich nur Sicherheit geben, doch Xea empfand es einfach nur lästig, ständig unter Beobachtung zu stehen. Sie hätte ihn nicht gebraucht. Ihn nicht und auch sonst keinen anderen, denn sie hatte schon von Kindesbeinen an lernen müssen, auf sich selbst aufzupassen und allein, ohne Hilfe durchs Leben zu gehen. Außerdem amüsierte sie sich köstlich. Das ausgezeichnete Essen, die ausgelassene Stimmung und der Alkohol, ja besonders der Alkohol, versetzten sie immer mehr in eine berauschende, niemals endende Glückseligkeit. Sie fühlte sich genauso wie es Trajan vorhergesagt hat. Wie einen Männer verführenden Vamp, denn sie war ständig von jungen Männern umzingelt, die sie anhimmelten. Oder besser gesagt, mit ihren Blicken auszogen und in Gedanken schon über sie herfielen.

Xea musste zugeben, dass das Kleid so seine Vorzüge hatte und sie Ronos Unrecht getan hatte. Sie nahm sich fest vor, sich bei ihm zu entschuldigen und in Zukunft nicht mehr gleich so impulsiv zu reagieren.

Trotz der leichten Gewissensbisse gegenüber Ronos und der abgrundtiefen Enttäuschung über die unglückliche Vereitelung ihres Auftrages, über die ihr im Moment einzig und allein viel, viel Alkohol hinweghelfen konnte, genoss sie den Abend in vollen Zügen, indem sie sich von wildfremden Männern anhimmeln und begierig begaffen ließ. Nie wieder würde sie sich fühlen dürfen wie eine Prinzessin, der reihenweise die Männer zu Füßen lagen. Sie tanzte fast den ganzen Abend hindurch mit etlichen jungen, mitunter auch wirklich hübschen Männern, von denen sie allesamt das Angebot bekam, sich ein Weilchen zu verdrücken. Doch so war Xea nicht. Ja, sie wollte ihren Spaß, wollte flirten, doch mehr wollte sie nicht. Einzig und allein Ronos stand es zu, mehr zu wollen.

Bis auf ihren unerfüllten Auftrag, den sie ziemlich gut zu verdrängen wusste, war es ein wunderschöner, ausgelassener Abend. Doch wenn sie ehrlich mit sich war, dann genoss sie am meisten die Blicke von Trajan, denn obwohl er sich im Hintergrund hielt, wusste Xea, dass ihm nichts entging. Nicht, wie sie eng umschlungen mit anderen tanzte, mit ihnen flirtete, und hie und da auch mal an Stellen berührt wurde, die grenzwertig waren. Trajan`s Blicke auf ihrer Haut vermochten sie mehr zu erregen, wie es eine richtige Berührung von all den Männer hier je vermocht hätte. Auch, wenn er es vielleicht nicht verdient hatte, genoss sie das Gefühl, ihn eifersüchtig zu machen, ihn in Rage zu bringen und ihn vielleicht sogar zu verletzen. Heute war sie es, die austeilte, verletzte und reihenweise Herzen brach. Und sie liebte es, das Gefühl der Macht.

Während Trajan`s Blicke immer gequälter und wutverzerrter wurden, wurden Xea`s Blicke immer anzüglicher und berauschter. Ja, sie forderte es geradewegs heraus, dass sich die jungen Männer an ihr festkrallten, dass ihre Hände nicht dort blieben, wo sie eigentlich hingehörten. Wie die Hände von Xea`s jetzigem Tanzpartner, die beständig nach unten wanderten und auf ihren prallen Pobacken, die sich durch den dünnen, seidigen Stoff überdeutlich abzeichneten, verharrten.

Das war eindeutig zu viel für Trajan, der nun seine Geduld verlor und festen Schrittes auf die beiden zukam, um dem ein Ende zu bereiten.

„Ich würde sagen, sie haben genug Spaß gehabt. Jetzt bin ich an der Reihe! Schließlich ist sie *meine* Begleitung!", blieb Trajan vor ihnen stehen und hielt Xea auffordernd seine Hand entgegen. Da der junge Mann natürlich genau wusste, wer vor ihm stand, machte er keine Anstalten und übergab sie wortlos, aber dennoch wehmütig, an Trajan, der nach Xea`s Hand griff, während sich seine andere Hand weich und doch fest um ihre Taille legte. Dann begann er, sich mit ihr im Rhythmus des Walzers zu drehen. Und, auch wenn Xea ziemlich angepisst war und es ihr gar nicht gefiel, dass er mit ihr wie mit einer Marionette umsprang, sie behandelte, als wäre sie sein Eigentum, genoss sie es, von seinen starken Armen geführt zu werden und das Gefühl zu verspüren, nicht mehr nur zu tanzen, sondern zu schweben. Es war himmlisch gut. Zu gut.

Immer mehr verschwamm ihre Umgebung. Die Gäste, die Geräusche und Gerüche, einfach alles. Es gab nur noch sie und ihn. Und seine Hände, die sie führten. Wortlos sahen sie sich an und für einen kurzen Moment hatte Xea das Gefühl, als würden sich ihre Blicke verschmelzen. Sie sah in seine Augen und sah das glühende Feuer, das nicht nur ihren Körper, sondern auch ihre Seele zu versengen drohte. Erschrocken über die Macht, die schon allein seine Augen über sie ausübten, zwang sie sich, etwas auf Abstand zu gehen.

„Was ist? Bin ich dir etwa nicht gut genug? Bei den anderen jedenfalls hattest du keine Hemmungen, sie wie eine Schlange zu umschlingen!" Trajan`s Kränkung war nicht zu überhören und hinterließen einen bitteren Beigeschmack auf Xea`s Zunge.

„*Du* fragst mich, ob du nicht gut genug bist? Das ist ja wohl ein Scherz oder? Soviel ich mich erinnere, warst du derjenige, der mir in der Kutsche damals offenbart hat, dass *ich* diejenige bin, die nicht gut genug für dich ist!", fauchte sie ihn streitlustig an. Der Champagner tat sein Bestes dazu, denn ihr Blut fing unkontrolliert an, zu kochen und sie hätte sich jetzt so gerne in ein Wortgefecht mit ihm gestürzt, ihm ihre Meinung gegeigt und damit all den aufgestauten Ballast der letzten Monate abgeworfen.

Trajan blickte sich nervös um, denn ihm war das lodernde Feuer in Xea`s Augen nicht entgangen. Er befürchtete doch tatsächlich, dass sie ihm jetzt vor all den anderen ein Drama machen könnte. Auch wenn sie sein ängstlicher Blick mehr als befriedigte, war sie doch nicht dumm. Sie wusste, was auf dem Spiel stand. Niemand durfte mitbekommen, dass sie sich besser kannten, als es gut war für Trajan`s Ansehen.

„Außerdem", fügte sie jetzt etwas gedämpfter hinzu, als er auf ihren Vorwurf nichts zu sagen hatte, „gefällt es mir, wie mich die Männer mit ihren begierigen Blicken anstarren. Es gefällt mir sogar so gut, dass ich echt am Überlegen bin, ob ich mir nicht heute Abend mit einem von ihnen ein paar schöne Stunden gönne, schließlich macht das ja hier jeder so, wie ich hörte."

Das reichte, um Trajan erneut zum Explodieren zu bringen.

„Das wirst du ganz schnell wieder vergessen! Du bist betrunken und weißt nicht, was du redest! Außerdem, denk an Ronos! Er würde es dir nie verzeihen!"

„Ah! Daher weht also der Wind! Du sorgst dich um Ronos` Gemütszustand. Wie gnädig von ihnen, Herr Graf! Aber weißt du was? Ich bin wirklich betrunken und ich scheiß heute auf alle Schwanzträger! Ihr meint, ihr könnt euch nehmen, was und wann ihr wollt! Kannst du dir vorstellen, wie toll ich es fand, als dein Bruder meine Brüste angegrapscht oder als Adon mir das Top und die Unterhose herunter gezogen hat? Nein, Trajan, heute bin ich an der Reihe, heute bin ich diejenige, die ausnutzt und ihren Spaß dabei hat!"

Xea wusste, dass sie wie ein trotziges Kleinkind klang, doch die Erinnerung an all den Mist, den sie in den letzten Monaten über sich hatte ergehen lassen müssen, brachte sie so aus der Fassung, dass sie sich vergaß. Das und die schmerzliche Erkenntnis, dass bereits morgen wieder Tausende von Kindern ihren geliebten Eltern entrissen werden und sie nichts dagegen unternehmen konnte. Sie wollte einfach nur für einen Abend nichts mehr spüren. Ja, sie wäre wahrscheinlich auch so weit gegangen, sich jemanden hinzugeben, nur um ihr Leben für eine Weile zu vergessen, es erträglicher zu machen.

Xea wankte ein bisschen, so dass Trajan alle Hände voll zu tun hatte, um wieder Haltung anzunehmen. Obwohl er ein verdammt guter Tänzer war, hatten ihn Xea`s Worte doch härter getroffen, als er es je zugeben würde.

„Jerox hat was?", horchte er schockiert auf.

„Tja, Trajan. Willkommen in meiner Welt!"

„Ich bring ihn um, diesen Wichser! Ich wusste schon immer, dass er ein Arschloch ist, aber das hätte ich selbst ihm nicht zugetraut."

„Bist du verrückt? Du tust nichts dergleichen! Da kommt mir gerade so ein Gedanke…, warum musst eigentlich ausgerechnet du diese blöde Auslosung die ganze Zeit über begleiten? Warum nicht dein Bruder?"

„Mein Bruder? Ha, da könntest du ebenso gut einen Gorilla auf die Bühne stellen. Mehr als sich auf die Brust zu klopfen, Weibchen zu begatten und in den Tag hinein zu leben, kann Jerox nicht. Wobei sich mein Bruder evolutionsmäßig sogar noch weit hinter den Affen befindet. Und das weiß auch mein Vater. Mein Vater würde wahrscheinlich sogar so weit gehen und die Geburtsurkunden fälschen, wenn ich nicht glücklicherweise der Erstgeborene gewesen wäre. Somit liegt es nämlich an mir, unser Familienimperium weiter zu führen. Er würde also niemals freiwillig zulassen, dass uns Jerox vor dem ganzen Land blamiert."

„Dein Vater!", meinte Xea gehässig, als er ihn erwähnte. „Dein Vater könnte mich mal, wenn ich seine Tochter wäre und ich von seinen Machenschaften im System wüsste. Wie kannst du ihm nur so in den Arsch kriechen! Lieber würde ich mich bewusstlos trinken, als ihm noch einen weiteren Gefallen zu tun!" Trajan sah sie an, als wäre sie ein Geist. Oder vielleicht auch nicht mehr ganz bei Trost. Xea hätte es nicht sagen können, denn ihre Sinne waren nicht mehr ganz so scharf und klar wie bei nüchternem Zustand.

„Mensch Xea, ich hab da so eine Idee! Komm mit!", zog er sie plötzlich von der Tanzfläche in Richtung Tür.

„Wo wollt ihr denn hin?", wurde Trajan jäh von seiner Mutter, die sich gerade von einem der Kellner ein neues Champagnerglas geben ließ, aufgehalten.

„Ähm,...Mutter! I...ich wollte Xea nur ein bisschen rumführen und ihr das Schloss zeigen."

„Soso. Muss das denn sein? Hast du nicht andere Pflichten? Hast du heute überhaupt schon mal mit Verna oder Luxora getanzt?", meinte sie mit hochgezogener Augenbraue.

Oha! Auch wenn Xea`s Verstand nicht mehr der Klarste heute war, so wusste sie doch, was ihm seine Mutter gerade mitteilen wollte. Und leider kam ihr beim Erwähnen der zwei Mädchen auch noch Gift und Galle hoch.

„Mutter! Sie ist mein Gast und als Gastgeber will ich ihr auch etwas bieten. Was ist denn schon dabei?"

„Nun ja..., wenn du meinst. Aber dass du mir ja rechtzeitig um Mitternacht auf deinem Balkon erscheinst! Es ist unsere Pflicht, uns zu zeigen! Es ist bald soweit", sah sie auf ihre sündhaft teure Armbanduhr.

Trotz ihres Alters hätte seine Mutter fast jede hier im Palace in den Schatten stellen können. Und das nicht nur, weil sie mit ihrem schneeweißen, von unsagbar vielen Perlen besetztem Traum von einem Kleid, ihrem diamantenbesetztem Diadem und den dazu passenden Ohrringen, die wohl am besten gekleidete Frau hier war, sondern auch weil sie mit ihrer Porzellanhaut, dem hellblonden, wunderschön hochgesteckten Haar, den vollen blutroten Lippen und den stechend blauen Augen jeder Märchenprinzessin die Schau gestohlen hätte. Eine atemberaubende Fassade, die einen abgrundtief schlechten Charakter zu verbergen versuchte. Genauso hätte sie seine Mutter in nur wenigen Worten beschrieben.

„Natürlich Mutter! Nie im Leben würde ich meine Pflicht vernachlässigen. Und... jetzt entschuldige uns bitte!"

Sie wollten gerade zur Tür hinaus, als ein Ober mit einem voll beladenem Tablett Champagner ihren Weg kreuzte und Xea schon dabei war, nach einem Glas zu greifen, als ihr Trajan zuvor kam und sie zurückhielt, mit der Begründung, dass sie für heute schon mehr als genug getrunken hätte.

„Was bildest du dir eigentlich ein?", funkelte ihn Xea böse an. „Nur, weil du der Grafensohn bist und an Silvester auf einem Balkon zu erscheinen hast, damit alle Welt zu dir aufblicken kann, heißt das noch lange nicht, dass ich das auch tue!" Wie konnte er sie jetzt, da sie eh schon so in Rage war, bloß so vergnügt angrinsen und sie in ihrem Zorn noch mehr anstacheln? Xea ließ das Gefühl nicht los, dass er ihre Kratzbürstigkeit mehr als amüsant fand.

„Es würde mich auch wundern, wenn du das tun würdest. Aber ich warne dich trotzdem, Xea! Treib es nicht zu weit! Irgendwann verliere auch ich die Geduld! Und außerdem wirst auch du auf meinem Balkon erscheinen, denn schließlich bist du heute meine Begleitung!"

„Niemals!", entfuhr es ihr sofort.

„Kann es sein, dass du Angst hast, mit mir auf meinen Balkon zu gehen?" Trajan`s Belustigung entging ihr nicht einmal in ihrem leicht angetrunkenen Zustand.

„Ich hab vor nichts Angst. Zumindest nicht vor dir und deinem Balkon", meinte sie trotzig. „I...ich will nur nicht als eines deiner Mädchen gelten, die du schon reihenweise bestiegen hast!"

Mittlerweile standen sie schon in Trajan`s Wohnung und näherten sich zielstrebig einer Tür. Besser gesagt Trajan zog sie hinter sich her, denn Xea hatte ein ganz mulmiges Gefühl, erneut in die Privatsphäre der Arrington`s einzudringen.

„Ich hab noch nie ein so stolzes Mädchen wie dich kennengelernt. Stolz und... leider auch genauso störrisch!"

„Was heißt hier störrisch? Ich werf mich halt nicht gleich jedem um den Hals, auch wenn er noch so heiß oder sogar ein Grafensohn ist!"

„Soso! Du findest mich also heiß!" Trajan kam nicht umhin, sie mit hochgezogener Augenbraue und seinem unwiderstehlichen Lächeln zu necken.

„Ich sagte *oder!* Heiß *oder* Grafensohn, nicht beides!", erklärte sich Xea mit Nachdruck, wobei sie aber ihre Verlegenheit nicht ganz verbergen konnte. Sie fühlte sich ertappt. Doch niemals hätte sie zugegeben, dass sie ihn heiß fand, denn das tat sie in der Tat. Wenn heiß überhaupt ausreichte, um ihn zu beschreiben, denn schon ein einziger intensiver Blick reichte vollkommen aus, um sie aus der Bahn zu werfen. Ihr ein erotisches Prickeln über die ganze Haut zu jagen und sie innerlich zu verbrennen.

27

„Willkommen in meinem bescheidenen Reich", öffnete Trajan gleich darauf die Tür und forderte sie auf, in sein Zimmer, oder besser gesagt, in sein eigenes kleines Appartement einzutreten. Der Raum war gigantisch und verfügte auf einer Seite über mehrere knietiefe Fenster und eine gläserne Doppeltür. Hier hätte locker eine vierköpfige Familie wohnen können. Schon allein das Bett war so groß, dass man darauf hätte Tango tanzen können. Doch es war nicht so sehr die Größe des Bettes, das ihren Blick so fesselte, sondern vielmehr die Art und Weise seiner Vermarktung. Geradezu königlich thronte es auf einem zweistufigen Podest und wirkte dabei auch noch verdammt verführerisch. Sogar verboten verführerisch mit dem roten Spannbettbezug und der schwarz glänzenden Bettwäsche. Und was hätte besser zu Trajan`s harter Außenfassade gepasst, als die raue Ziegelwand und das Metallgestell am Kopfteil des Bettes? Xea konnte sich in ihrem Kopfkino noch so sehr ein Pony auf einer Blumenwiese vorstellen und doch spielten sich bei dem Anblick immer wieder Szenen aus *Fifty Shades of Grey* vor ihrem inneren Auge ab.

Erst, als sie merkte, wie Trajan ihrem Blick folgte und seinem Schmunzeln nach genau wusste, was gerade in Xea`s Gehirn abging, schaffte sie es, ihr Augenmerk auf die gegenüberliegende Seite des Raumes zu lenken. Dort stand ein U-förmiges cremeweißes Sofa, dessen Öffnung auf einen aus Steinen gemauerten Kamin ausgerichtet war. Vor dem Kamin lag ein weißer, dick mit Fell besetzter Teppich, der dazu einlud, es sich vor einem knisternden Kaminfeuer gemütlich zu machen. Dort zu kuscheln, sich zu küssen oder sich die Kleider vom Leib zu reißen, um in der Hitze des

Feuers übereinander herzufallen und… „Stoooop!", schrie sich Xea innerlich zu. Was war nur los mit ihr? Sie hatte das Gefühl, dass ihr hier, in seiner unmittelbaren Nähe und in seinem Privatgemach eindeutig die Sicherungen durchgingen und sie keinen unsexistischen, klaren Gedanken mehr fassen konnte.

Xea schob es auf den Alkohol, denn irgendetwas brauchte sie ja, um sich vor sich selbst zu rechtfertigen.

„Ist das dort das Badezimmer? Ich müsste mal für kleine Mädchen", deutete sie mit dem Kopf auf eine Tür, die möglicherweise in ein Bad führte. Nach einem zustimmenden Nicken, eilte Xea darauf zu, als wäre der Türgriff der rettende Anker, der sie vor ihrem Untergang bewahren konnte.

Nachdem sie die Tür hinter sich geschlossen hatte, lehnte sie sich für ein paar Augenblicke mit dem Rücken dagegen und atmete ein paar Mal hintereinander tief ein und aus, um sich wieder zur Besinnung zu rufen. Weil das wenig Wirkung zeigte, ging sie zum Waschbecken und versuchte sich eiskaltes Wasser ins Gesicht zu spritzen und dabei nicht zu viel Make-Up zu verwischen.

Dann sah sie in den Spiegel.

Was ist nur mit dir los, Xea? Jetzt reiß dich endlich zusammen!

Es war wie ein Tantra, das sie sich immer und immer wieder vorbetete, bis sie etwas ruhiger wurde.

Zum Schluss trank sie noch einen großen Schluck Wasser aus dem Wasserhahn und begab sich wieder zurück in die Höhle des Löwen, wo Trajan bereits ohne Jackett auf der Couch saß, lässig zurückgelehnt, mit den Armen auf der Rückenlehne und überkreuzten Füßen, während er sie beim Nähertreten einer ausgiebigen Musterung unterzog.

„Hmhm…", räusperte sie sich verlegen, als sie sich gegenüber Trajan auf die Couch setzte und dabei versuchte, den Schlitz ihres Kleides mit der langen Schleppe so gut es ging zu bedecken. Dass ihr Trajan dabei so genau zusah, erschwerte ihre Bemühungen noch zusätzlich.

„Was ist jetzt also deine Idee?" Als müsste er ihr gleich die Quantentheorie erklären, richtete er sich auf und beugte sich etwas vor, während er seine Unterarme auf seinen Oberschenkeln abstützte und die Finger ineinander verschränkte.

„Die Idee ist mein Bruder! Als du mich gefragt hast, warum ich und nicht er die Rede halten muss, bin ich ins Grübeln gekommen. Dass ich darauf nicht früher gekommen bin!"

„Auf was? Red nicht lange um den heißen Brei herum und sag endlich, was du zu sagen hast."

„Warum denn diese Eile? Lass mich doch erst mal ausreden!" Xea lehnte sich einwilligend zurück. Sie konnte ja schlecht sagen, dass jeder Augenblick hier, mit ihm allein, eine Höllenqual für sie war. Dass allein sein Anblick eine Höllenqual für sie war. Sein glühender Blick, seine vollen weichen Lippen, seine breiten Schultern und die vorgewölbte Brust, die sich unter dem weißen Hemd mehr als deutlich abzeichnete. Wie konnte sie nur so dumm sein und so viel trinken, wo sie doch wusste, dass er in ihrer Nähe sein würde!

„Ich habe gerade beschlossen, dass dieses Jahr mein Bruder die Rede halten soll", fuhr Trajan unbeirrt fort. „Ich werde so tun, als ob ich etwas in ein Getränk gemischt bekommen hätte und nicht mehr Herr meiner Sinne wäre, dann müssen sie wohl oder übel Jerox für die Aufgabe heranziehen. Ob Vater nun will oder nicht!"

„Und dann?"

„Dann werde ich mich genau zu dem Zeitpunkt, wenn unser Computerspezialist die Kameras im gesamten Palace und die Alarmanlage im Labor manipuliert, ins Kronjuwelenzimmer schleichen und dort einen Alarm auslösen. Du Xea, wirst derweilen warten und hoffen, dass durch den Alarm auch der Wachsoldat vor dem Labor abberufen wird. Wenn ja, dann kannst du deinen Auftrag wie besprochen ausführen. Wenn nicht…, tja, dann können wir leider für heute nichts mehr tun. Zumindest haben wir es versucht. Na, wie klingt das?"

„Klingt so, als ob du wirklich was ins Getränk gemischt bekommen und nicht mehr alle Tassen im Schrank hättest! Du glaubst doch nicht im Ernst, dass die dich da in diesem Juwelenzimmer nicht schnappen!"

„Mach dir da mal keine Sorgen! Wenn es wirklich so weit kommt, dann stell ich mich einfach desorientiert und auf Droge. Und du weißt ja, wie gut ich schauspielern kann."

„Ja, leider! Aber okay…, das könnte vielleicht sogar klappen. Ich hätte da aber noch eine Frage. Was ist eigentlich, wenn ich bei der Auslosung gezogen werde und ich nicht da bin? I…ich meine, rein theoretisch könnte es ja auch mich treffen."

„Nein Xea, das kann es nicht! Ich habe deine Einladungskarte verschwinden lassen. Sie ist nicht in der Lostrommel. Es tut mir leid. Glaub mir, ich würde es keinem mehr gönnen, als dir, aber wir können das Risiko nicht eingehen!"

Xea verstand und versuchte, sich ihre Enttäuschung nicht anmerken zu lassen. Und auch, wenn sie wusste, dass es besser so war, hatte sie doch all die Wochen, seit sie die Einladung in der Hand gehalten hatte, die winzig kleine Hoffnung nicht losgelassen, vielleicht doch gezogen zu werden und somit ein neues Leben anfangen zu dürfen. Ein Leben ohne Wechsel. Eines mit Rhi, Rhonos und einer eigenen Familie.

„Bist du traurig deswegen? Ich meine, wenn du zu einer Superior aufsteigen würdest, könntest du alles, dein komplettes Leben und alles, was du daran so missbilligst und hasst, hinter dir lassen."

„Nein", entgegnete Xea nachdenklich, „ich denke nicht. So lange ich nur die geringste Chance hab, den Wahnsinn mit dem

Wechsel aufzuhalten, verzichte ich gerne auf das Privileg einer Sup. Jetzt brauch ich aber noch deinen Laborausweis."

„Okay, ich hole ihn." Und schon war er im Ankleidezimmer verschwunden. Xea ließ ihren Blick etwas herum schweifen und entdeckte an einer Wand ein großes Gemälde.

Neugierig stand sie auf und ging darauf zu. Es zeigte Trajan mit seiner verstorbenen Schwester Talina.

„Das bin ich mit meiner Schwester", meinte plötzlich Trajan von hinten. Xea drehte sich kurz zu ihm um und sah ihn mit den Händen in den Hosentaschen am Türrahmen des Ankleidezimmers lehnen. Sein Blick war unergründlich und irgendwie auch… weit entfernt.

„Wir sind damals im Park miteinander ausgeritten, deshalb auch die Reithosen und die Stiefel. Sie hat Pferde so sehr geliebt…" Mit Blick auf das gerahmte Bild, trat er näher und stellte sich etwas schräg hinter Xea. Immer noch mit den Händen in den Hosentaschen.

„Sie hat mir damals zum ersten Mal vom Bund, von dem Medi, den sie liebte und von der Droge in der Grippeimpfung erzählt. Ich kann mich noch so genau daran erinnern, als wäre es gestern gewesen. Und genauso gut kann ich mich noch daran erinnern, wie sie mich verurteilend angesehen hat, als ich zu ihr sagte, sie wäre eine Idiotin, sich mit einem Medi einzulassen und somit ihr Erbe aufs Spiel zu setzen. Dieser eine Blick von ihr hat ausgereicht, um meine Denkweise zu ändern. Ich habe angefangen, mich unter Euresgleichen zu mischen. Mich mit ihnen zu unterhalten und ja…", lachte er verschmitzt, als er Xea`s abwartenden Blick sah, „…auch, um mit ihnen zu schlafen. Nur mit den Mädchen natürlich!"

Dann trat das große Schweigen ein, in dem keiner so recht wusste, was er sagen sollte und das so unangenehm wie ein spitzer Stein im eigenen Schuh war.

„Xea, warum dieses Kleid?", setzte Trajan der beklemmenden Stille nach einer gefühlten Ewigkeit dann endlich ein Ende.

„Wie, warum? Was meinst du damit?"

„Warum hast du heute dieses Kleid angezogen. Ich meine, …, schau dich mal an, du hättest ebenso gut auch nackt herumlaufen können! Wolltest du damit etwas bezwecken?"

„Nein Trajan, das war nie meine Absicht. Glaub mir, ich war auch schockiert, als ich es heute aus der Schachtel geholt hab. Eigentlich sollte es nicht ganz so freizügig sein, aber …, nun ja, Ronos meinte, es müsste genauso sein und hat es ohne mein Wissen ändern lassen."

„Wow! Das muss man ihm ja echt lassen, er hat wirklich Eier in der Hose! Oder,… ähm, vielleicht jetzt nicht mehr?"

„Blödmann! Obwohl, so abwegig davon war mein Gedanke zu dem Zeitpunkt nicht einmal. Aber nein, wir haben uns nur gestritten und sind dann im Zorn auseinander gegangen. Doch jetzt, im Nachhinein, tut es mir fast ein bisschen leid. Denn, ich muss sagen, es gefällt mir immer mehr und ich fühle mich darin so… frei!"

„Frei?" Sein leises Lächeln trieb ihr heiße Schauer über den Rücken. „Ja, so könnte man es auch bezeichnen. Und ich", fügte er hinzu, wobei seine Stimme zunehmend dunkler klang, „dachte, du wolltest mir damit eins auswischen. Mich quälen. Ich meine, verdient hab ich es ja wohl. Oder besser, mein Bruder, aber das wusstest du ja nicht!"

„Wer weiß", meinte Xea jetzt geheimnisvoll, „vielleicht war das ja auch noch ein Hintergedanke!"

„Ah, jetzt kommen wir der Sache schon etwas näher! Ich kann dir jedenfalls versichern, dass es wirkt."

Die Glut, die unter seinen dichten Wimpern loderte, fesselte ihren Blick gnadenlos und ohne Chance auf ein Entkommen.

„Was? Dich zu quälen?", brachte sie stockend hervor, während sich ihr Brustkorb stockend und tonnenschwer hob und senkte.

„Ja, wobei quälen noch ein gelinder Ausdruck dafür ist, was du mir heute Abend angetan hast!" Seine Worte waren wie flüssiger Honig auf der Zunge, wie eine heiße Tasse Kakao nach einem langen Spaziergang in der Kälte. Sie versüßten ihre Gedanken und wärmten Xea`s Seele, so dass sie sich ein zufriedenes Grinsen nicht verkneifen konnte.

„Hmm… ich sehe schon, du weißt ganz genau, was du mir heute angetan hast. Und… du hast es genossen. Stimmt`s? Du hast mit all den Männern gespielt, hast sie scharf gemacht, weil du genau wusstest, dass ich dir dabei zusehe…"

Er trat noch einen Schritt näher. So nah, dass sie nur noch wenige Zentimeter voneinander trennten und obwohl sie ihn nur aus dem Augenwinkel schräg hinter sich sehen konnte, spürte sie dafür umso mehr seine Blicke auf sich, wie ein Raubtier, das seine Beute mit einem unbeschreiblichen Heißhunger anvisierte, jederzeit bereit, sich bei der kleinsten Bewegung auf sie zu stürzen.

Sie fühlte sich nicht mehr in der Lage, sich zu bewegen, obwohl sie wusste, dass sie besser daran täte, wegzulaufen oder zumindest ein anderes Thema anzuschneiden, das nicht so verfänglich war. Doch, mit dem Verlust der Kontrolle über ihren Körper, ging ihr auch zeitgleich das Denkvermögen abhanden.

Xea wollte ihn so sehr, dass es fast schon weh tat. Doch sie durfte es nicht zulassen, durfte sich nicht noch einmal von ihm verletzen lassen, denn letzten Endes würde er sie ja doch wieder fallen lassen müssen. Hätte Trajan nicht genau in diesem Moment seine Finger über ihren Arm hinauf wandern lassen, hätte sie sich vielleicht noch retten können. Er musste ihr stilles Verlangen gespürt haben und sich selbst nicht mehr im Griff haben, wenn er all seine Prinzipien mit nur einer Berührung über Board warf.

Obwohl ihr Gewissen schmerzhaft und hart gegen ihren Kopf hämmerte, ihr laut schreiend zurief, dass sie nur ein weiteres, kleines Abenteuer für ihn war, konnte sie sich ihrem Körper, der unter seiner Berührung völlig durchzudrehen schien, nicht widersetzen. Ihr Puls raste und vermittelte ihr das Gefühl, zu glühen.

Er war jetzt direkt hinter sie getreten, so dass sie seinen warmen, starken Körper an ihrem nackten Rücken spürte. Zärtlich strich er ihr mit seinen Fingerspitzen immer wieder über ihre Arme, während er zuerst mit seiner Nasenspitze und dann mit seinen Lippen ihren Nacken liebkoste. Mittlerweile glühte sie nicht mehr nur, sondern stand lichterloh in Flammen.

„Bitte tu das nicht!" Xea wusste nicht, woher sie noch die Kraft fand, diese paar Worte heraus zu pressen. Sie kamen flehend und quälend schwer über ihre Lippen.

„Ich kann nicht, Xea! Ich habe nicht deine Stärke, nicht deine Kraft, noch einen weiteren Augenblick gegen meine Gefühle anzukämpfen. Ich vergehe vor Sehnsucht nach dir. Wenn du wüsstest, wie sehr ich mich nach dir verzehre. Jede Nacht denke ich an dich. Stelle mir vor, wie es wäre, dich zu küssen. Deine weichen Lippen und jeden Zentimeter Haut von dir. Ich will dich. Ich will dich so sehr, dass es weh tut!"

Seine Stimme war rau und kehlig und doch so samtig weich wie geschmolzene Butter. Sein heißer Atem an ihrem Ohr fühlte sich an, als würden tausend Eiswürfel gleichzeitig und in Zeitlupe über ihre Haut den Körper hinabgleiten und jeden Millimeter Haut zum Prickeln bringen, während sich alles in ihr ekstatisch zusammenzog.

Seine Küsse wanderten vom Nacken über den Hals bis zu ihren Schultern, während seine Finger den Knochen ihres Schlüsselbeins nachfuhren, um gleich danach tiefer zu sinken, am Saum des Stoffes über die leichte Wölbung ihrer Brüste hinab bis zu ihrem Bauch. Es fühlte sich verboten an. Verboten gut. Seine Finger auf der Haut waren wie Nadelstiche, die sich in ihre Nervenenden bohrten und leichte elektrische Impulse freisetzten. Zärtlich, vorsichtig und doch wagemutig glitt er mit der Hand langsam unter den Stoff und umfasste ihre Taille. Dann drehte er sie langsam zu sich um, so dass sie sich schwer atmend gegenüberstanden und in die Augen sahen. Je länger Xea in die unendliche Tiefe seiner Augen eintauchte, desto größer stieg das Verlangen, ihn zu berühren, ihn zu küssen und voll und ganz zu spüren. Sie konnte sich nicht mehr länger ihren Gefühlen widersetzen, auch wenn es ihren Untergang bedeuten würde, so dass sie langsam seine Krawatte locker zog und Knopf für Knopf sein Hemd öffnete. Dann fuhr sie mit ihren Händen darunter und schob es ihm von den Schultern. Dass er breit und muskulös gebaut war, konnte man ihm selbst angekleidet ansehen, doch jetzt, da er mit nacktem Oberkörper vor ihr stand und sie seine samtweiche Haut, die sich über stahlharte Muskel spannte in seiner vollen Pracht betrachten konnte, verschlug es ihr fast den Atem. Ehrfürchtig und bewundernd erforschte sie jeden Zentimeter Haut, ließ ihre Finger über die vorgewölbte Brust nach unten über seine harten Bauchmuskeln wandern, bis zu dem weichen Flaum zwischen seinem Bauchnabel und dem Hosenbund. Sie konnte seinem betörend männlichen Duft und der Verlockung seiner Brust, die sich genau auf ihrer Augenhöhe voller Erregung und mit schweren Atemgeräuschen immer wieder hob und senkte, nicht widerstehen, so dass sie anfing, jeden Zentimeter Haut von den Schultern bis zur Brustmitte zu küssen, während Trajan mit geschlossenen Augen dastand und leicht stöhnend, mit dem Kopf im Nacken ihre Küsse genoss. Doch er wollte mehr, beide wollten mehr.

Leicht und zärtlich wölbte er seine Hand um ihr Kinn, hob es leicht an und senkte seine Lippen auf ihre.

Noch nie zuvor hatte Xea solch weiche Lippen gekostet. Er schmeckte süß, verführerisch süß mit einer Spur Champagner. Zärtlich fuhr er mit seiner Zunge zwischen ihre Lippen, bis ihm Xea Einlass gewährte. Seine Zunge liebkoste ihre. Zuerst ganz sachte und vorsichtig, dann vertiefte er sich, wurde härter und füllte ihren Mund vollständig aus.

Trajan umfasste mit einer Hand ihren Hinterkopf, während er mit der anderen ihren Rücken hinab glitt, bis zum Saum ihres Rockes, der verboten tief lag. Vorsichtig fuhr er erst mit einem Finger unter den Saum, um dann nach und nach mit der ganzen Hand hinein zu fahren und sich mit hartem Griff um ihre Pobacke zu legen. Xea hatte das Gefühl, zu explodieren, als er sie fest an sich drückte und ihr das volle Ausmaß seiner Härte zu spüren gab.

Schwer atmend löste er sich dann wieder von ihr und wich einen Schritt zurück. Einen kleinen Schritt, der Xea meilenweit vorkam. So standen sie sich für ein paar Sekunden gegenüber, mit klopfenden Herzen, geschwollenen Lippen und einer ungestillten Begierde, die sie innerlich verzehrte. Seine dunklen Blicke wanderten hungrig über ihren Körper und fühlten sich so intensiv wie tausend Hände auf ihrem Körper an. Er wollte sie quälen, wollte, dass sie ihn anflehte, sie wieder zu berühren.

„Bitte!", entkam es Xea`s Lippen, als sie die süße Qual nicht mehr aushielt.

„Was? Was willst du Xea? Sag es mir!", raunte ihr Trajan, jetzt wieder nah an ihrem Ohr, zu, während seine Finger dem V-förmigen Ausschnitt auf ihrer Brust nachfuhren und dabei leicht unter das Mieder glitten. Er wusste genau, wie Xea darauf reagieren würde. Dass sie sich ihm entgegen wölben würde. Ihn still auffordern würde, weiter vorzudringen. Doch das würde er nicht tun.

Nicht so schnell. Er wollte ihr Verlangen, das sie an den Rande des Wahnsinns trieb, hinauszögern. Solange, wie er selbst es auszuhalten vermochte.

„Ich will, dass du mir dieses verdammte Kleid vom Leibe reißt und mich nimmst! Ich halte es nicht mehr aus, bitte!"

„Nichts würde ich jetzt lieber tun. Doch so schnell nicht, Babe. Ich werde dich vorher noch quälen, so wie du mich die letzten Stunden gequält hast. Dich um den Verstand bringen, bis du mich auf Knien anflehst, dich zu erlösen."

Er war schon im Begriff, sie hochzuheben, um sie zum Bett zu tragen, als plötzlich eine Tür ganz in der Nähe zuschlug und sie erschrocken zusammenfahren ließ.

28

„Scheiße, das müssen meine Eltern sein! Wie spät haben wir es denn schon?"

„Es ist kurz vor Zwölf", meinte Xea mit einem Blick auf die große Wanduhr, die über dem Kamin hing.

„Was? Schon so spät? Ich muss schon sagen, du kannst einem ganz schön die Zeit vergessen lassen!", neckte er sie mit einem unverschämt erotischen Lächeln. Xea fand es, im Anbetracht, dass sich seine Eltern gerade im Nebenzimmer befanden, gar nicht lustig, an das erinnert zu werden, was gerade zwischen ihnen gelaufen war. Trajan dagegen schon, denn er funkelte sie mit laszivem Blick an, als würde er ernsthaft darüber nachzudenken, da weiter zu machen, wo sie gerade stehen geblieben waren.

„Was machen wir denn jetzt? Wie sollen wir aus deinem Zimmer verschwinden, ohne dass sie uns sehen?" Xea`s Panik schien ihn scheinbar noch mehr zu amüsieren, denn sein Lächeln wurde immer breiter.

„Keine Angst, sie gehen jetzt gleich in ihr Schlafzimmer, öffnen eine Flasche Champagner, lästern über die Ballgäste und erscheinen dann pünktlich um Mitternacht auf ihrem Balkon. Hier!", zog er aus seiner Hosentasche seinen Laborausweis und reichte ihn Xea.

„Du musst ihn wie besprochen durch den Scanner an der Tür ziehen und dann noch einmal durch den Scanner an der Tür, die im Labor in einen Nebenraum führt. Dort steht der Behälter mit dem Serum."

Xea nickte kurz und steckte den Ausweis in eine kleine eingenähte Tasche unter ihrem Rock. Dabei versuchte sie, so gut wie möglich ihre Angst einfach weg zu lächeln, wogegen sie das leichte Zittern ihrer Hand nicht so gut in den Griff bekam.

„Du schaffst das Xea!", drückte Trajan voller Zuversicht ihre Hand, zog sie an sich und küsste sie noch ein letztes Mal leidenschaftlich, bevor sie ihre Kleider strafften, und zur Tür gingen.

„Und das lass dir noch gesagt haben", fügte er noch hinzu, bevor er sie öffnete, „das nächste Mal kommst du mir nicht so glimpflich davon. Da werd ich mich durch nichts und niemanden aufhalten lassen!"

Das Versprechen und die Aussicht auf ein nächstes Mal ließen ihre Schmetterlinge erneut wild in ihrem Bauch aufflattern und ihr Gesicht knallrot anlaufen. Doch dann schob sich plötzlich das Bild von Ronos in ihren Geist und mit einem Schlag waren die Glücksgefühle wie weggeblasen und stattdessen krallten sich unerträgliche Schuldgefühle mit eisernen Klauen in ihre Brust, die sie kurz ins Schwanken brachten. Wie konnte es sein, dass sie die letzten paar Minuten alles um sich herum vergessen hatte, sogar Ronos? Wie konnte sie nur so selbstsüchtig sein und sich so vergessen? Sie hatte zwar mit ihm gestritten, ihn sogar ein wenig dafür gehasst, dass er über ihren Kopf hinweg entschieden hatte, doch sie wusste nicht, ob sie ihn einfach so fallen lassen könnte. Er liebte sie über alles. Sie glaubte nicht, dass sie es so einfach übers Herz bringen könnte, ihn wegen Trajan zu verlassen. Auch wenn ihr Herz von Anfang an Trajan gehört hatte und es das wahrscheinlich auch weiterhin tun würde, war sie nicht dumm und wusste, dass eine Zukunft mit ihm eine unerfüllte Wunschvorstellung bleiben würde. Mit Ronos dagegen wäre eine gemeinsame Zukunft sehr wohl möglich. Bloß, wäre es das jetzt, nachdem sie sich beinahe Trajan hingegeben hätte, auch noch möglich? Xea wusste es nicht. Sie wusste im Moment eigentlich gar nichts, nur dass sie es nicht übers Herz gebracht hätte, Trajan jetzt, da er sie anstrahlte wie ein

Honigkuchenpferd, das gerade vom Honig hatte kosten dürfen, zu sagen, dass es vielleicht kein nächstes Mal geben wird.

„Also, dann lass uns mal eine Szene hinlegen, die sich mit allen Wassern gewaschen hat", meinte Trajan vergnügt, der von Xea`s innerem Kampf nichts mitbekam und öffnete die Tür, um sich augenblicklich auf ihr abzustützen.

In Nullkommanichts war aus dem sexy Trajan ein betrunkener, stark torkelnder Trajan geworden, der mit halb offenen Augen und wirr ins Gesicht hängenden Haaren täuschend echt wirkte. Es war für Xea fast schon erschreckend, wie gut er seine Rolle spielte. Gab es überhaupt etwas, das er nicht vortäuschen konnte?

„Da vorne, die letzte Tür rechts", nuschelte er leise, so dass nur Xea es hatte hören können. Sie versuchte unter großer Kraftanstrengung, nicht zu stolpern, denn Trajan war groß und mit seinem wahnsinnig muskulösen Körperbau war er auch nicht gerade ein Fliegengewicht.

Nichtsdestotrotz schaffte sie es, ihn mehr schleifend als gehend vor die Schlafzimmertür der Eltern zu bugsieren.

„Herr von Arrington, schnell, machen sie auf! Trajan geht es nicht gut!", klopfte sie wild schreiend gegen die Tür, die sich nur Sekunden später öffnete und ihr Toran mit einem Glas Champagner in der Hand und schreckgeweiteten Augen entgegensah. In dem Moment entriss sich Trajan Xea`s Griff und ließ sich oskarreif zu Boden fallen.

Sofort kniete sich sein Vater, der seiner Frau, die mittlerweile auch bei der Tür angekommen war, hektisch sein Glas in die Hand gedrückt hatte, zu ihm hinunter, fühlte seinen Puls und schlug ihm mehrmals leicht auf die Wangen, während er laut auf ihn einredete. Als Trajan aber nichts dergleichen tat, sondern immer noch halb bewusstlos da lag, nur ab und zu mit seinen Augenlidern flackerte und ein paar unmissverständliche Silben von sich gab, richtete sich der Blick der Eltern anklagend auf Xea.

„Was ist passiert? Was hast du mit ihm angestellt?", war das Erste, was man ihr vorwarf.

„I...ich weiß auch nicht genau. Ich hab ihm nichts getan, das müssen sie mir glauben. W...wir sind nur ein bisschen durch das Schloss gegangen und dann haben wir uns ein Glas Champagner genommen, das jemand irgendwo auf einem Tisch am Gang abgestellt hat. Das war vor ungefähr fünf Minuten. Seitdem ist Trajan immer seltsamer geworden. Erst hat er sich schwindelig und müde gefühlt und dann...", schluchzte sie, so gut sie es eben hinbekam, „und dann konnte er auf einmal nicht mal mehr richtig gehen. Wir sind sofort hierher und die letzten paar Meter, dachte ich schon, er bricht mir tot zusammen. W...was ist los mit ihm?"

„Na, was glaubst du denn, du dummes Ding!", blaffte sie seine Mutter feindselig an.

„Jerox!", schrie plötzlich sein Vater laut in den Raum, woraufhin sich gleich darauf eine weiterer Tür öffnete und Besagter erschien. „Komm her und hilf mir, deinen Bruder ins Bett zu bringen! Jemand hat ihm etwas ins Glas gemischt." Ohne zu überlegen, nahm er Trajan an den Beinen, während der Vater unter seine Armen griff und ihn hochhob. Wenig später lag Trajan, nur noch mit seiner Unterhose und einem Shirt bekleidet in seinem Bett. Daneben saß eine Bedienstete, die die strikte Anordnung hatte, ihn die Nacht über im Auge zu behalten. Sein Vater meinte, es wäre sehr wahrscheinlich, dass er sich übergeben würde. Xea tat die Dienerin jetzt schon leid, wenn sie daran dachte, dass sie sich völlig umsonst die Nacht um die Ohren schlagen musste.

„Sollten wir nicht lieber einen Arzt holen?", sorgte sich seine Mutter.

„Nein Liebes! Auf gar keinen Fall! Wenn das an die Öffentlichkeit gelangt, dann heißt es wahrscheinlich, dass er zu besoffen war, um seiner Pflicht nachzugehen. Wir müssen das verhindern, solange wir es können. Sein Puls ist in Ordnung und Jenna wird ein Auge auf ihn werfen und uns Bescheid sagen, wenn was ist. Mehr können wir jetzt nicht tun. Morgen geht es ihm wieder besser, du wirst sehen!"

„Ja, a…aber was sagen wir den Leuten, wenn er heute nicht an der Auslosung teilnimmt? Wer soll seine Rede halten?"

„Na wer wohl? Wozu haben wir Zwillinge?", sah er Jerox an, der sich verblüfft an die Brust griff.

„Ich? Nein! Auf gar keinen Fall!"

„Doch, du wirst gefälligst tun, was ich dir sage! Du wirst jetzt Trajan`s Anzug anziehen, dort auf den verdammten Balkon erscheinen, dir die ganze Scheißzeremonie ansehen und anschließend Trajan`s Rede und die Zeremonie übernehmen!", schrie ihn Toran zornig an. Während Jerox zwar kaum merkbar, aber dennoch kurz zusammenzuckte, lachte sich Xea eins ins Fäustchen. Zum einen, weil ihr Plan bisher einwandfrei funktionierte und zum anderen, weil ihr der beschämte Ausdruck auf Jerox` Gesicht das Herz wärmte.

„A…aber, fällt es denn nicht auf, wenn ich dieses Jahr nicht selbst auf meinem Balkon erscheine?"

„Ts, ts…Jerox. Das ganze Land, weiß, dass dir deine Pflichten am Arsch vorbei gehen. Was ist da schon eine weitere Silvesterparty, die du vorzeitig abbrichst?"

„Wenn du meinst…" Xea konnte nicht glauben, dass da Jerox vor ihr stand. Wie ein Schuljunge, der der Klasse verwiesen wurde. Was war nur aus dem böswilligen und arroganten Jerox geworden? Sie wusste es nicht, doch dafür wusste sie jetzt, dass Toran wahrscheinlich ein noch größeres Übel sein musste, als sein Sohn.

„Was steht ihr da noch rum? Das ganze Tamtam hat schon angefangen! Schnell zieh dich an und vergiss nicht, das Mädchen mitzunehmen! Wir Arrington`s lassen uns nicht nachsagen, dass wir uns nicht um unsere Gäste kümmern!"

Das Mädchen! Wie sich das anhörte! Xea hasste es, wenn über sie bestimmt wurde, doch, wenn es ihr half, ihren Auftrag auszuführen, dann würde sie auch diese Kränkung unter verborgenem Stolz ertragen.

So stand sie also wenig später mit Jerox auf dem Balkon von Trajan`s Appartement, während Trajan selbst in seinem Bett lag und auf bewusstlos spielte. Sie blickten auf den riesigen Garten hinab, auf dem etliche Mädchen in weiten weißen Gewändern einen wunderschönen Fackeltanz aufführten. Die märchenhaft schön klingende Musik des Orchesters, das die Mädchen dabei begleitete, rührte Xea zu Tränen, so dass sie sich immer wieder verstohlen mit den Fingern über ihre Augenwinkel wischte.

„Na toll! Jetzt hab ich wegen meinem Bruder das Beste verpasst!", maulte Jerox, der es anscheinend nicht ganz so prickelnd fand.

„Wieso? Was hast du denn tolles verpasst?", entgegnete ihm Xea ebenso gehässig, wie er es in ihrer Gegenwart meist tat.

„Die Lichtshow natürlich! Du bist wohl dieses Jahr das erste Mal an Silvester in London, was?" Xea sah es gar nicht ein, ihm auf diese blöde Frage eine Antwort zu geben, denn er wusste ganz genau, dass man als Wechselkind niemals, wirklich niemals zwei Jahre in ein und derselben Stadt untergebracht wurde.

„Und, hast du es mit meinem Bruder schon getrieben?", fragte er sie daraufhin völlig unverblümt, als würde er über das Wetter sprechen.

„Sag mal spinnst du? Das geht dich einen Dreck an! Aber wenn es dich beruhigt, nein, wir haben nicht miteinander geschlafen."

Eigentlich hätte ihm Xea ja liebend gerne eine gescheuert, doch in letzter Minute konnte sie sich dann doch noch zusammenreißen. Sie konnte es einfach nicht riskieren, so kurz vor ihrem Ziel noch eine Streiterei anzuzetteln.

„Ach komm schon! Das glaubst du ja selbst nicht! So, wie er dich den ganzen Abend über angesehen hat? Da wärst du die erste, die er nicht bestiegen hätte!"

„Was soll das heißen?"

„Jetzt stell dich doch nicht so dumm! Ganz London weiß, dass er seinen Schwanz nicht in der Hose behalten kann! Und am liebsten sind ihm die Medimädchen, denn die lassen alles mit sich machen, wie er immer sagt. Wenn es also wirklich so ist, wie du behauptest, dann kannst du dich glücklich schätzen, denn andernfalls wärst du spätestens morgen wieder Luft für ihn. Sie sind immer nur solange interessant, bis er sie im Bett hatte und dann lässt er sie fallen, wie ein benutztes Taschentuch."

„Und du bist da etwa anders?" Xea hatte sich eigentlich geschworen, sich niemals mehr von Jerox Worten verletzten zu lassen, jetzt, da sie wusste, dass er nicht Trajan war. Doch wie hätte sie ihr Herz gegen diese harten Worte abschotten können? Auch wenn sie wusste, dass er Recht hatte und es für Trajan und sie keine Zukunft geben würde, wollte und konnte sie nicht glauben, dass sie Trajan nur als weitere Bettgeschichte betrachtete. Nicht nach allem, was noch vor einigen wenigen Minuten hier in diesem Zimmer zwischen ihnen abgelaufen war. Oder hatte er seine Leidenschaft und sein Verlangen nach ihr wieder nur geschauspielert, nur um seine Bedürfnisse zu befriedigen? Egal, denn es tat auch gar nichts zu der Sache, ob Trajan echtes Interesse an ihr hatte oder ob er sie nur benutzte, denn bereits in ein paar Stunden würde sie wieder in ihr altes Leben zurückkehren. In Ronos´ und ihr Leben.

„Ich habe nie gesagt, dass ich anders bin!", waren Jerox` letzten Worte, bevor die Show zum Ende kam und er den Balkon verließ, um seinen großen Auftritt vorzubereiten. Doch diese paar Worte und vor allem auch das unfassbar süffisante Lachen, hallten dagegen noch lange in ihrem Kopf nach.

29

Pünktlich um halb eins war es dann soweit und Heron hatte sich ins Überwachungssystem des Palace gehackt, um es zu manipulieren. Jetzt blieben ihr genau fünfzehn Minuten, um ihren Auftrag auszuführen, denn danach würden die Kameras, die während dieser Zeit stillstanden, wieder funktionieren. Xea hatte ja ihre Zweifel, ob es Trajan tatsächlich schaffen würde, seine Nanny davon zu überzeugen, dass er einfach keinen Bock auf die Rede hatte und sie ihn wieder aufstehen ließ. Und dann musste er sich auch noch innerhalb von fünf Minuten ins Kronjuwelenzimmer schleichen. Überhaupt stand der ganze Plan auf sehr, sehr wackeligen Beinen.

Zumindest fiel es Xea nicht allzu schwer, sich unter dem ganzen Tumult um die Auslosung, ungesehen aus dem Ballsaal davon zu stehlen. Und genauso ohne Probleme gelang sie auch zu dem Gang, der zur Treppe ins Labor hinunterführte. Doch dann verließ sie ihr Glück, als sie plötzlich hektische Schritte hinter ihr vernahm. Verzweifelt suchte sie nach einem Versteck. Wenn sie jetzt erwischt werden würde, wäre alles umsonst gewesen! Alles hing von ihr ab und sie hatte nicht vor, es zu vergeigen.

Hektisch und mit ohrenbetäubendem Herzklopfen, lief sie zur nächstbesten Tür und betete zu Gott, dass sie offen war und sich nicht dummerweise jemand in dem Zimmer befand. Sie hatte Glück, denn bis auf ein riesiges Bett, war der Raum leer. Xea konnte sich schon vorstellen, für was es gedacht war. Sie schloss keine Sekunde zu früh hinter sich die Tür, denn gleich darauf liefen Wachsoldaten vorbei. Zumindest glaubte sie das, denn sie liefen im Gleichschritt und jemand schrie etwas, das sich wie *Kronjuwelen* anhörte. Trajan musste es also geschafft haben. Jetzt hing es nur noch davon ab, ob auch der Wachsoldat vor dem Labor abgezogen wurde. Oder eben nicht.

Nur noch für einen ganz kurzen Moment schloss Xea ihre Augen, schickte ein Stoßgebet gen Himmel, dass niemand vor dem Labor strammstehen würde und eilte auch schon wieder den Gang entlang weiter, nachdem sie sich vergewissert hatte, dass die Luft rein war.

Sie hatte fast die Tür zum Treppenhaus erreicht, da erschallte plötzlich hinter ihr eine laute Stimme.

„Stopp! Stehen geblieben!" Xea hatte das Gefühl, jemand hätte ihr gerade einen Dolch ins Herz gestoßen. Wie ein Stromschlag durchfuhr es ihren Körper und brachte ihr Herz kurz ins Stottern. Was sollte sie jetzt tun? Davonlaufen wäre zwecklos gewesen, zumal man dann die Wache auf sie gehetzt hätte.

Also tat sie das Einzige, was ihr im Augenblick sinnvoll erschien. Sie setzte ein fröhliches, unbeschwertes Lächeln auf und drehte sich schwungvoll um. Doch, als sie sah, wer sie da auf frischer Tat ertappt hatte, erlosch ihr Lächeln wie eine brennende Kerze im Wind.

„Na sieh mal einer an! Wen haben wir denn da?", fragte sie Trajan`s Mutter Sinta mit süßlicher Stimme, die gleich darauf umschlug ins Strenge, ja sogar schon Feindselige.

„Was hast du hier zu suchen? Würde mich nicht wundern, wenn du diejenige wärst, die im Kronjuwelenzimmer war und für das ganze Chaos hier verantwortlich wäre."

„Ich habe nichts gestohlen!", verteidigte sich Xea vehement.

„Nein, das hast du natürlich nicht..., soviel ich weiß, ist auch nichts gestohlen worden, es war anscheinend nur ein Fehlalarm! Doch... was nicht ist, kann ja noch werden."

„W…was soll das heißen?" Xea überkam ein ganz mulmiges Gefühl, das ihr sagte, dass Sinta etwas im Schilde führte. Etwas, das ihr bestimmt nicht gefallen wird.

„Ich will damit sagen, dass ich dafür sorgen werde, dass es aussieht, als hättest du etwas gestohlen, wenn du nicht kooperierst. Etwas von unsagbarem Wert. Etwas, das dich von jetzt auf gleich zu einer Inferior abstufen würde."

„Das wagen sie nicht! Ich hab mir nichts zu Schulde kommen lassen und sie können mir auch keinen Diebstahl in die Schuhe schieben!"

„Ach Kindchen, du weißt ja gar nicht, was ich alles kann. Du würdest dich wundern! Aber jetzt nochmal zu dir. Was hast du hier zu suchen?"

„I…ich wollte nur auf die Toilette und, … und hab mich irgendwie verlaufen", versuchte Xea krampfhaft eine Ausrede zusammen zu stöpseln.

„Ausgerechnet jetzt? Was, wenn du gerade jetzt in diesem Augenblick gezogen wirst und blöderweise nirgends zu finden wärst? Wäre das nicht irgendwie…, verdächtig?"

„Ich weiß ja nicht wie es ihnen geht, aber wenn ich kurz vor dem Platzen bin, dann würde ich sogar meinem Brautgelöbnis die Toilette vorziehen. Außerdem, wie wahrscheinlich ist es denn schon, dass ich gezogen werde? Und ich dachte, ich wäre längst wieder da, bis Jerox mit seiner Rede fertig ist und mit der Auslosung beginnt. Doch leider hab ich mich da ein bisschen verkalkuliert." Xea wusste, dass ihre Worte nur halbherzig klangen, genauso wie sie wusste, dass sich die Toiletten direkt neben dem Ballsaal befanden, doch im Moment fiel ihr keine andere Ausrede ein. Sie konnte nur hoffen, dass ihr Sinta das Dummchen abnahm, denn sie konnte in ihrem Blick keinerlei Gefühlsregung erkennen. Er war unergründlich, doch eine kleine Spur von Skepsis war leider nicht zu übersehen.

„Hm, wie dem auch sei… es ist mir ehrlich gesagt egal. Doch jetzt hörst du mir genau zu! Und dann wirst du tun, was ich dir sage. Verstanden?"

Xea war es leid, dass ihr immer und immer wieder vorgeschrieben wurde, was sie zu tun und zu lassen hatte. Sie wollte einfach einmal über ihr Leben alleine entscheiden und nicht immer nach der Pfeife anderer tanzen müssen.

„Und was soll ich tun?"

„Du wirst dich von Trajan fernhalten! Und von Jerox!"

„Hah…, wenn`s weiter nichts ist. Das kann ich ihnen gerne versprechen. Ich habe keinerlei Interesse an ihren Söh…"

„Lüg mich nicht an!", wurde sie jähzornig von Trajan`s Mutter unterbrochen. „Ich weiß genau, dass du sehr wohl Interesse an Trajan hast. Warum sonst hättest du dich schon ein paar Mal mit ihm getroffen?"

„W…woher wollen sie wissen, dass ich mich mit Trajan getroffen hab?" Das Gespräch verlief eindeutig nicht nach Xea`s Geschmack. Sie war mehr als verblüfft, dass seine Mutter über all das Bescheid wusste. Oder bluffte sie nur?

„Tja, meine Liebe, wie ich schon sagte, unterschätze mich nicht. Ich habe überall meine Spione!"

„D…dann sind sie es, die mich schon seit geraumer Zeit beschatten lässt?"

„So ist es! Und, glaub mir, ich würde noch viel weiter gehen, um meine Söhne zu beschützen." Das glaubte ihr Xea aufs Wort.

„Ich weiß, dass du mit Trajan mitten in der Nacht in unserer Kutsche unterwegs warst. Ich weiß, dass ihr euch in euren schäbigen Tanzlokalen trefft. Und ich weiß, dass ihr euch auch schon im Park getroffen habt."

„Da war nie etwas! Zwischen uns läuft nichts! Das war jedes Mal nur freundschaftlich, mehr nicht!", versuchte sie Sinta zu beschwichtigen, dessen Gesichtszüge mit jedem Wort mehr und mehr von Hass verzehrt wurde.

„Das hab ich mir anfangs auch eingeredet, doch, seit ich heute gesehen hab, wie er dich ansieht, weiß ich, dass es weit mehr ist, als nur Freundschaft. Du hast ihn vollkommen in der Hand. Doch, das lasse ich nicht zu! Ich lasse nicht zu, dass noch ein Kind von einem Medi ins Unglück getrieben wird! Deshalb wirst du aus London verschwinden. So weit weg, wie es nur geht. Und du wirst dich von meinen Söhnen fernhalten! Verstanden?"

„W…was", schluckte Xea hart, „haben sie vor mit mir?"

„Das kommt ganz darauf an, ob du bereit bist, zu kooperieren!"

„Was, wenn ich dazu nicht bereit bin?"

„Dann Xea, wirst du, wie schon gesagt, abgestuft werden und in eine Strafkolonie geschickt. Und", fügte sie noch schnell hinzu, weil Xea schon im Begriff war, sich darüber zu äußern, „und deine kleine Freundin, hm…wie heißt sie nochmal? Ach ja, Rhi glaube ich. Sie wird dir Gesellschaft leisten. Das wäre doch echt schade um das liebe, kleine, blondgelockte Engelchen. Stell dir mal vor, wie sie mit dir die schweren Steine schleppt. Ach, es wäre jammerschade, wenn sie so ein Schicksal erleiden müsste, findest du nicht auch?" Das war zu viel für Xea. Sie hatte das Gefühl, sich übergeben zu müssen. Woher nur wusste sie so gut über Rhi Bescheid? Sie konnte sich die Antwort darauf selbst geben, denn sogar ein Blinder hätte bemerkt, wie nahe sie sich standen.

„WAS! Was muss ich tun, damit sie Rhi in Ruhe lassen?", brachte Xea gerade noch so, gequält und verbittert zwischen zusammengebissenen Zähnen hervor.

„Na, wer sagt`s denn! Du hast ja doch mehr Versand, als ich dachte! Du, mein liebes Kind, wirst Trajan weismachen, dass du ihn nicht liebst, sondern diesen Ronos!" Himmel, was gab es denn, was sie nicht über sie wusste?

„Natürlich wird er dir das nicht glauben, weil er es nicht glauben will. Deshalb hab ich mir noch etwas ganz Besonderes ausgedacht. Ich werde Trajan erzählen, dass ich dich heute in den Gängen erwischt hab, was ja auch stimmt, und du gerade dabei warst, dich mit meiner gestohlenen Armbanduhr aus den Staub zu machen. Ich hab dich dabei erwischt, aber Gnade walten lassen! Wenn er dich morgen danach fragt, wirst du ihm genau diese Geschichte auftischen und du wirst ihm auch noch klar machen, dass du dich nur an ihn rangeschmissen hast, mit dem Hintergedanken, in den Ruling Palace zu gelangen, um etwas Wertvolles zu stehlen. Ach, da fällt mir grad noch was Besseres ein, du sagst, dass du ihm etwas ins Getränk gemischt hast und als wir ihn auf sein Zimmer geschleppt haben, hast du meine Uhr, die ich auf dem Beistelltischchen abgelegt hab, einfach eingesteckt. Das ist genial!" Xea war fassungslos über so viel Verschlagenheit und Boshaftigkeit. Und fast noch mehr über die Freude, die Sinta bezüglich ihres Geniestreiches ins Gesicht geschrieben stand.

„Wow! Das haben sie sich wirklich gut ausgedacht! Ich bin... beeindruckt! Ich wünsche mir von ganzem Herzen, dass sie irgendwann all das zurückbekommen, was sie anderen angetan haben." Trajan`s Mutter zeigte sich vollkommen unbeeindruckt von Xea`s Worten.

„Also gut, ich werde tun, was sie verlangen. Ich werde ihrem Sohn all das sagen und ich werde gehen, wohin sie mich auch schicken. Doch eine einzige Forderung hab ich. Und sie täten gut daran, sie mir zu gewähren!"

„Und was wäre das?", sah sie Sinta fast schon gelangweilt an.

„Rhi wird mich begleiten. Und... sie wird bei mir bleiben, bis sie jemanden gefunden hat, mit dem sie eine Familie gründen will."

Die Reaktion von Trajan`s Mutter war anfangs skeptisch, doch nach und nach wurden ihre Gesichtszüge weicher, soweit das bei ihrem elfengleichen Gesicht überhaupt möglich war und endeten sogar in einem zustimmenden Lächeln.

30

Xea fühlte sich wie von einem dichten Nebel umgeben, als sie wenig später wieder neben Trajan`s Mutter im Ballsaal stand und auf die hölzerne Trommel starrte, in die Jerox gerade griff. Sie bekam nur am Rande mit, wie sich die Leute tuschelnd darüber beschwerten, dass er mit seiner ewig langen Rede und jetzt mit der Ziehung alles unnötig in die Länge zog.

Xea war es egal. Sie hatte weit größere Probleme am Hals. Sie fühlte sich, als würde sie wankend vor einem Abgrund stehen, dessen Tiefe sie magnetisch anzog. Sie hätte im Moment nichts lieber getan, als in die Schwärze hinein zu springen und damit auch gleich dem unsagbar großen Schmerz über ihr Versagen gegenüber dem Bund, gegenüber den Medius und auch gegenüber den Inferior, zu entfliehen. Und wäre das nicht schon genug, kam auch noch die Lüge dazu, die sie Trajan auftischen musste. Einzig und allein Rhi hielt sie davor zurück, sich aufzugeben. Rhi und auch Ronos.

Es war immer noch unbegreiflich für sie, wie ein einziger Augenblick alles zunichte hatte machen können. Der Augenblick, als sie den Pakt mit dem Teufel geschlossen hatte.

Wohin würde sie Sinta wohl schicken? Würde sie Ronos wiedersehen? Ihr Leben schien gerade den Bach hinunter zu laufen, als sich plötzlich alle zu ihr umdrehten und freudestrahlend applaudierten. Xea wusste im ersten Moment nicht, wie ihr geschah und drehte sich ebenfalls um, um zu sehen, wem der Applaus galt. Doch, da sich hinter ihr keiner befand, musste er für sie bestimmt sein. Bloß warum…?

„Xea, komm rauf! Sei nicht so schüchtern!", rief ihr Jerox plötzlich ebenfalls freudestrahlend von der Bühne aus zu, woraufhin sich die Menge vor ihr augenblicklich spaltete, als wäre sie Moses und die Leute vor ihr das Rote Meer. Und wenn sie ihre sensationslüstigen Augen sah, hatte sie auch tatsächlich das Gefühl, darin zu ertrinken.

„Sie scheint wohl noch etwas neben der Spur zu sein!", machte sich Jerox vor allen Gästen über sie lustig, als sie sich nicht gleich vom Fleck rührte, sondern sich immer noch unsicher umblickte.

Doch dann, als sie das überaus zufriedene Gesicht von Trajan`s Mutter sah, wurde ihr mit einem Schlag bewusst, was hier gespielt wurde. Es war alles von vorne herein so geplant gewesen.

Sinta musste noch eine Einladungskarte für sie gemacht und sie Jerox gegeben haben, mit dem Auftrag, sie zu ziehen. Sie wollte von Anfang an, dass Xea gewann und bis nach Schottland hinauf verbannt wurde. Sie wäre dann zwar eine Sup, doch ebenso auch weit genug von ihren Söhnen entfernt, so dass sie für sie kein Problem mehr darstellen würde. Deshalb hat Jerox auch so lange in der Trommel herumgewühlt. Er brauchte Zeit, um die Karte aus seinem Anzugärmel heraus zu schütteln. Es musste so gewesen sein, denn anders konnte sie es sich nicht erklären. Bloß, was wäre gewesen, wenn nicht Jerox, sondern Trajan den Gewinner hätte ziehen müssen? Hätte er sich ebenfalls auf das böse Spiel seiner Mutter eingelassen? Wohl kaum.

Langsam und wie ferngesteuert setzte sie einen Fuß vor den anderen und ging auf die Bühne zu, um ihren Preis in Empfang zu nehmen. Wäre alles anders gelaufen und hätte sie niemals vom Bund erfahren, wäre sie jetzt wahrscheinlich vor Glück zersprungen. Doch so, da sie vom Serum und von dem Vorhaben, das System zu stürzen wusste, wollte sie keine Sup mehr werden. Die Superior verkörperten genau das, was sie immer verachtet hatte und jetzt noch mehr verachtete. Wie könnte sie dort oben im Norden für den Bund noch von Nutzen sein? Sie wollte helfen, wollte die

Menschen von ihrem Schicksal erlösen, doch jetzt wäre es ihr unmöglich. Jetzt konnte sie nur noch hoffen, dass es andere mutige Menschen gab, die sich in London, dem Herzen Englands, um die Gleichberechtigung der Medi kümmerten.

Wie konnte ihr Leben nur innerhalb eines Abends so aus den Fugen geraten? Und was wären ihre Aufgeben als Herrin über ein Castle? Dabei war doch ihr einziger Wunsch immer nur, Kranken und Schwangeren zu helfen.

Sie hatte sich schon ein Leben mit Ronos hier in England ausgemalt und jetzt das… .

„Ah, da ist sie ja endlich, die Glückliche!", grinste sie Jerox falsch an, als sie endlich vor ihm auf der Bühne stand.

„Ich hoffe, du bist bei der Verwaltung deines Castles nicht ganz so langsam!" Er ließ es sich nicht nehmen, sie noch ein allerletztes Mal vor aller Öffentlichkeit zu erniedrigen. Und es war ihm gelungen, denn um sie herum ertönte allgemeines Gelächter.

Erst, als ihr Jerox den Schlüssel zum Castle mit ein paar so dahin gesagten Glückwünschen überreichte, verebbte die allgemeine Belustigung.

„Du hast außerdem die Ehre, heute Nacht hier im Schloss verbringen zu dürfen, denn gleich morgen in der Früh wird dich deine Kutsche hinauf in den Norden bringen, wo deine Bediensteten schon alles für dich vorbereitet haben."

Dann kehrte Stille ein und alle warteten gespannt auf eine kleine Dankesrede von Xea, die zu ihrem Missfallen sehr, sehr kurz ausfiel.

„Dankeschön", war alles, was Xea dazu zu sagen hatte, bevor sie von der Bühne verschwand und von einem Diener auf ihr Zimmer begleitet wurde.

„Xea, wach auf! Komm schon, wach auf!", wurde sie in den frühen Morgenstunden geweckt, als es draußen noch stockfinster und kaum jemand auf den Beinen war.

„W…was ist denn los?" Xea fühlte sich, als wollte sie jemand mit Gewalt aus einer tiefen, seligen Ohnmacht reißen.

„Gute Frage. Das gleiche wollte ich eigentlich dich fragen!" Obwohl sie immer noch nicht ganz wach war, konnte sie dennoch den stillen Vorwurf in Trajan`s Stimme nicht überhören. *Trajan! O Gott, Trajan!*

In Sekundenschnelle setzte sie sich in ihrem Bett auf und rieb sich den Schlaf aus den Augen. Und, je klarer sie sah, desto klarer spulten sich auch die Ereignisse vom Abend noch einmal in ihrem Geiste ab. Das und das Versprechen gegenüber Sinta. Sie würde sich wahrscheinlich bis an ihr Lebensende dafür hassen, was sie im Begriff war, jetzt zu tun, doch sie hatte keine andere Wahl. Sie hoffte nur, dass er ihr die Lüge, die sie sich vor dem Einschlafen zurechtgelegt hatte, abnehmen würde.

„I…ich hab es nicht getan! Ich meine, das Serum gestohlen", schluckte Xea hart, bevor sie versuchte, ihre Gefühle und Gedanken zu unterdrücken und ihre Lüge in Worte zu fassen. „Ich dachte…, ich dachte, es würde nicht klappen. Und… und als ich dann in eurer Wohnung die teure Armbanduhr deiner Mutter auf einem Tisch liegen sah…, da konnte ich nicht anders, als sie einzustecken, während dich deine Familie ins Bett geschleppt hat. Ich wollte…, ich bin einfach die ganzen Entbehrungen leid und dachte, mir besser etwas Erleichterung in meinem Leben zu verschaffen, anstatt schnurstracks in ein Himmelfahrtskommando zu laufen und vielleicht alles zu verlieren. Deine Mutter hat mich leider kurz vor der Auslosung, als ich mich durch die Dienstbotengänge davonschleichen wollte, erwischt und … mir verziehen. Warum weiß ich auch nicht. Sie sagte, sie würde mich nicht verraten, um deinetwillen. Ihr ist anscheinend nicht entgangen, dass du mich magst."

Trajan, der während ihrer gesamten Rede einfach nur stocksteif vor ihrem Bett stand, wurde mit jedem ihrer gesagten Worte bleicher. Er sah sie an, als würde er sie nicht kennen, als wäre sie eine Fremde und nicht die Xea, die er erst vor wenigen Stunden noch verehrt und begehrt hatte, wie es noch keine andere zuvor vermocht hatte.

Fassungslos und zutiefst in seiner Seele erschüttert, deutete er immer wieder ein Kopfschütteln an, während seine Augen, in denen quälender Schmerz lag, Xea`s Blick fixierten, in der Hoffnung, dass ihre Augen etwas anderes sagen würden als ihre Lippen. Doch Xea`s Blick blieb verschlossen und ließ keinerlei Zweifel an ihren Worten erkennen, auch wenn sie innerlich in Flammen stand, die sie von innen heraus quälend langsam verbrannten. Ihre Eingeweide zogen sich bei seinem leidenden Anblick schmerzhaft zusammen und entzogen ihr Zug um Zug die Luft zum Atmen. Um ihrer beider Elend endlich ein Ende zu setzen, fügte sie noch Worte hinzu, die sie sich seit dem Zusammentreffen mit Trajan`s Mutter ständig einredete, immer und immer wieder, um ihn so zu verinnerlichen, dass sie es fast selbst schon glaubte. Glaubte, dass alles zwischen ihnen nur ein flüchtiger Zeitvertreib war.

„Trajan, es tut mir leid, dass es dir so nahe geht, aber… du warst für mich nicht mehr als ein schönes Vergnügen! Und jetzt will ich, dass du mein Zimmer verlässt. Ich muss mich reisefertig machen." Noch nie im Leben waren ihr Worte schwerer über die Lippen gekommen und sie merkte, dass ihr Hals zu brennen anfing und sich Tränen anbahnten, die sie hart und schwer hinunter zu schlucken versuchte. Um sich abzulenken und vor Trajan ihr verräterisches Gesicht zu verbergen, stand sie auf, hüllte sich in den seidenen Morgenmantel, den man ihr hergerichtet hatte und ging zum

Fenster. Obwohl es draußen noch tiefschwarze Nacht war, starrte sie hinaus in die Finsternis, als könnte sie dort etwas Linderung oder Ablenkung finden. Doch was sie fand, war weder das eine noch das andere. Es war Trajan, der sich im schwachen Licht der Kerze, die er in der Hand hielt, in der Fensterscheibe spiegelte. Sein Kopf war nach unten gesenkt und seine Augen starrten ins Leere, so dass ihm Xea dabei zusehen konnte, wie sein Herz zerbrach.

„Ein Vergnügen also?", wiederholte er mit gedämpfter Stimme, um sich die gnadenlos harte Bedeutung ihrer Worte deutlich zu machen und sie zu verarbeiten. „D…dann stimmt es also, was man sich erzählt. Du wurdest unter den Tausend ausgelost und bist jetzt eine Sup? A…aber, wie kann das sein? Ich habe deine Einladungskarte immer noch hier in meiner Hosentasche." Trajan hob nun seinen Kopf und sah in Xea`s Spiegelbild. Sie wollte sich umdrehen und ihm in sein wunderschönes Gesicht sehen, es in ihre Erinnerungen einschließen, so dass sie es jederzeit wieder hervorholen konnte, wenn sie vor Sehnsucht nach ihm vergehen würde. Doch sie konnte es nicht. Sie konnte ihm nicht noch ein weiteres Mal ins Gesicht lügen.

„Das ist mir allerdings auch schleierhaft, wobei ich es natürlich super finde, jetzt auch eine von euch zu sein. Eine, die nur Vorteile hat und sich wegen dem Wechsel nicht mehr kümmern muss."

„Das meinst du doch nicht ernst! Ich glaube dir nicht, dass du alles nur gespielt hast. Das bist nicht du, Xea! Du würdest alles dafür geben, um den Medi zu helfen! Sieh mich an! Sieh mich an und sag, dass das alles nicht wahr ist!" Seine Verzweiflung und der Schmerz in seinen Augen brachen Xea fast das Herz. Doch sie drehte sich noch ein letztes Mal um, sah ihm noch ein letztes Mal in seine karamellbraunen Augen und nahm ihm den letzten Funken Hoffnung.

„Tja, wie du siehst, bist nicht nur du ein ausgezeichneter Schauspieler. Und jetzt bitte ich dich, mein Zimmer zu verlassen. Ich will nicht, dass man mir schon am ersten Tag als Superior Unsitte vorwirft, wenn man dich in meinem Zimmer vorfindet. Ronos wäre sicherlich nicht erfreut darüber und schließlich will ich, dass mein Ehemann nur gut von mir denkt."

Obwohl Xea das Bestmöglichste versucht hatte, um glaubwürdig und selbstsicher zu klingen, hätte er erkennen müssen, dass das alles nur Fassade war. Dass sie tief in ihrem Innern bitterlich weinte und sich nach ihm verzehrte. Rhi jedenfalls hätte es erkannt. Umso mehr war sie enttäuscht, dass sich Trajan so leicht hatte täuschen lassen. Dass er so schnell aufgegeben hatte, sie aufgegeben hatte. Es war wirklich das Beste, wenn sie ihn vergaß. Auch, wenn sie damit auch einen Teil ihrer Seele verlieren würde.

Trajan schnaubte noch ein einziges Mal laut auf, bevor er sich umdrehte und zur Tür ging. Doch, schon mit der Türklinke in der Hand, blieb er kurz stehen, denn es gab noch etwas, das er los werden musste, bevor sich ihre Wege trennten.

„Ich dachte, du wärst etwas Besonderes…, das mit uns wäre etwas Besonderes…. Falls es dich interessiert, ich habe deinen Auftrag ausgeführt, als du nicht erschienen bist. Ich bin ins Labor, um nach dir zu sehen, weil ich mich um dich sorgte und hab dann anstelle von dir die Probe besorgt." Seine Stimme klang erschöpft und niedergeschlagen. Und seine Augen glänzten feucht. Nein, er würde nicht weinen, auch wenn alles in ihm danach schrie. Doch Xea sollte wissen, was er ihr angetan hatte.

„Wie du schon sagst, *falls es mich interessiert*, was es aber nicht tut!", waren die letzten Worte, die sie an ihn richtete. Mit einem kurz angedeuteten Nicken, das er mehr sich selbst, als Xea gab, verließ er wortlos den Raum.

Der Klang der Tür, die gleich darauf ins Schloss fiel, war zwar nicht laut und doch meinte Xea, es würde ihr das Trommelfell platzen. Genauso wie ihr Herz.

Schwindel erfasste sie und völlig aufgelöst warf sie sich aufs Bett und weinte um ihre Liebe zu Trajan, die nur so kurz und doch so stark war. Sie weinte solange, bis auch die letzte Träne vergossen war. Bis sie eine Schutzmauer um das Vergangene erbaut hatte und sie bereit war, den Weg in ihr neues Leben zu beschreiten. Ein Leben mit Rhi und vielleicht auch mit Ronos, wenn er denn noch wollte.